天觀雙俠

鄭丰作品集

目錄

第七部 ■ 海外奇遇 755

第九部■大漠風光　1003

第七部

海外奇遇

第八十章　船難疑雲

凌昊天大鬧正派大會、在少林擊鼓震懾一寺僧人的種種事跡，很快就傳遍了武林。趙觀聽聞之時，人已在北京城中。他聞言怔然，心想：「小三心中悲愴，發而爲鼓，竟能震撼如此。但盼他不要看破紅塵，出家爲僧才好！」

他想起在虎山時聽說凌家兄弟的婚期定在十月十八，此時已是九月下旬，想來凌昊天始終沒有敢回去面對寶安。又想：「文綽約姑娘追上去找小三兒，不知後來如何了？她對小三一片癡心，這回追上去是打定主意要跟了小三兒了。就怕小三忘不了寶安妹妹，不得不拒絕文姑娘的情意。」

卻說那時趙觀和陳家姊妹、文綽約等赴虎山助拳，在虎嘯山莊留了一夜，陳家姊妹因掛念關中老家情況，次日便向凌雙飛等告別，趕回關中。趙觀與陳氏姊妹一同離去，直送她們到濟寧才分手。陳如眞依依不捨，騎著黑馬離去時還不斷回頭，直到看不到趙觀的身影才止。

趙觀雖也有些捨不得陳如眞，但他心中卻記掛著另一件要事。他當時聽段正平訴說凌昊天與彎刀三雄對敵之事，立時猜想這三人便是曾上幽微谷搜尋百花門人的敵人之一。他一離開虎山，便即廣令百花門人搜索餘下二人的蹤跡，並寫了封密信回青幫總舵，請趙幫主傳令各地青幫兄弟代爲留意。百花門與青幫的眼線何等廣密，數日後便有人傳訊回來，說見到兩個身穿錦衣、佩帶彎刀的人匆匆趕往北京城。又過兩日，百花門人已查出了他們的來歷：這二人名叫聶無顯和蘇無遮，都是皇族子弟，在御前擔任錦衣侍衛已有數十年的資歷。

趙觀得訊之後，心中驚疑不定：「北京城和蘇州相隔千里，難道來情風館下手的眞是從京城派出來的侍衛？誰能遣得動這些人？娘又怎會和京城的人結仇？」又想：「這些侍衛平日只在皇宮內院中出入，難怪十多年來半點蹤跡也尋不到！」心想機不可失，立即帶了蕭玫瑰、小菊、白蘭兒、舒堇、丁香等百花門人北上京城。

一行人匆匆北行，來到天津城外，卻見一隊青幫兄弟已在城外等候，言道丙武壇主年大偉聽說江壇主北來，特令手下在城外守候迎接，一定要替趙觀接風洗塵云云。趙觀推辭不得，又見姊妹路上奔波辛苦，心想此地離京城已近，原該停下好好盤算入京後的策略，便帶了眾女同去年家作客。

年大偉自從上回被趙觀整了之後，便對這江壇主敬畏交加，之後聽聞他在武丈原立下大功，更對他敬服得五體投地。這番有機會招待，自是竭盡心力，周到之至，先請眾人在自己家中梳洗更衣，又設下盛宴招待。筵席上年大偉不斷敬酒，口中恭維稱讚不絕，著實客氣巴結。趙觀無心去聽他腴辭奉承，只微笑敷衍。

筵席進行到一半時，年府家丁忽然趨前低聲報道：「老爺，知府大人來拜，轎子已到了院中了。」

年大偉一驚，忙向趙觀告罪，匆匆入房換上官服，趕出去迎接。年家乃是天津的富室大戶，年大偉早幾年已捐了個七品小官作著，此時有官來訪，官官相見，自得盛服相迎。過了好一陣子，年大偉才換回便服，回到廳上，臉色甚是古怪，飯也不吃了，向趙觀低聲道：「江壇主，這事兒頗有些蹊蹺，請借一步說話。」

趙觀見他似有要事，便跟著他來到一旁的小廳。年大偉關上房門，遣走了婢女小廝，自己在房中一邊踱步，一邊搓手。趙觀開口問道：「怎麼了，知府半夜來找年兄，可是惹上了什麼麻煩？」

年大偉搖頭道：「不是我這兒有麻煩。我和桂知府的交情不錯，他碰上了一件棘手的事，才跑來跟我商量。」

趙觀問起詳細。年大偉道：「事情是這樣的。昨夜塘沽口外發生了一宗船難，一艘大船在港口外燃燒沉沒，許多漁民都看見了。詭異的是，據說那船是從朝鮮國來的。」

趙觀奇道：「我國和朝鮮並不通航，朝鮮船怎會航到這渤海灣來？是給官兵攔劫下的麼？」年大偉道：「也不是。當時塘沽守衛看到這船，便派船出去將之攔下，喝問幾次都沒有人回答，官兵便上船去搜索，卻看到一船二十多人竟然全是……全是死屍。」

趙觀一驚，問道：「怎麼死的？」年大偉道：「是被刀砍死的。出手的人乾淨俐落，當時上過船的一個官兵說道，凶手用的似是極鋒利的快刀。」

趙觀皺眉道：「莫非是海盜幹的？這附近海域不大平靖，那船可能是被海盜劫殺之後，自己漂流來了這兒。」

年大偉道：「當時上船的官兵也這麼想，不願惹上干係，就放火將船燒了。但今兒早上，京城傳來緊急敕令，命桂知府詳查此事，說這船乃是朝鮮王室的座船，在我中國海域燒毀，須得給屬國一個交代。這也就罷了，奇就奇在今天傍晚又來了一道祕密敕令，由七名錦衣衛親來傳達，要桂知府確認船上是否還有生還者，若有，速速押解去京城，不得有誤。桂知府得令後，立即派人去附近海域探訪，又在沿岸的漁村搜索，果然聽說某漁村來了一群朝鮮人，其中幾個衣飾華貴，還有十多個衛士模樣的壯漢。」

趙觀聽出了興頭，喝了一口茶，說道：「這群朝鮮人突然出現在中土，確實頗爲奇怪。可查出他們究竟是什麼來頭？」

年大偉壓低了聲音，說道：「知府見情勢嚴重，託京城的朋友打聽了，才知道這群人乃是朝鮮國的叛亂賊子。朝鮮的中宗過世不久，國內發生一場爭奪王位的大鬥爭，兩班官僚分成兩派，各自支持中宗的長子和次子。王長子在幾個重要大臣的擁護下當上了朝鮮王，即位沒多久，新王便指稱小王子拉攏權臣，密謀叛變造反，下令將他處死。擁護小王子的大臣偷偷救了他出來，護衛逃離漢京。昨夜沉沒的那艘船，便是朝鮮小王子的座船。我們猜想，那群躲在漁村的朝鮮人形跡可疑，小王子多半便在其中。」

趙觀點頭道：「這事果然有些蹊蹺。想來朝鮮新王要趕緊追回這個叛賊弟弟，免得他在外糾結勢力，另生事端，才急急請咱們大明上國幫他抓人。那些什麼錦衣衛專程趕來天津，自是要將這個小王子解送回京了。他們朝鮮國的家務事，咱們原也管不著。現在既然知道了他們的下落，知府卻來找你作什麼？」

年大偉一拍大腿，說道：「麻煩就在這兒。這群朝鮮叛賊所在的村子叫作夏浦鎮，是個出名的海盜窟，尋常百姓更不敢走近那村子一里之內，連官兵都望而生畏，不敢擅闖。知府派了人去交涉，當地的海盜卻全不理睬，只說沒有這回事。唉，我們這兒的吏治你也是知道的，兵不像兵，捕快不像捕快，沒半點屁用，海盜愛怎猖狂就怎猖狂。大家猜想下手殺死船上眾人的定然就是這批海盜，他們將其餘朝鮮叛賊擄去，不知是安了什麼心？知府急著要找回那位朝鮮王子，好給錦衣衛一個交代，卻只束手無策。他知道我和那群海盜以前有些生意上的來往，因此才來求我，讓我幫他去跟海盜交涉，請他們交出人來。」

趙觀笑道：「年壇主好廣的交遊，連海盜都是你的生意伙伴。好大的面子，連知府都得來求你幫忙。這位桂知府若欠了你這份情，以後定當感恩圖報，財源滾滾了。」

年大偉平時手上總不自覺地打著一隻金算盤，發出答答聲響，聽他這麼說，不由得臉上一紅，連忙停手，將算盤推到一旁，說道：「江兄弟取笑了。老哥哥聽了你的話，從此再不敢貪污公款，搜刮民財。俗話說：『爲富不仁，晚景必哀』。老哥哥謹記在心，什麼虧心事都不敢作了，專作好事。」

趙觀一笑，說道：「俗話說：『積善之家，必有餘慶』。年壇主多行善事，正是爲子孫積德增福。」話鋒一轉，又道：「這事聽來很有點意思。兄弟哪裡幫得忙上的，年壇主便請直說。」

年大偉笑道：「江壇主明白人說明白話。我已答應了桂知府，今兒晚上便去會見夏浦鎮的海盜頭子，問他怎樣才肯交出人來。他若要銀子，咱們花錢消災也容易，怕就怕他連銀子都打不動。」

趙觀道：「你擔心自己硬打打不過，因此想請兄弟跟著一道去，是麼？」

年大偉連連點頭，說道：「正是。江兄弟武功智計過人，有兄弟主持坐鎮，那就決計出不了錯子。這事情若辦成了，知府答應將天津港口的生意全交給青幫包辦，這好處著實不小。江兄弟相助本壇成就這功勞，自也少不了你辛武壇、庚武壇的好處。」

趙觀沉吟一陣，說道：「年兄，能替幫中兄弟開拓財源，自是好事一件。但兄弟作人有個原則，助人爲虐的事，打落水狗的事，或是鼓勵骨肉相殘的事，兄弟是不大肯作的。」

年大偉微微一怔，自己要請他去作的，不正是他所說的三項，一項不差？顯然是不肯幫這個忙了，他心念急轉，陪笑道：「話不能這麼說。江兄弟剛才也說了，這是朝鮮國的家務事，別人都管不著。但爲顧念兩國的交情，咱們出手幫他們的新王遣返這位叛國王弟，全了我上國的義務，也算是爲國家盡了責任啊。再說，我大明上國多半會阻止這對兄弟骨肉相殘，令他們重修舊好，小王子平安返國，和王兄和睦相處，豈不是美事一件？」

趙觀走近他身前，笑道：「年壇主，咱們青幫總壇正堂上懸掛的大字，不知是個『義』字，還是個『利』字？」

年大偉只好裝傻，笑道：「自然是個義字。」

趙觀笑道：「那就好，兄弟我讀書雖不多，但這兩個字長得不大一樣，我總能分辨得出。咱們這就走吧！」

年大偉聽趙觀這麼說，不由得遲疑，不知自己找了江賀同去，究竟是吉是凶？他始終沒有摸清這江壇主的底細，除了知道他神通廣大、智勇過人之外，並不清楚他的爲人，這時聽他的口氣，似乎有意去保護這群朝鮮叛賊，不由得又是焦急，又是自責：「年大偉啊年大偉，你一看到有財源，腦子全糊塗了。這江賀年輕氣盛，瞧不起官府裡的人，怎能指望他幫官府作事？」

但他此時騎虎難下，只好滿臉堆歡，說道：「江兄弟願意出手相助，那眞是太好了。事不宜遲，咱們這就出發吧。」又道：「我和這些海盜打過幾次交道，他們那兒規矩很嚴，決不讓我多帶人去。我想咱們這回去，人不能多，仍是依照往例一共七人。我想帶上海闊和兩個得力手下，江兄弟，你也選兩位手下一塊去吧。」

趙觀答應了，便回去向百花門人簡略述說了此事。眾女都是經驗老道之人，白蘭兒立時道：「我即刻派人去探那幾個錦衣侍衛。咱們這回上京去找彎刀二賊，多少能從這些傢伙口中探聽出一些消息。關於那些朝鮮人的事，多半也能套問出個八九分。」

蕭玫瑰道：「那群狗娘養的海盜算什麼東西，諒他們也不敢跟咱們百花門作對！我帶幾個姊妹去村外埋伏，門主若眞和他們打了起來，便衝進去殺他們個七零八落。」

趙觀點頭道：「好，妳們分頭去辦。咱們這回上京，原是爲了找出仇家對頭，不該多惹是非。看在我和年壇主及幫中兄弟的分上，今兒便去相助他辦了這事。今晚忙完後，大家在年壇主這兒多待幾日，好好歇歇。青竹姊已到了北京城裡探查，我們等她傳回消息，再決定行止。至於我今夜去海盜窟，不知有幾分凶險，我就帶丁香和舒堇去吧。」

百花門人齊聲答應，趙觀便讓丁香和舒堇扮成男裝，跟著年大偉出發。此時已是仲秋，天候甚寒，年大偉讓人駕了暖車，與趙觀同坐。他向趙觀道：「咱們要去拜訪的夏浦鎭頭子姓朴，人人都稱他朴老大。這人作海盜已有三十多年了，在海上横行無忌，左近的海盜對這朴老大頗爲忌憚，稱他爲海盜王。他夏浦鎭在海上的威名，跟咱們青幫在江上的勢力可說是旗鼓相當。」

趙觀點了點頭，問道：「這人武功如何？」年大偉道：「並無上乘武功，但勇武過人。他對手下管束極爲嚴峻，一百多個手下個個是效死的硬漢。若動起手來，恐怕不好對付。」

趙觀道：「這麼說來，咱們此行危險得緊。」年大偉笑道：「有江兄弟在此坐鎭，自然處處逢凶化吉，我自是半點也不擔心。」

趙觀知道年大偉愛財愛命，絕不是個肯輕易犯險的人，心想：「他多半早布置了青幫兄弟在後接應。他帶上的這兩個親隨都不是易與的人物，要保護他父子周全應是綽綽有餘。玫瑰師姊也帶了人來，若眞動起手來，我們自不會吃虧。」問道：「朴老大爲何要扣留這些朝鮮人，年壇主可有半點頭緒？」

年大偉皺眉道：「我就是想去問清楚此事。他扣留他們若只是爲了多求贖金，或是那些朝鮮人付錢買他的保護，那還有商量的餘地。若是別有原因，咱們就得想想其他的對策了。」

第八十一章 落難王族

七人行了半個時辰左右，來到塘沽口外二十里處的夏浦鎮。卻見那夏浦鎮根本說不上是個漁村，村外高牆聳立，城頭站滿了手擲火把的漢子，向下虎視眈眈，簡直便是個固若金湯的城堡。

年大偉來到鎮口，掀開車帘，向車旁的手下擺了擺手，那手下便走到城門之前，朗聲道：「青幫丙武壇主年大偉，青幫辛武兼庚武壇主江賀，拜見朴老大。」說著走上前去，恭恭敬敬地遞上名帖。門口一個漢子伸手接過了，一言不發，快步走進村中。過了好一陣那漢子才出來，說道：「朴老大有請兩位壇主。」

趙觀和年大偉等便跟著那漢子從一扇巨大的石門下穿過，卻見門兩旁站滿了身帶刀劍、勁裝結束的漢子，個個橫目怒目，在火光下有如一群張牙舞爪的凶神惡煞。趙觀心想：「以前總聽人說『北方刁民』，這鬼地方的人民果然凶蠻得很，難怪連官兵都不敢來此地。」

七人被領入一間大廳之中，但見那廳中燈火通明，人聲嘈雜，站站坐坐總有十來人。其中幾個粗豪漢子有的攬著粉頭，有的推著牌九，看來都是這海盜窟裡的頭目。年大偉向幾個認識的招呼攀談起來，趙觀放眼在廳中瀏覽，心中盤算：「要毒昏這些海盜，應當不難。」過不多時，一人朗聲道：「老大到！」

便見廳後轉出一個五十來歲的漢子，身形魁梧，鬚髯滿面，卻遮不住左頰上一道極長的疤痕，一頭微灰的頭髮倒是梳得整整齊齊。他一走出，廳內登時一片肅靜，眾頭目同時站起，恭恭敬敬地垂手而立，大氣也不敢透一口。

年大偉走上前去，拱手笑道：「朴老大，別來數月，你氣色愈發好了，想必近日生意興隆，啊？」

朴老大望向他，嚴峻的嘴角微微上揚，算是笑了笑，說道：「年壇主你也好。這位是？」說著向趙觀望去。

年大偉道：「這位乃是本幫新秀，江賀江壇主。他眼下兼任南昌辛武和岳陽庚武二壇壇主，年輕有爲，才識過人，兄弟特地帶他一起來，會會咱們天津的傳奇人物，海上之王朴老大。」

朴老大與趙觀拱手招呼，請二人坐下。他目光炯炯，盯著年大偉，說道：「年壇主，你上回來我這兒，該是三年多前的事了。今兒無緣無故突然來到本村，究竟有何貴幹？」

年大偉道：「不瞞朴老大，兄弟深夜造訪，實是有件大生意想跟你商量商量。」朴老大一揮手，廳中眾粉頭小廝等閒雜人等登時魚貫而出，只剩下八個頭目和二十多個守衛。朴老大坐在上首，單刀直入，說道：「年壇主、江壇主，兩位來我這兒有啥事體，爽快說出吧！」

年大偉笑道：「所謂無事不登三寶殿，兄弟這回來，乃是有事相求。」回頭道：「海闊，將敬獻朴大爺的禮物呈上了。」

年海闊應了一聲，雙手捧著一盤蓋著錦布的事物走上前去，呈給朴老大，口裡說道：「世伯，一點禮數，不成敬意，還請笑納。」

趙觀心想：「這年大少爺一陣子不見，倒是改頭換面，幹練了許多。」

卻見朴老大盯著那盤子，左手小指微動，一個手下便上來接過了，拿到他面前。朴老大掀開錦布，看了一眼盤中的事物，便示意手下放在一邊，抬頭瞪著年大偉，冷冷地道：「送這麼重的禮，必有所求。年壇主，老子是爽快人，有話快說，老子沒耐性聽你慢慢講。」

年大偉道：「是、是。我想向朴老大討一個人。」朴老大臉上不動聲色，說道：「什麼人？」年大偉道：「是個朝鮮人，姓李。」

朴老大嘿了一聲，忽然伸手拍桌，他手下連忙將那盤子端起，送了回去。朴老大說道：「你找錯地方了，也找錯人了。請回吧。」說完便站起身來，舉手送客。

年大偉全沒想到朴老大竟半點情面也不留，當場逐客，忙陪笑道：「朴老大，人不在你這兒，那也就罷了。人若是確實在你這兒，我們這邊什麼價錢都好談。」

朴老大哼了一聲，說道：「老子不跟你作這生意。送客！」

年大偉還沒說上幾句話，便鬧得灰頭土臉，急得直向趙觀擠眉弄眼求助。趙觀站起身來，說道：「既然撕破了臉，不如大家便把話說明了吧。朴老大，我們是受官府之託，來找幾個朝鮮國的叛臣，聽說其中還有朝鮮國的小王子。官府已知道人在你這兒，不多時便會派官兵大舉來此圍捕。依我說，你若想保全小王子，還是及早將他們送到安全的地方去躲藏爲妙。」

朴老大聞言微微一愣，望向趙觀，冷然道：「閣下這是出言威嚇麼？」趙觀搖頭道：「看你這兒的陣仗，多半不怎麼怕官兵。但在船上殺人的那些人呢？他們可不會輕易放過小王子。消息傳了出去，就憑你手下這些人，能保得住小王子麼？」

朴老大臉色驟變，走上一步，喝道：「你究竟知道些什麼？」

便在此時，一個手下急急奔入，叫道：「老大，有敵來攻，已闖進大門來了！」

朴老大轉頭望向年大偉，眼中露出凶光，怒道：「好啊，年大偉，你竟敢出賣我！」

年大偉聽了，只嚇得雙腿一軟，坐倒在椅上，慌忙道：「朴老大，這……這與我無關，這些人不是我們約來的！」

朴老大如何相信，喝道：「將這兩個渾蛋抓了起來！其餘兄弟，跟我出去抗敵！」廳中眾守衛聽得老大吩咐，登時拔刀上前，將年大偉和趙觀等七人圍住。朴老大見這兩個壇主一個老邁肥胖，一個年輕文秀，其餘幾個跟班也都是弱不禁風的模樣，心想自己的手下應能對付，對青幫眾人再不看上一眼，快步出廳。

趙觀見情勢轉變如此，說道：「年老兄，可是那他媽的知府出賣了你？」年大偉急道：「桂知府絕不會如此陷害於我。這其中定有誤會。」

趙觀道：「此時也說不清了，海闊，帶你兩個手下保護你爹。舒菫留在此地守護，丁香跟我去外面看看情況。」話聲未落，人已躍起，托著丁香從窗中跳了出去。廳中守衛大聲呼喝，上來攔劫，趙觀早已帶著丁香消失在人群中了。

趙觀和丁香在混亂中辨別方向，往石門奔去，但見前面喊聲震天，已是廝殺一片，眾海盜臨危不亂，並肩揮刀對敵，緊緊守住入口。趙觀跳到高處望去，卻見來敵似乎只有十多人，個個穿著緊身夜行衣，手中拿著亮晃晃的長刀，雙手握持刀柄，橫砍直劈，銳不可當，不多時已有十多個海盜倒地斃命。丁香皺眉道：「這些人武功古怪，刀法狠銳，不知是什麼來頭？」

趙觀凝神望了一陣，說道：「丁香，妳聽到他們彼此間的對話麼？」丁香仔細聽去，說道：「半句也不懂。」隨即恍然道：「是了，他們不是本國人。」趙觀點頭道：「這些武士多半是朝鮮國派出來的殺手。他們的長刀鋒利如此，我若猜得不錯，在船上殺人的多半就是他們了。」

丁香想了一下，忽然問道：「少爺，你怎知朴老大扣留朝鮮王子，乃是爲了保護他？」

趙觀道：「我起初只是這麼猜想，後來看到這些海盜武功未臻一流，多半無法以快刀殺人，才推斷殺死船上之人的定然不是這些強盜。其次，年壇主提到小王子時，我瞧朴老大臉上的神色頗爲奇特，似乎又驚詫又擔憂，因此才猜想他留下朝鮮王子是爲了保護他。」丁香點頭道：「少爺說得有理。」

趙觀沉吟一陣，說道：「丁香，這朝鮮國號稱小中華，學咱們中華上國果然學得挺徹底。新王即位了，立即下手殺死政敵，連親生弟弟也不放過，趕盡殺絕到此地步，一路追到咱們大明國土來了。厲害，厲害！」

丁香歎了口氣，說道：「少爺，看來朴老大他們擋不住這些殺手。咱們該不該插手幫忙，你拿主意吧。」

趙觀轉頭望向她，微笑道：「丁香，妳不忍心見那些流亡的朝鮮人慘遭剿滅，想救小王子的命，是也不是？」丁香低頭不答，算是默認了。趙觀笑道：「那正好了，我也這麼想。走吧，我們先去打退這些殺手再說！」

丁香臉露喜色，跟著趙觀奔到大門之前。趙觀衝出人群，腰刀出鞘，清嘯一聲，向一個武士斬去。那武士見刀勢勁急，忙轉身持刀抵擋，趙觀卻已變招，側過單刀，刀鋒劃上對手的肩頭。那人悶哼一聲，摔倒在地。趙觀回轉單刀，又砍向另一個武士。眾武士見他刀法精奇，互相招呼了，一齊向他圍將上來。趙觀展開披風刀法，又砍傷了兩人，餘下八人圍在他身邊，持刀凝神望著他，雙方成對峙之勢。眾海盜見這八人停下手，專心對付趙觀，忙在八人之外又圍了一圈，嚴神戒備。

趙觀暗察情勢，心知這八人若同時攻上，自己便不易抵擋，心想：「須得速戰速決，制住這幾個傢伙。」左手握住腰間的蜈蚣索，忽然大喝一聲，單刀向左方一個武士砍出，蜈蚣索跟著飛出，捲住了右邊一人的手腕。他刀索飛舞，有如兩道旋風，接連攻向身旁眾武士。那八人不料他出手如此快捷，幾個便想轉身逃走，趙觀蜈蚣索飛處，硬將人扯了回來，不多時便將八人都打倒在地，一個也來不及逃走。

旁觀眾海盜見他出手乾淨俐落，都不由自主轟然叫好，幾個手下早搶了上來，用繩索將眾武士綁住。趙觀收起單刀和蜈蚣索，轉頭望向朴老大，說道：「朴老大，這些人不是官兵，更不是青幫約來的，跟我和年壇主毫無關係。你看他們是什麼來頭？」

朴老大眼見趙觀出手相助殺退來敵，武功高妙奇特，不禁大爲驚佩，聽他相問，皺起眉頭，說道：「我也不知？」

趙觀道：「我猜想他們或是朝鮮國派出來的殺手，也不知是不是？」朴老大向手下道：「搜他們身上！」又向那些武士大聲喝問了幾句。那八人全不理睬，就似沒有聽到一般。朴老大道：「狗崽子不會說朝鮮話。」

趙觀微微一呆，望向朴老大的臉。朴老大也向他望來，說道：「江壇主，多謝你出手相助，在下十分感激。請借一步說話。」

趙觀便跟著朴老大走進一間偏室，朴老大轉過身來望著他，神色嚴肅，說道：「江壇主，貴幫來我夏浦鎮，究竟有何意圖，還請老實說出。」

趙觀道：「在下是跟著年壇主來的。知府聽說有幾個朝鮮叛臣藏在此處，京城下了急令，要知府將他們找出，送回京城。知府不敢來此，才託年壇主來見你。」

朴老大負手在屋中踱了一圈，說道：「你一定要將人帶走才甘心，是麼？」

趙觀搖頭道：「你誤會了。這兒的事情我無心插手。我和年壇主至今不知人是不是在你這兒，也不想知道。我們各管各事，好聚好散，你讓我們走，我們去告訴知府找不到人，也就是了。」

朴老大一呆，說道：「就這麼容易？」趙觀笑道：「就這麼容易。我青幫最重視的，是一個『義』字。朴老大，你本是朝鮮人吧？我猜想你和那小王子必有些淵源。爲主子盡忠盡義，原是應當，我青幫怎能不成全？」

朴老大似乎微覺吃驚，低頭沉思了一陣，才抬頭道：「江壇主，我信了你。不錯，我是個道地的朝鮮人。你請在此等候一陣。」說完便走了出去。

丁香一直候在門外，此時探頭進來，說道：「少爺，年壇主他們還在廳上，平安無事，只是有許多人看守著。」趙觀道：「好。你去跟年壇主說，這兒的事情我不想插手，大家準備回去吧。」丁香應聲去了。

過不多時，朴老大走了進來，說道：「江壇主，主上想請你入內一見。」

趙觀一呆，沒想到那些朝鮮人竟會自暴身分，想見自己，心想：「既然決定不插手，還是別去見他們得好。」便道：「時候不早了，我和年壇主都想早些回去。請你對貴主上辭謝吧。」朴老大道：「主上聽說江壇主出手打退來敵，十分感激，想要當面道謝，請江壇主一定要賞面才好。」

趙觀聽他堅持，便問道：「召見在下的，便是貴國的小王子麼？」朴老大道：「不，是敝國長公主。」

趙觀一呆，脫口道：「公主？」朴老大道：「正是。公主殿下是小王子的親姊姊，小王子能逃出來，全靠這位王姊策劃保護。」

趙觀一聽到公主兩字，興趣登時來了，暗想：「我趙觀從沒見過公主，若能見識見識這位朝鮮公主，倒也有意思。」轉念又想：「既說是長公主，說不定這公主已經五六十歲了，那也沒什麼看頭。」想到此處，脫口問道：「請問公主芳齡幾何？」

朴老大怎料他一開口便問公主殿下的芳齡，不由得一呆，答道：「這個……公主殿下的年齡，我也不大清楚，大約……大約未到二十吧。」趙觀奇道：「原來王姊這樣年輕？那麼小王子幾歲？」朴老大道：「小王子殿下今年剛滿十一。」

趙觀嘿了一聲，說道：「什麼謀反逆臣，急令追捕，原來王子還是個小孩兒！」

朴老大道：「正是。王子公主都是嬌貴之軀，這一路上奔波逃難，可著實難爲兩位殿下了。」趙觀道：「閣下對這兩位落難王子公主，可忠心得很啊。」

朴老大歎了口氣，說道：「不瞞你說，我朴忠毅本是漢京武官。昔年在國內受人冤枉，被捕下獄，多虧公主和小王子的母親文定王后明察秋毫，平反冤獄，救了我一條性命。今日小王子落難西來，我自當拚死保護，不讓賊人傷他一根毫髮。公主一心保護王弟，聽說江壇主今夜出手相助解圍，感激非常，因此執意要親自答謝。」

趙觀點頭道：「好，我這就去拜見這位公主殿下。」站起身來，又道：「朴老大，年壇主他們在你客廳裡，還請你好生照看著。」

朴老大心想：「這人玲瓏剔透，早知道我會扣住姓年的，讓他有所顧忌，不敢輕舉妄動。」便笑道：「我和年壇主是幾十年的生意伙伴了，何等交情，還用江壇主吩咐麼？江壇主請。」

第八十二章　朝鮮公主

趙觀一笑，跟著朴老大來到後進一間大屋之外。朴老大輕輕敲了敲門，房門開處，走出一個黑衣漢子，向朴老大問了幾句，便側身讓二人進去。卻見屋中只點了兩盞油燈，兩側十多個高大漢子垂手而立，堂上一個女子席地而坐，透過紗簾，只隱約看得見她的側面，但見她身穿朝鮮服飾，高束腰，長裙委地，一色雪白，顯然在戴孝。她身旁坐了一個小男孩兒，不過十多歲年紀，看到人進來，探頭去瞧，說了幾句話。

趙觀心中好奇，跨上一步，想看清楚公主的面貌，卻聽一人喝道：「站住！」一個高壯漢子斜地裡衝出攔在他身前，趙觀停步望向那人，但見他濃眉方臉，約莫三十歲上下，容貌算得英挺，但橫眉怒目，手握刀柄，刀刃出鞘半截，氣勢凶狠已極。卻聽他低喝道：「什麼人？公主玉座跟前，還不跪下，通報姓名？」

趙觀盯著他看，微微一笑，卻不肯跪下。朴老大已走上前來，恭恭敬敬地垂手道：「鄭大人，這位是青幫壇主江賀，方才打退來敵的就是他。公主下令召見，小人因此領他來此覲見殿下。」

那鄭大人冷冷地向趙觀上下打量，並不答話。卻聽臺上那女子低聲吩咐了幾句，便有兩個侍女應了，牽著小男孩兒的手走入內室。那女子問道：「鄭圭溶，是誰來了？」鄭圭溶趨前躬身道：「啓稟殿下，是青幫壇主江賀。」那女子嗯了一聲，站起身，掀開紗簾，緩步走下臺階。

鄭圭溶和朴老大一齊跪下，說道：「參見公主殿下。」

趙觀定睛向公主望去，但見她約莫十七八歲，膚色雪白，山眉杏眼，顴骨略高，鼻挺而口小，面容極爲清麗，最奇的是她全身上下都透出一股難言的尊貴之氣，雖不是出現在壯麗的宮殿廳堂之上，她自身的雍容華貴卻足以讓人屏息凝神，不敢逼視。趙觀心想：「這便是朝鮮國的公主麼？素聞朝鮮多出美女，這位公主國色天香，風華絕代，果眞是世間少見！」

卻聽公主道：「朴先生請起，不用多禮。這位想必是青幫江壇主了。」說著舉目向趙觀望去。她說得一口漢語，雖有些生硬，但口齒清晰，聲音甚是動聽。

趙觀走上一步，長揖道：「在下青幫江賀，參見公主殿下。今夜得見公主金面，幸如何之。」他平時口齒輕薄，此刻在這尊貴的異國公主面前，卻是不自禁的莊重敬愼起來。

鄭圭溶在一旁見趙觀長揖不跪，雙眉豎起，低喝道：「參見公主殿下，還不快跪下？」公主伸手阻止道：「落難之際，還擺什麼架子，講什麼參拜禮儀？」向趙觀道：「江壇主今夜施展上乘武功，擒住刺客，保護小王子的安全，本座好生感激，特邀江壇主來此一見，以當面道謝。」說著盈盈一福。

趙觀回禮道：「公主不必客氣。路見不平，拔刀相助，正是我青幫俠義道所應爲。」

公主點了點頭，說道：「今夜來此的刺客不知是何身分，本座想請江壇主共同參詳，但盼你不介意。」趙觀道：「不妨。」

公主便向鄭圭溶道：「帶人來。」鄭圭溶指揮手下侍衛出去拿人，不一會便將那八個武士提了進來，放在堂中地上。鄭圭溶向眾武士聲色俱厲地喝問，那八人卻閉目不答，好似完全聽不見一般。問了一陣，公主忽然開口說了一句話。那八人似乎呆了一下，有兩個張開眼睛，隨即又轉過頭去，緊閉著嘴。公主又問了幾句，八人中似乎有一個動搖了，開口說了幾句話。公主凝神傾聽，微微點頭，秀眉微蹙，忽然抬起頭，向趙觀道：「江壇主，你可知這些人是何來歷？」趙觀道：「不知，還請公主示下。」

公主道：「我識得東瀛語言。剛才那人招供，說他們乃是東瀛武士，受了敝國文宣王太后的重聘，專來追殺王弟。他們幾日前出手偷襲我們的座船，我等僥倖逃了出來，他們又緊追不捨，一路追來這裡。今夜若非江壇主仗義出手，我等只怕都要喪命於此了。這人方才說道，除了這裡幾人之外，文宣王太后還聘請了幾十名殺手，千里追殺，定要取了王弟的性命才罷休。」

趙觀聽了，對此宮廷相殘也不禁感到背上發涼，說道：「貴國王室生變，外人原難插手。這些刺客既已找到王子的下落，在下奉勸各位早早離開此地，另尋躲藏之處，以策安全。」

公主道：「多謝江壇主忠告。但天下茫茫，我等受貴國官府搜捕，又被東瀛刺客追殺，還能躲去何處？本國新王登基，文宣王太后大權在握，倒行逆施，竟狠心令新王處死自己的親弟，甚至羅織造反叛亂等藉口。新王即位當天，太后便下令將母后和王弟逮捕下獄，論罪處死。唉，家國不幸，說來實是貽羞外人。江壇主，本座素聞青幫重義輕諾，本座今日只能求你高義相助，出手保護王弟的安危，本座和朝鮮臣民都將終身感激。」說完定定地望著他，漆黑的雙瞳透著求懇之意，卻半點不失高貴，這段話說來沉鬱哀痛，從她口中緩緩吐出，直有王家敕令的分量。

趙觀心想：「這位公主看來金枝玉葉，行事說話卻老練得很。她當著我面審問這幾個刺客，又這麼軟逼硬求我保護小王子，我幹是不幹？」便道：「我青幫在中土勢力確實不小，但對於包庇鄰國的亂臣賊子這等事，卻還是不大願意作的。」

公主秀眉揚起，冷笑道：「亂臣？賊子？宣后不過是找藉口除去她的眼中釘罷了！小弟既然未能登上王位，自當效忠他的王兄，怎能還有叛意？母后早已布告天下，爭奪王位歸爭奪，一旦塵埃落定，便是大勢所趨，我等自當忠心順從。只沒想到宣后下手狠毒如此，若不是本座率領幾位大臣從死牢中冒險救出了小弟，潛逃出國，她就要稱心如意，安心作她的掌權太后了！」

趙觀歎了口氣，說道：「這等爭奪王位、骨肉相殘的事，委實令人心驚膽戰。這宣后下手也未免太狠了些，殿下和令弟既已逃出國境，又何必趕盡殺絕？」

便在此時，忽聽頭上微響，趙觀抬頭望去，卻見十多枚暗器激射而出，直往公主和地上那些武士射去。趙觀反應極快，衝上前抱著公主滾倒在地，左手向屋頂射出三枚毒針。眾人驚呼聲中，卻見屋頂落下一人，砰一聲摔在地上。趙觀翻身上前，揮刀抵在那人頸中，卻見他全身黑衣，身形瘦小，臉上蒙布。趙觀伸手點了那人穴道，扯開他的蒙面，卻見他濃眉細眼，臉上全無表情。趙觀自己是易容高手，早看出他臉上有古怪，伸手揭開他臉上人皮面具，不由得一驚，但見他面上坑坑疤疤，鼻子嘴唇皆無，顯然早已毀了容。公主驚魂略定，鄭圭溶已衝上前去扶她站起，連問：「殿下，您沒事麼？」公主搖了搖頭，望向地上那黑衣人，低呼一聲，說道：「是東瀛隱身人！」趙觀奇道：「什麼隱身人？」

公主聲音發顫，說道：「沒想到……沒想到宣后竟僱用了這些人！」又道：「隱身人是東瀛國裡專事暗殺的殺手。他們的訓練極其艱苦，同一族的所有隱身人都須自毀容貌，戴同樣的面具示人。他們擅長易容改扮，輕功絕佳，精於火藥、飛鏢、毒術，常為東瀛各城主高價僱用，暗殺政敵。」

趙觀點了點頭，但見那隱身人雙眼翻白，口吐泡沫，竟已咬破口中暗藏的毒藥自殺身亡。趙觀又去看那八名武士，也各中毒鏢而死，皺眉道：「這人下手狠辣，這是特地來殺人滅口的。」忽然想起一事，抬頭道：「小王子呢？」

公主臉色大變，連忙往後屋奔去。趙觀和鄭圭溶、朴老大等也急急跟了上去，來到小王子居室門外，便聽公主驚呼一聲，叫道：「王弟不見了！」

眾朝鮮侍衛、朴老大的海盜手下登時亂成一團，紛紛打起火把在村中四處搜索，卻哪有半點蹤跡？趙觀來到小王子的房室，見公主正抱著一個昏倒的侍女，想法將她救醒。趙觀注意到那兩個帶走小王子的侍女只剩下一個，心想：「這些隱身人巧善易容，多半便是扮成了侍女混進來，劫走了小王子。」

那侍女悠悠醒轉，跟公主對答了幾句，便哭了出來，驚慌之情見於顏色。

趙觀問道：「她說什麼？可是另一個侍女突然打昏了她，將小王子劫走了？」公主微覺驚訝，回頭望向趙觀，說道：「正是。你猜得一點也不錯。」

趙觀見她臉色蒼白得可怕，輕聲道：「他沒有當場害死小王子，卻只是劫走了他，便表示他們並不急著要小王子的命。只要他還活著，我們應有機會救他出來。」

公主低下頭來，一顆淚珠掉落在她潔白如玉的手背上。她轉頭望向站在門口的鄭圭溶和朴老大，問道：「可有任何線索？」

鄭圭溶道：「沒有。來人手腳乾淨，一點蹤跡也無。」朴老大道：「殿下，我已派人出村去追查，一有消息便會立即傳報回來。殿下請放心，我等拚死也要救回小王子！」

公主點了點頭，說道：「江壇主，我原想請你留下相助保護王弟，現在……現在……你原本便無心相助，百般推拖，現在本座也無事可以相求了。你們快些離去吧。」說著便站起身，快步走進內屋去了。

趙觀望著她的背影，耳中聽得鄭圭溶向著眾侍衛大聲喝令，似是下令大舉出動追尋。忽見朴老大來到自己面前，噗通一聲跪下了，磕了三個頭，說道：「江壇主，請你一定要救救小王子！」

趙觀眼前浮起公主憂急的神情和她落下的珠淚，胸口熱血上湧，知道此時已是無法置身事外了，連忙扶他起來，說道：「兄弟一定盡力。你快護送公主去年壇主家裡住下，我去想法追回小王子。」

朴老大大喜，說道：「多謝江壇主高義，答應相助！」趙觀道：「謝什麼？快請年壇主過來。」過不多時，便有幾個海盜帶了年大偉、年海闊和舒堇等過來。

年大偉一看到他，忙低聲問道：「事情如何了？見到人沒有？」

趙觀點了點頭，說道：「年壇主，咱們得改變計畫。事情緊急，大家聽我號令。年壇主，你立即與朴老大保護公主去你府上躲藏，聽好，不准通報官府，更不准告訴桂知府，直到我回來，不然大家都有生命危險。知道了麼？」年大偉只聽得一愣一愣的，說道：「是、是。江兄弟，這兒……這兒到底是怎麼回事？」

趙觀道：「我回頭再跟你說。海闊，你爹是否讓幾十名青幫幫眾跟在咱們後頭？你快去找他們，要他們護送你爹回家去，安安靜靜的，別讓人知道了。」年海闊見事情緊急，又見趙觀吩咐自己辦事，緊張中帶著幾分驕傲，挺起胸膛，爽利地答道：「是！我這就去辦。」

趙觀又向舒堇和丁香用百花門暗語道：「快去找蕭玫瑰師姊，剛才有無看到什麼人離開夏浦鎮，若有，立刻追上，傳令回來。」舒堇和丁香應聲去了。

趙觀轉向朴老大，說道：「公主怎樣了？我去看看她。」朴老大道：「殿下憂心之極。江壇主，請你勸勸她吧。」

趙觀來到內室門外，卻見公主坐在椅上，眉心緊蹙。她聽到人進來，連忙站起，看到是趙觀，便又坐下了。

趙觀道：「殿下。」公主只嗯了一聲，說道：「江壇主爲何還未離去？難道你不怕和鄰國的亂臣賊子打交道，惹禍上身？」趙觀聽她口氣冰冷，說道：「在下想請公主移駕，到天津敝幫丙武壇主家裡暫住，以免再受賊人侵擾。」公主搖頭道：「我不去。我……只想救回王弟，哪裡還顧得了自己的安危！」

趙觀望著她的臉，秀麗清貴的外表之下，竟是如此一位堅毅勇敢的姊姊，他心中一動，走上前去，低聲道：「公主，我不是不願幫忙，只是有個請求說不出口。」公主抬頭望著他，眼中露出疑惑之色。趙觀微微一笑，說道：「妳若讓我吻你一下，我立即便想法去救出妳的兄弟。」

公主如何都沒想到這人當此情境竟說得出這種話，她在朝鮮國地位尊貴，哪裡見識過這般輕薄無賴的人物？不由得又驚又怒，站起身，揮手便打了他一個耳光。

趙觀也不躲避，受了她一個巴掌，定定地望著她，臉帶微笑，說道：「妳想說，趁人之危，好不要臉，是麼？不錯，我是不要臉，公主打得好。我原本該打，妳對我的怒氣消了麼？眼下事情緊急，在下想請殿下趕緊去年家暫避，青幫中人會保護殿下周全。我這就去幫妳找回令弟。」

公主向他望去，一時不知該不該相信眼前這個輕薄男子，她凝望著他的雙眸，過了好一陣，才低聲道：「你若能救出他，我什麼都願意。」

趙觀一笑，說道：「我一定盡力。」

趙觀猜想這些刺客多半不敢明目張膽地在天津這等大城市中出手，加上年家和青幫勢力龐大，讓公主去年家躲藏實是最安全穩當的處所。當夜他親自護送公主等一行朝鮮人回到天津，安頓在年家。

過了半夜，蕭玫瑰等人才回到年家，趙觀忙問情況。蕭玫瑰道：「我們在村外守候，約莫戌時，看到五個身穿黑衣的夜行人從村中奔出，往碼頭的方向奔去。我讓杜鵑跟去看看，杜鵑一直跟到碼頭，看見他們上了一艘船，才回來報告。我後來聽丁香和舒堇來傳話，便領大家一起追去，剛來到碼頭邊上，船上的人似乎已有警覺，立即拔錨開船。」

朴老大聽了，說道：「他們半夜匆匆出海，這左近沒有什麼島嶼可以去，今夜又是向港風，定得找地方停靠。就算不停，也走不遠。我們天明後再出海去追，定能追趕得上。」趙觀道：「好，咱們明天一清早就出海去。」

第八十三章　帝姬親征

次日天未明，朴老大已派手下準備好了五艘快船。趙觀知道出海或有凶險，不願多帶百花門人，只帶了丁香一道。年大偉自然是敬謝不敏了，年海闊卻年輕好事，聽說要上船出海，吵著要跟去。趙觀心想：「年壇主就這麼一個寶貝兒子，我可不能讓他有個什麼三長兩短。又要救小王子，又要保護年大少，未免太過麻煩。但我將公主留在年家，不知年壇主會不會貪圖錢財，將她交給桂知府？還是帶了年大少一道，讓年壇主有些顧忌。」便答應了。眾朝鮮武士都心急救回主子，爭著要去，還是公主下令，讓輔佐小王子逃出朝鮮的首輔侍衛大臣鄭圭溶率領三十名武士同去，其餘人便留在天津年家。

一行人在天明之前，打著火把來到岸邊，先後踏著船板上了船。五艘船中有兩艘較大，朴老大和趙觀坐了其中一艘，另一艘則由鄭圭溶和朴老大的副手白老三領頭。白帆揚起，天色漸明，朴老大正要下令出海時，卻見岸邊出現一盞紅色燈籠，兩個人影快步走來。朴老大瞇眼望去，驚道：「是公主殿下！」

當先那人果然便是公主，身後跟著一個侍女。公主抬頭向船上望去，目光與趙觀相對，停步不前，隨即舉步走上了趙觀的船。趙觀早已奔過船板，伸手去扶她，說道：「殿下，妳怎麼來了？」

公主在趙觀的攙扶下走上甲板，說道：「我跟你們一起去。」

朴老大開口欲言，想說她千金之體，不該出海冒這等大險，但見她神色堅定，顯然心意已決，便又將話吞了回去。他與這位公主相處的時間雖不長，卻已知道她性情剛毅果斷，既已決定了作什麼事，旁人如何勸阻也是無用。這時公主向站在鄰船船頭的鄭圭溶說了幾句話，鄭圭溶似乎想勸她回去，她卻並未答應。二人對答完畢，朴老大顯得十分受寵若驚，上前躬身道：「公主，船就要開了，一會怕海上風浪大，請您到船艙裡歇歇。」公主點了點頭，招呼身後侍女，走入船艙。

趙觀和丁香互相望望，對公主親自出馬都甚感驚訝。丁香抿嘴一笑，說道：「少爺，這可遂你的意了吧？」

趙觀一笑，沒有回答，卻問道：「丁香，妳說妳少爺的膽子有多大？」丁香側過頭來，笑出頰邊兩個酒窩，說道：「足以包天。」趙觀哈哈大笑，說道：「色字頭上一把刀，金枝玉葉，只怕少爺我也惹不起。」

趙觀口裡雖是這麼說，想起公主動人的容顏，仍舊忍不住去親近。當天船開出不久，公主走出船艙，站在船舷邊眺望。趙觀走上前去，說道：「有件事情我想了老半日，一直想不明白，還請殿下指點。」

公主聽他說得嚴肅，回過頭來，神情端凝，說道：「江壇主請說。」

趙觀道：「我就是想不明白，作公主王子的，怎地都沒有名字？人人都稱你公主殿下，難道妳父母兄弟也這麼叫？駙馬爺也這麼叫？那不是很無趣麼？」

公主不料他竟說出這麼一番話來，忍不住展顏一笑，說道：「公主身分尊貴，自然不能讓人直接稱名道姓了。但江壇主若想知道，本座告知卻也不妨。我姓李，名叫彤禧。彤雲的彤，新禧的禧。」趙觀讀書不多，好在這兩個字還識得，微笑讚道：「好名字。」心想：「知道她的名字，就好辦一些了。」說著皺眉凝思。

公主看他神色，似乎在想什麼重要之事，問道：「請問江壇主還有什麼疑問麼？」

趙觀道：「我在想，誰若有幸作了妳的駙馬，該要喚妳什麼才好？是小彤？彤彤？還是禧兒呢？」公主臉色一沉，說道：「江壇主，本座告知姓名，是因感激你爲相救王弟出力，才坦誠相待，並不是想讓閣下以此相戲。」

趙觀見她不快，自己也頗覺過意不去，抱歉道：「我一張嘴就會胡說八道，請公主殿下別放在心上！」

公主回過身去，望向茫茫大海，說道：「江壇主，你想我們能追得回王弟麼？」

趙觀道：「朴老大號稱海上之王，對這附近的海域瞭若指掌，五艘船分頭搜索，沒有理由追不到一艘東瀛小船。」公主點了點頭，又問：「追上了之後，有把握救出人麼？」

趙觀道：「聽鄭圭溶說，隱身人擅長易容、輕功、暗器、毒術、火藥，這些在海上大都無用武之地。只教他們沒有先傷害了小王子，在下定能制服他們。」

公主點了點頭，眉心微蹙，說道：「江壇主，你爲了相救王弟而出海遠航，與奸惡敵人周旋，此中不無凶險，你……你爲何願意這麼作？」

趙觀凝望著她，低聲道：「我這麼作，自然是爲了妳。妳是個天下少見的好姊姊，對自己的兄弟如此情急愛護，多大的險都肯親自去冒，就憑這一點，我就要盡全力助妳救出小王子。」

公主聽他如此說，似乎有些驚訝，隨即低下頭去，說道：「多謝你。我……我不會忘記閣下的恩義，日後當圖報答。」說完便匆匆走回艙內。

趙觀咀嚼著她低下頭去的神情言語，心中大動，望著艙門怔然良久。一側頭，卻見鄭圭溶站在鄰船船頭，冷冷地向自己瞪視。趙觀忽然想起了李畫眉和張磊，心中頓感一陣不是滋味：「莫非公主和這姓鄭的是情人，我趙觀又成了可惡可恨、橫刀奪愛的第三者？」轉念又想：「這位公主可不比李大小姐對我情深義重，她對我不但沒有半分好感，只怕還厭惡得緊，現在只不過是利用我而已。至於這姓鄭的，最多只是她的親信護衛罷了，一位金枝玉葉又怎會愛上身邊的侍衛？」

正自胡思亂想，天色漸漸暗下，朴老大命令水手下錨，將兩艘大船靠在一處。船上水手準備了簡單的菜飯，讓水手武士們輪番來大船上吃。朴老大沒料到公主會上船來，怎有功夫準備好酒好菜，口中叨念不斷，擔心菜色太過粗糙，公主會因此怪罪。趙觀笑道：「公主既然上得船來，就表示她肯跟大家一塊兒吃苦，又怎會嫌菜太粗糙這等小事？」

朴老大只得放心，同趙觀和眾水手在後艙坐下吃飯。朴老大取出酒來，邀趙觀和鄭圭溶同飲，喝了一陣，便跟鄭圭溶用朝鮮語交談了起來，趙觀在旁看著，但聽二人粗聲粗氣，似乎談得並不愉快。朴老大忽然一拍桌子，站起身說了幾句話。鄭圭溶伸手指著他，回敬了幾句。趙觀完全聽不懂，自也無從調解起，只好站起身，笑道：「兩位都是為公主小王子辦事，何必一言不合，傷了和氣？」

二人對他的話充耳不聞，忽然同時出手，揪住對方的衣領，扭打了起來。趙觀忙伸手將朴老大拉開，一旁的朝鮮武士也搶上來拉住了鄭圭溶。鄭圭溶怒罵了幾句，氣鼓鼓地回到自己船上了。

趙觀問起二人為何爭吵，朴老大怒道：「這人架子忒大，仗勢凌人，憑著他是朝中臣子，對老子無禮已極！哼，若不是看在公主面上，我今兒非打得他鼻子流血不可！」

趙觀道：「他說了什麼話，激得你這麼惱怒？」朴老大道：「他說我懷藏私心，故意讓公主上船來，讓公主冒險犯難，大為不忠，回去後定要處罰我。還說我讓他得分心照顧公主的安危，無法專心搶救小王子，全是我的過錯。」

趙觀道：「這人莫名其妙，公主她自己想跟來，難道你能趕她下船麼？」朴老大道：「可不是？若不是他對公主一片忠心，我打死也不要跟這等渾帳共事！」

便在此時，公主的侍女快步走出艙來，向朴老大問了幾句，大約是公主聽說了鄭朴二人爭吵的事，派侍女前來探問。朴老大回答了，侍女點點頭，忽然轉向趙觀，說道：「江壇主，公主有請尊駕入艙同進晚膳。」

趙觀受寵若驚，便跟著那侍女走入艙中。卻見公主端坐在桌旁，舉手讓座，說道：「江壇主，請坐。」趙觀對面坐下了，燈光下但見她神態莊重，眉目隱含憂色。趙觀道：「承蒙公主相邀，江某這裡謝過了。」公主道：「不用客氣。」便讓侍女添菜奉茶。

公主閒閒問起趙觀的出身經歷，趙觀說了自己加入青幫的經過，對答之鄭重得體，怕是他出生以來從所未有的。公主凝神傾聽，偶爾發問，臉上神情淡淡地，始終不露喜怒之色，最後問道：「今晚朴先生和鄭大人起了爭執，不知是怎麼回事？」

趙觀道：「他二人說著說著就吵了起來，可惜我一句也聽不懂。似乎是鄭圭溶責怪朴老大不該讓公主上船來，讓他得分心保衛公主的安全。」

公主微微點頭，輕歎道：「這也難爲他了。我等一路逃亡出來，多虧得鄭大人一力保衛，王弟才得平安無恙。他心急救回主子，也是出於忠心。」又道：「朴先生一片熱血眞誠，感恩圖報，實是人中少見。他兩位若能攜手合作，救回王弟應不是難事。江壇主，朝鮮漢子的性情魯莽了些，尤其喝了酒之後，打架鬧事是常有的事。你是局外人，看得清楚些，加上性情沉穩，機智多計，本座如今只能倚賴你了。鄭大人和朴先生之間若再有什麼衝突，能夠勸解之處，還請你多多幫忙。不然我們自己人先吵了起來，茫茫大海之中，哪裡能辦得成事呢？」

趙觀心想：「公主找我共進晚膳，顯出對我特別信任，用意自是讓鄭圭溶和朴老大兩個冷靜下來，從互相爭寵轉爲合力對付我。她跟我說的這番託付之辭恰到好處，不著痕跡，足以讓我心甘情願爲她辦事。這位公主處事幹練，懂得馭下，實是個不可多得的人才。」便點頭道：「公主如此吩咐，江某自當遵從。」

公主微微一笑，低頭行禮道：「江公子體念本座的處境，仗義相助，本座感激不盡。」趙觀道：「好說，公主不用多禮。」

艙中略嫌悶熱，晚飯過後，公主雪白的臉頰透出幾分暈紅，嬌艷萬狀。趙觀只看得神魂顛倒，忍不住道：「殿下，今夜風平浪靜，月色想必很好，不知殿下有無興致出艙共賞明月？」公主搖頭道：「我倦了，想早些休息。江壇主請自便吧。」

趙觀只好告退出來，站在船頭賞月，卻見公主的侍女快步出來，請了鄭圭溶進去。鄭圭溶從鄰船踏船板過來，來到艙門外，對趙觀瞥了一眼，便躬著身子走了進去。趙觀不願偷聽，轉身走開，但甲板不大，他直走到船尾最遠處，仍能隱約聽得房中公主和鄭圭溶的對話，二人都用朝鮮語，鄭圭溶口氣恭敬得體，公主語氣平淡莊重，若說這兩人間有什麼不可告人的私情，那是絕對不像。對答沒有多久，鄭圭溶便告退出來。公主又讓朴老大進去，小談一陣，朴老大出來之後，臉上神色便寬和了許多。

如此一日過去，到得次日上午，前面的船回來報說已見到東瀛小船的影蹤。朴老大想追上前去攔截，鄭圭溶卻主張一路跟蹤到他們的大本營後再一網打盡，並說若在海中船上搶救小王子，賊人隨時能將小王子扔入海中，反而危險。鄭圭溶和朴老大爲了這事爭執起來，相持不下，若不是趙觀在旁勸解，兩人險些又要打了起來。公主沉吟一陣，最後還是依從鄭圭溶的主意，五艘船默默在後追蹤那艘東瀛小船。

每日晚飯之前，公主都站在船梢旁眺望大海，似乎急於望見遠遠那艘小船上弟弟的身影。趙觀總是陪伴在她身旁，看著她的一顰一笑，如癡如醉。公主也顯得對他青眼有加，常常遣開身邊其他人，獨與趙觀相處，神色言談間對他似乎若有意焉，卻又讓人難以確知。趙觀每夜都感到她有可能邀自己進入她的香閨，但又始終不曾發生，只將他弄得心癢難熬，只有對公主加意的殷勤討好。

這日晚間，趙觀送公主回艙房休息，自己坐在她房外，望著星星發呆，耳中聽著公主在艙中的呼吸聲和衣服摩擦的細微聲響，神馳意動，竟一直坐到半夜還毫無睡意。忽聽格的一聲，鄰船的艙門開處，一個人走了出來，搭起船板，走上另一艘小船，低聲說話，似乎在查問船上水手跟蹤東瀛小船的情況。他去完一艘，又去了第二艘、第三艘，巡視甚嚴。每夜兩艘大船都一起下錨，停靠在一處，最後那人走上了自己這艘大船，來到公主艙房窗外。

趙觀屏息不動，黑暗中看出那人身形高大，正是鄭圭溶。他心中一動：「他是來跟公主幽會的麼？公主難道眞的跟他……」未及想下去，便聽鄭圭溶低聲說了幾句話。過了一陣，公主在房內回答了一句，聲音極低，又是朝鮮語，趙觀半點也聽不懂。二人對答了數句，鄭圭溶便悄聲退開，回到自己船上了。

趙觀在旁看著，感到一陣莫名的嫉妒，忍不住開始痛罵自己：「趙觀啊趙觀，你自命爲風流不羈的護花使者，怎地如此不知長進，自己得不到她的歡心，只一廂情願盼望她沒有別的情人？你不想著好好保護她，替她找回兄弟，卻在這兒癡心妄想、胡亂揣測，眞是沒有出息到了極點！」

他素來風流自喜，身邊的姑娘總是自動對他傾心，甚至生死相許，從未遇上如公主這般難以到手的女子。他被激起了不肯服輸的心思，對自己賭咒起誓，非要贏得美人芳心才罷休。

第八十四章　海上喋血

次日天明，朴老大下令開船，鄭圭溶卻神色慌張，從船艙中出來，隔著船叫道：「我船上的水手不知怎麼回事，一個個都臉色蒼白，爬不起身。」

朴老大皺眉道：「莫非是染上了病？」過去鄰船檢視，果見十個水手中有七個頭暈嘔吐，躺在船板上奄奄一息。朴老大的副手白老三道：「船上大家擠在一塊兒睡，一起生病是常有的事，過一兩日就會好了。」朴老大道：「既然這樣，今兒就停航一日，大家休息，等這些人病好了再啓程吧。」

沒想到到了午後，又有七八個朝鮮武士跟著病倒了。當天晚上，除了趙觀那船的人平安無事外，其餘四艘船上的許多人都上吐下瀉，狼狽萬狀，已有兩人奄奄一息。公主極爲擔心，召了鄭圭溶、朴老大和趙觀三人來艙中商討對策。

鄭圭溶似乎並不著緊，說道：「武士們不習慣船上作息，現在天候又寒冷，難怪會病得這麼嚴重，請公主不要過於擔憂。」朴老大卻搖頭道：「但我的手下也跟著病倒了好些。我手下水手常年在海上討生活，哪有這麼容易便病倒的？公主殿下，這事情似乎有些不對。」

鄭圭溶瞪著他道：「朴老大，你莫要疑神疑鬼，危言聳聽。過著幾日，大家自會恢復過來。」朴老大也回瞪道：「再多過幾日，東瀛賊船就要走得遠了，咱們如何能追得上？」

鄭圭溶撇嘴道：「這還不容易？可讓未曾得病的水手乘一艘小船先追上去，看準他們的去處再回來通報，決不會跟丟了的。殿下，大家身體虛弱如此，該當停下休息安養，待恢復了體力再開船爲佳。」二人說著又爭執起來。

公主遲疑不決，轉向趙觀道：「江壇主，你有何高見？」

趙觀始終沒有開口，聽公主問起，便道：「我沒有意見，此事自有朴老大和鄭大人作主。」公主點了點頭，便決定採取折衷的作法，說道：「好吧，朴先生，請你派人乘小船先追上去，其餘船隻和水手明日再停一日。」便讓三人退出。

第二天眾人又停船休息，朴老大讓白老三率領兩個水手、兩個朝鮮武士，駕小船去追蹤。到得傍晚，派出去追蹤的小船始終沒有回來。朴老大擔上了心，親自駕了另一艘小船追上去看，過了兩個時辰才回來，臉色蒼白如紙，說道：「事情不好了。今兒早上派出去的人，全都……全都遇難了！」

公主大驚，忙問起詳細。朴老大道：「他們似乎被東瀛賊子發現，五人都被刀砍死在船中。」公主和鄭圭溶等都驚疑不定，當晚令眾朝鮮武士和水手輪流徹夜守備。

朴老大又怒又恨，責怪鄭圭溶出這餿主意，害他的手下被殺。鄭圭溶也不讓步，說他手下武士也一同遭難，定是白老三貪功冒進，駛得離敵船太近，才讓敵人發現了蹤跡。兩人爲此吵得不可開交，公主心煩意亂，下令讓鄭圭溶回到另一艘船上休息，第二日再談。

當天夜裡，丁香問趙觀道：「少爺，你看這兒到底是怎麼回事？」趙觀道：「這船上有人不想去救小王子。」丁香問道：「何以得知？」趙觀道：「水手武士們兩日前忽然一起生起病來，只有鄭圭溶和咱們這船的人好好的，這其中定有問題。我今天早上去看了幾個生病的水手，顯然是被人下了毒。這毒不是我下的，也不是你下的。」丁香側頭道：「我實在看不出誰最可疑。少爺，你看出是誰下的手麼？」

趙觀搖頭道：「我本來覺得白老三最可疑，他不是朝鮮人，多半不願爲了救小王子而冒險，很可能因此故意阻礙。但他今日死在海上，自然不是他了。」丁香道：「朴老大看來是個老實人，鄭圭溶忠心耿耿，眾朝鮮武士也沒道理這麼作。」趙觀沉吟道：「我們小心些，明日或許能看出些端倪。」

不料次日又有更驚人的變故；清晨天尚未亮起，便有人發現五名朝鮮武士和八個水手被人用刀砍死在船艙裡，死屍狼藉，慘不忍睹。鄭圭溶立即來向公主稟報，公主聽聞之後，臉色蒼白，眉頭緊蹙。

朴老大得訊後，也是驚詫萬分，匆匆趕到公主艙房之外求見。鄭圭溶見到他來，神色肅然，冷冷地道：「我要單獨向殿下請示。你給我到另一艘船上去等著！」朴老大見他神態言語無禮已極，怒氣勃發，但見公主微微點頭，只能強自忍耐，退開走上了鄰船。

趙觀早被喧鬧的人聲吵醒，來到甲板上，見鄭圭溶趕走了朴老大，與公主密談起來。他對丁香使了個眼色，丁香會意，忙走到艙房之後去找公主的侍女。這幾日來她和公主的侍女說笑談天，混得甚熟，這時便央求她代爲轉譯。那侍女見事情重大，不敢擅自轉譯，丁香說好說歹，侍女才悄悄向趙觀和丁香說出鄭圭溶和公主密談的大概。

原來鄭圭溶認定這一切都是朴老大作的手腳：朴老大指揮作飯菜的水手在菜中下毒，才讓這麼多人同時病倒；他派白老三等出去，密令白老三下手殺死眾朝鮮武士，自己出去接應時又殺死白老三滅口；昨夜殺死朝鮮武士和水手，自然也是出於他的指令，除朝鮮武士外還殺了幾個水手，只是爲了遮人眼目而已。至於他爲什麼要這麼作，自是爲了排擠鄭圭溶，獨占保護公主、救回小王子的功勞。鄭圭溶主張立刻殺死朴老大，公主卻說此時大家在他的船上，若將他抓起，其他水手定要不服，一亂起來，大家都有生命危險。

趙觀聽了，皺起眉頭不語，向艙房望去，卻見公主和鄭圭溶仍舊密談不已。天色將明，大霧升起，海面一片滄茫。過不多久，鄭圭溶出得艙來，什麼話都沒有說，回到自己船上，神色十分陰沉。

趙觀獨自站在船頭，在冰冷的晨霧中沉思。卻聽甲板腳步聲響，一人快步來到自己身後，低聲喚道：「江壇主！」

趙觀聽那正是公主的聲音，微微吃驚，回過身來，果見公主站在身後，全身都包圍在霧氣之中，虛無縹緲，好似不可捉摸一般。趙觀低聲道：「外面風大寒冷，殿下勿要久留。」公主微微搖頭，說道：「江壇主，我有件要緊事，須求你幫忙。」

趙觀點了點頭，說道：「殿下請說。」

公主身子微微顫抖，說道：「我想請你拿下鄭圭溶！」

趙觀微微一愕，凝望著她不語。公主伸手抓住船邊的欄杆，似乎站立不穩，趙觀伸手扶住了她，另一手握住了她的手，感覺她手掌寒冷如冰。公主從霧中望向他，低聲道：「我懷疑他才是下毒殺人的凶手，決不是朴先生。你……你能替我制住他麼？」

趙觀點了點頭，心中霎時動了千百個念頭。他原本便懷疑鄭圭溶是暗中搞鬼之人，只是不能確知他為何要這麼作。鄭圭溶是公主跟前最得力的侍衛，忠心耿耿，保護小王子不遺餘力，公主對他也十分信任；他為何會在搶救小王子的途中搗鬼？他那夜來到公主窗外與公主密談，次日水手便開始生病，難道這一切是出於公主的旨意？公主急於救回弟弟，又怎會蓄意阻礙？若是她的旨意，她又怎會來找自己？

趙觀握著公主微微顫抖的手，登時明白了許多事：公主其實並不信任鄭圭溶，因此才不願與他同船。船上出了事，她第一個便懷疑鄭圭溶，卻不懷疑朴老大或趙觀。卻聽她又道：「我為了讓他安心，以為我相信了他的話，已下令讓他去布置抓起朴老大。他抓起朴老大後，我叫他近前來，咳嗽兩聲，便請你出手拿下他。我自有辦法讓他說出實話。」趙觀點頭道：「好，一切聽公主吩咐。」公主深深地望了他一眼，便匆匆回入艙中。

沒過多久，鄭圭溶走回公主座船，大聲道：「朴忠毅聽令！」朴老大從鄰船回到甲板上，怒道：「你有什麼屁放？」鄭圭溶道：「公主有令，座船立即回航，著本人和朴忠毅去追回小王子。」

朴老大冷冷地道：「你向公主冤枉誣告了些什麼，你當我不知道麼？你讓公主先回去，她一安全了，你就有權力下手捕殺我。是麼？」

鄭圭溶冷笑道：「你叛心深重，自己說出來了，也省得我需要向公主交代！」搶上前去，拔出腰刀向朴老大砍去。朴老大怒道：「動手麼？」拔出單刀抵擋，二人便在甲板上揮刀砍殺起來。其餘水手武士此時都在別的船上，大聲呼喝助陣，卻無法過來幫忙。朴老大武功不敵，不多時便被砍傷了肩膀，摔倒在甲板上。鄭圭溶取過繩索將他綁住，用刀架在他頸中。

趙觀看在眼中，雙手在袖中準備好毒藥，蓄勢待發，但聽艙門響處，公主走了出來，說道：「很好！叛賊終於就擒了麼？」

朴老大高聲叫道：「冤枉、冤枉！殿下，在船上害人殺人的另有其人，請公主留心！」公主道：「鄭圭溶，你作得很好。將這叛賊提上前來，我有話問他。」鄭圭溶道：「這等狼心賊子，還有什麼好問的？一刀殺了便是。」公主搖頭道：「我要問問他，母后昔年對他有恩，他怎能如此忘恩負義？他背後一定另有主使。將他帶過來！」

鄭圭溶便將朴老大提了過來，公主似乎甚是激動，忽然轉過頭去，捂著嘴咳嗽了兩聲，趙觀立時出手去扣鄭圭溶的手腕。鄭圭溶反應極快，伸手架開，喝道：「作什麼？」側頭見公主急急退了幾步，登時領悟是公主令趙觀擒拿自己，大喝一聲，翻出一柄匕首，向公主撲去。趙觀喝道：「大膽！」一手抓住他的背心，一手打下他手中的匕首。他出手時已用上了毒藥，鄭圭溶哪裡抵受得住，翻身滾倒在地。趙觀伸手點了他的穴道，讓他倒在船板上，又去替朴老大解了束縛，包紮傷口。

公主面若寒霜，向鄭圭溶凝視良久，鄭圭溶傲然回視，毫不退縮。公主冷冷地道：「原來你要的是我的命！一路洩漏我們行蹤，讓刺客追來的，就是你了！鄭圭溶，宣太后給了你多少好處，讓你跟著我們來作臥底？」

鄭圭溶臉色霎白，抬頭哈哈一笑，說道：「妳既然全都知道了，我還須多說什麼？反正小王子已落入東瀛隱身人手中，妳如何也救不回來了。我已將船上清水全數倒掉，船舷也給我毀了。公主殿下，妳殺了我也罷，反正妳一般活不過三四天。大家結伴一起去陰間，倒也熱鬧得很啊。」

公主哼了一聲。朴老大聽到他的話，大驚失色，忙呼喚水手去查看，果然發現所有的清水罈子都已空了，船舷也已毀壞。朴老大急怒交加，衝上前便給鄭圭溶一個巴掌，喝道：「公主對你如此信任，你……你怎能狼心狗肺到此地步？」

鄭圭溶被他打得口角流血，回過頭來，大聲道：「各爲其主，何錯之有？我是奉當今王上之命行事，剷除亂賊叛臣，有何不對？」

公主神色鎮定，在甲板上踱了幾步，又回到鄭圭溶身前，說道：「我懷疑你暗藏機心，已經有好一陣子了，只是一直不能確定。你能當上首輔侍衛大臣，全靠我母后一力提拔，母后對你素來萬分信任。你相助本座救出小王子，逃離國內，卻又引刺客追來，究竟目的何在？難道就是要讓我等死在海外麼？」

鄭圭溶哈哈一笑，說道：「公主，妳畢竟是有見識的。王上初即位便抓起文定王太后和王弟，倘若就此殺害，王上以後還能以仁孝治國麼？但小王子若逃脫死牢，離開國家，便算是不遵王令，自我放逐，之後死在海外，如此便不損傷王上的令德。」

公主凝視著他，緩緩點頭，說道：「很好，很好。我知道你在士林中很有分量，對仁義禮智這一套儒學篤信不違。支持大儒者趙光祖那一派今日得勢了，你想必也跟他們串聯交好，是麼？」

鄭圭溶肅然道：「不錯。趙先生以儒家理想治國，天下順服，若不是因爲得罪了太多勳舊大臣，受到嫉恨，又怎會被中宗處死？趙先生的舊時弟子今日終於能夠出頭，輔佐王上，再創一個以禮義爲本的朝鮮國，指日可待！」

公主哼了一聲，抿嘴不語，在甲板上踱了一陣，最後道：「鄭圭溶，你雖數次相害，意圖取小王子和本座的性命，但本座並不殺你。朴先生，請你將他綁起來，關在底艙。」朴老大便指揮手下將鄭圭溶押了下去。

公主又道：「首輔侍衛大臣鄭圭溶革職，朴忠毅聽令。」朴老大一驚，連忙跪下。公主道：「著朴忠毅代任首輔侍衛大臣。臨危任命，盼你盡忠職守，盡力救回小王子，護衛小王子的安危。」朴老大忙磕頭受命。

趙觀在旁看著，心中暗暗佩服公主行事沉穩，手段高明，但不知如何內心感到一陣不安，似乎有些什麼事情自己尚未想通，又隱隱感覺到這位高貴不可侵犯的公主有著不為人知的一面。

第八十五章　海上奇人

卻說公主處置了內奸鄭圭溶，船上眾人卻也陷入了絕境。此時大海茫茫，船舷毀壞，無法控制方向，又沒了清水，生病的人只有更加嚴重，原本健康的人離乾渴而死也不過是幾日的時間。朴老大雖然剛剛肩負了首輔侍衛的重任，卻早慌了手腳，忙著指揮水手修補船舷，幸而還勉強可用。他令眾船往西回航，全速前進，但眾人出海已有半月，他熟悉附近海域，知道數日之內皆無島嶼，船上全無清水，眾人無論如何撐不過這半個月時間。且船舷未曾完全修復，幾艘船不多時便迷失了方向。他焦急如焚，在甲板上走來走去，一會兒跪地懇求老天下雨，一會兒爬上船桅往遠處極目遠望，只盼能找到什麼島嶼。

船上唯一剩下的清水只有存在廚下的小半壺，眾人自然都讓給公主喝。公主卻不肯喝，說道：「大家同舟受苦，我又怎能獨自享用？」

如此過了一日，老天連一滴雨也沒有下。船上原本生病的便有幾個撐不住而昏死過去，公主的侍女體質偏弱，也早倒在床上不能起身。這日正午，朴老大爬在船桅頂端焦急地向四面觀望，忽然大叫一聲：「有了！」

船上眾人俱都欣喜若狂，圍在船桅之下，連聲問道：「看到陸地了麼？」「還有多遠？」「是島嶼還是陸地？」

朴老大卻不發響，好一陣才道：「不是島，也不是陸地，是一個人！」

眾人都是一呆，一齊往朴老大觀望的方向望去，果見遠遠的似乎有個人騎在浪頭上，一會高一會低，整個身子卻始終浮在水面之上。眾人只道是眼花了，茫茫大海之中，怎麼可能有人走在海面之上？卻見那人極快地從水上飄來，直來到船前，眾人這才看清楚了，原來他是站在一條大魚背上。波浪中看不出那魚究竟有多大，黑摸摸的似乎比他們的座船還要長出一截。但見那騎魚怪人身上皮膚晒得黝黑，筋肉盤結，頭髮剃得清光，下身圍了一塊布，用粗麻繩綁住，腰間還掛了一柄短刀。

丁香看了這人的模樣，驚奇已極，說道：「少爺，我一輩子長在陸地上，從沒見過這般的人物，可眞是孤陋寡聞了。」

朴老大聽了，搖頭道：「我在海上過了一輩子，卻也是第一次看到這樣的怪人。」開口叫道：「喂、喂，這位老兄，請留步！」

那人原本便要從眾人的船隊旁掠過，聽得呼喚，便停了下來，一逕來到朴老大的座船前，咧嘴一笑，露出一口潔白的牙齒，說道：「誰叫我？什麼事？」

眾人聽他會說人話，不是鬼怪，都暗自噓了一口氣。朴老大道：「這位大哥，請問尊姓大名？」

那人道：「我叫海靈兒。」

朴老大道：「海先生，我們迷失了航路，船上又沒了清水，請問這附近可有島嶼麼？」海靈兒側頭想了想，說道：「島嶼是有，只怕你們去不了。」朴老大道：「怎麼？」海靈兒道：「那島旁海域暗流洶湧，礁石又多，你這大船一去，定要觸礁沉沒的。你們幹麼不各自找一隻魚來騎，我帶你們去？」

眾人互相望望，都知世上除了這人以外，大約不會有別人能夠騎在魚背上了。趙觀道：「老兄，騎魚的本事世間少有，我們幾個恐怕都不成。不如你領我們乘船去，將近島嶼了，我們再想法靠近便是。」

海靈兒抬頭望向他，笑道：「原來你們都不會騎魚，那還來海上作什麼？我告訴你，這大海是魚的地盤，你們不會騎魚還來到海上，眞是不知天高海深，十足不要命了，渴死了也是活該！」

趙觀聽他說得輕蔑，忽然湧身往海中一跳，正落在海靈兒身旁。但見腳下果眞是一條大魚的魚背，落足滑溜，趙觀忙施展輕功站穩了。卻見那魚從頭到尾足有十丈長短，比整條船還要大，通體黑色，不由得好奇，問道：「這是什麼魚？」

海靈兒道：「這就是鯤魚，也有叫鯨魚的。哎，你別站在人家鼻孔上頭，牠要噴水的。」才沒說完，趙觀便覺腳下有股力道衝上，連忙讓開一步，一道水霧登時噴了上來，直濺得他全身濕淋淋地。船上眾人見狀，雖在危難之中，都不由得失笑。

海靈兒向趙觀上下打量，似乎對他甚感興味，伸手拍拍他的肩膀，說道：「敢跟我一起騎魚的人，你是第一人。好吧，我海靈兒就幫你們這個忙。我這魚兒可以載兩個人。我先帶兩個人去島上，再拿水回來接其他人，如何？」

眾人互相望望，都覺這是求得生路的一線希望，雖對這海上怪人心存疑懼，卻也別無他法，朴老大道：「好！江壇主，請你護送公主先去。」

趙觀心知此行吉凶難料，卻是眾人唯一的求生機會，公主的命自然是最珍貴的，而其餘人中以自己武功最強，能負起保衛公主的責任，確實該讓自己二人先行，便道：「就這麼辦。一到島上，我立即取集清水，請海大哥帶回給各位。」說著抬頭望向公主。

公主微一遲疑，轉頭望向朴老大，又望向船上其餘眾人，說道：「我決意跟大家同生共死。你們……你們要保重，活著等海先生來接你們，不然我也絕不獨活。」朴老大甚是感動，跪下流淚道：「殿下請放心去吧。我們……我們一定盡力追隨您！」

公主的侍女和丁香各自奔去船艙中取了保暖衣物和簑衣出來，侍女替公主穿上大衣，跪倒在地，哭道：「殿下，您一定要好好活下去！」公主與她相擁，低聲安慰。

丁香將手中的衣物扔下去給趙觀，低頭向他望去，眼中滿是依戀之色。趙觀抬頭向她一笑，說道：「乖乖丁香，幫我照顧年大少爺，照看朴老大。」丁香點了點頭，眼眶不禁紅了。

公主吸了一口氣，低頭往海裡望去，見趙觀伸展雙臂，等著自己跳下。她只能隱約看見潛伏在海裡的那條大魚，不禁感到一陣驚惶害怕，鼓起勇氣，跨過船舷，閉上眼睛往下一跳，感到一雙有力的臂膀接住了自己的身子。她睜開眼睛，迎面便是一個浪頭打來，忙又閉上了眼睛。

卻聽海靈兒叫道：「出發嘍！」接著風浪聲盈耳，那條大魚已開始游動。公主回頭見朴老大的座船愈來愈遠，自己和趙觀與那怪人騎在魚背上，在茫茫大海中前進，不由得又是害怕，又是新奇。

此時雖非嚴冬，但海水冰冷，寒風如刀。公主穿上了狐裘和簑衣，仍舊冷得簌簌發抖。趙觀坐在公主身前，替她擋去大部分的風力。他心情倒是十分輕鬆，跟海靈兒攀談說笑起來，問起海靈兒的出身。

原來海靈兒出生在海邊的一個漁村，父母早死，自幼跟著老邁的外公長大。他從小就愛在海灘上嬉戲玩耍，對寬廣無邊大海有著一股奇異的嚮往。村人看他成天在海潮裡玩，都叫他「弄潮兒」。弄潮兒水性奇佳，能夠潛入水中很久很深，抓回龍蝦、大蚌等珍奇海味，在市場上賣得極好的價錢，他和老外公就靠著他這本事，過了一段很優渥的日子。海靈兒十三歲時，有人重金僱用他去海底取珍珠，他看出珍珠好賣，索性自己作起採賣珍珠的生意，二十歲之前就已成爲聞名當地的大富翁。後來老外公死去，他對陸地再無羈絆眷戀，便決定去海上謀生。他變賣了所有家產，改名爲海靈兒，弄了一艘小船出海冒險探奇，一去就是十多年不歸。他說他去過南洋的許多島嶼，蘇門答臘、爪哇、婆羅洲、菲律賓、琉球、高山島、安南半島等地都曾遊訪過，也曾涉足東瀛群島、朝鮮半島等地。

趙觀聽他數說各地的奇風異俗，嘖嘖稱奇，最後問道：「你原本乘船遊歷，什麼時候開始改乘這條大船了？」說著拍拍身下的大魚。

海靈兒道：「這位老兄是我的老相識了。那是七年前吧，我那時正在一個小島上停留，這隻鯨魚當時還小，不知怎地在沙灘上擱淺了。當地的人想將牠殺了煮吃，我看牠可憐，便出錢買下牠，又僱人將牠推回海中。後來牠常常回去那海灣，我便在海裡跟牠一塊兒游泳玩耍，混得熟了。一次我出海遇上颶風，船翻了，虧得這位老朋友趕來相救，讓我騎在牠背上，載我平安回到陸地。後來我發現騎魚比坐船有趣百倍，從此就騎魚出遊了。」

趙觀哈哈大笑，說道：「五湖四海的奇人，閣下要居第一！」

海靈兒對趙觀甚有好感，問起他的出身。趙觀回頭一瞥，見公主靠在自己背上，似已沉沉睡去，微微一笑，替她多蓋上一層衣裘，便向海靈兒說起自己在妓院長大、加入百花門、學習毒術刀法、成爲百花門主、加入青幫、成爲法王的種種經過。海靈兒聽得大有興味，市井妓院、毒術武功、密教法王等等對他都極爲陌生新奇，不斷追問，二人聊得甚是投機。

如此行了約莫三個時辰，海靈兒站起身，用手遮在眼上眺望，說道：「就快到啦。」趙觀輕輕搖醒公主，說道：「殿下，咱們快到小島了。」站起身望去，但見遠處有座尖山，從海中拔起，便問海靈兒道：「那島很大麼？有人住麼？」

海靈兒道：「那島上住了百來戶人家，都是東瀛人。」趙觀和公主對望一眼，心中都生起一股不祥之感。海靈兒道：「我去過那島好幾次，那些矮子不大友善，但還不致害人，你們不必擔心。那裡有個小市鎮，居民總有百來人。」

到了傍晚，大魚終於帶著三人來到島旁。該處的海域確實十分險惡，暗流洶湧，礁石滿布，最後的幾里連大魚都游不過去，海靈兒和趙觀只好一邊一個，攙著公主游近海灘。三人上岸後，便去市集買了兩大罈水。海靈兒一上岸後，就似變了個人一般，話也少了，臉色也陰沉了，好似渾身都不自在。

趙觀看了他的模樣，知道他不喜上岸，便道：「我們在船上的朋友已有幾天沒水了，性命交關，得煩勞海兒送水去給他們，再領他們來這島上。」

海靈兒眼睛一亮，說道：「那最好了。我最不喜歡待在岸上，你們自己能照顧自己，我這便去了。」屈指算算，說道：「我們來到這裡大約花了三個時辰，我現在出發去找你們的船，也要三個多時辰。在船上分水救命，再帶他們回來這裡，總要到明兒午後才能到。」趙觀道：「你快去不妨。只怕往來奔波，太煩勞了海兄。」

海靈兒拍拍趙觀的肩膀，笑道：「什麼煩勞？我好久沒跟人聊得這麼高興了。趙觀，我海靈兒交了你這個朋友！」便抬起兩大罈水，興沖沖地上魚去了。

趙觀和公主站在海岸邊的大石塊上，望著海靈兒遠遠地去了，都覺如在夢中。此時夕陽西沉，彩霞滿天，嫣紅淡紫，奇幻無方。趙觀仰頭望著天際，笑道：「人生有此奇遇，也算不枉走這一遭了！」

公主也不禁點頭道：「你說得是。」海風吹過，她身上一寒，打了個噴嚏。趙觀道：「咱們身上都溼了，天黑後定要更加寒冷。我們快找地方歇宿吧。」

二人來到鎮上，但見人來人往，甚是熱鬧，眾人衣著語言都與中土大不相同，顯是東瀛居民。二人才走入市場，便感到所有人的眼光都集中在二人身上，有的疑懼，有的新奇，有的厭惡，顯然這小島極少有外人到來。公主識得東瀛言語，便去與村民攀談，想買兩件乾淨的衣服，找個地方住下。村民卻似乎對外人甚是避忌，不太願意跟他們打交道，公主連問了七八個人，都搖手擰頭，不肯幫忙。

公主皺眉道：「海先生說得不錯，這些人好不友善。」

趙觀道：「以前本幫大財主年壇主曾教訓我說：『有錢能使鬼推磨，窮愁能令士喪志』。不知錢財能不能打動這些矮鬼？」

公主道：「試試不妨。」便摘下耳上的珍珠耳環，交給趙觀。趙觀拿在手上看，笑道：「好美的珍珠，怕不止千兩銀子吧？金枝玉葉穿戴的事物，果然不同凡響。」便拿了那對珍珠耳環在市面上遊走，向人兜售。走了一圈後，終於有個叫三郎的漁民看那兩粒珍珠晶瑩圓潤，絕非俗品，雙眼發光，上來攀談，賣了兩件粗布衣衫給他們，又帶他們去一家小館子飽餐一頓。

趙觀和公主吃飽喝足後，感到身上暖呼呼的，都覺一輩子從來沒有這麼安適舒服過。公主向三郎問起客店，他道：「這島上沒有客店，只山上有間大屋，兩位可以去求宿。」便讓一個小孩兒帶路，領二人去山上大屋。

那小孩頭上梳著兩根沖天辮，瘦小的身子裹在厚厚的棉袍裡，手提燈籠，足蹬草鞋，在野地裡跑得飛快。趙觀怕公主跟不上，伸手輕托她腰，扶著她快行。那山並不高，三人不多久就來到一座大屋前。那小孩兒道：「就是這裡了。主人姓加賀，你們去找他吧。」

公主從懷裡取出一隻純金打造的仙鶴，送給小孩兒，說道：「這個送給你。明兒早上有一群漢人會來到島上，請你告訴他們李小姐和江公子來了這地方留宿，讓他們找來。你若帶他們來，我還有好東西要送你呢。」

小孩兒甚是驚喜，拿著那金鶴翻來覆去地看，才蹦蹦跳跳地去了。

第八十六章 隱身之人

趙觀上前去敲那大屋的門，不多久，一個小老頭過來開了門，向他上下打量，很客氣地說了一句什麼。公主上前攀談，那人連連點頭，指著趙觀問了幾句。公主點了點頭，那人便對趙觀躬身行禮，說了幾句話。

趙觀問道：「他說什麼？」

公主道：「他說主人不在，他不好作主讓外人來借住。但他主人向來尊重漢人，有許多漢人朋友，聽說你是漢人，一定很樂意讓我們借住一晚。」

趙觀拱手稱謝，那人不斷搖手，指指天空，意示今晚可能會下雪，不要客氣云云，便開門讓二人進屋。

卻見屋中布置竟極其華麗，地板以深色檜木條鋪成，左首一張黑漆描金的矮几上供著一柄出鞘的武士刀，刀鞘鑲滿寶石，刀身閃閃發光；正對門的天井中放了一只半人高的景泰藍花瓶，瓶中插著三枝傲岸的老梅花枝；右首神龕上則供著一尊沉香木雕地藏王菩薩。趙觀從未見過東瀛的擺飾，游目四顧，只覺處處新鮮，嘖嘖稱奇。

公主出身朝鮮王族，從小錦衣玉食，看慣了金堂玉馬、珍奇寶貝，見了屋中的擺飾，卻也不由得暗暗驚詫，低聲道：「這裡的每件飾物都是上好的精品，非是大富人家不能擁有。這裡的主人不知是什麼人？」

那老頭領著二人穿過迴廊，經過三個天井，來到一間房外，滑開紙糊的趟門，請二人進去坐下。卻見那房中更是布置得美侖美奐，竹鋪地板鑲著金紅繡紋的邊，正面雪白牆上掛了一扇巨大的彩繪扇面，畫著大城市車水馬龍的景象，畫工精細，栩栩如生；兩邊牆上掛著大幅字畫，筆畫粗濃，一幅是龍飛鳳舞的草書，一幅是達摩面壁。屋中的黑木茶几上擺著一套青瓷茶具和一只青瓷香爐，小巧精緻。老頭說了幾句話，就退出去了。

公主道：「他說主母要來看我們，請我們稍候。」

過不多久，紙門滑開，一個滿臉撲著白粉的中年女人跪在門外，向公主拜下爲禮，公主跪著回禮。

趙觀見那女人身穿黑色絲織袍服，背後揹了一個枕頭般的紅色大布結，臉上白得可怕，好似戴了面具一般，一雙眉毛卻用深黑色描成，作蛾眉狀，嘴巴只有上唇塗了艷紅色，下唇只點了一小點紅色，看上去煞是古怪。但見那女人轉過頭來，恭恭敬敬地向自己低頭爲禮，也忙跪下回禮。

中年女人起身進屋，在桌旁坐下，和公主對答了幾句，語氣極盡恭敬客氣，之後便退了出去。

趙觀問道：「她說什麼？」

公主道：「她說我們可放心在這房裡睡一夜。明晚主人回來，再親自招待。」正說時，便有兩個侍女進來，從壁櫥中拿出睡墊和棉被，鋪在地上，放上兩個枕頭。鋪好了床，一個侍女熄滅了屋中油燈，只留下一盞小燈放在桌上；另一個換了一盤香，添上熱茶，打點完畢，兩個侍女便跪著行禮，退了出去，關上紙門。

趙觀在房中東摸摸，西看看，掀開字畫瞧瞧背面有什麼，又打開香爐撥弄了一下，回頭見房正中地上那張床鋪得整整齊齊，被面是華麗耀眼的金銀線繡百鶴圖，不由得微笑道：「東瀛人當眞古怪，連床都沒有，就睡在地上。」

公主見他臉色古怪，早猜知他心裡在想什麼，咳嗽一聲，說道：「東瀛習俗便是如此。爲避免懷疑，我告訴他們我二人是夫妻，因此他們只準備了一張床。江壇主，你今日辛苦了，請先睡吧。」

趙觀早想到與公主同室過夜，大有機會對她輕薄，但他對這位高貴莊重的公主始終存有幾分敬意，便強自收起妄想，正色道：「我不累。殿下身子嬌貴，今兒在海上受了風寒，正該好好休息一夜。我在這兒坐著替殿下守夜便是。」

公主早感到身心疲憊已極，聽他這麼說，便不再推辭，解下狐裘外衣。當時天候甚冷，她身上感到一陣寒意，忙鑽入被窩。趙觀替她蓋好了被，微笑道：「殿下請安睡吧。」

公主望著他，低聲問道：「你冷麼？」趙觀心道：「我便冷了，難道妳會讓我鑽進被裡，跟妳一起暖和暖和麼？」口中說道：「我不冷。您別管我，早點睡吧。」

公主閉上眼睛，忽道：「這香味道眞好。」

趙觀心中一動，站起身在房中走了一圈，眼光停在那香爐上，輕輕吸了一口氣，低聲道：「好高明的手段！」他搶到公主身邊，俯身將她抱起，說道：「殿下，我們入了賊窩了！」公主正在半睡半醒之間，聞言驚道：「怎麼？」

趙觀無暇多說，從懷中掏出一粒藥丸，塞到公主口中。他側耳靜聽半晌，臉色微變，忽然匆匆拉過枕頭塞入棉被中，抱著公主一躍上了屋樑。

公主正想開口詢問，卻聽腳步雜沓，接著一聲吆喝，房間三邊的紙門同時打開，門外二十多名弓箭手一排圍上，箭尖對準了床鋪，鐵製的箭尖在燈籠下發出碧油油的光。

卻見開門的小老頭和那主母緩步走入房中，小老頭哈哈大笑，說道：「公主殿下，妳道我不認得妳麼？這福江島正是我東瀛海盜的大本營，妳們來自投羅網，我又怎能不好好招待？殿下，跟妳的小白臉情漢子相擁同死吧！」手一揮，咻咻聲響，弓箭手一齊放箭，屋中的棉被登時被穿刺得如刺蝟一般。

公主眼見自己險些就成爲箭下之鬼，慘死被中，不禁臉色雪白，緊緊抓住趙觀的手臂。

趙觀反握住公主的手，示意她不要出聲，輕輕解下腰間的蜈蚣索，低頭見那小老頭大步走上前，伸手去掀棉被。趙觀看準時機，便在他掀開棉被的那一刹那，長索如一條靈蛇般疾伸而下，捲在小老頭的頸上。

小老頭全神貫注於棉被之下，不防頭上有敵，驚吼一聲，忙伸手去扯頸中長索。但趙觀的蜈蚣索毒性何等強烈，小老頭只覺頸上劇痛如燒，慘叫一聲，臉色轉黑，已然斃命。趙觀手腕一振，揮索將小老頭的身子向旁甩出，向一干弓箭手砸去。小老頭的屍身上已有劇毒，眾弓箭手被屍身撞上的都跟著沾染毒性，倒地昏死過去。其餘弓箭手見敵人出手狠辣無比，俱都心驚膽戰，紛紛扔下弓箭四竄躲避。

趙觀這一捲一甩，不過是幾瞬間的事，他知道自己占了先機，不可錯失放過，手一抖，收回蜈蚣索，跳下地來，單刀揮出，向那圭母砍去。他滿擬這一刀出去便能殺死或制住這女人，不料這刀卻落了空，但見那圭母身子一閃，已竄入庭院中的大樹之上，袖風揮處，向自己射出三枚十字鏢，來勢勁急，趙觀連忙躍起閃避，那三枚十字鏢啪啪啪三聲插在竹鋪地板上。

趙觀心中一凜：「好傢伙！這女的是個隱身人。」湧身跳入庭院，叫道：「便讓我會會東瀛隱身人的高招！」左手射出八枚銀鏢，打向樹梢。樹梢沙沙響動，一枚黑色丸子飛了出來，在半空中炸開，冒出一團灰色的煙霧。

趙觀笑道：「好大的膽子，竟敢向百毒之王下毒？」袖風揮處，已將那團灰霧驅散，消失無蹤。樹上那人咦了一聲，似乎極為驚訝，接著又是一枚黑色丸子急飛而出。趙觀不等它爆開，便從袖中揮出一團生綃也似的事物，將那黑丸籠罩纏繞住，在空中旋轉著飛回樹梢。但聽轟的一聲巨響，那黑丸已在樹梢炸開，火光四射，焰舌亂吐。

趙觀瞇起眼向火光望去，但見黑影一閃，那女子已衝出了火團，從樹上飛下，才一落地便繞著趙觀快奔，一時出現在石亭上，一時出現在臺階上，一時出現在松樹旁，一時出現在矮樹叢後，趙觀暗暗驚詫，眨眼間卻見那女子的身影似乎同時在四處出現，如幽如幻。趙觀從未見過這般詭異的輕功，耳中聽得她尖銳的笑聲從四面八方同時傳來，自是要令自己更加心慌意亂，弄不清對手的眞正方位，便能一舉出手擊殺自己。趙觀微覺惶急，卻聽那女子尖聲笑道：「這是分身術，你沒見識過吧？你以爲這都是幻覺吧？你向我射飛鏢啊。來射死我啊。」

趙觀手中扣了兩枚銀針，猶疑不敢射出，心想：「我若認錯她的位置，她便會立時出手取我性命。」他心中急速轉念，知道自己遲疑愈久，心愈慌亂，情勢便愈不利，但他放眼望去，身旁那女子的四個身影都和眞的一樣，究竟哪一個才是眞的？

趙觀深深吸了一口氣，知道自己此時只能賭了。他望向東北方石亭旁的人影，手指一緊，就要射出銀針。便在此時，一隻燕子低鳴一聲，從屋簷下鑽出，飛入樹梢。便在那電光火石的一剎那，趙觀和那女隱身人同時分了心，趙觀也看出了她眞正的身形，銀針飛出，射向庭院中的一池清水。

一時門內門外寂靜無聲，門外庭中飄下片片雪花，天果然已下起雪來。

趙觀凝神蓄勢，準備迎接敵人臨死前的反擊。池水面上浮出一絲極細的鮮血，水中的女隱身人隱忍不動，也在伺尋對手的破綻，一舉出擊。公主伏在屋中大樑之上，眼望這幕生死一線的拚鬥，心中怦怦亂跳，伸手掩口，不敢發出半點聲響。

過了許久，雪花漸大，趙觀不曾稍動，肩上頭上已積起一層薄薄的雪。池水中冒出的鮮血也停下了，水面蓋上一層薄冰。

趙觀忽然噓了一口氣，伸手拍下肩上的雪花，冷冷地道：「妳活不了多久了，出來吧。」水聲響動，一個黑衣人從水中站起，口中含著一枝蘆葦管，左手按著右肩，正是那個中年女人。但見她臉上的白妝大半被水洗去，一張臉白斑交雜，看來更加詭異可怖。

趙觀更不去瞧她，逕自回到屋中，仰頭叫道：「殿下，妳沒事麼？請跳下來吧。」

公主道：「我沒事。」從樑上跳下，趙觀伸手接住了她，放她下地，伸手搭在她的肩膀上。公主感到他的手沉重非常，這才驚覺：「他受了傷。」轉頭向他望去，卻見趙觀清秀的臉上毫無血色，嘴角勉強帶著微笑，雙眼望向那中年女人，說道：「就憑妳這些雕蟲小技，竟敢對妳爺爺動手，膽子不小啊！」

那女人顫顫巍巍地走出池水，站在岸邊沙地上，身子搖晃，好似隨時都能倒下，一雙深邃的眼睛直視趙觀，說道：「閣下是誰？」

趙觀道：「妳爺爺正是妳隱身人的大剋星，百花門主趙觀。」

女人嘿了一聲，說道：「百花門？趙觀？沒聽說過。嘿，沒想到我加賀奈子會栽在一個漢人手上！」

公主低呼一聲，說道：「加賀奈子？原來是妳！東瀛海盜的女老大，天下第一女殺手！宣后重金僱用的，就是妳和妳的手下了！」

加賀奈子哈哈一笑，說道：「不錯！公主殿下，貴國王太后出手闊綽，我怎能拒絕這筆大生意？我今日雖敗在這小子手下，至少完成了任務，抓住了小王子！我雖沒能將你們一網打盡，這筆錢仍舊能夠到手。哈哈、哈哈！」尖笑不絕，極爲刺耳。

趙觀方才與她相鬥，直使出渾身解數，才小勝一籌，這場比鬥爲時雖短，卻是他一生中最驚險的一場打鬥。他自知內力消耗極大，扶著公主的肩頭暗自調息，略略緩過氣來，聽加賀奈子提起小王子，又尖聲大笑，顯然想讓自己分散心神，好趁機脫身，當下暗運內力，喝道：「妳將小王子關在何處，快快說出！」

加賀奈子聽出他說話中蘊含內力，笑聲頓止，狠狠地瞪著他，說道：「你能打敗我，卻不能逼我說出小王子的下落！」

趙觀嘿了一聲，走上前去，從懷中掏出一粒丸子，拿在手中，說道：「這是什麼，妳認得麼？」

加賀奈子臉色微變，隨即鎮定下來，說道：「這是隱身人的萬蠍丸子。你是從我在中土失手的手下處取得的，是麼？」

趙觀道：「不錯。妳知道妳手下爲何毒不死我？因爲我的毒術比你們高明太多。妳或許在想，妳剛才使出的迷香和毒霧丸子怎地對我不起作用？因爲我從小就在毒物之中打滾，什麼毒藥都能探知，什麼毒藥都能克制。妳見到這針麼？」說著舉起左手，指間夾著一枚銀色細針。

加賀奈子冷笑道：「你要折磨我，便請動手。我們隱身人連死都不怕，怎怕折磨？」

趙觀道：「我不折磨妳，只要告訴妳一件事。這是本門祕傳的穿心針，針尖入體，三個時辰不得解藥，便會毒發攻心而死，死狀慘不堪言，比妳這萬蠍丸子還要痛苦十倍。妳剛才在水裡中的就是這毒。妳若乖乖聽話，立即帶我們去見小王子，我就給妳解藥。」

加賀奈子望著那針，感到右肩中針處毫無知覺，好似整個肩膀都沒了也似，她知道最厲害的毒藥往往讓人筋肉全然痲痹，藥效深入骨骼之後，便再無救藥。這人毒術超凡入聖，自不是虛言恫喝自己，她想到此處，雖在冰天凍地中，額頭仍不禁出汗，臉色變幻莫定，過了好一陣，才咬牙道：「受人之託，忠人之事。這裡的事我不能作主，左右是個死，你殺了我吧！」

趙觀搖頭道：「我不殺女人。妳是這兒的頭子，如何作不得主？」

公主哼了一聲，接口說道：「她不過是這個海寨的頭子，若擅自放走了小王子，她的主子絕不會放過她的。她上面這位大有來頭的主子，便是伊賀隱身人的大頭子、號稱天下第一殺手的伊賀武尊。你們伊賀一流親附於權勢熏天的織田信長，助他成爲東瀛霸主不夠，還有野心來干預我朝鮮國政。加賀奈子，我今日總算找出了妳，正好除去一個禍根！」

加賀奈子冷笑道：「公主殿下，妳知道得未免太多了。宣后急著捕殺妳，果然是有原因的。妳死心吧！小王子早就被遣送回漢京，被宣后祕密處死了！」

公主冷然望著她，用東瀛語言說了一句話。加賀奈子雙眼圓睜，搖頭尖聲說了一句什麼，似乎聽到了世上最稀奇、最不可置信的言語。公主不再看她，轉向趙觀道：「小王子不在此處。殺了她吧，我們快離開這兒。」

加賀奈子尖聲道：「慢著！你們不識得出去的道路，我這屋中處處是陷阱，你們饒過我性命，我便領你們出去。」

趙觀和公主對望一眼，趙觀道：「好，妳在前帶路，別玩什麼花樣！」加賀奈子點了點頭，當先向一扇門走去。

趙觀押著加賀奈子往前走出，每走一步都小心翼翼，看她踏上無事才跟上。三人轉過幾個迴廊，穿過兩個庭院，終於來到先前進來的玄關。

第八十七章　擁爐取暖

公主看到大門，鬆了一口氣，走上前去推門，忽覺腳下一鬆，一塊竹鋪地板陡然翻開，底下竟是個陷阱。這陷阱便設在最讓人料想不到的地方，公主驚呼一聲，不由自主地向下跌去。趙觀連忙俯身伸手，恰恰抓住了她的手腕。便在此時，加賀奈子伸腳踢上趙觀的肩頭，趙觀重心不穩，跟著向下跌去，他急中生智，揚手甩出蜈蚣索，索尖如蛇信般捲出，圍在加賀奈子的左手臂上，登時阻住了下跌之勢。趙觀知道機不可失，拉起公主，讓她抱著自己的腰，緩出雙手急急順著蜈蚣索向上攀去。加賀奈子怒罵一聲，急著想解開手臂上的蜈蚣索，但那索纏得極緊，她右臂又中毒無力，眼見趙觀就將攀爬上來，忽然矮下身去，將左手臂湊在一旁的武士刀之上，擦的一聲，砍斷了自己的左手臂。

趙觀沒想到這女人硬氣如此，竟狠心砍斷自己的手臂，驚詫之餘，身子已連同加賀奈子的左手臂一起向下跌落。他在半空中伸手抱住了公主，低頭望去，隱約能看到地面，當下施展輕功，落地時提了一口氣，雙足一觸地便打了個滾，卸去下跌的力道。那地面凹凸不平，尖石嶙峋，只跌得他全身疼痛。趙觀勉力撐著坐起身來，但聽頭上加賀奈子尖聲笑道：「我就算死了，也不會獨自死去！我要你們跟著我一起死！主子知道我替他殺死了朝鮮公主，也算給了宣后一個交代！」狂笑聲中，砰一聲倒在地上，再無聲響。

趙觀吸了一口氣，抬頭望去，但見那洞口離地總有十來丈，其下空無一物，無從借力，更難攀爬上去。

公主低聲問道：「你沒事麼？」趙觀道：「我沒事。殿下，妳沒跌傷吧？」公主道：「我沒事，多謝你護著我，才沒跌傷了。我們……我們能逃出去麼？」

趙觀從懷中摸出火摺點燃了，抬頭向地洞四周望去，這一望，二人都不由得呆了；卻見洞中石柱林立，有的從地下長出，有的從頂壁上垂下，有的接連成柱，在火光下顏色各異，五彩繽紛，莫可名狀。

公主揉了揉眼睛，說道：「這是什麼地方？我從沒看過這般的景象！」

趙觀自也沒有見過，心下驚異，口裡卻說道：「這不就是地底老仙的住所麼？這人為老不尊，將自己的家弄得坑坑洞洞，花花綠綠的，簡直胡鬧。」公主聽了也不禁莞爾。卻不知這地洞乃是個天然形成的鐘乳石洞，那小島原本是個火山島，千百年來的火山石灰滲入地中，才形成了洞中瑰麗奇特的景象。

二人驚歎了一陣，公主走前一步，腳下踩到了什麼，低頭看去，驚叫一聲，緊緊抓住了趙觀的手。趙觀低頭去看，但見腳旁橫七豎八都是死人的白骨，顯然都是被加賀奈子推落陷阱而跌死的冤魂。

趙觀心中一寒，吸了口氣，說道：「原來地底老仙喜歡吃人。咱們快看看這地洞有沒有別的出路。」

趙觀和公主在洞中摸索走出數十步，只覺洞中奇寒徹骨，四周黑暗已極，寂靜無聲，只偶爾有一兩聲水滴的聲響，二人每走出一步，便聽得四周傳來回音。趙觀感到身上寒冷，想起公主上床前已脫下狐裘外衣，便停下步，脫下身上皮裘披在公主身上。公主低聲道：「你不冷麼？」趙觀道：「我不要緊。」

便在此時，一陣寒風吹過，趙觀手中火摺熄滅。公主啊了一聲，抓住趙觀的手臂，靠在他身邊。趙觀忽然咦了一聲，說道：「妳看，前面是不是有光亮？」

公主在黑暗中睜大了眼睛，果然見到遠處隱約傳來淡青色的光，說道：「好像是的。」

趙觀喜道：「既然有光亮，就一定有出路。」

二人摸黑向著光亮走去，走出十多丈，感覺地勢漸高，似乎已來到了平地。又走出一段，二人終於來到了光線的源頭，趙觀和公主都不由得倒抽一口涼氣；卻見那確是一個出口，但洞口早被丈許厚的堅冰封住，清淡的月光透過冰層傳入，才令洞中有些許光亮。趙觀走上前，伸手去敲那冰壁，只覺觸手寒冷，冰壁堅硬非常，他敲了幾下，便知無法破冰而出，怒罵一聲，頹然坐倒在地。公主看在眼中，身上一顫，一股寒意直透背心。

此時夜色已深，洞中寒冷至極，地上結起堅冰。趙觀已知事情不妙，在洞中來回走了幾圈，急思對策，只覺身上一陣陣透骨的寒冷，他愈走愈快，卻如何驅得去那刺骨的寒氣？他見公主縮在角落，全身顫抖，嘴唇發青，便將身上外袍也脫下了，遞過去給公主，說道：「快穿上了。」公主見他身上只剩一件單衣，搖頭道：「你……你自己穿著。我撐得住。」

趙觀道：「我抵受得住。妳嘴唇都白了，快穿上。」公主接過了他的衣服，披在身上，感覺稍稍暖和了些，但在這等酷寒之下，多一件外衣也無多大助益，她暖了沒有多久，牙齒又開始打戰。

趙觀在洞中來回走了一陣，感覺手腳漸漸失去知覺，心中暗罵：「他媽的，那女人臨死還有這一手，將我們推下這冰窖裡活活冷死。海靈兒去接朴老大他們，總要到明日午後才會到，但我們又怎能撐到天明？要是有木柴能生起火就好了。但這石洞裡哪來的木柴？」想到生火，腦中靈光一閃，忽然想起替自己接續肋骨的那位藏醫曾教給他的拙火無上定內功，喃喃道：「拙火，拙火。」

他當時為了治療內傷，日夜練習提升拙火的內功，內傷好後便停下沒有再練。此時情況危急，他連忙盤膝坐下，依照引動拙火的祕訣運功，不到一盞茶時分，便覺一股暖氣從海底輪升起，直上丹田輪、臍輪、心輪、喉輪、天目輪、頂輪，體內有如烈火燃燒，不多時皮膚便滲出汗滴，身下的冰也漸漸融化。公主見趙觀身上竟冒出陣陣蒸氣，大為驚奇，開口道：「你……你怎麼冒煙了？」

趙觀心中得意，睜眼微笑道：「公主殿下，我替妳弄來了個火爐，快過來取暖吧！」公主已冷得身上僵硬，顫聲道：「我……我動不了。」

趙觀笑道：「妳動不了，火爐卻可以動。」說著便站起身走過去，在公主身邊坐下，伸手將她擁入懷中。公主感到他身上果然如火爐般發出陣陣暖氣，此時性命交關，哪裡還顧得矜持，連忙投入他懷中取暖，身子猶自簌簌發抖。

趙觀緊緊抱著她，待她身上暖和了，又持起她的雙手，在掌中緩緩摩娑取暖。他感到公主一雙纖手柔膩滑潤，有若無骨，若不是凍得發僵，真是世上最美的一雙手，低頭在她耳邊輕笑道：「金枝玉葉的手，果然與眾不同。」

公主臉上一紅，想將手抽回，但實在冷得受不了，只能低下頭去，任由他握著自己的手。

趙觀原本便對公主懷有無限遐想，此時抓著機會懷抱溫香軟玉，不禁心中大動：「公主平時高不可攀，此時不多加輕薄，更待何時？」輕輕放下她的玉手，伸手扶著她的下頦，便想藉機吻她。

卻不知公主心中也頗覺異樣，一顆心怦怦亂跳，臉上不自禁飛上一片紅霞。她自幼生長在深宮之中，除了讀書識字、熟習禮儀之外，便跟隨著母后學習種種待人接物、察言觀色之道，磨練得人情通熟，處世警敏。她在朝鮮國中地位尊貴，加上性格冷靜自持，因此十八年來從未對任何男子動心動情，更不曾與一個男子如此近身相擁。此時她依偎在趙觀懷中，感到身上不再寒冷，反而漸漸熱了起來，似乎盼望他能永遠這麼抱著自己，再也不要鬆手。然而這念頭太過荒唐，她嚴謹的禮教和矜持的性格都告訴她這念頭十分不妥，但又偏生壓抑不下去，心中掙扎不已，不禁輕輕皺起了眉頭。

趙觀在微光下凝視著她的如山秀眉和漆黑雙目，她的一顰一蹙，那份嬌柔羞澀實在美得難描難畫，忍不住讚道：「公主，妳可知道妳有多美？」

公主不料他會說出這麼一句，微微一怔，說道：「我們陷身絕境，都快要凍僵了，你還有心情看我美不美？」

趙觀笑道：「我就算一腳已踏入了棺材，還是不忘要多看美女幾眼。」

公主忍不住噗嗤一笑，說道：「我從沒見過你這般不要命的風流浪子！」

趙觀一笑，更加緊緊將她摟在懷裡，說道：「我不是風流浪子，只是公主殿下的一具火爐。」

公主的面頰碰上他的臉，感到他臉上也發出熱氣，幾乎燙著她吹彈得破的肌膚，卻不忍將臉移開，心中跳得更快了。趙觀感到她冰涼而柔滑的臉頰靠著自己的臉，忽道：「妳的嘴唇冷麼？」

公主一呆，隨即明白他是想吻自己，雙頰通紅，嗔道：「你……你這壞蛋！」趙觀低頭見到她惱怒的模樣，心中大動，湊過嘴，吻上她的櫻唇。

兩人相吻良久才分開，公主臉上紅得直如燒熱的木炭，低下頭去。趙觀見公主不但沒有發怒打他，更沒有拒絕的表示，心中又驚又喜，不知她是眞的對自己有意，還是被寒氣凍僵了腦子？他對公主畢竟還懷著幾分敬意，不敢再吻她，但怕她睡過去便會凍死，便有一搭沒一搭地逗她說笑。公主伏在他懷中，心神蕩漾，再也不敢抬頭看他的臉。

過了許久，洞外光線漸漸轉弱，顯然外邊是個無星無月的夜晚，洞中也漸趨昏暗，趙觀和公主幾乎看不到彼此的面目了。公主在黑暗中低聲問道：「你說我們能逃得出去麼？」

趙觀道：「我們若能撐到天明，便有轉機。天亮後會暖和些，我們可以試試敲開這座冰牆。而且若有人經過洞口，便可求人從外面幫忙敲冰，救我們出去。」

公主點了點頭，靜了一陣，忽道：「你那時跟海靈兒說的話，都是眞的麼？你姓趙名觀，出身於百花門，是麼？」

趙觀微笑道：「好啊，原來妳那時假裝睡著了，卻一直在偷聽。不錯，我叫趙觀，出身百花門。我百花門原和那些隱身人一般，以暗殺起家，精擅毒術和易容術。我能識破他們的毒術，打敗加賀奈子，只因我熟知這些暗殺的手段。但百花門的事情隱祕非常，我跟海靈兒和妳說了，妳可別說出去，洩漏了我的身分。」

公主道：「我自然不會說出去。」歎了口氣，又道：「老天保佑，讓我得你這貴人相助保護，不然我如何逃得過這一劫？趙公子，你爲保護我而冒險犯難，我……我眞不知該如何感謝報答你才是。」

趙觀望著公主，正色道：「殿下，我起心保護妳，有一小一大兩個原因。小的原因是我敬重妳那片愛護弟弟的心意，因此要盡力助妳。大的原因乃是因爲殿下是位世間少見的美女，我趙觀自命爲天下第一風流浪子，自當以保護憐惜天下美女爲己任，怎忍心讓美人憂愁煩惱，獨自犯險？我既是自願保護殿下，便不要妳說什麼感激報答的話。再說，我並沒有保護好妳，才讓妳陷入這見鬼的冰窖裡。咱們要能逃得出去，妳再謝我不遲。」

公主聽他這麼說，忍不住道：「我若是個醜八怪，你便不會爲我賣命了，是麼？」

趙觀哈哈一笑，心想：「這位公主說話倒也直接爽快。」說道：「那也難說。」公主問道：「怎麼難說？」

趙觀聽她問得正經，想了想，說道：「那要看我心情如何了。有時我高興起來，也肯幫醜八怪的忙。但這世上只有一種醜人我不幫。」公主奇道：「哪一種醜人？」趙觀道：「心眼醜陋的人。」

公主一笑，說道：「怎樣才是心眼醜陋？」趙觀道：「趨炎附勢，仗勢欺人，滿口阿諛，挑撥離間，狐假虎威，落井下石，背親叛友，自私自利，不顧他人死活，只顧自己安穩的人。我看人多了，發現這種人的嘴臉都醜陋得緊，我只要看到這些心眼醜陋的人就噁心，趕緊逃之夭夭，溜之大吉，決計不幫他們的忙。」

公主不禁莞爾，輕輕地道：「無論如何，你都是我的恩人，我日後自當盡心報答。」

趙觀伸手輕拂她鬢邊秀髮，柔聲道：「我今日有機緣親近公主，已是三生之幸，哪裡還有他求？只教殿下也不要忘記我，往後天冷的時候，偶爾想起今夜擁爐取暖的往事，想起我這個自命風流、胡說八道的火爐，我也就心滿意足了。」

公主低下頭，霎時百感交集，萬念洶湧。眼前這男子英俊體貼，溫柔風趣，更是個有肝膽有本事的人物，實是她從所未遇，世上也不知還有沒有第二個？她臉上火熱，心中激蕩，暗暗知道自己這輩子是再也無法將他忘懷了。

趙觀前一日在海上奔波半日，晚間又劇鬥一場，大耗內力，雖運了拙火無上定內功調養，仍不禁身心交瘁，口中雖和公主胡說八道，實則已感到疲累難當。過了許久，黑夜沉沉無盡，天好像永遠也不會亮起來。趙觀生怕自己一睡過去，內力止運，公主便會就此凍死，當下強打起精神，對公主道：「殿下，我若不小心睡著，咱們恐怕就沒命了。不如這樣吧，請妳問我一百個問題，讓我專心回答問題，就不會睡著了。」

公主也看出他漸漸不支，想起他提起過他的母親，便問道：「那你跟我說說，你母親長相如何？她是怎樣的人？」

趙觀腦中逐漸昏沉，答道：「我娘長得很美，人家都說我長得像她。她年輕時是院子裡的頭牌花娘，迷倒無數眾生。她可聰明得很，竟然幫我認了三個爹。」

公主甚覺好奇，追問下去，從情風館的生活細節問到他兩個父親的性情武功，又從百花門人問到青幫幫眾。趙觀有問必答，連丁香、李畫眉、陳如眞等跟他有段情緣的女子都實言不諱，只因他神智漸迷，原也無法捏造隱瞞，聽到什麼問題便隨口回答，連自己說了些什麼都不大知道。公主卻愈問愈驚奇，這人年紀輕輕，身世背景和見聞經歷卻如此複雜豐富，愈問愈覺得此人莫測高深，行性特異。趙觀出身青樓，執掌百花門，領職青幫，長年遊走於黑道白道之間，加上生性風流，生平頗有不可告人之處；似這般不加隱瞞、有問必答，只怕也是他生平第一次。

第八十八章　時來運轉

公主問了百來個問題後，好不容易天色才亮了起來，洞中也漸漸暖和了些。趙觀吐出一口長氣，精神一振，站起身道：「好啦，我們去鬼門關走了一遭，現在該要還陽了！」運氣在體內走了一圈，感到疲勞未除，只能慶幸一條命還沒丟了。

他走到冰門邊上，從靴裡取出一柄小刀，沿著岩石和冰牆的縫隙插入，冰塊略略鬆動。趙觀用刀敲擊七八次，終於撬下了一大塊冰。二人歡呼一聲，知道冰塊若能撬動，二人便有機會逃出去，當下合力在石壁邊上用小刀和匕首敲打冰塊，發出叮叮聲響。那冰牆總有一丈來厚，天剛亮時冰極堅硬，好久才能撬下一塊，接近日中，冰漸漸融化，便容易了許多。過了午時，趙觀和公主已鑿出了一條細細的口子，能通到外面了。

公主喜道：「咱們有救啦。只要將口子鑿大一點，便能鑽出去了。」二人便繼續努力敲冰。不料天色忽然陰暗下來，又開始飄起羽毛般的雪花。

趙觀皺眉道：「老天怎地這麼不合作，這雪一下，豈不要將咱們辛辛苦苦鑽出的洞填上了？」更加緊鑽冰。

不料雪愈下愈大，風雪交加，趙觀只急得額頭出汗，知道這雪若不停止，自己挖得再快都沒有用，終歸會被冰雪填上。但二人今日若無法逃出，飢餓疲勞交加下，絕對難以再捱過一夜。他頹然停手，回頭對公主道：「咱們趕緊抱抱佛腳，求菩薩保佑吧！」

公主上前握住他的手，低聲道：「我們已盡全力，餘下只能聽天由命了。」

二人相對默然，便在此時，忽聽腳步聲響，外面似乎有人踏雪而來。趙觀心中一動，搶到冰門邊，對著鑿出的細孔大叫：「救命！救命！」公主知道這是二人唯一的生機，也搶到洞口邊上，用東瀛語言高喊求救。

過不多時，一群人來到冰門左近，一個女子叫道：「少爺！少爺！是你麼？」趙觀聽到她的聲音，欣喜若狂，直跳了起來，忙對著洞口叫道：「親親好丁香，少爺在這裡！我在冰牆後面啊。」

外面腳步雜沓，一群人尋找了一陣，才來到山洞之外，還是朴老大最先注意到冰牆後有人，驚道：「是公主殿下！快，快將這冰牆砸開了！」指揮手下和眾朝鮮武士一起動手，拿起刀劍鐵棒敲擊冰牆。這許多人一起敲打，自然快得多了，不到半個時辰，便將冰牆鑿開了一個口子，公主和趙觀先後鑽了出去。

朴老大見到公主平安無恙，喜極而泣，跪下說道：「我們來到島上後，聽說殿下和江壇主來了山上大屋，忙趕來尋找，卻只看到一屋子的死屍。我們擔心已極，在那屋中搜索了半天，又來到後山尋找，老天保佑，兩位平安無事！」

公主道：「多虧江壇主捨命護衛，我們才得脫離賊窩，逃出生天。」當下簡單說了這福江島便是東瀛海盜的大本營、自己二人險些遭到加賀奈子毒手等情，朴老大和丁香等都聽得直呼好險。

眾人當日便在山下的小村裡找了間神社住下，趙觀累得連走路都不大穩了，一倒上床就昏睡過去，直到第二日午後才醒轉。他睜眼時，正看到丁香坐在床旁的側影，心頭感到一陣溫暖，開口問道：「親親丁香，妳怎麼不多睡一會兒？」

丁香喜道：「少爺醒啦。我擔心少爺，哪裡睡得著？你餓了吧？我去拿粥來給你吃。」

趙觀握住她的手，說道：「我不餓。乖乖丁香，少爺那時將妳留在船上，妳不怪我吧？」丁香搖頭道：「我怎會怪少爺？我知道少爺當我是自己人，才會讓我留下。少爺騎那怪魚去了，若眞出了事，我也不會獨活。」

趙觀甚是感動，將她摟在懷中溫存了一番。二人談起別來諸事，趙觀問道：「我走了以後，船上大家都沒事麼？」丁香道：「出了一點小事。幾個朝鮮武士跟朴老大的手下互相怪罪，大打出手，還是我跟年大少爺一起出手制止了。後來一個武士偷偷放了鄭圭溶出來，駕船逃走，但那船已被水手作了手腳，航出一陣就沉沒了。大家氣憤鄭圭溶倒掉清水，害大家在船上等著渴死，都沒有去救他。到了第二天清早，海靈兒就回來了，帶了清水給大家喝。大家高興極了，齊聲歡呼，都說他是海上之神呢。」

趙觀笑道：「沒想到咱們年大少爺還挺有骨氣的，危急中敢出來打抱不平。對了，海靈兒呢？」丁香道：「他送我們上岸後，自己便騎著大魚走了。他要我跟少爺說，青山不改，綠水長流，後會有期。」

趙觀不由得笑了，這幾句江湖話正是自己教海靈兒的，沒想到他眞的記在心中，還讓丁香轉傳給自己。但想到此生多半再也無法見到這位海上奇人，也不由得有些惆悵。

趙觀吃了點熱粥後，便出屋去找朴老大，見他正在海邊打理清水糧食。趙觀上前問道：「咱們要出發了麼？」朴老大道：「是。公主命令，入夜後出發北航，回向朝鮮半島。聽說小王子可能已被捉回漢京，我們得趕緊追上去。」趙觀心知公主回到朝鮮國內後，定將受到官府追緝，處境危險，更決意要追隨到底，保護她周全。

當日下午，眾人再度上船，在當地漁民指點下，避開暗礁，向北航去。這福江島離朝鮮半島已然不遠，次日清晨便到了朝鮮半島南端的麗水港。眾人悄悄上岸，朴老大找了岸上的熟人將眾人安頓在一間客館中，便出去張羅馬匹大車，準備北行。

趙觀站在屋外守候，不多時，但見朴老大匆匆奔回，身旁跟了一個穿著官服的人，其後又跟了一群官兵模樣的人。

趙觀一驚：「難道朴老大出賣了公主？」但見眾人神色恭謹，那朝鮮官員快步來到門前，跪倒在地，拜伏著說了幾句話。公主開門出來，神色驚詫，連聲詢問，那官員一一回答，又率領其他官員過來朝拜。

趙觀看得全然摸不著頭腦，問道：「殿下，這是怎麼回事？」公主雙手掩面，喜極而泣，說道：「老天助我，老天助我！」轉向趙觀，說道：「王上病重駕崩，朝中大臣合議決定，迎立小王弟繼位大統！」

趙觀聽說朝鮮國竟發生了這等大事，小王子從逃難叛臣搖身變成了新任朝鮮王，當眞是世事難料，心想：「小王子被東瀛隱身人捉去，不知是否平安？他已回到漢京了麼？」正想開口詢問，但見公主已走上一步，向著眾官員和朴老大發號施令，眾人跪地聆聽，連聲答應。

趙觀眼見公主喜慰的神情，悄悄退到一旁，心想：「小王子若能活著登基，那自是最好。公主奔波流離了這些時候，經過了如許波折困厄，終於能夠撥雲見日，重歸帝京，正該好好高興慶祝一番，我又何必在此時潑她的冷水？」

此後數日，公主忙碌已極，左近城鎮的大小官員聽聞公主在此，都蜂擁前來覲見，商討迎接小王子登基的事宜。趙觀和丁香閒著無事，便在附近的城鎮市郊逛逛，看看朝鮮的風物人情，吃吃當地的辣菜牛肉，自得其樂。

如此過了七八日，這日朴老大穿了一身嶄新的將軍袍服來找趙觀。趙觀知他因保衛小王子有功，已受封爲護京大將軍，但看他意氣風發的模樣，想起在夏浦鎮第一次見到他時，他不過是個受官府通緝的海盜頭子，此時改頭換面，竟成了朝鮮國的大將軍，不由得好笑，說道：「朴大將軍，你這身穿掛可威武得很哪。」

朴老大臉上一紅，笑道：「江壇主取笑了。殿下今日得勢，小王子即將登基，全靠閣下出力保護，功不可沒。殿下心中感激，讓我來跟你說，你想作什麼官職，想要什麼賞賜報酬，儘管開口便是，殿下一定應允。」

趙觀笑道：「朴老大，你怎麼也跟我說起這等話來？你知道我江某是江湖幫派出身，哪裡作得來官？公主若看得起我，讓我早日回去中土，也就是了。」

朴老大道：「殿下讓我來此，正是想請問壇主的行止。殿下明日就將起程返回漢京，想請問壇主能否相隨前去，在漢京作客一段時日？」

趙觀搖頭道：「我離開中土已經太久，還有要緊事等著我去辦。請你代我謝絕公主的好意吧。」

朴老大見勸說不得，便道：「江壇主既然急著回去，便讓我送你一程。」趙觀道：「公主要回漢京，你護京大將軍怎能不隨行護送？我不麻煩你了，你讓手下駕艘船送我回去便是。」朴老大卻道：「不麻煩！其實我本來就要回天津一趟的。」

趙觀奇道：「哦，你回去作什麼？」朴老大似乎自覺失言，神色有些古怪，欲言又止，趙觀問道：「怎麼？」

朴老大遲疑一陣，才道：「不瞞你說，我得回天津去迎接小王子歸國即位。」

趙觀大奇，說道：「小王子在天津？」便在此時，一個侍女過來道：「公主宣召江公子覲見。」

朴老大忙拉住趙觀的手，說道：「我剛才說了什麼，你都當作沒聽到，成麼？你快去覲見殿下吧，此中詳情，殿下自會告知。」

此時公主已搬到城中一座寬廣華美的官舍住下。趙觀跟著那侍女來到公主的住處，被引入正門，穿過層層迴廊，來到一座偏殿外。但見公主端坐堂上，一身雪白長裙，高束腰，垂馬髻，便和趙關在夏浦鎮上第一次見到她時一樣的穿著。不同的是幾日不見，公主容光煥發，眉間的憂愁一掃而空，高貴雍容中帶著一股閒雅自得的韻致，不再是當日流離失所的落難王族了。

趙觀上前一揖，說道：「參見公主殿下。」

公主微笑道：「江公子，快請坐。」

趙觀在下首一張椅子上坐下了，與公主隔得遠遠的。他抬頭望向公主，想起自己曾經懷抱溫香軟玉，一親芳澤，此時她高坐殿上，貴氣華美，竟是如此的遙不可及。

卻聽公主道：「江公子，這些日子來本座忙於安排小王子登基之事，應接不暇，沒能親自向你致謝，實在很過意不去，盼你勿要見責。閣下擁戴有功，想要任何封賞，本座都將樂於賜予。」

趙觀搖頭道：「妳知道我不會要什麼封賞，何必多此一問？我要的只是妳的眞心。」

公主微微一怔，說道：「江公子何出此言？」

趙觀道：「妳讓朴將軍來問我，能否跟妳一道去漢京？很對不住，我還有事得趕回中土去辦，不能隨行。妳多半早料到了我不會跟妳去，眼下妳派朴將軍回天津迎接小王子，是不是想託我跟著走一趟，順便護送小王子回來？」

公主臉色微變，站起身來，揮手令屋中侍女侍衛迴避出廳，走下臺階，來到趙觀身前，望著他的臉，輕聲道：「我知道你會生氣，因此一直沒敢對你說出。不錯，我是欺騙了你。小王子並沒有被他們抓去。他們抓去的，是個假的替身。」

趙觀早已猜到，聽她說出，仍不由得惱怒，冷冷地道：「那我們出海來冒險賣命，九死一生，只是爲了好玩麼？」

公主歎了口氣，說道：「自然不是。我當時帶著王弟逃出，不斷受到追殺暗算，若不是遇上朴老大眞心保衛我們，我們只怕已死了十幾次了。我早知跟隨中有奸細，卻一直找不出是誰。這奸細一日不抓出，我們隨時都能喪命，因此我定得找出奸細，將之除去，如此才能保全小王子。在夏浦鎭那時，我故意讓隱身人抓走小王子的替身，然後令朴老大和鄭圭溶前去搶救，又牽扯上你，藉以引開敵人的注意力。我懷疑鄭圭溶便是那奸細，怕他會在船上下手殺死朴老大，再回頭來殺我，因此親自跟上船去，好讓鄭圭溶有所忌憚，不敢貿然出手。我……我讓你無端涉險，又一直未曾告知眞相，十分過意不去。但念你體諒我當時處境艱難，大量包涵。」

趙觀回想當時情況，自己之所以會插手相助，小王子被劫實是最大的促因，豈知這竟是公主所設計，是爲了揪出臥底的布置？他默然一陣，才問道：「小王子此刻身在何處？」

公主道：「在天津城外一個隱祕藏身處。我已傳信回漢京，母后就將派出王軍，赴中土迎接新王歸國就位。」趙觀道：「妳不親自去麼？」公主搖頭道：「我得先回漢京，替新王登基作好準備。前仁宗的舊勢力仍在，官僚人心浮動，權力分散，文宣王太后的勢力仍然不小。母后傳信來要我趕快回去相助主持大局，從文宣王太后手中奪回權力。我們若無法掌握京城的局勢，新王的王位也難以坐穩。」

趙觀點了點頭，站起身道：「祝殿下一路順風，萬事成功。我告辭了。」一拱手，回身便往外走去。

公主望著他的背影，秀眉微蹙，說道：「慢著！」

趙觀停下步來，並不回頭，只道：「公主還有何吩咐？」

公主走上前來，凝望著趙觀，心中微覺不快，但又捨不得讓他就此離去，一時不知該說什麼。

趙觀卻沒有轉頭看她，只輕輕歎了一口氣。公主問道：「怎麼？」趙觀道：「沒什麼，我只是有些失望。」公主問道：「失望什麼？」

趙觀轉過頭來，望著公主的臉，緩緩地道：「我原本以爲妳是個愛惜弟弟的好姊姊，現在才知妳畢竟出身王家貴裔，終究離不開權位這兩個字。現在小王子即將回國登基，妳就可以和那文宣王太后一樣，大權在握，回王宮作妳的長公主了。這不正是妳想要的麼？」

公主不料他會說出這番話，臉色微變，雙眉揚起，說道：「江壇主，請你說話放尊重些！」趙觀自嘲地笑了笑，說道：「從頭到尾，妳都將我當傻子利用，我竟也被妳感動，全心全意幫助妳，保護妳。公主殿下，我不是責怪妳對我用手段心機，在妳的處境下，不用手段心機就無法自保。我只怪妳始終沒有拿出眞心。妳處心積慮期盼讓小王子當上朝鮮王，這麼作不是爲了小王子，卻是爲了妳自己！」

公主怒目向他瞪視，淚水不自禁湧上眼眶。趙觀忍心移開目光，不再看她。公主良久不語，過了好一陣，才道：「你退下吧。免禮。」

趙觀見她眼中淚水滾動，心中一軟，說道：「彤禧，妳善自珍重。我會時時念著妳的。」伸出手去握了握她的手，回身離去。

公主望著他的背影，再也忍耐不住，轉過身去，眼淚奪眶而出。

注：關於朝鮮國中宗駕崩之後，兩位年幼王子在朝臣擁護下爭奪王位之事，大體按照史實。長子仁宗繼位後一年便病逝，由弟弟明宗繼位，母文定王太后掌政。朝鮮與明朝交往甚頻，本著「事大以誠」的原則對待大明，乃是與明朝最關係最親厚的屬國。因其尊崇儒家禮義，素有「小中華」之稱。明朝皇室中的不少宮女嬪妃都來自朝鮮，如成祖朱棣的母親就是朝鮮人，好幾個妃子也來自朝鮮。大約五十年後的西元一五九二年，日本霸主織田信長的繼承人豐臣秀吉成為日本的關白（即天皇下的最高行政長官），發動了朝鮮戰爭。明神宗曾派數十萬軍隊相助朝鮮對抗倭人侵犯，這場戰爭延續了七年，直到豐臣秀吉去世才止，明、朝聯軍得到了最後的勝利，由此可見當時兩國關係之密切。明朝中期以前，朝鮮定期向明皇室朝貢處女和閹人、海青（一種雕，用於捕獲獵物，不易捉捕）、馬、人參、毛皮等，並從中國輸回絲織品、藥材、書籍和青瓷器具等。至於長公主李彤禧保護小王子出海逃難等情，史書並未記載，自是出於小說家編造。

第八十九章　彎刀二傑

趙觀與公主分別後，當日便上了朴老大的船，回向中土。他心頭鬱鬱，想起公主果斷多智，手段高超，這些日子來將自己玩弄於股掌之上，輕而易舉；也唯有這樣的人物，才能夠擁護十一歲的小王子平安登上王位，掌控京城大局。他也清楚知道，小王子一旦登基，這位長公主定將執掌大權，在朝鮮國中地位顯赫重要，不可一世；那個曾經受自己憐惜保護的可敬可愛的少女，也將在權力爭鬥中慢慢消失了。趙觀想到此處，不由得感到一陣無奈和心痛。

這一路乘船回去中土，風平浪靜，朴老大與文定王太后派出來的官船會合，知會大明朝廷後，便大擺陣仗，來到天津港外迎接新王回國登基。

趙觀和丁香、年海闊另坐一船，悄悄回到天津城中。年大偉見眾人一去月餘，音訊全無，直擔心得吃不下飯、睡不著覺，待見兒子平安回來，大喜過望，緊緊拉著兒子的手，老淚縱橫。年海闊經歷了這番艱苦磨難，彷彿眞正長成大人了，將海上種種凶險奇遇加油添醋地向家人述說，只將年家眾人聽得驚奇噓歎不已。

趙觀早跟朴老大說明白了，自己有些什麼功勞，全數歸給年大偉。朴老大便向當地知府指名年大偉護衛小王子有功，請知府代爲賞賜云云。桂知府見這海盜頭子竟轉眼變成了鄰國的大將軍，哪裡敢多說一句，依照他的指示重賞年大偉，又將天津港和從天津到北京運河的航運權全數給了青幫。年大偉此後財源滾滾，自是樂得闔不攏嘴，追究首功，自是非趙觀莫屬，忙轉向幫主稟報，極言稱讚江賀能幹多智，爲青幫立下大功云云，直將他誇到了天上去。

趙觀自己卻已匆匆離開天津，往北京城趕去。他出海的這段日子中，百花眾女已查出了彎刀二傑的蹤跡，派人盯上。趙觀來到京城後，便在京城的怡情院與青竹和百花門眾女會合，聽取報告。

青竹道：「這三人是前朝武宗皇帝的隨身侍衛，灰髮的叫作聶無顯，禿頭的叫蘇無遮，被凌三公子殺死的叫齊無漏。他們三人都出身京城官家，成年後入宮當侍衛，這也是很平常的出路。奇的是他們都失蹤過很長一段時間，前後總有六七年，回來後武功大進，立時被擢升爲皇帝的近身侍衛。姊妹們四出打聽，隱約猜知他們這六七年是在少林寺裡學武功。至於少林爲什麼會收留他們，是哪位大師教他們武功，少林寺門禁森嚴，我們卻無從探知了。」

趙觀微微皺眉，說道：「竹姊、玫瑰師姊，妳兩位當時在幽微谷外親眼見過幾個上門來追殺的蒙面人，能確定那三個身帶彎刀的就是彎刀三賊麼？」

蕭玫瑰道：「我當時伏在山壁上，只看到三人的髮色。那三個使彎刀確實是一個灰髮，一個禿頭，一個黑髮。」青竹道：「他們使用的彎刀頗爲特出，和武林中其他使彎刀者的刀截然不同。我確定那天入谷來的就是這三人。」

趙觀站起身走了一圈，心中疑團更大：「這三人出身官家，從未涉足江湖，除了上少林寺學武之外，便是在皇宮中當差，他們怎麼會來情風館殺人，並找上幽微谷來？」他轉頭向白蘭兒道：「蘭師姊，請妳將《百花實錄》拿來給我看看。」

白蘭兒應了，去內屋取來一本發黃的冊子，放在趙觀面前的桌上，又取出一個小香爐放在書旁，遞給蕭玫瑰一個小瓶，說道：「蘭兒要點香了，請各位姊姊留心。」眾女忙分取瓶中藥丸吞下，趙觀也服了一粒。

白蘭兒便取蠟燭點起了香爐。這本《百花實錄》記載了所有百花門曾出手暗殺的對象，自是隱祕已極，絕不能被外人瞧見，因此文字全以藥水寫成，只有用百花門奇毒「天誅地滅煙」薰染，才會顯出字跡。

趙觀用銀鑷子一頁頁翻去，這數十年間被百花門暗殺而死的共有五百多人，書中詳細記載死者的姓名、門派、籍貫，暗殺的因由、地點，出手的門人和所使毒藥等等。早先百花門以暗殺爲業，還記載了受託人的姓名和酬金等。趙觀找出了五個住在京城的暗殺對象，有的是武師，有的是道士，有的是富商，都與官家和皇宮侍衛扯不上關係。

他皺起眉頭，說道：「這三個賊子看來與本門並沒有什麼深仇大恨。他們千里迢迢跑去對情風館和北山山寨下手，多半是受人之令，或是爲人所託。誰能命令他們？誰能託得動他們？」

青竹道：「莫非是少林寺？我們曾殺過一個少林和尚和兩個少林俗家弟子。少林一向自命正派，或許因爲不願自己出手，才託一些曾在少林學藝的弟子來對付百花門。」

趙觀搖頭道：「我對少林和尚的印象並不很好，但少林畢竟有武林第一門派的氣度，應不會作這等偷偷摸摸的事。」眾人商討一陣，都不得要領。趙觀道：「我們得從這兩個賊子口中套出眞情。他們平時上不上院子？」

青竹道：「他們平日就在宮中宿衛，每個月只出宮三次，都不上院子。」

趙觀問道：「愛喝酒麼？」青竹道：「一個滴酒不沾，一個很少喝酒。」趙觀又問：「賭博麼？」舒菫答道：「也不賭。」趙觀哼了一聲，說道：「吃喝嫖賭啥也不幹，活著有什麼意思？是了，他們常上寺院麼？」舒菫道：「這三個月來，聶無顯曾去過一間道觀，找老道士下棋，蘇無遮從來不去寺院。」

趙觀側頭凝思，說道：「這兩人很難下手。再繼續觀察他們的行動，皇宮中有人麼？讓宮裡的門人注意這兩人的行動，他們平日跟誰交好，守衛什麼地方，跟哪些王公大臣親近，通通報上來。」眾女齊聲應諾。

百花門每回下手暗殺之前，必花甚長時間觀察暗殺目標的生活習慣和日常作息，一旦找出規律，便極易預先作好準備，下手時極少失誤，也不會留下線索。那五百多個被百花門下手暗殺的對象中，沒有一個知道自己是怎麼死的，也沒有一樁暗殺被人看出是百花門下的手。百花門到了趙觀手中，雖不再接暗殺生意，仍舊以除惡護善爲職，近年來殺死的惡霸淫賊、奸商貪官不下百來人，每次出手都經過精心策劃，極少留下線索。這回眾女盯上了仇家，更是萬分沉得住氣，細心觀察，慢慢等待機會，才會一舉出手。

趙觀在北京城等了半個月，初冬已到，北京冷得比江南早，氣候乾寒。趙觀不慣這般的天候，很少出門，整日便留在怡情院中，與白蘭兒切磋毒術，與蕭玫瑰比試武功，與小菊談論門中人事賞罰，或與紫薑閒聊百花婆婆在世時的情景。趙觀此時年紀較長，能力威望都較初即位時高上許多，眾女對他的尊重服從與日俱增，只因他素來隨和，眾女對他雖敬重卻不畏懼，仍是十分親厚。

這日午後，蕭玫瑰的弟子香芹急急奔進屋來，報道：「門主，事情有進展了！」趙觀倏然站起，說道：「快說！」

香芹道：「白蘭兒師姊傳話來，說姓聶的今日上午去香山白雲觀找老道士下棋，姓蘇的也跟著去了。我們在觀裡的道婆已盯住二人，準備在鐵觀音茶中混入『春眠粉』，請示門主許可。」

趙觀點頭道：「好！白師姊所見不錯，『春眠粉』略帶苦味，混在鐵觀音中不易察覺。紫薑師叔，請妳跟我立即趕去白雲觀。玫瑰、青竹師姊，請妳們率領姊妹悄悄守在香山山腰。小菊師姊，請妳在院中布置個密室，等我們將兩個惡賊擒拿回來！」眾女齊聲答應。

趙觀便與紫薑趕往香山白雲觀。他假扮成一個書生，裝作陪伴老母乘車上山燒香，下車後便攙著紫薑走入道觀，在玉皇大帝、王母娘娘神像前跪拜行禮，又到山後走走。卻見一座涼亭中坐了三人，一個是老道士，另兩個一個頭髮灰白，一個禿頭，都作侍衛打扮。趙觀對兩人深深地望了一眼，又環視四周，但見站在亭旁服侍的道婆和小道士都是百花門人，暗暗放心。

這時白蘭兒已下令出手，潛伏在白雲觀已有數月的老道婆依著老道士的吩咐，端上一壺剛泡好的鐵觀音。老道士和聶無顯剛剛下完一盤棋，老道士笑道：「聶大爺、蘇二爺，今日難得有閒來貧道這兒坐坐，我這兒的鐵觀音茶是有名的，你們兩位請品嘗品嘗。」

趙觀聽到此處，攙扶著紫薑走出道觀，上車離去。他知道手下布置妥當，絕對不會失手，便先行回家等待，免得自己在觀中露面太久，反而留下線索。

他回到怡情院不久，果然白蘭兒等就抓了昏迷過去的聶蘇二人回來。趙觀問道：「老道士呢？」白蘭兒道：「老法子，兩個姊妹假扮成了聶蘇二人，給老道士聞了解藥讓他清醒過來，以爲自己不過打了個盹兒，三人仍舊坐著喝茶。」趙觀點頭道：「甚好。將人帶到密室，我要親自審問！」

小菊安排的密室在怡情院的地窖之中，深入地底二層，什麼聲響都無法傳上地面。趙觀極爲細心，先在怡情院各處勘察一遍，指揮門人小心守衛，留意來去客人，才往地窖走去。他沿著階梯走入地底，進入一間密室，但見聶無顯和蘇無遮兩個坐在地上，頭上套了黑套子，手腳都被鐵鍊緊緊縛在鐵柱上。

密室狹小，不能容納多人，趙觀回頭向眾門人道：「妳們都出去等候。看好了門，嚴加戒備院子四周，不讓任何人接近。」眾女答應了，走出密室。

趙觀在室中來回踱步，牆上油燈火光搖曳，映得他巨大的影子在石牆上搖晃不已。他強自壓抑心中的憤怒激動，忽然停步，伸手扯下二人頭上的黑套子，從懷中取出「春眠粉」的解藥，放在二人鼻邊。不多久聶蘇二人便醒轉了過來，眼見自己手腳被縛，在面前來回踱步卻是個衣著華美、面目俊秀的陌生青年，一時不知身在何處，發生了何事，忍不住露出驚惶之色。

趙觀停下步來，冷冷地望著二人，說道：「你們兩個，便是彎刀三傑中的聶無顯和蘇無遮？」

聶無顯哼了一聲，說道：「小子，我二人既然中你奸計，落入你手中，便不會苟且求生。你還有什麼卑鄙手段，一併使出來便是！」

趙觀冷冷地道：「我只問你一件事，你老實說出，我便讓你們少吃一點苦頭。七年前的夏天，蘇州城中情風館，指使你們去動手的，是誰？」

聶無顯閉目不答，蘇無遮卻哈哈大笑，說道：「不錯，不錯！屠殺情風館的，我們兄弟也有一份！爽快啊，爽快！大哥，那夜我們殺了多少個婊子烏龜，你可記得麼？還有那個最老的婊子，被我們打死了，還一臉不可置信的神情，精采！痛快！」

趙觀胸中怒氣爆發，衝上前去，伸手扼住了蘇無遮的咽喉，揮手便給了他四個耳光，打一下罵一句：「操你奶奶的！我撕爛你這張鳥嘴！我將你千刀萬剮，讓你死得慘不堪言！」

蘇無遮滿口鮮血，一嘴牙齒已被他打落了大半，雙眼翻白，喉嚨嘎嘎作響，幾乎就要斷氣。趙觀強忍怒氣，放鬆了手，冷冷地道：「你道老子會這麼容易便讓你死麼？老子要好好折磨整治你，讓你求生不得、求死不能，你說老子手段卑鄙，你還沒見識過老子的眞正手段呢！」

聶無顯冷笑道：「你要如何折磨我兄弟，這就下手，我們反正沒想著要活著走出這賊窩。你想我們說出指使者麼？那也容易。下令屠殺情風館的，正是當今皇上！你們情風館一幫亂民娼妓，到處殺人犯法，朝廷得知了，自要加以懲戒。派出御前侍衛屠殺情風館，就是要給世人一個警戒！」

趙觀聽他說得似乎有理，再深想一層，又有不少破綻，他走到聶無顯面前，說道：「姓聶的，你果然聰明得很，但說起謊來功夫還差了些。怎麼，你在少林寺的師父守不妄語戒，因此沒教過你怎樣撒謊麼？」

聶無顯臉色微變，說道：「你胡說八道什麼，我一句也聽不懂！」

趙觀冷笑道：「朝廷若要警戒世人，自會大肆宣揚，公布情風館的惡行，以示朝廷處置得當，大快人心。如何會偷偷摸摸派幾個侍衛來殺人了事？因此指使人絕不是朝廷。這指使人定然跟情風館有仇，又不願洩漏身分，才使出這樣的手段。我說得沒錯吧？」

聶無顯閉上眼睛，不再說話。趙觀心中愈發焦躁憤怒，這兩人油滑老練，雖說了許多話，卻沒有一句是自己原本不知道的，一咬牙，從懷中拿出一個小瓶子，說道：「姓聶的，你是老大，嘴巴也還管用，我只能指望你有點良心，早點說出真話。這毒藥叫作『肝腸寸斷』，名副其實，絕無虛假。我現下給你兄弟吃了，你是要早早說出真話，救他一命呢，還是要讓他受盡那難捱難忍的痛楚，肝腸寸斷地死在你面前，你自己決定吧！」說著便將一瓶藥水都灌入了蘇無遮的口中。

蘇無遮尖聲慘叫，奮力掙扎，有如瘋狂。趙觀伸手捏住他的咽喉，讓他叫不出聲音來，冷笑道：「你殺起人來爽快得很，女人小孩隨手殺死，眼睛都不眨一下，還津津樂道，自誇自讚。怎麼，輪到你自己了，就一點苦也吃不得了麼？」

聶無顯臉色蒼白，眼見兄弟痛苦得全身扭動，一張臉歪曲變形，心知自己若不開口，遲早也將遭受同樣的折磨，只能轉過頭，閉上眼睛。

趙觀冷冷地道：「要死要活，都在你一念間。你爲了什麼人如此賣命，值得麼？」

蘇無遮的尖叫聲在窄小的囚室中回響不絕，聶無顯心神漸亂，不停喘息，過了一陣，終於叫道：「你饒過我兄弟。我說、我說！」

趙觀掏出一顆丸子，給蘇無遮服下，蘇無遮身子仍舊顫抖不已，大口喘氣，卻不再出聲慘叫。

趙觀盯著聶無顯道：「快說！」

聶無顯額上出汗，低聲道：「我說不說，都是死路一條。我……我只求你給我一個好死。他們……他們很厲害。那時出手的人很多，有十個人，都是……都是御前侍衛或宮中高手。指使的人……很厲害，我……我不敢說。你們自己出了奸細，我們才能……才能下手……」

第九十章　門內奸細

聶無顯的聲音極低，趙觀須靠在他口邊，才隱約聽見他的說話。他聽到奸細二字，臉色乍變，正要開口詢問，便在此時，地窖門外一人叫道：「門主，外敵來攻，是東廠侍衛，姊妹們快抵擋不住了！」

趙觀輕哼一聲，推門出去，說道：「香芹、白茉，妳們在此守住，看好這兩人，別讓他們被殺了滅口。聽到了麼？」香芹和白茉一齊答應。

趙觀快步奔出地窖，來到前院，但見門外眾女正和六個侍衛交手。他衝上前去，蜈蚣索甩出，向一個侍衛的手腕捲去。那人反應極快，用刀擋架，竟將蜈蚣索甩回，又持刀砍向身旁的百花門人。

趙觀看出這六人的武功甚高，不易對付，喝道：「蘭師姊、菊師姊，使毒！玫瑰師姊、紫薑師叔，我們聯手上！竹姊，守住門口！」拔出單刀，衝上前去。

眾女在他的指揮下，聯手向敵人圍攻，趙觀心急要擊退這幾人，出手狠辣已極，一刀砍下了一個侍衛的臂膀，蜈蚣索揮處，打中一個侍衛的後腦，那人登時中毒斃命。另外兩人一個被蕭玫瑰的長索毒死，一個死於白蘭兒的毒鏢，餘下二人猶自支撐，小菊和紫薑圍攻一人，將他毒死；另一人在趙觀的刀下走了幾招，終於招架不住，被一刀砍在胸口，倒地死去。趙觀伸足去踢一具屍體，皺眉道：「他們怎麼可能追來此地？」

白蘭兒走上前來，臉色蒼白，說道：「屬下願領責罰！想是裝扮成兩個賊子的姊妹無意中露出了馬腳，敵人才會發現賊人被我們捉走了。」

趙觀低頭沉思，說道：「我去地窖將人提走，大家今夜便遷出這裡，去許苑落腳！」

他快步奔下通往地窖的階梯，還未到底層，便聞到一股強烈的血腥味，在那一霎間，他腦中忽然閃過當年自己踏入情風館、聞到血腥氣時那驚悚恐怖的一刻，數十具至親之人的屍體躺在屋中的一幕似乎又出現在眼前。他全身冷汗淋漓，大叫一聲，推門進去，登時臉色霎白：卻見聶無顯俯伏於地，背後插了一柄彎刀，蘇無遮則靠在鐵柱上，彎刀從胸口正中插入，都已斃命。香芹和白茉橫躺在地，咽喉已被利刃割斷，鮮血流了一地。

趙觀深深地吸了一口氣，需扶住門框才能站穩。是誰？是誰殺了他們？香芹和白茉都是門中五大長老以下武功毒術數一數二的門人，誰能在這麼短的時間內殺死她們？誰又會知道這個地窖，知道自己在此逼問？是誰？

他想起聶無顯死前的話，心中一震：「奸細，不錯，本門中有奸細！那會是誰？」他定了定神，忽然神色悲憤若狂，轉身面對門外眾女，大叫道：「這是老天要絕我麼？竟讓賊人殺了這兩人滅口！我……我只道能從他們口中問出些什麼，讓大家白白辛苦籌劃了這麼久，香芹和白茉又因此喪命，我……這都是我的錯，都是我的錯！妳們責怪我好了！」說著嚎啕大哭，握拳猛力搥牆，砰砰作響。

眾女看他失卻常態，一起上前來勸解，趙觀卻全不理會，兀自放聲大哭。青竹走上前來，柔聲道：「阿觀，你不用如此自責。賊人手段高明，但天網恢恢，我們定有辦法再找出其他線索的！」

趙觀哭道：「竹姊，爲什麼老天不多給我一點時間，爲什麼我還沒機會問出什麼來，就讓他們死了？」

眾女見他哭得傷心，都束手無策，丁香上前來扶住了他，低聲道：「少爺，我扶你去休息一下。」扶著他走出地窖，回入內室。趙觀進了內室，仍哭泣不斷，斷斷續續地道：「丁香，我……我想靜一下。請妳出去，替我……替我將房門關好了。」

丁香應聲去了，趙觀一等她出去，便抹淚收聲，神色立轉鎮定，獨自坐在房中抱頭思索。他知道這個奸細厲害之極，從他即百花門主之位起，至今七八年的時間，始終沒有露出絲毫破綻，令自己全無戒心。她爲什麼沒有出手殺害自己？爲什麼拖到此時，在自己即將要查出屠殺情風館的眞凶時才露出痕跡？她是誰？

趙觀從小在充滿隱祕暗謀的情風館中長大，之後又迭遭患難，因此年紀雖輕，卻已十分深沉老練。他當時表現出軟弱失態、大哭大叫的模樣，一方面自是因爲心痛香芹和白茉之死，另一方面卻是爲了令門中奸細放下戒心，以爲自己果眞並未得到任何線索。他想著想著，不禁感到一陣膽戰心驚，心知一日不找出這個奸細，自己的性命就一日不保，百花門眾姊妹也岌岌可危。他不由得想起公主對付鄭圭溶的經過；公主老早知道身邊有奸細，卻苦於難以將他找出，竟決心親自犯險出海，只為揪出那臥底之人。自己卻連這人是誰都毫無線索，更不知該從何查起？

當天夜裡，百花門人大舉搬離怡情院，來到百花門在京城置辦的四合院許苑落腳。趙觀跟著眾女匆匆離開，臉色灰敗，神情恍惚，一句話都沒有說。

次日清晨，趙觀召集五大長老來到正廳中商談，問道：「蘭師姊，那兩個惡賊的屍體，已照我的吩咐處理了麼？」白蘭兒道：「是，門主。」讓手下取過兩個匣子，裡面放的正是二人的頭顱，說道：「惡賊的身子已讓毒水消蝕盡了。」

趙觀點了點頭，眼望兩人的頭顱，說道：「我想扮成他們的樣子，潛入皇宮，找出眞正的主使人。」

此言一出，眾女都是一驚，小菊急道：「門主，此舉太過凶險！出手暗殺的人早知他們死了，你扮成他們的模樣出現在皇宮中，旁人怎會不知？」

趙觀道：「就算知道，也無法確知。為什麼呢？因為出手之人匆匆下手，並無十分把握已殺死這兩人。也有可能我們當時綁在房中的只是兩個替身，眞人並未被殺，且逃了出去。也有可能暗殺者未及回去報信，消息尚未傳開。總之這是我們唯一的線索，無論如何都不可放過！」

白蘭兒搖頭道：「門主，你不該如此犯險。大家都盼能早日找出眞凶，但你……你何苦親蹈危難？」

趙觀道：「爲了找出殺死火鶴堂主、百合堂主的眞凶，爲二位前輩報仇，這點危難算得什麼？丁香，妳來助我裝扮成這個灰髮的賊子，我立即就去。」說著站起身，向隔壁房走去。丁香連忙捧起裝聶無顯頭顱的匣子，隨後跟上。

青竹走上一步，叫道：「且慢。門主，你打算獨自一個人去？」

趙觀回頭道：「最好哪一位長老能扮成另一個賊人，與我同去。但此事甚是凶險，妳們商量一下，誰願意去的，就跟我一塊去。妳們都不願去，我便自己去。」說著便轉身走入隔壁房間，只留下五個長老在房中。

五個長老互相望望，對趙觀的舉止都甚感驚訝不解。白蘭兒開口道：「竹師姊，妳和門主最親近，看怎樣能勸勸他，勿要如此犯險。他昨夜受了打擊，這怕是在意氣用事了。」

青竹歎了口氣，說道：「他和他母親一個性子，一旦拿定了主意，旁人怎樣勸說都是沒用的。」蕭玫瑰道：「門主的這個主意雖危險，但未嘗沒有成功的可能。再說，門主武功毒術高強，也不會這麼容易就遇險。」小菊道：「正是。爲了找出凶手，門主有此決心，我等又怎能不盡力相助？」紫薑道：「大家既有這個意思，我們之中定要有人跟著去，相助保護門主。」眾女都點頭稱是。

紫薑又道：「老身雖極願追隨門主，但近年風濕發作，身體大不如前，只怕力不從心，反要連累門主。妳們之中哪一位自願去的，快快拿定主意吧。」

白蘭兒道：「師叔年高，自該在此坐鎮。讓我去吧！」蕭玫瑰道：「我武功略勝蘭兒師姊一籌，還是該讓我去。」小菊道：「玫瑰，妳年紀較輕，要扮成那禿頭老賊甚不容易，還是讓我去吧！」

青竹站起身，說道：「蘭兒師姊和玫瑰、小菊師姊都不善裝扮，容易露出破綻。此行危險非常，露出一點破綻都是殺身之禍。眾姊妹中以我最善易容，自當追隨門主。玫瑰，請妳和小菊師姊率領門人守在宮外，門主若遇上危難，我便放出煙火，讓妳們立時前來相救。紫薑師叔請守在此處坐鎮。蘭兒師姊，請妳聯絡本門在宮中的臥底，告知她們門主就將入宮，請她們在宮中接應保護。」

眾女聽她說得有理，處置得當，都點頭贊同。青竹便捧起裝了蘇無遮頭顱的匣子，走入隔壁房間。

趙觀從鏡中看到她進來，微微一笑，說道：「竹姊，我就知道妳最疼我，願意跟我一起去犯險。若不是妳，旁人哪能扮得唯妙唯肖，不露痕跡？」

青竹歎了口氣，說道：「阿觀，你年紀大了，自己拿主意，都不顧其他長老的想法了，是麼？」

趙觀回過頭來，說道：「竹姊，妳說的話我怎能不聽？妳知道我心急找出殺死娘的眞凶，就算賠上了性命，也不願被賊人瞞在鼓裡！妳一定會支持我的，是麼？」

青竹深深地凝視著他，說道：「阿觀，你眞是個好孩子。」在他身邊坐下，替他修補臉上的裝扮，之後自己也對鏡裝扮起來。

二人裝扮完畢，又模仿練習聶蘇二人的說話語調。臨行前趙觀說要回房取些事物，叫丁香跟去，關上房門，從懷中取出一封信，低聲道：「妳若三日沒有收到我的音訊，就表示我出事了。妳將這信交給紫薑，要她和蘭兒、玫瑰、小菊同拆。此事非常緊要，妳小心收藏這信，千萬照我的話去作。」丁香看他神色嚴肅，點頭收下了信，顫聲道：「是。少爺，你……你不會有事的，是麼？」

趙觀低下頭，說道：「我不知道。」

丁香心中一跳，她曾跟著趙觀出生入死，經歷各般危難，卻從未見他如此沉重，如此沒有把握。她臉色轉白，伸手握住他的手，說道：「少爺福大命大，一定會長命百歲。我……我在這裡等你回來！」

趙觀微微一笑，說道：「乖乖丁香，少爺去了！」回身出屋，與青竹相偕離去。

二人決定直闖皇宮，便一逕來到皇宮東便門之外。門口守衛見了二人，躬身行禮，陪笑道：「聶大爺、蘇二爺，您老回來啦。」

趙觀點點頭，說道：「托主上的福，還留下一條命！」守衛奇道：「誰吃了熊心豹子膽，敢爲難你大爺？」青竹粗聲罵道：「他媽的，別提了！老子不將那群渾帳剁成肉醬，我不姓蘇！」她假裝蘇無遮的嗓音口氣極爲肖似，果眞毫無破綻，守衛不敢再說，恭請二人進去。

趙觀和青竹走入宮中，二人都不識得道路，趙觀大聲道：「蘇二爺受了傷，你們沒見到麼？還不快扶他回房去！」一個小太監走上來攙扶青竹，趙觀在後跟著，來到常住侍衛的住宿之處。聶蘇二人都是錦衣侍衛，各自有一間單房，中間是一個相通的客廳，甚是寬敞。

趙觀和青竹進了屋中，便關上房門，趙觀更不浪費時間，當即開始搜索房中的抽屜櫥櫃，將所有的書信物件都翻了出來，攤在桌上。青竹則去搜蘇無遮的房間，也找出了一堆書信札子。趙觀在燭光下一一閱讀，但見不少書札手信都是從太監洪泰平處發來，文中都是些問候寒暄之語，似乎過從甚密。他微微皺眉，說道：「這洪泰平是什麼人？」

青竹沉吟道：「瞧這信上的稱謂，這人似乎身任司禮監下的提督東廠太監，勢力不小。御前錦衣侍衛和東廠掌權太監交好，原也是尋常事。」趙觀道：「或許就是因爲十分尋常，主使人才靠這太監來傳話，以免讓人起疑。也有可能主使人就是這個太監。」

便在此時，一人來到門外，說道：「聶大爺、蘇二爺，錦衣衛指揮使陸大人有請。」

趙觀和青竹對望一眼，趙觀道：「知道了，一會就去。」青竹匆匆將桌上的書信塞入櫃中，便和趙觀互相修補了化裝，開門走出。一個小太監候在門外，在前帶路。三人走出了好一陣，趙觀從不知皇宮如此大法，轉過幾個彎，穿過幾道迴廊洞門，就全失了方向。

他暗自記憶來路，側頭見青竹四下瀏覽，顯然也在用心記憶。

小太監領二人來到一間小廳，卻見一個錦衣大漢坐在房中，滿面虯髯，約莫四十來歲，長相頗爲英武。大漢看到二人進來，忙起身相迎，說道：「聶大哥、蘇二哥，兩位平安回來就好了！老哥哥擔心得緊。」說著請二人坐下，讓小太監奉茶上來。

趙觀心想：「這多半就是陸指揮使了。他對兩隻賊子倒是恭敬得很，我還是靜觀待變爲是。」喝了一口茶，並不說話。青竹嘿了一聲，粗聲道：「就憑那幾個小毛賊，如何能傷得了我兄弟？」

陸指揮使陪笑道：「是、是。兩位武功高強，總能化危爲安，毛髮無損。」

趙觀問道：「我二人當時在白雲觀被人作了手腳，陸指揮使卻是如何得到消息的？」陸指揮使道：「這個容易。京城中到處布滿了錦衣衛的眼線，兩位一中奸計，立即有人回來通報。」

趙觀還想繼續套問，陸指揮使又道：「我們昨夜派人去那怡情院圍捕，殺了好些暴民叛賊，也算爲兩位出了一口氣，哈哈、哈哈。」

趙觀心想：「百花門沒有一人被殺，這人是在虛報邀功。」當下拱手道：「多謝陸指揮使！我兄弟日後定然不會忘了指揮使的好處。」說著從袖中拿出一張千兩銀票，壓在茶碗之下。陸指揮使連稱不敢，眼睛盯著銀票，笑得闔不攏嘴，正要伸手去拿銀票，趙觀卻伸出手指按住了茶碗，說道：「陸指揮使，你找我兄弟來，可有其他吩咐？」

陸指揮使縮回手，壓低了聲音，正色道：「我今日請兩位來，是想請問兩位，昨日曾否收到金神令？」

第九十一章 金神祕令

趙觀心中一動，想起檢視聶無顯衣袋裡的事物時，曾見到一尊小小的金色神像，當下伸手入懷，摸到一物，取出一瞧，果真是一尊金色小神。但見那神像約有兩寸長短，頭上有三個面容，一個慈和，一個憤怒，一個悲苦；身軀長出六隻手臂，手上執持各種不同的武器。趙觀一呆，只覺這佛像看來有些眼熟，卻不記得在何處見過，便隨手將之放在茶几上。

陸指揮使見了，連忙站起身，臉上神色又是恐懼，又是恭敬，似乎這小金神會跳起來咬人一般，口中說道：「收到了就好，收到了就好。洪督主剛剛回來，讓我來問一聲。今晚仍和以往一樣，同樣時間，在老地方見。」

趙觀點了點頭，將小金神收起，心中暗急：「什麼同樣時間老地方，老子偏偏不知道。卻該怎樣套問出來？」便道：「我二人昨夜與賊人周旋，一夜未眠，今日下午須補回睡眠。不如時辰到前，請陸指揮使派個手下來我房外提醒一聲。」

陸指揮使道：「沒問題。我讓小順子去叫兩位，免得讓主子等候。」

趙觀心中疑惑：「主子，什麼主子？」想再用話套問，但見陸指揮使端起茶碗，似乎被那小金神嚇得厲害，不肯再說，趙觀不想讓他更生懷疑，便站起身道：「兄弟，咱們走吧！」便與青竹相偕告辭離去。兩人憑著記憶，摸索著走回侍衛住宿之處。

趙觀關上房門，甚是興奮，說道：「竹姊，究竟有些線索了！我們今夜要去哪裡？去見誰？若是皇宮正事，何需這麼神祕？這其中一定有蹊蹺。」青竹點頭道：「你說得是。或許那金神上有些線索。」

趙觀便取出那金神查看，忽然腦中靈光一閃，想起自己被認證為法王時，曾在寺院住過一段時候，看過不少密教經典和被稱為「唐卡」的藏教佛像圖畫，其中有一幅畫的便是一個三面六臂的神像，恍然道：「啊，我知道了！這是阿修羅神！」青竹臉色微變，說道：「什麼阿修羅神？」趙觀道：「佛經上說世間有六道：天、人、阿修羅、畜生、餓鬼、地獄。這就是阿修羅的神像！」

青竹沉吟道：「召集聶蘇二人的人，難道和阿修羅有關？」

趙觀在房中踱了幾圈，說道：「修羅、修羅，難道是修羅會？修羅會和錦衣侍衛又有什麼關係？難道聶蘇二人是受修羅會之託辦事？莫非指使屠殺情風館的就是修羅會？修羅會是個新興的黑幫，成立了不過七八年，它跟百花門又有什麼仇恨？」

青竹搖頭道：「我也想不出。我們今夜去赴會，自能得到更多線索。」趙觀一時理不出頭緒，便坐在床上閉目養神。

到了酉時正，太監小順子過來敲門，說道：「兩位大爺，時辰到啦。」

趙觀和青竹推門出去，青竹向小太監道：「你領路吧。」小順子抬頭望了她一眼，臉上露出懷疑之色，卻沒有開口，回身便走。

趙觀和青竹互相望望，趙觀從青竹的眼神中看到一絲遲疑和恐懼，便伸手握住了她的手，感覺她的手掌冰冷，微微顫抖。二人跟著小順子走去，來到一個邊門，竟是出皇宮的左安門。兩乘轎子候在門口，趙觀和青竹各自坐上一頂，兩乘轎子便抬了起來，向著城西走去。趙觀從轎帘縫隙往外偷看，但見轎子走的是一條無人小路，在北京城崎嶇狹窄的胡同間穿梭，不多時來到一座府第的後門外。

趙觀和青竹下得轎來，便見一個家僕站在門口，手中提著一盞小燈籠，一言不發，打手勢請二人從一扇小門進去。此時天色已漸漸暗下，那大屋中一點燈火也無，只有家僕手中燈籠微弱的亮光。

趙觀低頭望去，但見腳下是一條以六角形紫色窯磚鋪成的小徑，極爲平整。他生長於蘇州，又曾在杭州長住，見識過不少出名的江南莊園庭院，對於庭院布置甚是精熟，知道只有最富有的人家才能用這等紫磚鋪徑，心中暗暗驚訝，這條徑子足有半里之長，整個院子裡的小徑看來都是以紫磚鋪成，這是何等巨富大家的手筆？

正自思索，家僕已領趙觀和青竹來到一間大廳之外。但見廳中四面密封，厚厚的紙窗中透出些許燈火。趙觀和青竹對望一眼，便推門跨了進去。但見堂中坐了四人，最下首是個金衣喇嘛，竟是老相識金吾仁波切；其旁是個全身黑衣的中年女子，身形極瘦，臉色白得發紫，神情陰冷，好似剛從墳墓裡爬出來又被人一刀砍死了一般，全身上下都散發著說不盡的淒慘悲怨。對面是個矮小漢子，一身長衫，一張臉平淡無奇，眼神無光，若說他姓張名三，或是姓王名小二，誰都會信之不疑。趙觀細看之下，才瞧出那平淡的臉乃是人皮面具的傑作，心中微微一凜。他抬頭望去，但見坐在最上首的是個青面人，方面獅鼻，神貌安穩，氣度儼然，一雙手放在座椅臂上，十隻手指纖長而白細，若不瞧他的臉，倒像是一對大家貴婦的手。

趙觀將屋中四人都望了一遍，便和青竹走了進去，向四人拱手爲禮。金吾連忙站起身，躬身回禮，極爲恭謹，口裡說道：「大爺、二爺，您二位來啦。」

趙觀點了點頭，但見那黑衣婦人只冷冷地向二人點頭爲禮，矮小漢子和青面漢子卻都坐著不動，只用眼睛瞟了他們一下，嘴角微微一撇，算是回了禮。

趙觀和青竹見左首有兩張空椅，便過去坐下了。屋中登時一片死寂，這些人不但不互相交談，甚至連看都不看旁人一眼，似乎各自認識，又不像有什麼交情，卻也不像有什麼仇恨。

趙觀閉目靜坐，心想：「這金吾是東廠薩迦派的喇嘛。那女子臉色如此難看，大約常常接近毒物。那矮子也是使毒高手，還會易容術。青面傢伙看來武功甚高，這些人中最難對付的就是他。」又想：「當年去我情風館殺人的，這裡頭不知有幾個？這幾個人在江湖上從未聽說過，恐怕都是祕密殺手一流。」

一片沉寂中，黑衣婦人忽然陰惻惻地笑了一聲，似哭似笑地道：「彎刀二傑是怎麼啦，死了一個，便自甘退讓，坐到下首去了麼？」

趙觀摸不準這些人的來頭，不敢貿然回答，只哼了一聲。

金吾卻站起身道：「黑姑何出此言？殺死齊三爺的賊人正是主上的大對頭，也是這兒大家的共同仇人。家師在嵩山絕頂失手受傷，督主大計受阻，都是這賊子幹的好事。總有一日我薩迦派要取他性命，爲齊三爺報仇！」

矮小漢子忽然開口說話，聲音和他的長相一般平淡而無味，讓人聽上一百次也不會記得，但聽他道：「凌昊天，這人誰都不許殺。他的命是我的！」

黑姑望了他一眼，露出一個微笑，笑得卻比哭還難看，說道：「瘟神沙老二，你也跟這小子過不去？你快說說，你是怎樣敗在他手上的？」矮小漢子哼了一聲不答。

便在此時，青面人忽然開口道：「黑寡婦，給我閉上嘴。」他說話和緩而輕柔，卻自有一股威嚴，黑寡婦聽了便不再說話。

青面人轉頭望向趙觀，說道：「聶老大，你坐過來。」說著拍拍身旁的椅子。趙觀別無選擇，只能起身走去，默然坐下。他連這人的名號都叫不出，自也無法與他攀談，便裝作心中不快，閉嘴不語。青面人向他望了幾眼，嘴角帶笑，看來甚是親切，說道：「聶老大，聽說你前日被百花門那些娘兒們捉了去，可有這事？」

趙觀輕哼一聲，說道：「我二人是想探出那群臭娘們兒的底細，才假裝失手被擒。」

青面人哦了一聲，說道：「是麼？可探出了些什麼？」

趙觀道：「也沒什麼。臭娘們兒處心積慮要報當年之仇，爲首的是個二十多歲的小娃子，嫩得很，哪裡困得住我兄弟？」

青面人哈哈大笑。趙觀心中一緊，料想定是自己語言中露出了破綻，悄悄伸手握住了腰間的蜈蚣索。卻聽青面人笑道：「這算什麼消息？大家誰不知道百花門主是個自命風流的好色小子，年輕氣盛，沒半點用處。哈哈，救你二位出來的，想必是我的老相好吧？你不用瞞我，這些女娘們下手陰狠，你二人便是一時失察，中了他們的毒，也不是什麼太丟臉的事。」

趙觀聽他並未起疑，心中一鬆，假裝以咳嗽來掩飾羞慚，支支吾吾地道：「救我兄弟出來的，正是……正是那位……這還該謝你……」

青面人擺手道：「罷了，大家心知肚明就好。」

趙觀又咳了幾聲，心中暗驚：「他的相好，定然便是我門中的奸細。那會是誰？」

青面人不再說話，專心端詳自己修長的手指，從袖中取出一個小剪子，慢條斯理地修剪指甲，對自己的手指喃喃自語道：「辛苦你們啦。幫主子作了這許多事。」

瘟神沙盡開口問道：「大哥，多少個了？」

青面人道：「兩千九百九十七。」瘟神哼了一聲不說話。青面人笑道：「死神殺人的本領，還是勝你瘟神一籌吧！」

便在此時，門口一人叫道：「洪督主到！」廳門開處，一個高瘦男子慢慢走了進來，房中六人都站起身來。趙觀見他臉色微白，下頦全無鬍鬚，頭上戴著軟帽，心想：「這人想必便是提督東廠太監洪泰平了。」

洪泰平向眾人擺擺手，走到主位坐下了，說道：「主上很快就到。今日召集大家，是想讓大家出手解決一個人。」他說話尖銳而緩慢，帶著極重的京城腔。

青面人嘿了一聲，說道：「解決一個人，也須動用這麼多人麼？這件事交給沙老二便行了。」

洪泰平望向他，說道：「司空先生，此事須得請你親自主持。主上要殺的人武功很高，爲保萬全，才讓大家都來此處待命。」

青面人司空先生道：「主上要殺什麼人？」

洪泰平端起茶碗喝了一口，說道：「嵩山上的事情，你們都知道了？」

司空先生道：「是凌昊天這小子？」

洪泰平緩緩搖頭，說道：「主上要自己出手對付他和他兩個哥哥。嵩山一役之後，少林寺派了人出來追殺本督，我想請大家幫我殺了這人。」

司空先生哼了一聲，說道：「少林賊禿麼？這個容易。」

便在此時，一個聲音嬌笑道：「哎喲，在司空先生眼中，什麼事情都容易得很！依我說，來人很不好對付，大家還是警醒些吧！」

人隨聲到，一個全身黑衣的女子從廳後走出，但見她臉上蒙著輕紗，一雙眼睛艷媚已極，如能勾人魂魄，看不準年紀，總在三十到四十上下。她一逕走到司空先生面前，伸手攬住他的頭頸，媚笑道：「好久不見啦，我的司空先生還是一般的英挺俊朗，讓人心動呢。」

司空先生青色的臉上露出曖昧的笑容，說道：「主子，您卻是愈發的年輕美貌了。」蒙面女子笑道：「怎比得過你那千嬌百媚的令嬡？唉，女人畢竟是年輕的好啊。貴小姐呢？她怎地沒來？」

司空先生道：「我派她去辦事了。主子想見她，我改日送她來府上服侍。」蒙面女子笑道：「你捨得麼？我當家的是怎樣的人，你是清楚的。我可不想見他獸性大發，糟蹋了你小姐。嘻嘻，你這小姐冰清玉潔，你不在乎麼？」

司空先生嘿嘿而笑，說道：「自然不在乎。她一回京，我就送她來府上服侍，供主子使喚。」

蒙面女子微笑道：「好極了。」轉頭望向屋中其他人，媚笑道：「聶大爺、蘇二爺，你兩位也到啦。怎麼，見到聞名江湖的護花使者，玉面英雄趙觀沒有？」

趙觀道：「見到了。主上可有興趣見他？主上一句話，我兄弟立即帶人將他抓來，獻給主上享用。」他大著膽子說出這麼一番話，卻正正對了蒙面女子的胃口，但聽她格格笑道：「聶大爺，你眞了解我。是了，哪日有機緣，我定要親自會會這位聞名天下的風流浪子。眼下我事情太多啦，見這趙觀還是其次。我現今最想要見的，是那姓凌的小子。」

黑寡婦道：「主上想要他的命？」蒙面女子輕輕一笑，嬌媚中帶著一絲冷酷，說道：「不，我要的是他的魂！」她在屋中踱步，一下攬著司空先生的頸子，一下坐在沙盡的懷中，一下又去摸金吾的臉頰，口中嘻笑著道：「這一切都安排好啦。待我逼得凌昊天走投無路，他怎會不落入我的掌握？第一步，我已讓大喜他們去偷襲少林，殺死方丈，再嫁禍給凌昊天。他此時正在少林寺住著，多容易安排！這小子那時大出風頭，正教那些人對他嫉妒得要命，定會群起而攻，讓他無處可逃。」

她說到此處，人已來到趙觀身前，伸手去摸他的胸口，正摸到他頸中的一串佛珠。趙觀心中一跳，他當時被陳如眞揹著逃出寺院，曾順手取走一串前世法王的念珠，此後便掛在頸中，沒想到會再此時被這古怪婦人摸個正著。但聽她笑道：「聶大爺也開始信佛了麼？」

趙觀勉強一笑，說道：「近日殺人多了，有點心不安。」

黑衣女子向他凝視一陣，才扭腰走開，續道：「我若能掌握住這小子，以後有趣的事就多啦。要他幫咱們去對付百花門，殺死姓趙的小子；要他去對付自己的爹娘哥哥，讓他兩個哥哥身敗名裂；要他去……」說到此處，她已來到青竹假扮的蘇無遮身前，忽然停口不語，向她凝視，過了一陣，忽道：「蘇二爺，你跟我出來一下。」

青竹站起身，跟在她身後走了出去。趙觀心中又驚又急，不知是否該就此發難，瞥眼見司空先生臉色微變，沙盡和金吾臉上也現出嫉妒不悅之色，心想：「最好她只是一時對姓蘇的賊子生了興趣。但青竹會否就此被揭穿？」

第九十二章　少林叛徒

過不多時，蒙面女子單獨走回，向趙觀道：「聶大爺，蘇二爺受傷那麼重，你怎還讓他出來？」趙觀心中一跳，強自鎮定，問道：「他沒事麼？」

蒙面女子微微一笑，說道：「死神司空大爺已經照顧到她啦。你要不要也休息一下？」此言一出，司空先生、沙盡、黑寡婦、金吾四人一齊從椅上躍起，圍在趙觀身旁。趙觀知道機關敗露，青竹多半已凶多吉少，自己怕也難逃毒手，他反應極快，右手立時射出十枚毒針，分別向身邊五人攻去，左手甩出蜈蚣索捲住了屋樑，準備穿破屋頂逃走。

周圍眾人一齊出手，沙盡揮手撒出一片毒粉，黑寡婦從袖中翻出三隻毛茸茸的花斑蜘蛛向趙觀擲去，金吾金鉞飛出，向趙觀斜斬而去。死神司空先生雙手攏在袖中，抬頭觀望，卻未出手。

趙觀身在半空，心中大急：「這兩個使毒的傢伙很厲害，加上金吾，單打獨鬥不怕他們，現在對手未免太多了。」閉氣躲過瘟神沙盡的毒粉，揮蜈蚣索捲住金吾的金鈸，橫甩出去，金鈸飛處，將兩隻花蜘蛛斬成四塊。眾人見他出手巧捷高明，都微微吃驚，但聽趙觀哈哈大笑道：「你們都已中了我的毒啦，一個都逃不了！」揮蜈蚣索將洪泰平身旁茶几上的一個香爐捲起摔在地上，叫道：「香中有毒，要命的快出屋去！」

瘟神沙盡冷冷地道：「死到臨頭還想騙人？這香中哪有半點古怪？」

趙觀趁著眾人低頭去看那香爐的一滯之際，已翻身站上屋樑，低頭道：「這是天下奇毒，自然連瘟神都分辨不出了。」手中更不停頓，打碎頭上屋瓦，湧身鑽了出去。

黑寡婦尖聲罵道：「奸滑小賊！」與沙盡、金吾三個同時躍起，攻向趙觀下半身，洪泰平和司空先生已跨出門外，等著上屋頂抓他。

趙觀自知要從這許多高手眼下逃走直是難如登天，心中早轉了十七八個念頭，他假作要鑽出屋頂，等眾人躍上半空，便一縮身子，向東首的窗戶撲去。屋中眾人怒吼叫罵，各般兵器一齊向窗戶招呼去。

趙觀撞破窗戶而出，著地打了個滾，正想往跳上樹去，忽聽背後一人冷冷地道：「小子別動。你死定了。你是什麼人？」

趙觀聽出那是司空先生的聲音，知道自己既受制於他，再掙扎也沒用，便緩緩轉過身來。司空先生凝望著他，臉上微笑不減，手中拿著一柄模樣古怪的利刃抵在他的胸口，似是一柄鐮刀，刀頭卻分出三個尖叉，在月光下閃閃發光。

趙觀強自鎭定，笑道：「我就要死了，卻還不知道閣下的大名，豈不是死得不明不白？」

司空先生哈哈一笑，說道：「我是死神司空屠。小子膽子很大，只可惜少了點腦子，來此自投羅網。快快報上名來！不然立時就是死神手下第兩千九百九十八個冤魂。」

趙觀道：「不錯，我正是來爲你手下第三百五十六、四百二十七和一千五百八十八個冤魂來找你報仇的！」死神司空屠微微一呆，側頭回想這三人是誰，趙觀已從袖中揮出蠍尾鞭，向他手腕打去。司空屠手腕一伸，鐮刀尖刺入趙觀胸口，趙觀的蠍尾鞭也勾上了司空屠的手指。

蠍尾鞭上的毒勾毒性極強，司空屠手指劇痛，大叫一聲，忙收回鐮刀，趙觀又向他射出三枚毒針，一躍上樹，伸手按住胸口傷口，只覺隱隱作痛，卻非劇痛，心下正感奇怪，眼見沙盡、黑寡婦和金吾已奔到樹旁，無暇多想，湧身跳上屋頂，忽聽一個雄厚的聲音念道：「阿彌陀佛！」

眾人俱都一怔回頭，但見大廳門口陡然出現了一個中年僧人，一身灰色僧袍，身形高大，面目慈和，雙手攏在袖中。眾人盡皆愕然，這僧人無聲無息地出現在大廳門口，眾高手竟然全無知覺，雖說眾人正集中心力對付趙觀，這僧人的輕功顯然也已超凡入聖，各人不禁驚詫，手按武器，凝神戒備。

那僧人向眾人環望了一圈，眼光停在洪泰平身上，輕歎一聲，說道：「清顯師兄，請跟我回少林寺去，聽候掌門人發落。」

洪泰平哈哈大笑，說道：「清召啊清召，你當眞白活了這些年紀，說話如此天眞可笑！老夫當年混入少林寺，本就不懷好意，此番如我之願，將少林鬧了個灰頭土臉，如何會再回山去？只可惜當日嵩山巓上，老夫沒有多殺你們幾個禿驢！」

那中年僧人果然便是清召。他臉色微變，說道：「你既自外於少林家門，我便可放手處置你了。接招！」但見灰影一閃，清召已躍在半空之中，雙掌凌空向洪泰平打去。洪泰平穩立不動，其餘眾人齊聲吆喝，紛紛揮動兵刃向清召攻去。

清召的身形卻比這些人快上許多，不等兵刃攻到自己身上，他已變招，一掌打上沙盡的肩頭，一個翻身，躲開司空屠的攻招，手中戒刀揮出，砍向洪泰平的腰際。這幾招一氣呵成，精妙高明已極，簡直不似人所能爲，眾人臉色大變，更加提高戒備，謹愼圍攻。但見清召有如一隻在屋簷之下穿梭自如的燕子，在眾高手之間周旋自若，一手成掌，一手持戒刀，絲毫不落下風。

趙觀見眾人的注意力轉移到那僧人身上，更未去聽眾人對話，心想：「此時不走，更待何時？」立即跳下樹，沿著圍牆奔去，暗想：「不知竹姊是否眞的遭了毒手？」

跑出數丈，但見徑旁一人俯伏在地，身上穿的正是蘇無遮的服色。趙觀大驚，衝上前去探視，卻見那人滿面血污，已然斃命。趙觀抹去他臉上的裝扮，果然便是青竹。他心痛如割，忍不住淚如泉湧，咬牙道：「竹姊、竹姊，是我害了妳。請妳……請妳原諒阿觀，我一定會替妳報仇的！」伸手去搜她身上，只有蘇無遮原本衣袋中的事物，她一向隨身帶著的竹管、毒藥、百花門信物等都已不見。

趙觀正想揹起她的身子，忽聽得背後腳步聲響，一群侍衛大呼小叫，手執火把奔上前來。他知道自己已然受傷，若被大群侍衛圍住，恐難逃脫，只能當機立斷，狠心捨棄青竹的遺體，往侍衛少些的方向奔去，不多時又奔回了那大廳之外。他跳上一株大樹，但見那僧人與眾人猶自打鬥激烈，此時戰局中只剩僧人與死神司空屠、瘟神沙盡、洪泰平三人，黑寡婦斜躺在門邊，撫胸喘息，臉色白如金紙，金吾倒在門口，口中不斷吐血，那蒙面女子卻已不知去向。

趙觀見那僧人以一敵三，漸顯不敵，硬撐了十多招後，被洪泰平一掌打在後心，吐出一口鮮血。

趙觀心中一動：「這和尚是好人，我得救他！」從懷中掏出一枚「石破天驚」，揮手往戰局圈中擲去，那丸子一落地便砰的一聲炸開，冒出重重濃煙。趙觀趁眾人一驚之際，揮出蜈蚣索捲住了對面的樹枝，湧身蕩下，伸手抱住了僧人，蕩出去落在對面樹上，一躍出了圍牆。

眾人大聲呼喝，跳出圍牆追去，卻見一人躺在地上，瘟神沙盡衝上前扼住他的咽喉，卻聽洪泰平喝道：「住手！自己人。」沙盡一呆，火光下看清了那人面目，竟是金吾仁波切，雙眼翻白，被摔得半死不活。眾人又驚又怒，抬頭四顧，趙觀和清召早已不知去向。

原來趙觀抱起清召之時便順手抓起了金吾，將他扔出牆外，眾人果然中計，以為跳出牆外的便是他，他自己卻早抱著人往反方向奔去。他輕功本佳，那府中雖處處打起火把抓人，他小心閃避，不多時便來到一排高牆之外。他一躍出牆，但見下面是條陰暗的小巷，便跳下向著巷尾快奔。

趙觀黑夜之中難以辨別方向，抬頭望見一輪彎月，心中一動，轉往西方奔去。他抱著僧人在黑暗的大街小巷中穿梭急奔，來到一條胡同盡頭的木門之外。他隱約記得這是百花門的藏身地之一，推門闖了進去，反手關上房門。屋中一片漆黑，趙觀喘了幾口氣，摸索著點燃了桌上油燈，但見屋中空無一人，一張矮炕上鋪著薄薄的被鋪，積了一層灰塵，看來已很久沒有人睡了。趙觀將床鋪上的灰塵撣去，將僧人放在炕上，伸手去搭他脈搏，但覺他脈象雖弱，卻甚是平穩，大約不會有生命危險，放下心來。

此時天候已寒，趙觀在炕下燒起柴火，又在小屋前後看了一圈。但見那小屋乃是一般窮戶人家的居所，一切家具陳設都樸素簡單已極。他走去廚下，彎腰去灶下摸索，果然藏有一個木盒子。盒上的鎖極為精巧，須得知道百花門的五種暗號才能打開。趙觀打開看了，但見盒中放有幾十兩銀子，許多百花門的奇門毒藥，和種種易容用品，心想：「百花門姊妹準備得極其周到，這落腳處什麼都齊全。」

他在門口布置了幾種毒藥，讓敵人無法輕易闖入，這才坐下休息。他伸手去摸胸口，忽然想起：「死神的那一刀著實凶險，我怎地並未受重傷？」打開衣襟查看，卻見掛在自己頸中的鐵鑄火鶴花牌已被刺得彎了，原來那一刀正好刺在鐵火鶴花之上。趙觀心中激動：「原來是娘在天之靈保佑，救了我一條命！娘，娘，竹姊也死啦。阿觀定要找出罪魁禍首，爲您和所有死去的姊妹報仇！」想起青竹之死，心中悲痛難當，不禁流下眼淚。

哭了一陣，心中忽然一動：「竹姊怎能這麼容易就被殺？當時她和那蒙面女子走出廳去，前後不到半盞茶的時間，不聞打鬥之聲，她便遭難斃命。蒙面女子的武功難道眞有這麼高明？她若能舉手殺死青竹，定能輕易將我殺傷。當時幾個賊子向我圍攻，她又爲何不出手？這僧人武功極高，傷了她手下兩人，她爲何也避開不曾出手？」

他想到此處，轉頭向炕上那僧人望去。小室中一燈如豆，僧人仍舊昏迷不醒，趙觀耳中聽得他細微的呼吸聲，心想：「我這陣子是交了和尙運。前後跟紅教喇嘛作對打架，自己又被認證是什麼轉世法王，被迫落髮出家，現在又遇上這少林和尙。這人武功好得很，不知是什麼人？」他自從與清德、熊靈智等少林弟子打過交道以後，便對少林和尙沒什麼好感，但見這僧人孤身對敵洪泰平和死神等人，武功高強，以一敵眾，氣勢懾人，自己也是靠了他才保住性命，不由得對他甚是感激欽佩。

正思索間，遠遠但聽官兵呼喊捉人的叫聲此起彼落，趙觀心中擔憂，生怕他們會攻入百花門人聚居的許苑。他再也坐不住，摸黑出門，來到一間妓院，找到了一個百花門人，急急讓她去許苑傳令，告知眾長老自己平安、青竹不幸喪命等情，要大家立時搬出許苑，離開京城，去天津落腳，又說自己此間事情一了，便將趕去與眾人會合。

趙觀奔波一程，甚感疲累，趕回小屋時已近天明。他趴在桌上小睡一陣，不斷夢到青竹滿臉血跡的模樣，如何都睡不安穩。過不多時，那僧人醒轉過來，深深地吸了一口氣。趙觀聽他醒來，來到他炕邊，問道：「你還好麼？」

那僧人點了點頭，掙扎著想說話。趙觀湊過去聽，那僧人口中竟說出趙觀再也想不到的一個字：「酒！」

趙觀一呆，說道：「你要喝酒？和尚也喝得酒的？」

那僧人似乎有些赧然，咧嘴一笑，低聲道：「貧僧是少林武僧，向來不戒葷腥。這酒嘛，按佛門戒律原是該戒的，但貧僧偶爾喝一些。」

趙觀笑道：「原來你是個酒肉和尚！好，我便去幫你弄些酒來。」眼見窗外天色已明，便喬妝改扮了，去街上沽了酒，又買了一些梅干扣肉和饅頭回來。那僧人已能坐起身，看他拿酒肉回來，臉上露出喜色，接過便大啖起來。

趙觀在旁看他喝酒吃肉，心中對這僧人忽然起了一股莫名的親近好感，問道：「請問師父法號？」

那僧人吞下了滿口的饅頭扣肉，答道：「貧僧清召。」

趙觀啊了一聲，脫口道：「你就是少林降龍堂主？」清召點了點頭。

趙觀重新將清召上下打量了一番，但見他貌不驚人，心想：「少林眞是臥虎藏龍，這和尚樣貌平凡，竟便是威名赫赫的降龍堂主，我趙觀也眞是有眼不識泰山了。」

清召繼續吃著饅頭，說道：「多謝施主相救貧僧。請問施主高姓大名？」

趙觀一時不知該自稱江賀還是趙觀，心想自己曾用江賀之名與少林熊靈智等結仇，趙觀這名字卻甚少在江湖上使用，微一遲疑，便道：「我姓趙，單名一個觀字。」

但見清召手一顫，半只饅頭掉落在炕上。趙觀望著他，心中大感奇怪：「趙觀這名頭半點也不響亮，怎至於將個降龍堂主嚇成這樣？」

第九十三章　身世之祕

清召呆了一陣，才將饅頭揀起，咳嗽了一聲，定了定神，說道：「你叫趙觀，嗯，你是趙觀。你二十歲，肖豬，冬至生日，是麼？」

這下換成趙觀大吃一驚，心想：「這和尚有神通麼？怎麼連我生辰八字都說了出來？」側頭望著他，說道：「你怎知道？」

清召咬著饅頭，喝了一口酒，臉上漲得通紅，過了好一陣，才囁嚅道：「我收到過你母親的信。」說完低下頭來，合十念了幾聲佛號。

趙觀恍然大悟，原來那神祕的第三個父親便是清召大師！他一時不敢相信，怔然半晌，才道：「哦，原來……原來是你。」

清召低著頭道：「是我。這麼多年來我都沒有去找你，你過得還好麼？你可不怪我吧？」趙觀搖頭道：「不怪，不怪。我……我過得很好。」

清召噓了一口氣，抬頭偷偷向趙觀打量去，咧嘴一笑，說道：「哈，你長得眞好看，我……那個……有點像我年輕的時候。」

趙觀忍不住哈哈大笑起來。他終於明白母親爲何一直沒有向別人說出那第三人是誰，原來他竟是個德高望重的少林和尙，自然不能爲人知道了。原來自己名字中的趙字，竟然便是從清召的「召」而來，眞是打破他腦袋也想不到的事。

趙觀笑了好一陣，才回過神來，他心想清召定然不知道另外兩個父親的事，便也沒有說出，只道：「你好好休息，我們……我們的事，大家心知肚明就好，也不用讓別人知道。」清召點了點頭。

趙觀既然知道清召可能是自己的父親，照顧他時自然更加用心，好酒好肉服侍，終日守在他身邊陪伴護衛。清召受傷雖重，但靠著內功深厚，自行調息一日，便有好轉。次日晚間清召和趙觀在屋中談話，趙觀問起他爲何去找洪泰平。

清召歎道：「這洪泰平多年前混上我少林寺偷學武藝，法號清顯。他居心叵測，上個月在嵩山大會上蓄意挑起各派爭鬥，又引西藏薩迦派的喇嘛來殺我中原武林的威風，幸而被凌三少俠拆穿了他的奸謀。此番掌門人派我出來，就是爲了處置這個叛徒。可惜我寡不敵眾，被他逃去了。」

趙觀聽他說起淩三少俠，脫口道：「你是說小三兒麼？」清召奇道：「你認識他？」趙觀笑道：「我們少年時曾一起喝過酒，是好朋友。」

清召便說了小三在正派大會上揭穿陰謀、打敗大喜、在少林寺擊鼓等事跡。趙觀聽得悠然神往，讚道：「小三英雄豪邁，眞乃人中少見！」

清召又問起他和淩昊天結識的經過。趙觀說了自己出身百花門、曾上虎山暫住等情，清召凝神靜聽，待他說完，又問起他爲何來到京城。趙觀不願隱瞞，便將自己身任百花門主、出任青幫壇主、前來追查凶手、打算爲母報仇之事一一說了。

清召聽後，點頭道：「原來你就是百花門主上官千卉，也是青幫江賀。百花門除惡扶善，多行義舉。人稱青幫江賀機智過人，忠勇重義。不錯，不錯。」

趙觀臉上微紅，說道：「大師過獎了。」心想：「大師給我面子，只撿好話說，我那些風流胡鬧的事兒便略過不提了。」

清召沉思一陣，又道：「當年去情風館下手的，我猜想多半就是我們昨日見到的這些人。但他們跟情風館究竟有何深仇大恨，這麼作是爲了什麼，我卻難以猜知。」

趙觀忽然想起一事，問道：「大師，你來到那廳外時，可曾見到一個蒙面女子，看來是眾賊人的頭子，她究竟是誰？」

清召沉吟道：「我只短短見到她一面，但我猜想她多半便是修羅王。」

趙觀奇道：「修羅王？」清召道：「正是。你知道江湖上的修羅會麼？修羅王就是修羅會的頭子。但她是什麼來歷，爲何能指使這許多殺手，爲何能在嚴首輔府中出入，我卻毫無線索。」

趙觀奇道：「首輔府？你是說首輔嚴嵩？莫非我們昨夜的去處便是嚴嵩的府第？」

清召點頭道：「正是。嚴嵩這奸相搜刮民財，魚肉百姓，無所不爲，這修羅王不知怎會跟他湊在一塊，手下又有這許多高手，思之委實讓人心悸。」

趙觀沉吟一陣，說道：「你來到之前，這修羅王說她已派大喜法王去暗殺少林掌門，並要嫁禍給小三兒。可有這事？」清召大驚失色，伸手抓住了趙觀的手，顫聲道：「她……她已動手了麼？」趙觀道：「我也不知？」

清召掙扎著想下炕來，趙觀阻止道：「你受傷未復，無法長途跋涉，便趕回少林也緩不濟急。不如你寫封信，我立即派人送去少林，讓掌門人提防。」

清召歎了口氣，心知他說得不錯，便伏在炕上寫了一封短信，交給趙觀。趙觀趕忙去街上找了個百花門人，說起傳信之事，那門人臉色微變，說道：「這事情我們也是昨日才得知。少林方丈清聖被人刺死，大家都說是淩昊天所殺！」

趙觀驚詫已極，趕回小屋，向清召說了，清召臉色霎白，流下眼淚，閉目合十，念了四十九遍往生咒，才抹淚睜眼，說道：「趙觀，他……他們還談了什麼奸計？」

趙觀見他神色黯然悲憤，回思那蒙面女子的言語，說道：「我聽她說要殺死前來追捕洪泰平的刺客，那就是你了，還說要對付小三和他兩個哥哥。」

清召低下頭沉思，雙眉深鎖，過了許久，才抬頭道：「趙觀，我有件重要事須託付於你，這件事跟小三很有關係。但是……但是你須保守祕密，絕不可外傳。」

趙觀道：「大師要我作什麼，我自當從命。若是跟小三有關，我更加義不容辭。」

清召點了點頭，又遲疑一陣，才道：「這件事關係重大，若不是到此緊要關頭，我眞不願提起。這事關乎凌家的大公子和二公子的身世。」

趙觀奇道：「凌大哥和凌三哥的身世？」

清召歎了口氣，緩緩地道：「正是。他們兩位……其實並非醫俠親生，卻是火教教主段獨聖的骨肉。」

趙觀一呆，只覺難以置信，脫口道：「這、這怎麼會？」

清召緩緩地道：「當時火教幾乎將正派武林一網打盡，正派武林剩餘的幾十人合力攻上了獨聖峰，一片混戰下，幾乎不敵，最後一場激戰，段獨聖終於死在醫俠手中。而當時龍頭燕女俠已在峰上，身受重傷，昏迷不醒。後來大家才知道，燕女俠爲了救大家的性命，預先冒險扮成宮女混上獨聖峰，刺殺段獨聖。據說她在峰上便懷了身孕。果然醫俠與燕女俠成婚後，不多久便生了一對雙生子。唉，這件事武林中知道的人極少，只有當初和他們夫婦一同攻上獨聖峰的龍幫高手和幾個正派首領暗中猜知，但大家感激敬佩醫俠和凌夫人捨己爲人的高義，自都三緘其口，半句也未曾洩漏。我少林空觀方丈圓寂之前，將此事告知了清聖方丈，嚴令不可外傳，但此事不幸被清顯偷聽了去。」

趙觀震驚已極，但見清召神色嚴肅，又不由得他不信，說道：「兩位凌公子都是人中俊傑，人品方正，就算他們身世確是如此，那又如何？」

清召歎道：「你說得不錯，英雄何怕出身低？但清顯得知此事後，定會告知他的同黨。我聽說他們要對付凌家兄弟，料想他們一定會以此誘騙威脅，令凌家兩位公子身敗名裂。但我現在最擔心的是小三兒，他此時受賊人陷害，百口莫辯。凌家三兄弟之中，以小三最有機智見地，性情正直不阿，小三若被他們害死，就大勢去矣，再難降服這批奸人了！」

趙觀站起身道：「我這就去找他！」

清召點了點頭，握住他的手，說道：「請你代我告訴小三，說清召永遠相信他支持他。他哥哥的事你莫要說出，只要暗中代他提防就是。」

趙觀點了點頭，說道：「我理會得。你安心休養吧。」

清召微微一笑，凝目望著趙觀，說道：「能見到你長得這麼大，這麼好，我心裡好生歡喜。趙觀，我眞以你爲傲。」

趙觀心中激動，緊緊握住清召的手，說道：「我不會讓你失望的！」

第八部

絕路相逢

第九十四章 不白之冤

卻說那日凌昊天在少林寺向清聖方丈請求剃度，清聖並未答應，凌昊天心中悵然，便叩別方丈，下山而去。他眼望茫茫天地，實在不知自己應當何去何從，回頭望向巍峨聳立林間的少林寺十八層寶塔，心想：「方丈說我是性情中人，江湖上之事還待我去成就，嘿，我小三兒只知胡鬧搗亂，哪裡能成就什麼？」

他信步下山，也沒心情去看山景，沿著山階走下，將近山腰時，忽聽山上隱隱傳來鐘鼓之聲，微覺奇怪：「沒聽說今兒要作法事，怎地這時候敲鐘鼓？」正想時，便聽背後腳步聲響，凌昊天回頭看去，但見一群三十多名灰衣僧人高聲呼喝，快步奔來，人人手持棍棒戒刀，神情激動，為首的僧人高聲叫道：「凌昊天，給我站住！」

凌昊天認出他是淨字輩的淨悟，說道：「原來是淨悟師兄，請問有什麼事？」

淨悟大聲道：「你自己作了什麼好事，還有臉問我？」凌昊天一楞，說道：「敢問師兄，可是寺中出了什麼事？」

淨悟雙眼發紅，大叫道：「無恥小賊！你……你害死了本門方丈，竟還敢這麼大搖大擺地下我少室山！」

凌昊天大驚，脫口道：「方丈死了？」淨悟怒吼道：「你還要裝傻？卑鄙無恥、狼心狗肺！」邊叫邊衝將上前來，揮戒刀向凌昊天砍去。

凌昊天側身避開，伸手奪過了戒刀，扣住他的手腕，喝道：「你是怎地，話沒說清楚就揮刀亂砍？誰見到我害死方丈了？」淨悟被他制住，掙扎兩次不脫，激怒過度，喉嚨哼哼兩聲，竟自昏了過去。跟他同來的眾僧一齊大叫：「淨悟被他殺了！凶手又殺人了！」一擁而上，持刀棍向他打來。

凌昊天皺起眉頭，伸腿踢飛了七八個奔近的僧人，忽聽遠處一人喊道：「阿彌陀佛，凌施主勿下殺手！」

凌昊天抬起頭，但見四個黃衣僧人沿著山道上奔下，身法好快，轉眼便來到身前，喝令眾灰衣僧人後退，分四個方位圍住了自己，正是清心、清德、清海、清法四神僧。

凌昊天放開淨悟的手腕，將他的身子托起，放在清德身前，說道：「他自己急昏了過去，我沒傷他。」

清心俯身去搭淨悟的脈搏，示意身後弟子過來將他抬開，又轉頭望著凌昊天。凌昊天見四僧直直瞪著自己，毫無離開的意思，個個滿面悲憤之色，眼神如要噴火。他搖頭道：「我聽聞方丈遭人毒手，心中好生難過。你們前來追捕我，難道眞以爲我是凶手？」

清心冷然道：「阿彌陀佛，凌施主，到此地步，你還要作假？方丈室中人人看得清楚，是你出手殺死了方丈，你竟還想抵賴不認？」

凌昊天聽清心一口咬定，不由得甚感驚詫，說道：「怎會如此？我爲什麼要殺他？」

清海脾氣暴躁，搶著叫道：「你說……你說你打敗了薩迦派，少林又是薩迦派的手下敗將，因此你要掌門人向你下跪認輸認服，稱你是天下武功第一。掌門人不肯，你這狠心小賊、無恥狂徒，就出手偷襲，殺了掌門人！」

凌昊天叫道：「胡說八道！我今晨辭別方丈後便下山來了，什麼要他下跪認服，什麼偷襲殺了方丈，這是誰捏造出來的？虧你們也相信！」

但見清心、清德、清海、清法四人神色極為嚴肅，滿面鄙夷仇視，顯然乃親眼所見，全心相信，他心中一涼，暗想：「莫非這些人是清顯老賊的手下，暗中跟他串通了來謀害我？清海、清法或許會如此，但清德和清心老成持重，應不會跟他沆瀣一氣。可惜清召大師下山去了，不然他定能幫我剖析眞相，洗清冤枉。」

但此時他被這許多僧人包圍，又有這四大神僧圍在身前，要打是絕對打不過的，暗想：「若被這些和尚抓回去，多半要將我就地正法，更無爭辯的餘地。我得想法脫身，再回來慢慢查明眞相。」吸了一口氣，說道：「清聖方丈不是我殺的，就這一句話。信也由你，不信也由你。我要走了，誰敢擋我的路，我可要不客氣了！」

清法大聲道：「你既然說未曾殺死方丈，為何心虛不肯跟我們去對質？你一心想逃走，可見心裡有鬼！」

凌昊天冷笑道：「你們既已一口咬定，還有什麼對質可言？羅織冤枉，陷人於罪的本領，少林足可跟東廠相媲美！」

清德道：「凌施主，這事若眞不是你所爲，你如何不敢隨老衲回少林寺一趟？事情水落石出之前，我保證沒人敢傷害你一根寒毛。」凌昊天道：「清德大師有此寬容之心，其餘人卻不見得這麼大方吧？我小三兒說話算話。我說了今日要下山，你們沒人能阻擋得了我！」說著大喝一聲，左掌揮處，掌風將清海推得退出兩步，一躍而起，跳出了四人圍成的圈子，在空中輕巧轉身，落在數丈之外。

衆人見他露了這手輕功，都是一驚，清心離凌昊天最近，低喝一聲，揮掌向他打去。凌昊天感到一股沉重渾厚的內力直向自己襲來，不意清心這老僧一副老態龍鍾、病骨支離的模樣，掌力竟能雄厚至此，他無意與清心硬拚，雙掌護在身前，借力向後一彈，縱出五六丈，回身便奔。

清法、清海大聲呼喝，追趕上來，分別從左後方、右後方出掌向他攻去。凌昊天更不閃避，加快腳步直向山下奔去。他展開在天風堡學得的輕功，足不點地地向山下飄去，身形奇快，少林四神僧都沒見過這般快捷的身法，忙提氣直追，緊緊跟在他身後，相隔七八丈。其餘衆僧也在後追趕，但功力不及，不多時便被遠遠甩在後面。

少室山下峰之路極爲險峻，凌昊天和四僧前後快奔下山，直過了兩柱香的時間，便分出了高下；五人間的距離漸漸拉遠，凌昊天和清心、清德之間相隔約莫十來丈，清法在其後五丈，清海不久前才受過內傷，尚未完全復原，又落後了七八丈。凌昊天呼吸平穩，體力充沛，似乎愈奔愈快，清心和清德輕功雖高，畢竟年歲已大，內力也不似凌昊天正達巔峰，又奔了一柱香的時間，便被甩出二十來丈。

將近山腳，凌昊天忽然停步，轉過身來，抱著手臂站在當地等候。清心、清德不多時便追了上來，二人快奔良久，已是全身疲累，呼吸急促，但見凌昊天候在當地，不由得又驚又疑：「我二人體力不如，他卻好整以暇，一如平常。此地別無他人，他若要取我等性命，再容易不過。」想到此處，二僧都心存警戒，凝望著凌昊天，一時不知該不該上前動手。

凌昊天望著清心、清德二僧，緩緩說道：「我若有心殺你們，現在正是出手的時候。但我凌昊天是個敢作敢當、光明磊落的漢子，我敬重少林高僧的德行武功，感激你們收留我在寺中短住，替我治癒內傷，讓我接受佛法熏陶，如何會無端出手加害？我並未殺害清聖方丈。我若是爲了揚名，此刻就不會矢口不認，反而會大肆宣揚，更會一口氣連你兩位也殺了，藉以去江湖上誇耀。再說，我若眞要殺少林方丈，決不會作得這麼笨，弄得全寺皆知，還讓你們追趕上來圍攻我。二位想想吧！」

清德頭腦簡單，一時無法聽進他的話，大聲道：「你巧言狡辯，又有何用？我們明明看到你……你對方丈出手，你還想當面不認？」

凌昊天搖頭道：「江湖中會易容術的人很多，你怎知那確然是我？」

清心低頭沉思一陣，說道：「你說這是有人蓄意栽贓誣陷，也不是不可能。但這世上有多少人能一掌打死方丈？若不是你，還能是誰？凌昊天，你確是當世奇才，但你狂傲不覊、目中無人的性子，大家都知道得很清楚。你或許不是爲了揚名，只爲了一時逞氣才幹下惡行，也難說得很。無論如何，你若不肯回山上對質，我們只能認定你是兇手。」

凌昊天哈哈大笑，笑聲中滿是悲憤，說道：「隨你們怎麼想。要繼續追殺我爲方丈報仇，這就請便！」轉過身，頭也不回地下山而去。

清德、清心待要追上，但知他若施展輕功奔去，自己二人就算盡了全力也無法追上，且就算追上了，也無法制住他。二僧一時不知所措，呆立在山道上，望著凌昊天的背影如秋風一般消失在山道轉角之後。

凌昊天離開少室山，便察覺有人在後跟隨，他知道少林不會這麼容易就放過他，卻也不敢輕易向自己出手，便不去理會。他離開山區，來到河南一個小鎮，才一踏入，便見街邊、茶館裡、客店裡全是紅衣喇嘛，見到他時，都轉頭向他瞪視。凌昊天有若不見，逕自走入一間酒館，叫道：「小二，一壺白乾！」

不多時小二便端上酒來，說道：「酒來了。客官，要些什麼下酒菜？」

凌昊天抬頭望向他，說道：「就用你的耳朵，怎樣？」

那小二臉色一變，強笑道：「客官……客官您說笑了。」

凌昊天喝道：「要向我下毒，你還欠十年功夫。給我滾！」抓起酒壺扔出窗外，正砸在一個在窗外探頭探腦的喇嘛頭上。那喇嘛慘叫一聲，快奔而去。

小二只嚇得臉色雪白，身子發抖，一步步往後退去。凌昊天看也不看他，說道：「我說要酒，就拿酒來！你想留著頸上腦袋，便給我快點！」小二轉身拔步便逃，奔入了後堂。

又過一陣，酒沒有來，門口卻走進十多個紅衣喇嘛，在他身周的桌子坐下。一個瘦小喇嘛尖聲道：「凌昊天，薩迦派已派出上百名弟子前來追捕你，你逃得過今日，逃不過明日！認命吧！」

凌昊天笑道：「前有狼，後有虎，嘿，還有一群野狗窺伺在側。」瞥眼望向後堂門口，不知何時已多出了八個黑衣人，各各將雙手攏在袖中，冷冷地望著自己，那黃眼老者鷹爪鄒七老也在其中，顯然都是修羅會中的人物。

這許多人各自虎視眈眈地望著他，一言不發。凌昊天搖頭道：「看來今日是喝不到酒了，也罷也罷。一下子看到這麼多難看的臉孔，誰還有興致喝酒？」站起身，環望一周，冷冷地道：「你們要一個個上呢，還是大家一起上？」

眾喇嘛和修羅會眾互相望望，都不答話，酒館中霎時一片肅靜。

凌昊天拍拍袖上灰塵，說道：「我已問過了，給了你們機會。既然沒人要出手，我走了。」站起身，大步往門外走去。

鄒七老忽然躍上前來，伸右爪往他肩頭抓去。凌昊天轉身望向他，說道：「點蒼張潔是我朋友，你傷了他！」右手陡出，抓住了鄒七老的右爪。鄒七老只覺整隻手劇痛難忍，放聲大叫，連忙收回手來，但見一隻右手軟軟地垂下，手指、手掌、手腕的骨頭不知被捏斷了幾根，慘叫不絕，跪倒在地，左手捧著右臂，再也站不起身。

凌昊天更不去看他，大步向外走去，見門口繫了幾匹馬，便解開了一匹黑馬的轠繩，翻身上馬，揚長馳去。

眾喇嘛和修羅會眾都已搶出酒館門外，望著他逐漸遠去的背影，不敢立即去追，又在鎮中忙了一陣子，才紛紛上馬追上。當時在那在酒館之中，這許多人若一擁而上，總有六七成把握能制住或殺傷凌昊天。但眾人震於他的威勢，竟無一人敢率先動手，只能眼睜睜地望著他騎馬揚長而去。

凌昊天知道自己被這許多人盯上，要逃出他們的追蹤絕非易事，現在只看一場大戰會在何時何地發生。他不辨方向，離開那小鎮後就在官道上快馳，來到一處山地，卻是到了河南和山西交界的王屋山。他心想：「在山地躲藏較為容易。」便策馬往林中騎去。

當天夜裡，他找了些果實裹腹，便爬上一棵大樹睡了。這覺睡得甚是安穩，到得天明，他又騎馬上路，穿林涉溪，直往山林深處行去。他從小在虎山中長大，自是熟知如何在林中行走而不留下痕跡，跟蹤他的人雖滿山遍野地追尋，卻始終找不到他的人影。

如此十來日，他知道追兵正慢慢從後掩上，自己若不盡快出山，不免被他們包圍在這山中。他們若花上幾個月時間在山中慢慢搜尋，終歸能將自己找出來。他站在一座小崗上眺望，卻見再往北去已是王屋山盡頭，心想：「既然要出山，就往北去吧。」

他縱馬出山，在平地官道上疾馳一陣。將近黃河邊上，但聽身後馬蹄響起，一群五十多人隨後跟上。凌昊天回頭一瞥，見當先一夥是少林僧人，其後跟著的卻是修羅會眾。他拍馬快馳一陣，來到一處空曠野地，野地當中孤零零地站了一座破敗的送客亭，亭子依著一池深綠色小湖而建。凌昊天縱馬經過送客亭前，但見迎面一隊紅衣喇嘛騎馬圍上，總有百來人，早先那喇嘛果然沒有虛報大數。

凌昊天吸了一口氣，勒馬而止，翻身下馬，拍拍馬臀，說道：「多謝你陪了我這許多時日，這就乖乖去吧。」黑馬長嘶一聲，在亭前跑了一圈，便衝入了人群。

凌昊天走入送客亭，但見一對破舊的對聯寫著字跡不全的幾個字：「海內存知己，天涯若比鄰」，「客路青山外，行舟綠水前」。心中不由得微感淒涼：「古來不知有多少親朋好友在此飲酒餞別，灑淚相送。今日世風衰微，人心不古，送友的習俗也少見了，這送客亭竟破敗若此。今日我小三兒死在這裡，沒有知心朋友相送，豈不遺憾？」

第九十五章 送客亭外

凌昊天想到此處，不由得長歎一聲，走入送客亭中，在亭中石桌旁坐下，眺望碧綠的湖水。亭旁眾人紛紛圍上，少林派以清法、清海為首，站在南方；修羅會以鄒七老為首，站在東方；薩迦喇嘛則以大梵天爲首，站在北方，三面圍住了涼亭。

清法走上數步，大聲道：「凌昊天，你害死本門方丈，莫想這麼容易便逃脫！因果不爽，報應不遲，你忘恩負義，天人共憤，若不快快束手就擒，莫怪我少林不顧念令尊令堂顏面，要對你動武了！」

凌昊天眼望湖水，對眾人的言語充耳不聞，心中陡然想起許多年前，一個熾熱的夏日午後的情景。那日他和寶安練完劍，相偕去山後的虎飲湖玩水。盛暑的日光透過林蔭投射在虎飲湖邊的大石頭上，映成一環環活潑跳動的銀色圈兒。寶安的雙頰熱得紅撲撲地，她脫下鞋子，捲起褲腳，踏入水中，直向著湖心走去，彎腰舀水，痛快地洗了一回臉。她回過頭來，滿面水珠，微笑喚道：「小三兒，湖水冰涼得緊，你也來洗把臉吧！」

他站在岸邊大石上望著她，沒有回答。她的笑容是那麼的燦爛，她的聲音是那麼的輕快；晴空碧藍，湖水幽綠，日光耀眼，笑靨動人，這一切竟能完美如此，愉悅如此，直令他望得癡了，只盼這一幕永遠停在眼前，不要溜逝。

就在這時，寶安忽然驚叫一聲，往旁一跌，摔入了湖中。

凌昊天大驚，急忙跳下大石，涉入湖中，搶到寶安身旁，潛入水中探視，卻見一條手臂粗的黑色水蛇纏住了她的腳踝，直將她向湖水深處拖去。凌昊天忙拔出匕首斬斷水蛇，奮力扯脫了水蛇的糾纏，抱起寶安涉水回到岸邊。兩人身上都濺滿了湖水蛇血，形狀狼狽。寶安驚慌中側頭向他一笑，說道：「我眞糊塗啦，竟忘了這湖裡有水蛇！」

凌昊天卻沒有笑。在那一霎間他驚覺了一件事，那是他從來沒有想到過的，心底最深最深的恐懼：這麼多年來，寶安的聲音笑貌已是他生命的一部分，是他不能夠失去的一部分。他驚於自己竟如此害怕失去她。他生來便是天不怕地不怕的性子，即使情勢危急如此時此刻，都不能讓他皺一皺眉頭。但那時他卻發現了一件讓他害怕至極的事情，那就是失去寶安。他牢牢記得當時心中那陣強烈的惶恐之感，那時他並不明白，但就是在那個夏日午後的湖水邊，他第一次瞥見了自己心底對她深刻的情感。

亭外二百來人看他對清法的言語毫無反應，好似癡呆了一般，膽子都大了起來。大梵天衝上前去，高聲喝道：「凌昊天，我薩迦派和你有不共戴天之仇。你今日別想活著離開這涼亭！」

凌昊天兀自沉浸於往事，充耳不聞，忽然想起：「今天是十月幾日？是了，今天正是十八。是大哥和寶安的大喜日子。」他嘴角露出悲悽的微笑，心想：「但願他們白頭偕老，一世快活。我不敢回家，此後是再也見不到她啦。我活下去還有什麼意味？不如死了乾淨。」

但聽耳邊的叫囂愈來愈響，心想：「哼，喇嘛和修羅會也就罷了，少林這些人眞不知在搞什麼鬼，跟著起鬨追殺我。你們想殺我，我卻不會讓你們那麼容易得手。我奮力一戰，死在這送客亭外，也就是了。就怕她知道了心裡會難受，以後每年她都不免想起，她成親的喜慶之日，也是小三兒的忌日。」

大梵天見他一言不發，連頭都不回，忍不住舉起手，叫道：「聽我號令，大家一起攻上！」眾喇嘛拔出刀劍武器，衝上圍住涼亭。

便在此時，忽聽一人高聲叫道：「丐幫要保此人，誰都不許動他！」一群五十多名乞丐從東首樹林中奔出，結成打狗陣，圍成一圈，擋在凌昊天身前。

凌昊天聽得丐幫竟出頭保護自己，甚覺驚訝，轉過身來，卻見一個尖臉漢子快步走上前來，手中拿著一根黃色竹棒，正是賴孤九。

凌昊天望著他，冷冷地道：「賴長老，我不敢勞你駕保護，你請走吧。」

這話一出，不但旁觀眾人大為驚訝，賴孤九也不禁愕然色變。他只道自己在凌昊天最緊急危難之時出手保護，凌昊天就算不感激涕零自己的救命之恩，也當心存謝意，豈知他劈頭便是這麼一句毫不留情面的逐客令？

賴孤九心中既羞且惱，沉聲道：「小三兒，你究竟跟我有什麼過不去？」

凌昊天冷然道：「不是我跟你過不去，是你跟我過不去。衢州的事情你或許轉眼便忘，我卻沒有這麼容易便忘記！」在他心中，路小佳所受之辱，自比他此刻的生死要重大得多。

賴孤九默然一陣，臉色變幻，過了良久，才道：「小三兒，幫主得知你此刻處境危險，派了眾長老四出尋找保護你。我不過是奉幫主之命行事，你再怎麼也該體諒他老人家的苦心，勿要計較前嫌，快快跟我們走吧。」

凌昊天哼了一聲，說道：「老幫主的面子我怎能不給？但我就是不給你面子！我就算立刻死在少林、修羅會和東廠狗賊的手上，也不要受你保護而苟且偷生，欠你任何人情！你再不走，可別怪我當眾說出更加難聽的話。」

賴孤九臉色鐵青，重重地哼了一聲，說道：「小三兒，你好，你好！一意孤行，任意妄為，忘恩負義！我原本不信你會殺死少林方丈，現在倒有八分懷疑了！臨行前幫主特別要我提醒你，他託付你的事情你究竟還記得多少？難道全數忘光了麼？」

凌昊天冷笑一聲，雙目凝視著他，說道：「我以人頭跟你打賭，幫主絕對沒有要你問我這句話！」

賴孤九臉色更青，閉嘴不答。

凌昊天轉過頭去，歎口氣道：「吳幫主是個好漢子，只可惜他看錯了人。賴長老，你再不走，我可要管不住自己的嘴巴了。」

賴孤九往地上吐了一口唾沫，恨恨地道：「不錯，他是看錯了人，竟會信任你這樣一個無恥無賴！」轉過身，揮手率領丐幫弟子退去。

少林眾僧、薩迦喇嘛和修羅會眾原本見丐幫插手干預，揚言要保護凌昊天，都各擔心免不了一場大戰，但見凌昊天竟自己將他們逐走了，都是又驚又喜，待丐幫眾人盡數離去，便紛紛取出刀劍，準備上前圍剿。

凌昊天站起身，束緊腰帶，走出涼亭，大聲道：「一個一個上，一派一派上，或是大家一起上，都成！動手吧！」

薩迦派的一眾喇嘛當先衝上，凌昊天揮掌迎敵，忽見一道細長的影子從眼前閃過，接著一團紅影從天而降，落在自己身前。便在那一霎間，奔近前的十多個喇嘛一齊停步，軟倒在地，有的仰天躺下，有的俯伏在地，動也不動，不知死活。

凌昊天一呆，但見那紅影更不停留，衝入喇嘛陣營，手中長索飛舞，索到之處，眾喇嘛盡皆倒地昏死，更無能抵擋一招半式。其餘喇嘛只嚇得心驚膽裂，紛紛回頭逃散。

凌昊天此時已看清，那是個三十來歲的女子，身形高眺，眉目秀麗中透出一股狠戾之氣，出手狠辣之極，舉手便解決了二十多人。她趨退了喇嘛，收起長索，走到凌昊天身邊，躬身道：「百花門護法長老蕭玫瑰，參見凌三少俠！」

凌昊天回禮道：「蕭長老！」蕭玫瑰回過身，冷然向周圍眾人瞪視，朗聲道：「百花門主要保凌三少俠，誰也不准動他一根寒毛！你們誰不要命的，就再上前一步！」

眾人登時一陣喧譁，都不由自主退開幾步。少林、東廠喇嘛和修羅會自都聽聞過百花門的名頭，知道是黑道上的最爲神祕可怖的門會之一，門人毒術高超，行蹤隱祕，下手陰狠，令人防不勝防。百花門主更是神祕中的神祕；傳說她以神妙毒術和高明刀法懾服無數黑道幫會，江湖上只聽聞她是個美貌的妙齡少女，武功詭異，毒術高超，精擅易容，從未以眞面目現身。此時聽說百花門主竟放話要保凌昊天，自都驚疑不定。

少林清法走上一步，朗聲說道：「凌家和百花門淵源甚深，江湖上誰人不知？昔年百花門相助醫俠和秦女俠去除火孽，也算有功於武林。我少林無意與百花門作對，但凌昊天乃是害死本門方丈的疑犯，我等無論如何都要將他抓回本寺對質正法。少林忝居武林第一大派，如何會屈服於百花門主一道敕令？快快讓開了，免得我等被逼出手，大開殺戒！」

忽聽一人陰惻惻地笑道：「清字輩的小禿賊，口氣可不小啊！」

清法忙回頭望去，卻見少林僧眾中忽然多出了一個彎腰駝背的藍衣老婆婆，瞎了一目，手拄枴杖，顫巍巍地向自己走來。清海、清法一起搶上前去攔住，喝道：「什麼人？」

那老婆婆正是紫薑。她翻起一隻獨眼，咧嘴一笑，對二人更不理睬，逕自穿出少林眾僧的隊伍，來到凌昊天身前，躬身道：「凌三少俠，百花門執法長老紫薑有禮了。」話聲剛落，她身後少林僧群中便一陣騷動，原來她剛才所經之處兩旁的僧人都已中毒，二十多人盡皆倒在地上呻吟，口吐白沫。清海清法看不出她竟用了什麼手法毒倒這許多人，都是臉色大變。

凌昊天見蕭玫瑰和紫薑出頭相助，胸口一熱，問道：「令門主好麼？」

紫薑道：「回凌三少俠，門主都好。他聽說你受人冤枉，特地派我等前來保護。他自己正連夜趕來，等不及要見你一面呢。」

便在此時，清海、清法奔上前來，向紫薑喝道：「賊婆娘，拿出解藥來！」紫薑回過頭，冷冷地道：「解藥是有，你若想要，退開十步。」

清海清法對望一眼，在這詭異陰毒的老婦人面前不敢硬來，只能依言退開。紫薑從懷中摸出一只小瓶，說道：「少林一派竟糊塗到此地步，掌門人被殺了，竟連凶手都認錯，窮追爛打，哼，什麼武林第一大派，有個屁風度！老婆子告訴你們，清聖大師是修羅會和東廠喇嘛布置暗殺的，這批奸賊扮成凌三少俠的模樣出手，藉以誣陷於他。你們被人蒙騙，竟然還跟仇人聯手來冤枉無辜，嘿嘿，眞叫人笑掉了大牙！」

此言一出，少林和修羅會、東廠喇嘛都大聲鼓譟起來。清法心中懷疑，叫道：「妳空口白話，如何能叫人信服？妳有什麼證據？」紫薑冷冷地道：「百花門主這麼吩咐的，還會有錯麼？你們還不快滾，在此囉囉唆唆，老婆子看了就討厭。拿了解藥就快走路，難道定要多死幾個人才開心？」一揮手，將小瓶子扔了過去。清法伸手接住了，連忙去救治被毒倒的少林弟子。

鄒七老聽紫薑挑起少林和修羅會之間的仇隙，搶上前來，戳指喝道：「臭婆娘胡說八道！百花門以易容術出名，害死清聖的不是妳們還會是誰？卻來血口噴人，誣陷我修羅會！」話聲未落，忽然俯身倒地，一個中年女子站在他身後，一身淡紅衣衫，臉色陰沉，正是百花門小菊。她粗聲喝道：「武林敗類修羅會，今日要教你知道百花門的厲害！」左手揮處，扔出三枚小彈子，在空中炸開，煙霧籠罩下的修羅會眾紛紛滾倒在地，咳嗽不止，再也爬不起身。小菊走到涼亭前，向凌昊天行禮道：「百花門考績長老小菊，參見凌三少俠！」

少林、薩迦喇嘛和修羅會眾人眼見百花門竟出動三位長老來保護凌昊天，這三個女子雖從未在江湖上公開露面，但顯然是百花門中數一數二的人物，方才見她們先聲奪人，舉手便毒倒了六十多人，三個門派還沒動手便死傷慘重，看來今日實是討不了好去。眾人各自商議一陣，少林最先退去，薩迦喇嘛也跟著消失了。修羅會跟百花門本有仇隙，又放下了好些狠話，才慢慢退去了。

凌昊天心中感動，說道：「多謝三位長老出手相助。我欠令門主莫大恩情，粉身難報。」

蕭玫瑰道：「令尊令堂昔年曾於門主有恩，閣下又是門主的好朋友，還說什麼報答不報答？事不宜遲，我怕對頭中更有厲害人物追上，凌三少俠請隨我們盡快離開此地。到了洛陽城本門藏身處，就不怕他們了。」撮口作哨，樹林中奔出五十多個百花門人，牽出許多馬匹，眾女簇擁著凌昊天上馬向南奔馳。

奔出一個時辰，將近洛陽城外，紫薑忽然揮手讓大家停下，說道：「前面有人攔路！」眾女立即縱馬散開，分成三隊。但見前面路中果然站了兩個人，當先是個青面漢子，一身華貴衣飾，臉帶微笑，雙手負在背後，意態閒適。他身後跟了一個僕從模樣的人，手裡捧著一件模樣古怪的兵器，垂首而立。乍看之下，這兩人便像尋常富貴學武人家的主僕，只那青面漢子氣度不凡，顯然不是尋常人物。

第九十六章　天龍城主

蕭玫瑰喝道：「什麼人？快讓路！」揮索向青面漢子點去。青面漢子手不抬、腿不動，好似全未看到長索飛來。那索將要點到他面門時，忽然啪一聲從中斷絕，不知被他用什麼手法斬斷了。蕭玫瑰臉上變色，跳下馬來，拔出腰間蛾眉刺護身，喝道：「好傢伙！閣下何人？」

那青面人側眼望著蕭玫瑰，微笑道：「只有三十來歲，便見到了我，也是妳運數已到，命中有此一劫吧！」

蕭玫瑰喝道：「胡說八道什麼？你究竟是什麼人？」

紫薑卻變了臉色，叫道：「玫瑰，這人是死神司空屠！」

蕭玫瑰退開兩步，她清楚記得臨行前趙觀對眾女的吩咐：「若遇上瘟神，可以放手一鬥，妳們有七八分勝算；若遇上死神或洪泰平，只能暗中下手，若面對面決鬥，妳們絕無生還機會，須立時迴避。」

那人果然便是死神司空屠。他嘴角帶笑，說道：「不錯、不錯，老婆娘歲數大些，認得死神的面孔。妳們今日見到了死神，真是天大的運氣，全都可以就地解脫，不用辛辛苦苦地活下去啦。」反手抓起身後僕人捧著的三叉兵器，臉上笑容益盛，好像遇上了什麼天大喜事一般，緩步踏上前來。

紫薑、蕭玫瑰和小菊都是何等經驗老道之人，互望一眼，取得默契，便當機立斷，分頭行事，蕭玫瑰武功最高，揮動蛾眉刺上前攻向死神，打算將他暫時纏住；小菊率領二十個門人在旁圍繞掠陣，紫薑則率領其餘門人縱馬來到凌昊天身旁，低聲道：「凌三少俠，我們快走！」

凌昊天已看出死神武功極高，似乎不在自己之下，當此情境，他如何能讓眾女留下與死神搏鬥，獨自逃脫？搖頭道：「我不走，我們一起跟他拚了！」反而縱馬奔近戰團。

但見蕭玫瑰幾招後便顯不敵，在死神手下苦戰硬挺，情勢艱危，忽地死神的三尖刀刺上了蕭玫瑰的肩頭，鮮血噴出，蕭玫瑰怒吼一聲，手中蛾眉刺落地。死神手一挺，三尖刀直刺向蕭玫瑰的胸口。

凌昊天大喝一聲：「住手！」從馬上躍起往死神撲去，雙掌擊向他後心。死神一凜，收回三尖刀，回身迎掌。卻聽小菊和紫薑大叫道：「小心！」

凌昊天的雙掌已與死神相對，砰的一聲，各自退出七八步。凌昊天感到二人內力相當，但不知為何腦中一陣暈眩，雙腿發軟，幾乎坐倒在地。小菊已衝上前扶住了他，在他口中塞了一顆藥丸，說道：「是瘟神，你快走！」

凌昊天這才注意到死神身後那僕從模樣的人眼光閃爍，果然便是曾在酒館中向自己下毒的瘟神沙盡。但見他雙手揮出，不知又向自己下了什麼毒藥，他此時只覺身子痲痹愈甚，漸失神智，想退後躲避都已無法指使雙腿。但見小菊擋在自己身前，雙手揮舞，似乎也在施放毒藥。

便在此時，凌昊天感到後心一痛，卻是死神趁他中毒不防，從後偷襲，持三尖叉刺入他的背心。蕭玫瑰看得親切，尖呼一聲，撲上前抱住了死神的腰際。死神罵道：「臭婆娘！」揮三尖叉向蕭玫瑰頭頂刺下。凌昊天忍住疼痛，奮力回身揮掌擊向死神胸口，死神正與蕭玫瑰纏鬥，不及擋架，被他掌力震得向後飛去，三尖叉脫手飛出。蕭玫瑰也受到凌昊天的內力震蕩，遠遠地跌了出去。

凌昊天想追上去制住死神，卻無論如何也無法移動雙腿，但見死神搖搖晃晃地站起，三個百花門人衝上前向他圍攻，卻被他一一踢飛了出去。凌昊天雙腿一軟，坐倒在地，側頭見身旁小菊仍在比手畫腳地與瘟神互施毒術，臉上扭曲，神色痛苦，似乎就將支撐不住了。

便在此時，他忽覺衣領一緊，被人提了起來，卻是紫薑縱馬過來將他拉上馬去，將韁繩遞在他手中，說道：「你先走！」自己跳下馬，在馬臀上用力一鞭，那馬便向著曠野狂奔而去。凌昊天感到全身麻軟，聽力視線都漸漸模糊，只隱約知道百花門三位長老仍留在當地與死神和瘟神周旋，心中又急又憂，腦中一陣昏沉，終於不省人事。

不知過了多久，凌昊天才慢慢清醒過來，身上的痲痹也漸漸消失，開始感到背後傷口一陣劇痛。他只覺口唇乾裂，口渴已極，勉力抓住馬韁，抬頭四望，但見四野一片荒涼，不知身在何處，更不知百花門人和死神瘟神打鬥之處在何方位。他側耳傾聽，隱隱聽得西面傳來淙淙水聲，便策馬向著聲音來處走去。行出許久，終於來到一道泉水之旁。他翻身下馬，捧起泉水喝了一大口，便趴在石上喘息。他感到背後的傷口還在流血，奮力撐著坐起，反手去摸傷口，感到左後肩下有個刀口，死神顯然想要一刀刺入自己心臟，卻刺偏了。當時若不是蕭玫瑰衝上前抱住死神，自己早已當場斃命了。

他定了定神，取出虎山神膏敷在傷口之上，撕下衣襟替自己包紮起來。這麼一折騰，他不禁氣喘連連，忙盤膝坐好，靜心運氣。他原本內息渾厚，在體內運轉數個周天後，精神便覺好些。他擔憂百花門人的安危，想回去找她們，但荒野茫茫，實在不知她們身在何處，而且就算找到了，自己中毒未解，背後受傷甚重，連走路都困難萬分，又能幫得上什麼忙？

他轉頭見載自己來的馬已走到遠處去吃草了，他想過去牽馬，拿起一根樹枝撐著走去，一步一蹎，連續跌倒了三次，這麼短短幾十步路，竟就是沒法走完。他長歎一聲，頹然坐倒，眼望著茫茫暮色，只覺悲涼孤獨到了極點，天地之間似乎只剩下他孤零零的一個人，連一匹馬都棄他不顧了。

他想起百花門人的高義，趙觀的友情，又想起爹媽哥哥的關懷，還有寶安……他心中感到一陣強烈的慚愧自責：「我對不起大家，害大家為我擔心，為我犯險……」胸口鬱悶難受，全身顫抖，抬頭望見一輪火紅的夕陽正緩緩西沉，將天空、山巒、群樹、大地都染成了耀眼的火紅色，心中傷感：「幾度夕陽紅，這是我最後一次看見夕陽了麼？」

當夜他便倒在一株大樹下睡了一夜。次日清晨，他被一陣馬蹄聲響吵醒，但聽一人道：「應該在這附近了，大家仔細搜！」語音十分熟悉，一時卻想不起是誰，他想：「這些人多半在搜尋我，我現在毫無抵抗之能，若被仇人找到，只能任人宰割了。」勉力站起身來，想找個地方躲藏，但此時已是初冬，放眼望去，四周樹林稀稀落落，更找不出什麼濃蔭可以躲藏。他倚樹而立，但聽一騎快奔而過，似乎看到了他，放慢馬蹄，馬上乘客高聲叫道：「凌兄，是你麼？」

凌昊天轉頭望去，卻見那人一身白衣，面貌文秀，卻是天龍少主石珽。石珽看清楚是他，大喜過望，叫道：「凌兄，你還活著，太好了，太好了！」跳下馬來，衝上前握住他的手，說道：「你沒事麼？怎地身上都是血？受了傷麼？」

凌昊天道：「受了點輕傷，不礙事。」石珽驚道：「快，我帶你去城裡治傷。」說著將他扶上馬，向城中馳去。

路上，凌昊天問石珽道：「我們這是在什麼地方？石兄怎會尋來此處？」石珽道：「這是洛陽城外。我聽說你下了少林，一路被人追殺，便和爹爹和師叔師兄弟們四處找你。後來聽人說你往西入了陝西境內，受人圍攻，被逼入了虛空谷，我們就向西追去。到了洛陽城時卻聽說你還在左近，便在城外搜索，果然找到了你。」

凌昊天微覺奇怪，問道：「虛空谷？那是在陝北麼？我從來沒去過。誰說我在虛空谷？」石斑道：「我也不知，江湖上就是這麼傳言。這消息已傳了好些時候了，聽說你兩位哥哥都聞訊趕去了陝北，你見到他們了麼？我聽說你哥哥原本在十月中要成婚的，也是爲了趕來救你而延遲了婚事。」

凌昊天聽了一呆，心底感到一陣強烈的不祥，暗想：「有人故意造謠騙大哥二哥追來，這其中定有奸計！」

石斑又道：「少林派和修羅會的人大舉來追你，你還是先躲起來一陣爲妙。你若不嫌棄，便請來我天龍城小住一陣，避避鋒頭，等你傷勢好些了，再慢慢洗清冤枉不遲。」凌昊天道：「石兄，多謝你的好意，蒙你相救治傷，只能日後再圖報答。請你借我一匹馬，我要去了。」石斑一呆，問道：「你要去哪裡？」凌昊天道：「我要去虛空谷找我哥哥。」石斑想也不想便道：「我跟你同去！」

凌昊天心中感動，說道：「石兄，我現在是江湖上人人追殺之人，你仗義相護之心，我萬分感激，但我不願見你白白爲我賠上性命。」石斑搖頭道：「在銀瓶山莊的山崖之上，你曾捨命救我，我這條命早就是你的了。你此刻身受重傷，我怎能捨你而去？無論如何，我都要盡力保護你。」

凌昊天知道自己受傷不輕，若單獨上路，就算能硬撐著不倒下，一旦遇上仇家，就只能束手待斃了。正要說話，忽見一群人縱馬近前，石斑轉頭望去，喜道：「爹爹來啦。」

卻見那群人個個身穿白衣，正是新登上武林第七大派的天龍劍派弟子。爲首之人約莫四十來歲，丰神俊朗，正是天龍城主石昭然。他縱馬上前，叫道：「斑兒，是凌三公子麼？」石斑道：「是，爹。他身上受了傷。」

石昭然喜道：「找到人就好了。斑兒，事不宜遲，咱們須得立即找個安全地方爲他治傷。」石斑遲疑道：「但是爹，凌兄想趕去虛空谷。」石昭然皺眉道：「你眞糊塗了。凌公子受傷這麼重，如何還能奔波？這不是要了他的命麼？快跟爹一起回天龍城去。」

石斑望了凌昊天一眼，臉色甚是爲難，說道：「你還是先將傷治好了再說吧。」凌昊天身上確實難受得緊，見石家父子這麼說，也只能答應。天龍派眾人便擁著他往北而去。

天龍城在山西呂梁山南部，臨汾以北。眾人讓凌昊天躺在大車中養傷，連夜渡河北去，三日後便到了臨汾，離天龍城只有一日的路程。一路上石家父子對他諸般照顧呵護，極爲周到。凌昊天內功深厚，身體恢復得甚快，幾日後便驅除了體內毒傷，只是背後的外傷尚未完全痊癒。他每夜靜坐練功，先練父親傳授的天罡內功，再練無無神功和七星內功，只要能讓身上舒服些的就去練，練後便沉沉睡去。

這天晚上眾人在臨汾一個富裕的天龍弟子家裡下榻，凌昊天晚飯後回房練功，練完功後並未睡著，卻覺精神充沛，便起身去屋外走走。此時天氣已涼，他體內氣脈活絡，半點不覺得寒冷，忽然很想看看天上的北斗七星，便信步走入院中。忽聽腳步聲響，一人快步穿過院子，走入一間偏室，關上了房門。但聽門內一人問道：「他還在練功麼？」卻是石昭然的聲音。另一人道：「是，爹。」正是石斑。

凌昊天聽他父子在房中，不願偷聽，正要走開，卻聽石昭然壓低了聲音，說道：「斑兒，這是關於本門興衰的大事，你半點也輕忽不得。咱們明日就要回到城裡了，一旦入城，別人絕對無法找到他，他也不能輕易出去。這人受傷甚重，但恢復之快，實是不可思議，這定和他所練的內功有關。他是唯一通過諸般測試的青年，並見到了蕭大小姐，爹猜得定然不會有錯，他的內功定是從天風堡學得。」

石斑應了一聲。石昭然又道：「他在虎山外打敗東廠喇嘛，之後又在嵩山絕頂大顯身手，武功早已遠勝他兩個哥哥，甚至要勝過他父母壯年之時了。嘿，他在天風堡中可得到了不少好處啊。」

凌昊天聽到此處，心中一凜，站定了腳步。卻聽石昭然厲聲道：「斑兒，你聽好了。進城之後，我要你從他口中問出天風堡的武功密譜藏在何處，他又是如何學到的。你跟他是朋友，小心用語言套問，他感念我們的相救之恩，想必會如實以告。他若不肯說，那也不要緊，一旦進了天龍城，諒他有三頭六臂，也跑不出我們的手掌心！」

凌昊天心中一涼：「石昭然出手救我，原來是爲了貪圖我的武功。他知道我上天風堡的事情，自能猜知我在天風堡學得了天風老人的武功。我受恩於天風堡，如何能容人闖上去滋擾？」

石昭然又細細囑咐兒子一陣，石斑唯唯而應。凌昊天不想再聽，便悄聲回到房間，躺在床上，但聽門外傳來細細的呼吸聲，想來是石家父子派來監視自己的天龍弟子，前幾日只顧著練功治傷，竟然全未注意。他心中好生惱怒，知道自己傷勢未復，硬闖是闖不出去的，便靜靜坐在床上運氣，準備到夜深了再想法逃走。

過不多時，一人快步來到門外，低聲問道：「凌三少俠睡了麼？」正是石斑的聲音。門外一人低聲答道：「已經睡熟了，好久沒有聲響。」石斑道：「好，你們去後面守著。」兩個人應聲去了。石斑悄悄開了門，探頭進來，見凌昊天坐在床上，微微一呆，問道：「凌兄，你身子怎樣？」

凌昊天睜眼道：「還是不大行，傷口疼得緊。」

石斑走進屋內，關上房門，焦急地搓著手，說道：「是麼？那今晚是不能上路了。這可怎麼辦好？」凌昊天奇道：「上路？去哪兒？」

石斑道：「我打算瞞著爹爹，陪你走一趟虛空谷。」

凌昊天一呆，說道：「卻是爲何？」石斑唉聲歎氣，說道：「唉，這其中的原委，你還是別知道得好。我只覺得你待在此地不妥，大大的不妥。你不是想去虛空谷麼？我知道你擔心你哥哥，一直想去一趟，我們留你在這兒，你心裡怎會安穩？走走走，你忍一忍痛，我陪你上路。」

凌昊天見了他的神情，心中雪亮，知道他不願被父親逼迫來套問自己，才決意陪自己逃走。他心中好生感動，說道：「石兄，你義氣深重，小三衷心感激！我們這就走吧。」

第九十七章　虛空之谷

石斑露出喜色，笑容中卻帶著幾分歉疚和不自在。當下領著凌昊天悄悄出房，來到後門，牽出兩匹馬，和凌昊天各自騎上一匹，偷偷離開借居之處，走出十多里，石斑才道：「爹一定以爲我們會向南去，我們偏偏往天龍城的方向去，再折而向西，渡過黃河進入陝西。」凌昊天說甚好，二人便並轡騎了一夜，天明時才在荒郊野地裡休息了。

石斑作慣了少爺，出門總有成群的師兄弟、僕役隨從照顧著，從來不曾獨自行走江湖，加上倉促離開，什麼都沒有準備，不但帶的乾糧不夠，連身上的銀兩都不足。所幸凌昊天闖蕩江湖經驗老道，先是變賣馬鞍馬具，又賣了石斑長劍上鑲嵌的珠寶金銀，待貴重事物變賣完了，就偷拐搶騙，揀些當地爲富不仁的爆發戶巧取豪奪一番。石斑見識到凌昊天的豪爽潑辣，肆無忌憚，直呼大開眼界，歎爲觀止。

二人白日睡覺，晚上趕路，不一日渡過了黃河，來到陝西境內。兩人問了路，知道虛空谷在延安以北的楊家嶺之中，便向北行去。路上武林人物漸漸多了起來，但似乎個個死心蹋地的往虛空谷趕去，對身邊人物全未留心，更未來注意凌石二人。

凌昊天心中甚覺奇怪，這些人有的看來像白道中人，似乎二哥的朋友；有的是三教九流的江湖異人，似乎是大哥的朋友；更有許多黑道上的惡棍敗類一流，看來是修羅會的朋友。這三派人中還點綴夾雜著一群群的紅衣喇嘛、錦衣侍衛和少林僧人，儼然是嵩山大會之後的又一場盛大江湖聚會。只不過嵩山大會起於正教各大門派爭奪天下第一的名號，虛空谷之會卻是各路人馬不約而同前來追殺或保護他凌昊天。

石珽眼見這許多人都趕往虛空谷，心中也頗爲納悶，愈想愈擔心，向凌昊天道：「江湖上傳言你去了虛空谷，搞不好是故意放話引誘你去的。他們若在那裡安排了陷阱讓你去鑽，那可怎辦？」

凌昊天道：「我去鑽，好過讓我大哥二哥去鑽。」石珽道：「你兩位令兄武功高強，又有不少幫手，你獨自一人，加上身上的傷還未痊癒……」凌昊天歎了口氣，說道：「我也不是一定要去鑽陷阱，咱們走著瞧便是。」

二人來到陝北高原上，但見當地乾旱空曠，天闊風勁，放眼望去便是一片黃色大地，寒風將黃沙一片片地捲起，連天空也罩上一層黃色。兩人騎馬在高原上緩緩馳去，進入楊家嶺的山區。石珽耐不住這等狂風飛沙，眼見山腰處有間小酒舖子，說道：「咱們歇息一下吧！等這發了瘋的黃沙緩了些再走。」

凌昊天久未嚐到美酒，也不由得嘴饞，二人便在小酒家前下馬，走了進去。

但見那酒家破敗已極，屋內便是一張板桌、兩張椅子，屋樑上掛下一盞昏暗的油燈，燈影搖曳下，一個臉色蒼白的中年婦人坐在陰暗的櫃臺之後，好似丈夫剛被人害死了一般，一張臉陰鬱怨恨，冷冷地瞪著二人，沉聲道：「喝什麼酒？」

石斑見了她可怖的模樣，驚得不敢說話。凌昊天大聲道：「有什麼好酒，拿上一壺來便是。」婦人坐在櫃臺後不動，沒好氣地道：「酒在這裡，自己來拿！難道要老娘替你端上麼？」

石斑嘀咕道：「客人上門便是這般招待麼？自己拿便自己拿，有什麼了不起？」便走到櫃臺前，捧起一壺酒。剛拿起酒壺，便覺手指上微微一痛，他還道是被木釘鐵鉤刮傷了手，也不在意，拿著酒壺走回桌旁。卻見凌昊天豁然站起，臉色極爲難看，揮手便將酒壺打飛了去。石斑這才覺得不對，低頭看去，但見一隻酒杯口大的黑毛蜘蛛正咬在自己左手的無名指上，懸在空中搖晃。他驚呼一聲，用力甩手想將蜘蛛甩去，但那蜘蛛咬得甚緊，怎都甩之不去。

凌昊天抓起桌上筷子擲出，從黑蜘蛛的身上對穿而過，又抬腿將蜘蛛踩到地上。石斑坐倒在椅上，只覺手指劇痛，但見自己整隻左手都腫了起來，連臂彎都已痲痹了。凌昊天知道蛛毒一旦攻心，便可取人性命，忙抓起他的手使勁將毒液擠出，又伸指點了他手臂和肩頭的穴道，阻止毒性擴散。他救人心切，一時忘了敵人猶在身旁，忽聽石斑驚叫一聲：「小心！」

凌昊天猛然回頭，但見櫃臺後的婦人已跳上了櫃臺，雙手揮出，五隻大大小小的黑蜘蛛一齊向著自己飛來，細腿各自揮舞，猙獰噁心已極。轉眼蜘蛛便已飛到眼前，凌昊天要躲避已然不及，便在此時，石斑猛然側過身擋在凌昊天身前，五隻蜘蛛便都落在他身上。

凌昊天驚叫道：「石兄！」忙用筷子急急將蜘蛛挑去，抱起石斑向屋外奔去，剛到門口又連忙停步，卻見門口已被幾隻花斑蜘蛛結網封住了，蛛絲上顯然也有劇毒。

凌昊天回身望向那婦人，喝道：「拿解藥來，我饒妳一死！」婦人尖聲笑道：「你自己也快成爲我的寶貝兒們的食物啦，還有膽威脅我？」雙手亂揮，霎時間屋頂上、地板上、桌子反面同時湧出幾十隻蜘蛛，有全黑長毛的，有黑白條紋的，有黑色黃斑的，也有鮮紅色生著長腿的，各式各樣的蜘蛛好似餓極了的幽靈鬼怪，七手八腳地一齊向他衝來。饒是凌昊天素來膽大包天，見到這般景象也不由得寒毛倒豎，頭皮發麻，大叫一聲，抱著石斑跳到桌上，情急生智，伸手抓起掛在空中的油燈，在腳旁揮舞，蜘蛛怕火熱，紛紛退了開去。

凌昊天索性將油倒出，在桌子周圍倒了一圈，點火燃燒，蜘蛛更無法近前，但他和石斑卻也被困在火圈之中了。

凌昊天暫時擺脫了蜘蛛的圍攻，忙低頭去看石斑，卻見他雙眼圓睜，臉上肌肉抽搐，顯然中毒已深，心中大驚，忙從懷裡摸出一把金針，替他插在胸口、頸部要穴上，但見流出來的血都已是深紫色，毒性顯然已深入骨血。凌昊天一時慌了手腳，緊緊抱著他，叫道：「石兄，你振作些！石兄，你不能死！」

石斑微微搖頭，苦笑道：「小三，我能爲你而死，十分值得。文姑娘口口聲聲讚你好，我起初不信，直到認識你以後，才明白……明白她爲何對你如此傾心。你是世間英雄，天下無雙的奇男子，怎教她……教她不對你死心塌地？」

凌昊天心中一震，想起以前諸事，這才醒悟原來石斑一直暗戀著文綽約，他拚命保護自己，一部分自是因爲自己是文綽約的心上人。他懊喪悔痛不已，眼淚奪眶而出，哭道：「石兄，石兄，是我拖累了你！我一直不知道，現在終於明白啦。文姑娘一定會很感激你的，一定會永遠記著你對她的情義！」

石斑微微一笑，緩緩閉上了眼睛。凌昊天望著他咽出最後一口氣，心痛如割，站起身來，紅了雙眼，隔著火向那女子瞪視，大叫道：「妳殺了我的朋友，別想活著離開！」

那婦人正是黑寡婦。她冷笑道：「凌昊天，我專程來殺你，本就是不死不休。你有辦法的，就出來殺我啊。你出來啊！」

凌昊天大喝一聲，抱著石斑跳出火圈，人在半空，右手揮出，使出在七星洞中學的暗器手法，同時投擲出十多枚金針，將在火圈外地上爬動的十多隻蜘蛛一齊釘在當地，八條腿各自揮舞扭動，卻再也無法前進半寸。黑寡婦臉色大變，尖聲道：「我的寶貝兒！」跳下櫃臺向他衝來，身上竟自有七八隻大蜘蛛在爬動。

凌昊天惱恨她毒殺石斑，出手更不留情，又是一把金針揮出，卻是向她身上飛去，正釘在爬在她身上的八隻大黑蜘蛛之上。這些蜘蛛受到攻擊，哪裡還能分辨主人敵人，惶急下一齊張口咬住黑寡婦的血肉。

黑寡婦自幼畜養蜘蛛，體內毒性本已十分深重，此時同時被八隻大蜘蛛咬住卻也是平生頭一次，她尖呼一聲，接著又尖呼一聲，一聲比一聲尖銳淒厲，最後聲聲慘叫連成了一片，又戛然而止，仰天倒下。地上剩餘的蜘蛛沒了主人指揮，紛紛往角落跑去。

凌昊天伸腿將桌子踢飛出門外，打破封住門口的蛛絲網，抱著石斑的屍身奔出屋去。屋內火勢愈烈，不多時便將整間酒館都吞噬了，連同黑寡婦的屍體一起燒毀湮滅。幾百隻蜘蛛慌忙從屋裡逃出。凌昊天只覺滿腔悲憤都要發洩在這些毒蜘蛛身上，上前一一踩死，口裡叫道：「再也不許你們害人，再也不許你們害人！」

他在屋外踩了好一陣蜘蛛，才冷靜下來，發現自己還抱著石斑的屍身，不由得跪倒在地，放聲大哭。

哭了一陣，他望著石斑變紫發腫的身體，心中傷慟已極，低聲道：「你爲了我背叛你親爹，現在又爲我而死，我怎麼對得起你？我怎麼對得起你？」

忽聽馬蹄如雷響起，黃沙中但見一群人自東南方縱馬奔來，總有七八十人，叫囂聲響，彼此正打得激烈。他定睛看去，卻見來人分成四股，都是老相識；東廠喇嘛正和少林弟子明爭暗鬥，百花門人正與修羅會眾互相喝罵。眾人見到火燒升起的煙霧，一齊奔近前來，但見凌昊天便在當地，一時都呆了，接著便大叫起來，東廠喇嘛衝上前來圍在凌昊天身周，百花門小菊大喝道：「大膽喇嘛！」率領手下上前擋住。少林退在一旁觀戰，修羅會則散開圍繞在四周。

凌昊天對身邊眾人視而不見，俯身用手在地上掘出一個深坑，將石斑的屍身埋下，塡上黃土，跪在墳前恭恭敬敬地磕了八個頭。

忽聽一人叫道：「那是天龍石斑！淩昊天，你殺了他！」卻是金吾仁波切。另一個喇嘛叫道：「他不是專誠來救你的麼？你好狠的心，連自己的朋友恩人也殺！」

小菊怒道：「胡說八道，這人是被毒蜘蛛螫死的，你沒長眼睛麼？」金吾冷笑道：「原來是淩昊天指使百花門去毒死的，你們狼狽為奸，同謀為惡！嘿嘿，天龍門若知道了，怎會放過你們？」

淩昊天心中原本已悲憤沉痛至極，聽金吾在旁信口誣陷，更加惱怒，站起身來，大聲道：「百花門眾位姊姊，多謝各位好意。我單獨對付這些惡賊便已足夠了！」說著便向眾喇嘛衝將過去，伸手將兩個喇嘛拉下馬來，奪過一柄長刀，一躍上馬，縱馬向金吾奔去。金吾見他來勢洶洶，只嚇得臉色轉青，大叫一聲：「惡賊要殺人滅口了！」掉轉馬頭向東逃去。其餘東廠喇嘛侍衛一齊衝上前來攔阻，淩昊天長刀揮處，將兩旁的喇嘛侍衛全砍下馬來，直往金吾追去。

但見金吾曲曲折折地縱馬逃跑，奔上一個土坡。淩昊天縱馬急追，將其餘人都拋在身後。他見金吾消失在土坡之後，策馬奔到土坡之上，座下那馬忽地驚嘶一聲，前腿一撲，直往下跌。淩昊天一驚，才見土坡之後有個用樹枝雜草遮掩住的洞穴，其下便是垂直而落的深谷，他激怒之下哪裡想得到這裡竟會有金吾布下的陷阱，用力拉馬，那馬卻已失去重心，直往谷中跌去。淩昊天心中不知如何閃過一個念頭：「這就是虛空谷了！」

他畢竟練了十多年武功，危急中身體自然作出反應，雙手在馬上一撐，阻住了下跌之勢，伸手去抓土坡上的樹根，減緩下滑的力道，但那土坡垂直而下，他無法借力，不由自主地向下滑去，也不知滑了多遠，才滾入一堆生刺的灌木叢中。他伸手護住頭臉，身上被樹刺刺出不下二十個傷口，只痛得他大叫出聲。

他勉力掙扎著爬出灌木叢，感到背後一片溼黏，想是傷口又破裂流血了。他撐起身子四望，但見身處一個黃土平臺之上，尚未到達谷底，往下看去，灌木叢後又是一個陡峭險峻的斷崖，深不見底。他俯伏在地，只覺身心傷痕累累，只想就此死去，至少能少受幾分痛苦。

第九十八章　修羅之王

凌昊天正想著要怎樣死才不會痛苦，忽然聽到一陣銀鈴般的清脆笑聲，一人腳步輕盈，來到自己身前，笑道：「武功天下第一的凌三公子，怎會落到這等地步啊？」語音極爲嬌柔，動人心魄。

凌昊天抬起頭，卻見一個全身黑色的女子站在眼前，身上衣裙都是用光滑細軟的黑絲所製，直能看得出衣下苗條纖瘦的身段。她面上蒙了黑色面紗，露出一對艷媚的眼睛，一頭頭髮烏黑亮麗，結成層層髮辮高高盤在頭上，好似佛祖頭上的肉髻般整齊光潔。

凌昊天坐起身來，輕哼一聲，說道：「讓金吾設下陷阱的，想必就是閣下了。我現在是妳陷阱中的困獸，到手的獵物。妳想將我怎樣，爽快說出來吧！」

黑衣女人又格格笑了起來，說道：「凌三公子快人快語，果然不同凡俗。」緩緩伸手除下了臉上的面紗，露出面孔。但見她杏目含媚，口角帶笑，約莫三十來歲年紀，容色極為艷媚。她走上前來，伸手去撫凌昊天的面頰，媚笑道：「人家特意請你來此，哪有半分惡意？你怎地就只知對人凶凶霸霸的，半點也不溫柔？可真叫我失望啊。」

凌昊天揮手將她的手拂開，笑道：「妳年紀足可以作我媽了，動手動腳幹麼？妳是什麼人，快快說出，不然我就要叫妳一聲三姑婆了。」

黑衣女人確實不年輕，但她渾身散發著成熟女人的風韻，半點也不顯老，她聽凌昊天出口譏笑她老，倒也不惱，微微一笑，說道：「若不跟你說，你怕是要追問到底了。我就是修羅王。你知道麼？修羅道中的男子都長得有如鬼怪，女子卻都貌美如仙。」

凌昊天想也不想便道：「是麼？那麼妳定然不是修羅道中的了，我瞧多半是夜叉轉世。」

修羅王雙眉豎起，嘴角卻仍帶笑，凝望著凌昊天，淡淡地道：「凌三公子，你以為我不美麼？」凌昊天道：「妳非要我說出來才高興？妳覺得夜叉好美麼？」

修羅王臉上的笑意卻更加濃厚，說道：「凌三公子，你說話當真有趣得緊，只可惜你受天下人冤枉，再會說話，也無法替自己洗清不白之冤。」

凌昊天道：「有些人腦筋糊塗了些，喜歡冤枉人，我又怎會跟他們計較？我問心無愧，又有什麼好在乎的？」

修羅王微微一笑，說道：「你在乎，你當然在乎。你若不洗清冤枉，此後如何在武林中立足？如何對得起你的爹媽？你又該拿什麼臉去見你心愛的女子，鄭、寶、安？」她將鄭寶安三個字說得一頓一頓，語氣中充滿了揶揄戲弄之意。凌昊天心中一凜，隨即冷笑道：「夜叉道出來的人，說話果然如同放屁！」

修羅王微笑道：「我所說句句為實，你心裡自然比我還要清楚。凌三公子，我十分佩服你的勇氣人品，這回是眞心想助你一臂之力。我修羅會平時不作什麼好事，這回你就讓我行一次善，行麼？」

凌昊天搖頭道：「妳有什麼陰謀詭計，快快說出來，我不愛聽廢話。」

修羅王踱了幾步，說道：「我知道少林清聖不是你殺的。我知道凶手是誰，就是薩迦派的大喜法王。」

凌昊天瞪著她，說道：「妳怎知道？」

修羅王道：「是我親眼看到的。當時我們修羅會也在少室山上，見到薩迦派的人偷偷潛上少室山，其中有個善於裝扮的喇嘛，故意裝成你的模樣，和大喜同時向清聖下手，意圖嫁禍於你，因此少林那些人才會冤枉於你。大喜掌力雄厚，一掌震斷了清聖的心脈，少林中人自然更加相信，以為只有你會有這麼強的掌力。」

凌昊天哈哈一笑，說道：「原來如此。我在嵩山讓大喜丟盡面子，又曾傷了他們手下不少喇嘛，仇恨不小，難怪他們要蓄意嫁禍於我。」

修羅王凝視著他，緩緩地道：「凌三公子，我要送給你一個人情。大喜法王現已落入本會手中，只要你一點頭，我立時將他交給你，讓你親手殺死他。我去武林中替你作證，說明實情。少林得知你替清聖報了仇，自會感激你的恩德。」

凌昊天回望著她，說道：「我只問妳三個字：為什麼？」

修羅王微微搖頭，臉上露出悲憫之色，說道：「凌三公子，我是為你感到不值。瞧瞧你今日悲慘的情狀，不但身受重傷，更處處受人欺凌冤枉，遭人攻擊追殺，直比過街老鼠還要可憐卑微。憑你此時的武功，要在武林中雄霸一方，已是綽綽有餘。只可惜你父母和哥哥們的名聲太大，你如何都比不過他們，只能一輩子活在他們的陰影之下。」

她一邊說，一邊在凌昊天身邊坐下，伸手執起他的手，有如大姊姊一般，神色親厚殷切，繼續說道：「如今你想要出人頭地，揚眉吐氣，第一步便是洗清冤枉，殺死大喜法王，替清聖報仇，取得正派的信任。你與丐幫中人頗有交情，吳老幫主甚至將丐幫的不傳之祕打狗棒法傾囊相授，足見對你的信任重視。你在丐幫中大有可為，只要除去賴孤九，其他長老都不是你的對手。幾年之後，你自可順利登上丐幫幫主之位，掌領天下上萬丐幫弟子，成為武林中人人敬仰尊重的一幫領袖。那時節，你哥哥們都要對你禮敬相待，你父母也要對你另眼相看了。你想想，那時你的心上人鄭寶安又怎會不回到你身邊？」

凌昊天愈聽愈驚，這女人計謀深遠，句句正中自己要害，可見她對己了解之深，用心之沉，今番出手對付自己，絕非一朝兩夕之事。他心中轉念，忽然放聲哈哈大笑，打斷了她的話頭。

修羅王望著他，臉露微笑，說道：「凌三公子是明白人，我一說你就全懂啦。」

凌昊天甩開了她的手，冷然道：「我當然全懂了。妳計算精準，看事深遠，知道我每步該怎麼走，才會一步步墮入妳的魔掌之中，再也無法自拔。我小三兒雖蠢，卻也看得出妳的居心。我寧願一輩子作個被人冤枉瞧不起的人，也不會受妳誘惑，接受妳的人情，落入妳的安排！」

修羅王一呆，隨即仰天大笑，說道：「我原以爲你是個英雄豪傑，沒想到你畢竟只是個不成材料、胡鬧幼稚的頑童！大丈夫豈能沒有志向，沒有野心？我指出一條明路給你，你竟拒絕不受，所謂『量小非君子，無毒不丈夫』，想你母親往年作事何等決絕狠辣，才能以龍頭之身揚威江湖，令武林人人仰望尊重。你不思繼承母業，難道就想一輩子作個任性胡鬧的無用之人？」

凌昊天撐著身子向後退去，已來到斷崖邊緣，他凝視著修羅王，冷冷地道：「我雖胡鬧幼稚，卻非容易受人引誘鼓動的白癡。妳道我看不出妳的心思？妳要藉此控制我，讓我一輩子受妳指令。一步錯，萬步錯。我寧可摔下深谷，也剩過落入妳母夜叉的魔掌！」

修羅王臉上笑容頓止，面目陡然變得極爲陰沉可怖，她獰笑道：「好、好！凌昊天，你有種！我要整得你求生不能，求死不得！你等著吧！」一揮手，一個瘦小的灰衣人陡然從山崖後轉出，正是瘟神沙盡。

凌昊天臉色微變，尋思：「與其受這奸賊的陰毒折磨，不如摔下深谷一死來得乾淨。」言念及此，當即雙手一撐，往谷中跌下。

但聽風聲盈耳，頭上隱隱傳來修羅王的怒吼聲，接著看到地面離自己愈來愈近，忽地一片枝椏撲面而來，卻是摔入了一棵大樹的枝葉之中。他身上被樹枝刮得鮮血淋漓，但藉著樹枝的彈力，阻住了下墜之勢，跌到地上時衝勁仍舊不小，他悶哼一聲，昏了過去。

許久之後，凌昊天才緩緩醒轉，睜開眼睛，卻見面前多出了一雙綠色的眼睛。凌昊天一呆，但覺全身疼痛已極，想撐著坐起身來，卻毫無力氣。那雙綠眼睛一瞬不瞬地望著他，凌昊天定睛望去，才看出面前是一個人，開口道：「你是誰？」

那人並不回答，站起身來，撮口作哨，不多時，兩隻猛獸從樹叢中躍出，竟是一隻黑豹和一隻灰狼。二獸走到凌昊天身邊，低頭去嗅他的臉頰。

凌昊天不禁驚恐，心想自己全身都是傷口，血腥味濃厚，這兩隻猛獸怕不要將自己生吃了，但身上疼痛，更無法動彈，只能勉強維持鎮定。那二獸嗅了一陣，便退了開去，綠眼人口中發出號令，一豹一狼便乖乖地在他身旁伏下。凌昊天驚異不已，再也支持不住，又昏迷了過去。

如此忽睡忽醒，也不知過了多少時候，他只知自己睡在一個幽暗的山洞之中，身上各個傷口雖痛，卻感覺冰冰涼涼的，顯然已敷上了傷藥。背後刀傷一陣陣麻癢，似乎已開始合口結疤了。他昏昏沉沉地，隱約知道每隔一段時候就有人進來山洞中，從自己口中餵入一些清淡的湯汁，替自己抹去額上的汗水。

第九十九章　折翼之喪

如此過了數日，這日晚上凌昊天作了一個噩夢，夢到天崩地裂，山呼海嘯，自己一會在搖擺不定的地面上狂奔，急著在尋找什麼人，一會又在狂風巨浪上的小舟之中，在晦暗的風雨中努力辨別方向，用力扳槳向陸地划去。他忽然發覺眞的有人在用力搖晃自己，一驚清醒，卻見那綠眼人正凝望著他，神色驚惶，原來是他在急急搖晃自己。

他此時已看出，綠眼睛的主人是個二十來歲的少女，身上穿著獸皮拼成的衣服，胸前掛著一串狼牙。凌昊天心中一動，忽然想起大哥曾說過在杭州山間碰上一個與猛獸爲伍的少女，脫口道：「妳是山兒！」

那少女果然點了點頭，伸手脫下頸中那串狼牙鍊子，挑出其中一物，拿到凌昊天眼前。卻見那是一隻木製的小盒，他一眼便認出是盛裝虎山神膏的盒子，那少女指指木盒子，又指指他身上。虎山神膏乃是虎嘯山莊特有的治傷靈藥，凌昊天自也隨身帶著，便從懷中取出了一盒。那少女見了，捏著手中的盒子，說道：「比翼！」

凌昊天喜道：「啊，我知道了，這是大哥給妳的。」那少女喃喃地念著比翼的名字，忽然皺起眉頭，顯得十分著急，卻不知該如何表達。過了一陣，她忽然攬起袖子，用一只尖利的狼牙劃過手臂肌膚，流出血來，指著那血道：「比翼、比翼！」

凌昊天望著她的鮮血流過肌膚，聽她不斷念著大哥的名字，只覺一陣詭異恐怖，忽然明白了她的意思，跳起身來，說道：「妳說比翼受了傷，是麼？」少女假裝倒地，閉上眼睛，像是死去一般，又睜眼道：「比翼。」

凌昊天大驚，顫聲道：「妳說比翼受傷，快要死了？他在哪裡？妳快帶我去！」

少女立即俯身將他揹出洞外，指指灰狼，自己跳上了黑豹，吹哨下令，那黑豹便奔了出去。凌昊天甚是驚奇，望向那灰狼，心想：「難道她要我騎這灰狼去？」但見那灰狼伏下身，便小心爬上牠的背脊，伸手抱住了牠的頸子。那灰狼陡然縱出，向著密林深處奔去。

奔出不遠，樹林中人聲響動，似乎有一群十多人走在前面林中。山兒低聲呼哨，令一狼一豹停下，伏在暗中探視。卻見那十多人衣著各異，悶聲不響，看不出是什麼來頭。那群人快步走來，不多時便來到山兒的左近，其中一人忽然驚呼一聲，叫道：「豹子！」

便在此時，山兒所騎的黑豹倏然躍出，向那人的咽喉咬去。眾人齊聲驚呼，紛紛拔出刀劍向黑豹斬去。黑豹的身形卻輕捷靈敏已極，迅速跳上樹梢，低頭下望。底下眾人有的施展輕功躍起攻擊，有的發暗器打去，黑豹身子一扭，又鑽到了更高的樹枝上去。

凌昊天還未弄清這場混戰的前後，便聽山兒在黑豹背上尖聲呼哨，身下那灰狼聽了，立時拔步快奔，凌昊天只覺身旁的樹木不斷快速倒退，雖有兩個人注意到他的行蹤，但那灰狼奔跑極快，早將眾人遠遠甩在身後。

奔出一陣，灰狼不斷在地上聞嗅，沿著一條小路進入了一個山谷。谷中一條河流蜿蜒而過，河旁有棵枝葉已落盡的大榕樹。灰狼來到榕樹之下，停下步來，凌昊天翻身滾下狼背，只覺草叢中血腥味極重，他忍著身上疼痛，急急伸手撥動草叢，卻見大樹下躺著一人，動也不動。

凌昊天衝上前去，卻見那人側臥於地，臉上滿是血跡，血跡下一張俊秀英挺的臉，正是自己的大哥！

凌昊天驚駭無已，搶過去抱住大哥的身子，但見他胸口一個劍傷，長約五寸，深及心肺，鮮血仍不斷流出。凌昊天忙伸手替他壓住傷口，叫道：「大哥！大哥！」

凌比翼微微吸了一口氣，睜開眼來，眼神渙散，口中喃喃說道：「寶安……寶安，是妳麼？我不行了，妳明白我的心，我很高興。大哥很想一輩子照顧妳，愛惜妳……妳要照顧自己，不要……不要太悲傷了。」

凌昊天淚如泉湧，叫道：「大哥，你沒事的，我立刻帶你回家，爹爹媽媽一定能治好你的。你……怎會傷成這樣？」

凌比翼陡然清醒，認出了他，說道：「小三兒，是你！」

凌昊天哭道：「是我。大哥，是誰將你傷成這樣？你沒事麼？」

凌比翼奮力握住他的手，低聲道：「我好擔心你。他們說你在……在虛空谷遇到危險，爹媽都很掛念，我和二弟趕來這裡……小三，你平安就好了。」

凌昊天忍淚道：「我很好，我沒事，大哥，是誰傷了你？誰能傷得了你？你沒事麼？」

凌比翼勉力搖頭，呼吸轉爲急促，低聲道：「小三兒……你要照顧爹媽，照顧寶安。大哥……去了……」頭一偏，就此氣絕。

凌昊天不敢相信自己的眼睛，瘋了似地替大哥施展急救，口中不斷叫道：「大哥！大哥！我們一起回家，去找爹媽，爹一定能治好你的，娘最疼你了，你一定不能讓她失望的。我帶你回家去，大哥！大哥！」

過了許久許久，凌比翼再也沒有呼吸，凌昊天這才覺悟大哥已然死去，腦中一片混亂：「大哥怎能就這麼死了？他是世上最好的人，朋友滿天下，老天怎麼肯讓他死？是誰傷了他？誰會想害他？誰殺得了他？」

在凌昊天心中，大哥永遠是完美無缺的，大哥的英俊倜儻、豪爽重義，是公認天下第一等一的武林劍客、江湖豪俠。他想起自幼受大哥的提攜教導、關懷照顧，每次自己闖了禍總是大哥替他補救，代他向爹媽求情；大哥永遠是那麼的誠摯親厚，寬容體貼，是個十十足足讓人稱得起一聲「大哥」的大哥。

他跪在大哥身旁，怔然凝望著他的臉，似乎只要自己看得久了，大哥便會微微一笑，坐起身來，說他是鬧著玩的。又過了半個時辰，凌比翼的身體漸漸冷下，凌昊天再也無法欺騙自己，伏在大哥的身上放聲大哭。

此時天色全黑，凌昊天腦中什麼也不能想，只呆呆地坐著哭了又哭，直哭到昏昏沉沉地靠在大哥的身旁睡去。

清晨醒來，他心神鎮靜了一些，才開始動念：「我要帶大哥回家。」當下吸口氣，忍著身上傷痛，揹起大哥覓路出谷，走了半日，終於來到一個小鎮。他買了副棺材，收斂大哥的遺體，僱輛馬車，趕車回向虎山。

其時天氣乾寒，屍體不致腐敗。凌昊天晝夜不停地趕路，好似自己也是個不用吃、不用睡的死屍。他一路只覺頭腦麻木，全身空虛，不敢去想大哥已死的事實，又不得不面對馬車中的棺木，只能藉著不顧疲勞的拚命趕路來逃避。

這段路是怎樣走來的，他自己也不知道。一路上竟然無人來騷擾他，少林、東廠喇嘛、修羅會等人全都不知去向，一個也沒有遇上。他從來沒有流過這麼多的眼淚，感受過這麼強烈的辛酸悲痛。天氣愈來愈冷，不數日便開始下雪，整日陰沉沉地，與他陰霾愁慘的心情一般悲鬱無邊。在滿天飄雪之中他日復一日地行路，終於回到了虎山腳下。他扶著大哥的棺木回向後山，一步比一步沉重。他不敢想像爹媽會有多麼震驚傷心，寶安，唉，寶安，他再也不敢想下去。他咬著下唇，緩緩催馬走向後山。

在莊門口等著他的，卻遠遠出乎他的意料之外。他見到父母站在莊門，臉上神色悲慟已極，顯然已知道了噩耗。二哥也站在門口，神色冷肅，凝望著車上的棺木。凌昊天不敢抬頭去找寶安，一瞥之下，見她不在門口，暗暗噓了口氣。

他勒馬停車，走到父母身前跪下，泣道：「爹，媽！」

凌霄夫婦尚未回答，凌雙飛已衝上前來，怒喝道：「小賊，你還有臉回來？」

凌昊天抬起頭，不知二哥為何對己發怒，低聲道：「昊天不孝，沒能救得大哥性命，請爹娘責罰。」

凌雙飛全身發抖，冷笑道：「到這個時候，你還要作戲？你當我們都是傻瓜麼？」

凌昊天一呆，說道：「二哥，你說什麼？」

凌雙飛大步上前，揮手打了他一個耳光，怒道：「你這不肖子，大哥是你親手所殺，你……你若有點羞恥心，便不會敢這麼大搖大擺地回家來！」

凌昊天體內真氣鼓動，自然便將凌雙飛的手彈開，但臉上仍留下了一道掌痕。他手撫臉頰，腦中如被雷擊，顫聲道：「我沒有，我怎會？大哥他被人刺傷，我趕到時，他已經傷得很重了。我……我怎會殺他？」

凌雙飛怒道：「你知道大哥要娶寶安，忿而下山，誰不知道你對大哥心懷嫉恨？大哥這般武功，若非你出手偷襲，誰能殺得了他？小三兒，我親眼見到你對大哥下手，你在我面前還敢抵賴？」

凌昊天望向父母，但見父親憤怒傷痛，母親淚流滿面，神色間顯然都已相信了二哥的話，心中一片冰涼：「連爹媽都懷疑我？怎麼可能？怎麼可能？」大叫一聲，跳起身向山上狂奔而去。

凌雙飛叫道：「無恥小子，往哪裡走？」隨後追上，但凌昊天此時輕功高絕，逕自遠遠地去了，凌雙飛竟追趕不上。

凌昊天一直奔到後山最高的懸崖之上，抱著一株古松，仰頭望天，欲哭無淚。他過去數月被人冤枉殺害了少林方丈清聖大師，但他問心無愧，光明坦蕩，只覺少林眾僧受人愚弄十分可悲可笑。此刻懷疑自己的竟是最親厚的父母兄長，他們竟相信是他下手殺死素來敬愛的大哥，相信他能忤逆邪惡到此地步，這是比大哥之死更加令他難以承受的重擊。他心中急痛如絞，只想跳下山崖，一了百了。

忽聽身後一陣細細的腳步聲踏雪而來，凌昊天心中一震：「誰能找得到這兒？」隨即知道，世上只有一個人知道他會跑來這裡。他回過頭去，果見一個身影悄然走近，一身縞素，臉色蒼白，正是鄭寶安。

凌昊天呆呆地望著她，自己正是因爲她而逃避下山，至今不敢回來；而此番歸來，竟是扶著大哥的棺木而回。她的面容是那麼的熟悉，午夜夢迴曾千百遍出現在他的腦海，而她雙目紅腫，神色悲慟之深，卻是他從所未見。凌昊天只覺慚愧、歉疚、悲憤、痛悔種種情緒在胸中翻騰，全身顫抖，更說不出話來。

鄭寶安來到他的身前，二人相對而望。凌昊天不能再看她悲傷的臉容，轉過頭去，大聲道：「我對不起妳，妳殺了我吧！」

鄭寶安緩緩搖頭，低聲道：「小三兒，我知道大哥不是你殺的。二哥一定是誤會了，師父和義父也錯信了他。我相信你不會作出這事。」

凌昊天身子發顫，情不自禁回身走上一步，伸手緊緊握住她的雙手，說道：「寶安，多謝妳！多謝妳！」

鄭寶安歎了口氣，說道：「二哥十多日前回來，一口咬定在虛空谷裡親眼見到你殺了大哥。他言辭鑿鑿，加上龍幫幾個人也在旁作證，義父和師父不能不信。唉，我……我……」再也說不下去，抽回雙手，掩面哭了出來。

凌昊天望著她，心如刀割，咬牙暗道：「老天為什麼不讓我死，讓大哥回家？大哥若能活著回家，我便死一百次也好，一千次也好，我寧可被人千刀萬剮，也勝過在這裡看著她流淚！」若是以前，若是別的事，他可以讓她伏在自己肩頭盡情流淚，他可以聽她傾訴，替她寬懷解憂，他可以想辦法逗她展顏歡笑。但現在，他想開口說句別哭，都不知該如何啓齒？

鄭寶安吸了口氣，收淚抬頭，聲音仍舊哽咽，低聲道：「小三兒，你答應我，千萬不要自暴自棄，好麼？師父和義父已經夠傷心了，你得振作起來，找出殺死大哥的真凶。」

凌昊天悚然驚覺，說道：「是！我定要找出殺死大哥的真凶，替大哥報仇！」

鄭寶安道：「義父和師父現在都在氣頭上，你這就下山去吧。你……多謝你送大哥回家。」說完便轉身快步去了。

凌昊天望著她的背影，只覺胸口氣血翻湧，再也壓抑不住，跪倒在地，吐出一口鮮血。他望著雪地上的一抹鮮紅，怵然而驚，大哥臨死前的情景又浮現眼前，耳中彷彿聽到大哥的託付：「小三兒……你要照顧爹媽，照顧寶安。」

他滾倒在雪地上，仰視陰沉的天際，感到全身冰涼無力。大哥作得到的，自己從來不能；他怎能託付我這一切？我怎能作得到？

第一百章　雪中遇敵

凌昊天悠悠蕩蕩地離開虎山，決意要回虛空谷一趟。雖然大哥遇難事隔月餘，大雪封山，但或許還能有些許蹤跡可尋。他下山行出未久，便有一人騎馬從後追上，遙遙望去，卻是小師叔段正平。

凌昊天望著他，心想：「是爹媽要他來追我回去麼？」但見他縱馬奔近，後面另牽了一匹馬，馬上馱了一個包袱。段正平勒馬停在淩昊天身前，翻身下馬，神色擔憂，望了他好一陣，才道：「小三兒，你爹爹媽媽很是惱怒悲傷，但他們並非不關心你。虎嘯山莊此刻住了上百名病家，禁不起武林中人的侵犯騷擾。你爹媽此刻不是不想留你，卻是不能留你。」

淩昊天忍不住又掉下淚來，低聲道：「師叔，我知道了。請你跟爹媽說，我會照顧自己的。」

段正平歎了口氣，說道：「你千萬要保重自己，不能再讓你爹媽傷心了。你母親已跟華山常老爺子通了信，你快去找他，你母親要你在華山頂上住一陣子，等事情平息了再回家來。這包袱裡有銀兩和冬天衣服，你娘和寶安替你收拾的，小三，你快快去吧。」

淩昊天接過包袱，心中一酸，低下頭，說道：「多謝師叔。」

段正平又將身後另一匹馬的轠繩解開，交在他手中，說道：「你一切小心，保重身子。」淩昊天點了點頭，段正平便上馬回向虎山。

淩昊天心中鬱悶難受，翻身上馬，向西行去，心中打定了主意：「我若不找出殺死大哥的凶手，爲大哥報仇，就絕不回家！」

他決意回虛空谷，便取北路，先向北過黃河，再往西經太行山、呂梁山向延安。他獨行數日，一直來到山東河南的交界，一路平安無事，他心想：「這裡離虎山還近，賊人想必不敢輕易對我出手。一出山東就難說了。」

進入山西，又行了半個月的路，仍舊沒有人找上他。他心中暗自奇怪，心想：「那些要殺我的人怎麼全都不見了？」

不一日進入了呂梁山區，渡過黃河，便離虛空谷不遠了。他決定穿山而過，這夜在一個小山丘上找到一家獵戶，便去敲門求宿。住在那兒的只有一名老獵戶，滿臉傷疤，一口閩南話，自道少年時跟著長輩來北邊闖蕩，就留了下來，一輩子以打獵維生云云。凌昊天拿出酒與他同喝，二人語言不通，彼此說不上話，只能默然對飲。

次日清晨凌昊天醒來時，身上感到一陣清爽的寒意，探頭望向窗外，才知昨夜下了一場大雪，此時雪仍未止。凌昊天穿上母親替他帶上的冬衣，走出柴門，但見細雪寂然從灰沉沉的天際飄落到銀白的大地之上，天地好似一幅淡灰色的畫布，綴滿了交錯飛舞的白點。雪後的世界充斥著沉重的寂靜，所有喧擾雜聲都被厚厚的積雪所掩蓋消弭；眼見輕雪飛舞，卻聽不到風聲；眼見飄雪落地，卻聽不到雪聲。

凌昊天舉目望向山丘下的大地，不由得震驚；昨日見到的蒼鬱樹林、紅瓦小屋、青黃田地，全都消失在白茫茫的積雪之下，只剩下一望無際的潔白平淨。初雪的純淨總教他驚艷讚歎，那是一種直接震撼到人內心深處的美，比初春仲夏的花紅柳綠更多了一分莊嚴神聖，直讓人想俯身膜拜。

他不由得想起幼年時在虎嘯山莊，也常這麼怔然看著雪景出神。寶安常和他並肩站在窗前看雪，讚歎那渾然一色的寂靜天地。小時候只覺得雪景純美潔淨，這時他眺望著遠處的茫茫平野，心中卻升起一陣強烈的悲思愁緒。他跟著丐幫中人流浪江湖，知道這樣的雪對無家可歸的人們是多麼大的威脅；他想起餓死凍死街頭的老人，想起在雪地裡赤著腳沿街乞討的小孩兒。窮苦的農家子弟白日得冒雪上山揀柴，夜間縮在冰冷的炕上度過寒夜。這樣的大雪一來，很多小鳥禽獸都無法生存，有的埋骨於堅冰，有的葬身於狼吻。這美麗的雪景下暗藏著許許多多的悲慘辛苦，那是他幼年時從來不知道的。

凌昊天抬頭向天，讓雪花片片飄落在臉上。他想起家，想起爹媽，哥哥們，寶安，和那不能再有的無憂童年，不禁悲從中來，熱淚盈眶。

便在一片寂靜中，忽聽踏雪聲響，一群人向著這邊走來。凌昊天極目望去，但見雪地中七個黑點踏雪而來，身形甚快，各自相隔數十丈，西首一人身形高大，一身紅色僧袍，正是大喜法王；他身後跟了一個金衣喇嘛，正是金吾。中間是個高瘦老者，似乎便是清顯，頭上戴了帽子，作俗家打扮，他左右各有一名侍衛裝束的漢子。東首兩人一個黑衣、一個灰衣，卻是死神和瘟神。

七人分散著向小丘走來，早已望見凌昊天站在丘上，在離他三十來步外便停下了，向他凝視。

凌昊天吸了一口氣，抬頭望天，心想：「原來我要喪命於此。這場雪下得好，算是爲我送終吧。」

但聽清顯哈哈一笑，說道：「凌昊天，你以爲我們是來殺你的麼？那你就錯了。我只是來通知你一聲，正教各大派已組成了『殺天聯盟』，目的便是要殺死你凌昊天。少林帶頭，天龍、峨嵋都熱心得很，武當、華山、長青也都掛了名。殺天聯盟的誓辭挺有意思，我便讀給你聽聽吧：『茲虎山凌昊天狼心狗肺，倒行逆施，忘恩負義，耀武揚威，視天下英雄爲無物，自大狂妄，野心勃勃，擊殺少林掌門在先，爲情弒兄在後，更毒害好友天龍石珽，偷襲丐幫長老一里馬，爲武林所不齒，江湖所共棄。正派武林同聲討伐，誓殺此人，爲世間除害。此誓。』哈哈，現在不用我們出手殺你，自會有人解決你了。」

凌昊天聽了這篇狗屁不通的誓辭，只覺十分可笑，但聽得一里馬也遭了毒手，卻不由得怒火中燒，冷冷地道：「你們殺了清聖方丈、石珽、我大哥還嫌不夠，卻將丐幫的人也害了！」

金吾笑道：「別人冤枉你，你卻來冤枉我們？我老實告訴你吧，這些事情都和我等毫無關係。這一切都是修羅王策劃下手的，我們不過是在皇宮裡當差的人，只是奉旨行事罷了。大家雖恨你、想你死，卻沒有修羅王恨你這麼深，用這許多心思羅織陷害於你。但話說回來，你大哥卻也不是她殺的，更不是我們殺的。信不信由你。」

凌昊天忍不住問道：「她爲什麼這麼恨我？」眾人一齊笑了起來，似乎他這問題問得十分愚蠢可笑。

清顯微笑道：「凌昊天，你活不過多少時候了。你不但要死，而且將死得身敗名裂，飽受世人唾棄，留下千古罵名。眼下是你最後的機會。修羅王要我來問你一句，她上次和你提的事情，你考慮得如何了？」

凌昊天心中怒極，他見到了對頭的眞面目，得知對頭處心積慮要對付自己，更見識到對頭陰險毒辣的用心手段，但卻始終不知道她這麼作是爲了什麼，心中尋思：「我不曾得罪過修羅王，她這麼作莫非只是爲了想利用我，讓我陷入她的掌握？還是別有意圖？」口中道：「她和我提的事情？你是說她想拜我爲師的事麼？你告訴她吧，小三兒不收黑心腸的醜八怪老太婆爲徒。我見到她的面都噁心，聽到她的聲音都想嘔吐，只想一腳將她踢得滾出老遠。她若有誠意，親自來跪在我面前三天三夜，我或許還會想上這麼一想。」

清顯臉色一沉，嘿了一聲，冷笑道：「你執迷不悟，自尋死路，那也由得你。」說著便帶著那兩個侍衛回身走去。

凌昊天卻怎會讓他走，大聲道：「修羅王躲在何處，快快說出！」飛身追上，攻向清顯的後心。清顯回身接掌，砰的一聲，二人各自退後三步，清顯身邊的侍衛拔刀自左右向凌昊天夾攻，招式竟極爲凌厲。凌昊天又退開一步，喝道：「你們都是修羅王的走狗，竟想置身事外？快帶我去見她，不然一個都別想離開！」

死神冷冷一笑，說道：「凌昊天，我們不是來殺你的，但要將你打得半死不活，卻也不難。」

大喜法王叫道：「打斷他兩條腿、斬去他兩隻手，正派那些人要殺他除害，豈不容易得多？」他在嵩山絕頂被凌昊天打得一敗塗地，對他的憤恨最深，當先搶將上來，揮掌向他打去。

凌昊天側身避開，展開輕功直向清顯追去，雙腿飛出，將兩個侍衛踢倒在地，右掌使勁，打向清顯胸口。清顯感到他內勁極強，忙舉起雙掌運勁應敵，兩人三掌相交，使的都是無無神功，力道極大，但聽砰的一聲巨響，各自向後摔出數丈。但凌昊天右掌與他雙掌相交時，左手已從後跟上，抓向清顯的胸口，本擬將他抓傷，但清顯反應極快，胸口陡然縮入一寸，凌昊天手指抓處只將清顯的衣襟扯裂。但見他衣衫中掉出一張紙來，凌昊天伸手抄住了，順著二人對掌的強勁力道向後縱出，退到柴屋門前，隨手拿起那紙一看，卻是一封書信，字跡極為熟悉，他一瞥下已看清書信內容，臉色驟然大變，顫聲道：「假的，這不可能，殺大哥的怎會是……」

清顯臉色鐵青，冷冷地道：「凌昊天，你不肯聽修羅王的勸告，總有人會聽的！你現在知道了這個祕密，不免破壞修羅王的大計，我們可不能讓你活下去了！」低呼一聲，七人一齊向他圍上，各施殺手向他攻來。

凌昊天無暇多想，轉身奔入小屋，關上了柴門。

七人立時搶到柴屋門口，一個侍衛上前踢開板門，卻見屋內空蕩蕩地，只板桌旁坐著一個面容俊美的青年，衣飾華貴，正悠閒地喝著茶，卻哪有凌昊天的身影？

眾人盡皆愕然，但見這青年長身玉立，眉目英俊，活脫是個走馬章臺的富貴公子、風流少爺，陡然出現在這荒山破屋之中，直讓人感到突兀已極。

他臉上帶著滿不在乎的笑容，側頭向門外眾人望了一眼，懶洋洋地道：「誰敢動我百花門主趙觀的朋友，誰就是不要命啦。」

這人果然便是趙觀。

第一百零一章 青幫舊事

卻說當時趙觀護送清召出了北京城，待他與出來接應的少林弟子會合了，便趕到天津去找百花門眾女。眾人聽聞青竹喪命的噩耗，都極爲悲憤。趙觀道：「我當時讓大家盡快離開京城，只因對頭厲害非常，我怕大家抵擋不住。青竹姊不幸喪命敵手，若非百花婆婆神靈保佑，我也無法生逃出來！這回入宮查出了不少線索，背後指使人之一乃是提督東廠太監洪泰平，此人便是混上少林，蓄意掀起武林爭端的清顯。另一人是個三十多歲的女子，在奸相嚴嵩家裡出入自如，聽說便是修羅會的頭子，叫作修羅王。」當下將入宮、去嚴府的前後詳細說了。

眾女聽了，都知敵人極爲棘手，皺起眉頭。白蘭兒沉吟道：「那彎刀三賊曾上少林學藝，想來就是跟著這清顯學武了。」趙觀道：「極有可能。這清顯心機深沉，自己混上少林，又連帶教了這幾個錦衣侍衛武功，好讓他們爲己效力。」

小菊道：「嚴嵩這人多年來搜刮民財，早已富甲天下。聽說他怕人偷盜，在家裡養了一批護院武師和殺手，專門幫他爲非作歹，這修羅王多半便是他的手下之一。江湖上的修羅會，搞不好也是由嚴嵩一手控制的。」蕭玫瑰大聲道：「他媽的嚴嵩，我這就去將他和那什麼狗屁修羅王拉出來殺了！」

趙觀搖頭道：「玫瑰師姊切莫衝動，此事須得謹慎計劃。這批狗賊在京城權勢熏天，呼風喚雨，手下高手如雲，我們強龍不鬥地頭蛇，須得摸清了他們的底細再下手。我聽他們計劃出手對付凌家兄弟，我等當跟上追查，伺機下手才是上策。」當下說起凌昊天被冤枉之事。眾女都義憤塡膺，蕭玫瑰道：「凌三俠正直俠義，我聽人說他殺死少林清聖，心裡就不信。門主，我這就帶姊妹去保護他！」

趙觀道：「甚好，便請玫瑰師姊先去尋找凌三俠，切切保護他的安全。這批人存心要對付凌三俠，死神、瘟神幾個多半都會向他出手。這兩人很難對付，若遇上瘟神，還可放手一拚，妳們能有七八分勝算；死神只能暗中下手，若面對面碰上了，妳們打不過他，必死無疑，須得立時避開。小菊師姊、紫薑師叔，請兩位與玫瑰師姊同去。一有任何消息，立即傳話回來給我。我隨後就到。」

蕭玫瑰性情急躁，當日便率領手下上路。趙觀又派白蘭兒和三個手下回入京城，聯絡宮中的眼線，想法查出修羅王的底細。

趙觀急於趕去嵩山找凌昊天，交代百花門中諸事後，次日午後便也起程往河南去。正要上路，忽見一乘轎子飛奔來到門前，一人掀開轎帘，卻是青幫年大偉。年大偉不等轎子停穩，便跳下轎來，口裡叫道：「江壇主留步，有大事啊！」

趙觀見他在冷天中急出一身大汗，肥胖的臉上擠眉弄眼，似乎確有什麼大事，不好怠慢了，便下馬道：「原來是年壇主。有什麼要緊事兒，請進屋裡說。」

年大偉取出帕子抹汗，還未走進屋中，已一把抓住了趙觀的手，笑道：「大家都急著找你，活像熱鍋上的螞蟻一樣。你一去京城便失去了聯絡，可把老哥哥急得半死。好了，現在你回到天津了，我可不能再讓你離開啦。」

趙觀皺眉問道：「誰在找我？」年大偉道：「大家都在我府上，你來便知道了。李四爺、田忠田五爺、新任丁武壇主馬賓龍、幫主四女婿祁奉本、幫主身邊的邵總管邵十三老，今日全會趕到。請你千萬多留一日，別讓大家又撲了個空。」

趙觀一怔，心中甚感驚訝，他知道青幫在平息林伯超叛變之後，這五人加上年大偉，便是幫主以下勢力最大的幾個元老了。田忠升任山東戊武壇主之後，又兼任河南乙武壇主，接收了林伯超的舊部，成爲幫中李四標以下最有權勢的一位壇主；馬賓龍年前接過了牛十七的丁武壇，整頓得有聲有色，頗有功績，很受幫主的賞識；至於祁奉本和邵十三老，則是總壇中掌握權柄多年的人物，一向受幫主倚賴重視。這許多人爲何急著要找自己？

但聽年大偉又道：「還有一位先已到了，我想她定然急著想見你呢。江小兄弟，請來我府上坐坐，會會故人。今兒下午眾位都到齊了，大家再慢慢聚談。」

趙觀知道幫中定有大事，便道：「好吧，那我明日再走。」便跟著年大偉來到年府。年大偉一進家門，便招呼他的妻妾道：「快請江壇主內廳稍坐奉茶，通報李大小姐。」

趙觀一呆，說道：「李大小姐來了？」

年大偉笑道：「正是。其實江兄弟前次離開天津後不久，李大小姐便來到天津養病，在我這兒住下，已有幾個月了。她多次問起你去京城怎地這麼久未回，此刻知道你平安回來，一定歡喜得緊。」

趙觀聽說李畫眉在此，甚覺關懷掛念，問道：「李大小姐身子都沒事麼？我想見見她，不知方不方便？」

年大偉道：「哪有不方便的？我已讓人去通報了。她身子康復了大半，但是有個心病，也不知能不能治得好。江兄弟請。」趙觀聽出他弦外之音，話中有話，便不再問，跟著他來到後面的一座暖閣。

過不多時，李畫眉的貼身婢女端茶出來，說道：「江大少爺，您可來啦。」

趙觀認出她，笑道：「小翠，妳長高了這許多！大小姐身子可好？」小翠道：「大小姐這半年來在家休養，身子已好得多了。江少爺請稍候，小姐就來。」退去不多久，便見李畫眉扶著小翠走進暖閣。她一身青衣，容色清減，瘦了許多，但臉色白裡透紅，內傷顯然已痊癒了。

趙觀見她身子健朗，甚是高興，笑道：「李姑娘，妳怎麼胖了這許多？四爺都餵妳吃了些什麼？」

李畫眉笑道：「爹每日給我吃人參、靈芝，吃得我都膩啦。」她在椅上坐下，喝了一口茶，便差遣小翠出去換一盤香進來，屋中便只剩她和趙觀二人。

趙觀見李畫眉低頭斂眉，似乎有什麼心事，便問道：「年壇主說妳來天津養病，身子可還有什麼不適麼？」

李畫眉搖頭道：「也沒什麼，只是保養保養罷了。爹這陣子很忙，都不在杭州住著，我便出來透透氣。你這些日子都沒回杭州去，想必有許多事情，分不開身。」

趙觀道：「是。我去了關中一趟，之後又趕去山東。月前來到天津，恰巧遇上朝鮮小王子落難之事，出海一趟，甚是驚險。」

李畫眉道：「你相助朝鮮皇子歸國就位的事兒，年伯伯都跟我說啦，可眞精采得很。」

趙觀笑道：「豈只精采？改天我仔細跟妳說說，保管讓妳聽得驚心動魄，連呼嘖嘖。」

李畫眉一笑，說道：「就不知我有沒有這個福氣聽你說故事？」

趙觀聽她話中有話，柔聲道：「好姑娘，怎地跟我說這等話？」

李畫眉歎口氣，說道：「我心中打量，你有這許多大事忙著，小事兒自然就擱在一旁了。我總想著你怎地還沒回杭州來，想著想著就有些擔心，才跟爹爹說了，來年伯伯這裡住一陣子。」說著凝望著他，眼神中頗有怨責之意。

趙觀這才恍然，她是在暗示自己爲何還沒向她提出親事。武丈原上一場大戰，自己和她同時失蹤，幾個月後才又出現，不只青幫，江湖上知道此事的人也極多，人人自然猜想他二人間已有什麼曖昧；加上去虎山途中她曾對自己吐露情意，自己卻始終沒有回應，難怪她要覺得難堪了。趙觀這一年間偷窺陳若夢、憐惜陳如眞、對飲文綽約、保護朝鮮公主，閒時雖偶爾想起李畫眉，記掛她的傷勢，卻從來不曾一心思念著她，此時見到她的臉色，心中不禁甚覺歉疚，說道：「李姑娘，我知道妳心裡在想什麼。妳怪我薄情寡倖，辜負了妳對我的情義。」

李畫眉淡淡地道：「你千里迢迢送我去泰山求醫，我揀回一條性命，一輩子對你感激涕零便是了，還能有什麼奢求？」

趙觀聽她語帶哀怨，歎道：「李姑娘，我趙觀本來就不是個東西，妳看錯我了。我早說過我不配妳對我的心意。」

李畫眉低下頭，眼淚雙垂，低聲道：「趙大哥，我知道你到處留情，從來就不能專情於什麼人。我……我要求的不多，只要能跟在你身邊，我便心滿意足了。」

趙觀聽她言下之意，竟表示願意紆降尊貴，不堅持作正室，便作個妾婦也已滿足。他素知李畫眉在青幫、江湖上的地位，竟對自己這般癡情深重，甘願身居妾位，不由得深受感動，走上前替她抹去眼淚，柔聲道：「畫眉，妳若相信我，請妳再給我一些時候。我一定回來向妳爹求親，讓妳永遠留在我身邊。」

李畫眉歎了口氣，抬頭道：「趙大哥，這回爹爹他們找你，似乎有很要緊的事。我問了他幾次，他都說是幫中機密，不肯跟我說，只要我不要擔心。我只想告訴你，不論是好事壞事，我……我對你的心都是一樣的。」

趙觀點了點頭，忽然問道：「老幫主身子還好麼？」李畫眉道：「聽說他老人家前一陣子患了風疾，應是沒有大礙。」趙觀心想：「她多半確實不知道四爺他們找我有什麼事，但看來不是壞事。我靜觀待變就是。」

當下又陪著李畫眉說了一陣子話，加油添醋地說了自己最近的經歷遭遇，逗得她破涕爲笑。至於他這些時日來結交了多少新歡，追求了哪些美女，自是半句也未曾提起。

到得傍晚，年大偉派人來請，說晚宴已準備好了，幾位客人也已到齊了。趙觀便向李畫眉告別，來到大廳上，卻見李四標、田忠、馬賓龍、祁奉本、邵十三老五人都已坐在廳上，看他進來，一齊起身迎接，拉手拍肩，甚是親熱。趙觀和李四標、田忠原本相熟，祁奉本和邵十三老也曾在總壇見過，只有馬賓龍是初識。眾人寒暄一陣，年大偉便招呼大家坐下，開上酒席。

趙觀站起身，向眾人舉杯道：「在座各位都是幫中前輩，我江賀是後生小子，忝與眾位同席並坐，此後還得多多向眾位學習請教。禮數不周之處，請各位前輩大量包涵。」眾人同聲謙遜禮讓，起身乾了一杯。

席間眾人只談些幫中舊事、江湖奇聞，絕口不提爲何齊聚天津。趙觀也不問，只默默喝酒吃菜。

酒過三旬，邵十三老望向趙觀，說道：「江壇主，上回在武丈原上，你使出成大少爺的披風刀法，大家都驚詫不已。你可知這其中還有一段舊事？」

趙觀道：「晚輩不知，還請十三爺指教。」

邵十三老一手持著酒杯，眼望空中，緩緩說道：「我也算是幫中的老人了。我自十五歲上便跟著趙幫主，屈指算算，至今已有五十個年頭了！幫主當年即位之時，我便在他身邊。那時成大少爺爲了感激趙恨水趙老太爺扶養維護的恩德，慷慨將幫主之位讓給了趙幫主，自己一人一馬揚長離去，獨闖江湖，從此再也沒有回到青幫。」

他望向趙觀，續道：「這其中的故事，若不是我這等老人來說，別人大約也說不清楚了！今日大家聚會在此，我便爲江壇主說說幫中的舊事。五十多年前，擔任咱們青幫幫主的，便是成大少爺的先公成傲理成老幫主。成老幫主掌理青幫三十多年，將幫務整頓得好生興旺。他上了年紀以後，就常年在家享福，將幫中事務都交給他手下坐第二把交椅的趙恨水主持。豈知坐第三把交椅的王聞喜心懷不軌，生怕老幫主會將幫主大位傳給趙恨水而不傳給他，便在一個新年夜裡發難，率領手下蒙面闖入成家，從老到少，一個不留，全數殺死。那天流的血，聽說將成家的門檻都淹沒了。上上下下，總有百來口人慘遭滅口。成老幫主自然也未能逃過毒手。」

趙觀凝神傾聽，他雖聽過成達報仇之事，卻並不知他身上曾經背負的這件血仇竟是如此深重。

邵十三老續道：「王聞喜只道殺盡了成家的人，便不用擔心有人見到他出手，找他報仇了。他假作義憤塡膺，宣稱要找出仇家，爲幫主報仇，自己卻搶著坐上了幫主寶座。但他千算萬算，卻沒有算到成老幫主有個小妾當時剛好回娘家省親，逃過了一劫，而她肚裡已懷上了成老幫主的遺腹子。這小妾聽聞消息之後，心驚膽戰，立即離家避禍。過了幾日，她的家人便也被王聞喜的手下屠殺死盡。王聞喜得知這小妾逃了出去，卻一直找不到她，心中大爲隱憂，連年派人去小妾家鄉附近搜索，毫不放鬆。」

「王聞喜卻不知，當時幫助這小妾逃走的，便是趙幫主的先父，趙恨水趙老太爺。他早已看出下手血洗成家的便是王聞喜，但懼於他的權勢，隱忍不言，只能偷偷保護這個小妾，讓她平安生下孩子，並將母子安頓在陝北的一個小村裡。」

「這孩子慢慢長大了，從母親口中得知父親的血仇，便發誓要練武報仇。但他一個荒村孽子，又爲仇人追殺，不能輕易露面，如何能求得名師？也虧得他性情堅苦卓絕，一次碰巧遇上了刀王胡大，便一心向其求教武功。刀王起初不肯，成大少爺竟在雪地中跪了整整三天三夜，直至昏去，這才感動了刀王胡大，收他爲徒，傳授天下第一刀法披風快刀。」

「後來王聞喜發現了趙老太爺包庇成大少爺和他母親之事，大爲震怒，立即派人去追殺這對母子。當時成大少爺武功未成，匆匆揹著母親逃離陝北荒村，途中被王聞喜的手下追上，圍而攻之。成大少爺的母親十分硬氣，爲了讓兒子能放手一戰，竟當場自刎，死前囑咐兒子定要替她和父親家人報仇。成大少爺眼見母親血濺當場，紅了眼睛，在陝北黃土地上大戰一場，將來追殺他母子的五十多人全數殺死，這才就地埋葬了母親，灑淚離去。」

邵十三老喝了一口酒，續道：「又過數年，成大少爺的武功有了大成，便開始他的報仇大計。幫中兄弟有不少受到他的英勇義烈所感召，紛紛投到他的麾下。他號召了數百兄弟，直闖總壇，指名找王聞喜報仇。他當年闖上總壇的氣勢神情，我到今日還記得清清楚楚！總壇的人全被他震懾住了，他那時不過二十出頭，那副天不怕、地不怕的神態，威猛神勇的氣度，完完全全就是成老幫主的翻版！王聞喜看到他，直嚇得臉色蒼白，不敢出戰。成大少爺便道他若不出戰，就沒有資格坐這幫主之位，還說他若有些許羞恥之心，便當自我了斷，不然成大少爺便要以牙還牙，血洗王家！」

「王聞喜看到他這等威猛狠勁，如何還敢出戰？忙指揮手下上去圍攻。成大少爺以一敵十，展開披風刀法，將來人盡數殺傷打退。也就是在那時，大夥親眼見識到了這聞名天下的披風刀法的神威。王聞喜只嚇得渾身顫抖，眼見別無他途，只能當眾自戕。那時趙恨水老太爺已被王聞喜害死，大家便公推成大少爺擔任幫主。成大少爺卻拒不肯受，將幫主大位讓給了趙老太爺的兒子趙自詳，自己揚長離去，從此再也沒有踏入總壇一步。」

邵十三噓了一口氣，又道：「成大少爺經歷千辛萬苦、忍辱負重、得報大仇的事跡，不但在幫中傳爲奇聞，在江湖上也廣爲流傳。大家都說如成大少爺這樣的英雄豪傑，百年也不出一兩個。成老幫主稱雄一世，能有這樣的後裔，他在天之靈也該安息了。」

趙觀只聽得怔了。他原本對成達佩服尊重，只是出自於他對自己的關照教導，於他當年轟轟烈烈的事跡卻毫無所知。此時聽了邵十三老的敘述，心想：「成大叔爲了學這披風刀法，竟費了如許心血，在雪中長跪三日，直至昏去。我向他學得刀法，卻只靠嘴巴說兩句話，更不費吹灰之力！他爲何要這般看得起我？他這是太寵壞我了！」

又想：「他跟著母親長大，孤身一人，長成後卻能練成武功，洗雪仇恨，爲父報仇，這是何等氣魄，何等英雄！反觀我自己，雖有眾百花姊妹相助，卻到今日才找出仇人的一點線索，不知到何時才能爲娘報仇？我如何對得起娘的一片苦心，成大叔教我刀法的一片栽培？我眞是窩囊無用到了極點！」

想到此處，心中激動，雙拳緊握，身子微微顫抖。席上眾人的眼光都落在他身上。

李四標開口道：「江兄弟，當初我引你入幫之時，只知道你能幹非常，英勇過人，卻並不知道你和成大少爺有些淵源。今兒大家爲何在此聚會，想來你心裡也有點譜子，我便都攤開來說吧。你近年來替本幫立了不少功勞，幫主都很清楚，這裡大家也是有目共睹。幫主年歲大了，近日身子大不如前，看來……看來是沒有多少時日了。他老人家遣我們急速找著你，就是想宣告遺詔，立你爲青幫幫主繼承人。」

田忠接著道：「你在幫中的資歷雖不及許多前輩，但靠著你的功績，幫主的提拔，加上在座各位的擁護，這幫主之位，自是十分穩固。」

年大偉、邵十三老、祁奉本、馬賓龍等都點頭附和，各自說了些全力擁護、表明心跡的話。

趙觀聞言怔然，他雖入了青幫，作了辛武、庚武壇主，但始終只當它是個暫時之位、權宜之計，從來無心在幫中爭取什麼地位，聽得趙自詳竟要立自己爲幫主繼承人，確是全然出乎他的意料之外。

眾人見他不答，李四標又道：「江兄弟，幫主對你一番苦心栽培，你應能體會他老人家的用心。昔年成老幫主對幫主的先君恩德深重，幫主對成大少爺的讓位擁護之德也銘記在心。如今幫主唯一的心願，便是將青幫交回成家的後代手中。」

趙觀心中雪亮：「他們對我這般重視，畢竟是看在成大叔的面上。」

李四標、田忠、年大偉等一齊望著他，等待他的回應。

趙觀心中一片混亂，靜默良久，才搖頭道：「我無才無德，年輕識淺，擔不得這等大任。請你們快快稟告幫主，請他另擇良才罷。」說著便站起身來，向門外走去。

席上眾人見他一口回絕，都不由得甚感驚訝，田忠站起身拉住了他，說道：「兄弟，我跟你是過命的交情，你應是信得過我的。大家眞心誠意，一致推舉你擔任幫主繼承人，你心中有何疑慮，有何隱憂，全都說出來便是，哥哥自當替你分憂解決。」

趙觀搖頭道：「我沒有什麼疑慮隱憂。我說過了，我當不起這等大任。我跟成大叔比起來，狗屁都不如，哪有臉去作什麼繼承人？」

李四標歎了口氣，站起身來，說道：「江兄弟，幫主心裡雖記掛著成大少爺的恩情，但他是何等謹慎深思之人，之所以選擇你作爲繼承人，絕不是只看在成大少爺的面上。要接管青幫這樣一個大幫，非得有十足的才智本事、武功威望不可。立你爲繼承人，除了名正言順之外，幫主更是看準了你有超凡的才能，年紀雖輕，已有大將之風、領袖之才，能夠擔當此任，繼承我青幫家業。我們這幾年間看你的爲人表現，都清楚你實是本幫中數一數二的人才。幫主總說，長江後浪推前浪，我們都是老人了，幫中的事務，實在該要讓年輕人來接手才行。請你千萬莫要再推辭！」說著向他躬身長揖。

趙觀聽他說得誠懇，也不由得感動，連忙過去扶他，說道：「四爺這些年來對我處處照顧提拔，我心裡怎會不清楚感激？但這件事太過重大，請各位給我一點時間，讓我好好想想，才能應承。」

眾人聽他這麼說，都覺不好再行硬逼，邵十三老道：「江壇主，你需時間好好想想，那是絕對沒錯的。這麼大的一副擔子交在你手中，可不是容易扛起的哪。當年成大少爺不肯受位，想來也是因爲他志在四方，自在慣了，不願爲幫中俗務纏身。江壇主的情形卻又不同；你加入青幫已有一些時日，擔任兩壇壇主，對幫務已然甚是熟悉，再接任幫主，那是駕輕就熟，游刃有餘。你聽老夫一句勸告：老幫主的身子，怕是撐不上多少時日了。你若堅持不肯接此位，幫中定會因爭奪幫主大位而生變亂。現在江湖上正是多事之秋，上個月龍幫雲幫主受人暗算，身受重傷，昏迷不醒，幫中爲了繼承之位大起爭執，我們切不可重蹈龍幫的覆轍啊。」

趙觀大驚失色，脫口道：「你說什麼？雲幫主受了重傷？」

李四標道：「正是。他們消息瞞得很緊，但雲幫主顯然已到了垂危之地了。只因龍幫繼承人的問題尚未解決，才封閉一切消息，以免幫中生亂。」

趙觀忙問：「他怎會受傷？是誰暗算他？」

田忠道：「大家都不很清楚。龍幫往日仇人甚多，怕是黑道上哪個幫會爲了報仇而出手暗算，也說不定。」

趙觀霎時感到全身冰涼，坐倒在椅上。眾人見他臉色蒼白，似乎受到極大的打擊，都甚覺奇怪，卻又不敢相問。

第一百零二章　谷中祕情

趙觀喘了幾口氣，哽咽道：「雲幫主昔年曾對我有恩。我……我聽說他老人家重傷垂危，心裡……心裡好生難過。」眾人之中只有李四標知道他曾跟著成達上過龍宮，卻也不清楚他跟雲龍英有何淵源，見他傷心如此，都不知該從何安慰起。

趙觀定了定神，說道：「多謝諸位前輩的一番心意。兄弟不能接任青幫繼承人，請各位代我向趙老幫主致歉，說我向他老人家磕頭拜謝，感激涕零，愧不敢受。」說著便起身快步出屋，眾人還想留他，但見他施展輕功，幾個起落，已出了年家。

屋中六人面面相覷，趙觀的反應實是他們事前完全未曾料到的，先是拒絕接位，之後爲龍幫雲幫主灑淚，最後一走了之。邵十三老歎了口氣，說道：「性情中人，這孩子是個性情中人！跟成大少爺一個性子。」

李四標望著門外，喟歎道：「這孩子聰明絕頂，武勇過人，手段高超，但對兄弟朋友卻能推心置腹，對手下也能寬厚包容，少有疑忌。青幫能有這樣的頭子，那才是大家的福氣呢。」

趙觀離開年家之後，心中又是悲哀，又是混亂，騎馬在夜風裡快馳一陣，才冷靜下來，心想：「雲大叔若昏迷不醒，我這麼趕去見他也無濟於事。當急之務還是救小三的性命要緊。這青幫幫主繼承人我接是不接，改天再去想吧。」當下策馬向西趕去，一路與百花門人傳訊聯絡，來到洛陽城時卻恰恰遲了一天，未能趕上百花門和死神瘟神的一場大戰。

趙觀聽說了這場大戰，大驚失色，忙去城中百花門藏身處會見眾長老，但見蕭玫瑰受傷甚重，小菊中了瘟神毒傷，幸而並不嚴重，紫薑也受了內傷。他得知眾長老從少林派、修羅會、東廠喇嘛手中救出了凌昊天，卻在城外遇上死神和瘟神，眾女不是敵手，只能勉力支撐，讓凌昊天負傷先走等情。趙觀對眾長老慰勉有加，囑咐受傷門人安心養傷，自己立即率領十多個未曾受傷的門人出城去找凌昊天，心中又急又憂：「小三受傷不輕，孤身離去，若遇上敵人，哪有抵抗之能？但盼他吉人天相，平安無事才好。」

當時凌昊天已被石斑和天龍門人救走，極隱祕地護送前往天龍城，趙觀自然無由得知，在洛陽一帶盡力搜索，卻是徒勞無功。一直到凌昊天和石斑出現在陝北，被百花門的眼線瞧見，趙觀得訊後，才率領小菊等人趕去。

陝北高原空曠荒闊，百花眾女一時找他不到，趙觀便和小菊分頭在虛空谷附近盤桓搜索，來來去去只遇上了一群群的少林和尚、東廠喇嘛、官府走狗、好事的正派中人，大多是來爲難凌昊天的。他心想：「小三若被這些豺狼虎豹找到，可不容易保住他！」

其後小菊遇上了修羅會中人，兩邊打了起來，忽見遠處山腰上冒起煙霧，似是一場大火，眾人便趕過去瞧，正見到石斑身死、凌昊天灑淚埋葬的一幕。之後凌昊天被金吾引入陷阱，跌落深谷，有人以爲他死了，有人認定他沒有死，甚至攀爬下谷去搜索。但說也奇怪，這麼多人在虛空谷中全力追查搜索，一個月來卻始終沒有見到他的人，更找不到他的屍身。

趙觀生怕修羅王已對他下手，焦急欲狂，率領百花門人在山谷間徹底搜索，幾乎將整個虛空谷內外的草皮都翻了過來，但凌昊天仍是不知去向。他怎知此時凌昊天已被豹女山兒救去，藏在山洞之中養傷，與禽獸為伍，旁人更難尋得。

這日趙觀單獨在谷中樹林內搜尋，忽聽得前方一群人快步走來，便隱身樹後。他在谷中已遇到過少林、峨嵋、華山、天龍劍派等正派中的人物，有的門派派出了幾十人，有的派出三五人，也遇上不少薩迦派喇嘛、錦衣侍衛、修羅會眾和其他黑道人物，此外丐幫也派出了不少弟子來。此時走過來的有十多人，卻並非自己見過的眾門派幫會中的人物，衣著各異，也看不出來頭。

趙觀心中起疑，便悄悄跟在他們後面，卻聽一人問道：「姑爺單獨去會強敵，不會有事麼？」

一個較蒼老的聲音答道：「姑爺武功高強，精明機警，怎會有事？」話雖這麼說，語氣中卻頗帶著幾分擔憂。前一人嗯了一聲，又道：「倒是那個同來的道姑，我瞧著總覺得她有些路數不對。」

年長那人靜了一陣不答，才道：「這件事，誰都不准跟大小姐提起。聽到了麼？」其餘眾人同聲答應。那年長的歎了口氣，說道：「幫主的傷勢，看來是拖不了多久了。大家同心輔佐姑爺，找出元凶，替幫主報仇，才是正事。」

趙觀原本覺得這人聲音有點熟，卻想不起是什麼人，聽到這裡，心中一動：「是葉揚叔叔！雲大叔身邊的人，當年跟我講凌大哥兄弟故事的就是他了。他們口中的大小姐自然就是非凡姊，那麼姑爺就是凌二哥了。沒想到龍幫的人也來了。」

龍幫眾人走出一陣，便坐下休息，好似在等候什麼人。趙觀考慮要不要出去跟葉揚相見，心想：「他們跟淩二哥同來，似乎是來會什麼強敵，或許便是暗算雲大叔的凶手。那會是誰？死神麼？還是瘟神？這兩人都很不好對付，淩二哥一個人去行麼？我或許該去助他一臂之力。」又想：「但那道姑又是什麼人？我可不記得雲家或淩家是信奉道教的，或和哪個道觀特別有交情。」

他思慮一陣，還是覺得不該魯莽，便隱身在樹後靜觀等候。過了許久，谷中日落得早，太陽沉入山邊之後，天色迅速暗下，傍晚夕霧升起，迷濛一片。趙觀見霧色漸濃，怕再遲些便無法尋路回去，正想離開，忽聽腳步聲響，一人款步近前，在龍幫眾人身前停下。葉揚連忙站起身迎上去，說道：「仙姑！事情如何了？」

一個柔和溫軟的聲音說道：「姑爺未能得手，讓賊人逃去了。他追蹤上去，要我來告訴你們一聲，請你們先行返回龍宮去吧。」葉揚問道：「他可沒事麼？」

趙觀凝目望去，但見霧中浮出一個道姑裝束的女子，面目瞧不清楚，隱約看得出是張十分秀麗端莊的臉。她道：「姑爺沒事。你們不用擔心。」另一個幫眾道：「仙姑，您跟我們一道回去麼？」

那女子道：「不了。這谷中有幾種罕見的珍禽異獸，我得去尋尋，拿來煉藥，或許能救得雲幫主一命。」說著便回身走去，消失在霧中。

葉揚等議論一陣，雖覺古怪，卻也別無他法，一群人便向著森林深處走去，打算覓路出谷。

趙觀心中疑惑，等葉揚等去了後，便悄悄鑽進霧中，想跟上那女子去瞧瞧。但此時夜霧已濃，那女子早已不知去向，他呆了一陣，憑著直覺向左首跨出，跟著一條小道走去，天色愈來愈黑，他伸出手幾乎已看不到自己的五指，暗想：「再不回去，今兒就得在荒野裡過夜了。」

便在此時，前面忽然傳來一陣哀淒欲絕的哭聲，趙觀只覺一陣涼意直透背脊，站定了腳步，但聽那哭聲斷斷續續，聲音中充滿了恐懼哀痛，一邊喃喃地說著什麼。

趙觀定了定神，小心翼翼地往前走去，霧中隱約看到幾丈外的大石旁有兩個人影，一個哭得聲嘶力竭，全身顫抖，另一人跪在他身旁，似乎在低聲勸解。一陣晚風吹來，霧氣略開，趙觀看得清楚，不由得全身一震：那二人正是凌雙飛和剛才那個道姑。

趙觀屏住氣，伏在大樹之後，悄然窺伺，但見那道姑輕輕摟著凌雙飛的身子，低聲道：「乖孩子，別怕，別怕。他們已經走啦。沒事的。一切有我在。」

凌雙飛仍是哭得不能自制，忽然站起身，說道：「我要去找那隻豹子，看牠將他帶去了哪裡？」

那道姑搖頭道：「傻孩子，這山谷這麼大，天色又黑了，你怎麼找得到一隻豹子的行蹤？那豹子帶走他，自然會將他吃了。你有什麼好擔心的？」

凌雙飛驚呼一聲，尖聲道：「吃了？吃了？不行！我要去找他！」

那道姑低喝道：「我不許你再胡說！」口氣嚴厲。凌雙飛一呆，隨即坐倒在地，抱著頭又哭了起來。

道姑摟著他，輕撫他的頭髮，放柔了聲音，說道：「傻孩子，這都是因果業力使然，完全不是你的錯。你千萬別責怪自己。你往自己心底深處看去，是不是從小時候起，你就暗暗忌恨著他？你今日出手殺他，往年那股恨意早已注定了這個結局。我不是替你排過命盤了麼？你們八字上寫得明明白白，你們兄弟原本就不該同時來到世上。這都是你父母的宿業造成的。好孩子，你不該再恨，現在是懂得愛你自己的時候了。這往後的舞臺都是你的了，任你揮灑，任你翱翔。只要你肯聽我的話，你不但不會失去任何東西，更可以得到一切！」

凌雙飛嗚咽著答應了，道姑扶他站起，摟著他的腰緩緩走去，消失在黑霧之中。

趙觀看得呆了，好一陣才回過神來，待再也聽不到二人的說話腳步聲，才轉身快奔，心中不斷回想道姑和凌雙飛之間的對話，只覺詭異已極，卻不明白他們在說些什麼。他印象中的凌雙飛精明果斷，堅毅剛強，實在不能想像他會爲了什麼崩潰痛哭成這樣。他作了什麼？那道姑又要他作什麼？

趙觀想不明白，奔出一陣，忽然聞到一陣血腥味，他心中一跳，從懷中摸出火摺子點燃了，低頭一看，不由得臉色大變，卻見地上橫七豎八躺的都是死人，個個咽喉血肉模糊，看來都是被猛獸咬死的。趙觀晃動手中火摺，看清這些人正是剛才見過的龍幫中人，只有葉揚和另兩人不在其中，大約是拚死逃了出去。

趙觀熄滅火摺，但聽遠處傳來低低的嗚咽聲，他循聲走去，卻見一個人影伏在地上痛哭，背心抽搐。

趙觀微微皺眉，心想：「今夜是什麼黑道凶日，這鬼谷裡到處有人痛哭？」正想轉身離去，那人已聽到他的腳步聲，猛然回頭，一雙綠色的眼睛狠狠地向他瞪視，發出寒冷的凶光。

趙觀心中一跳：「這是什麼怪物？」心存戒備，伸手握住了蜈蚣索。便在那一剎那，那人已向他撲來，伸指抓向他的眼睛。趙觀揮出蜈蚣索繞在那人的手腕上，那人尖叫一聲，摔倒在地，忽然伸手抱住他的左腿，猛咬一口。

趙觀吃痛，又驚又怒，喝道：「你跟我有什麼仇恨？」伸手去抓那人的背心，便在此時，一抹月光照入林中，趙觀看清楚了，死在地上的竟是一隻巨大的灰狼。他心中一動，只覺這情景十分熟悉，低頭看去，但見腳下那人身上穿著獸皮衣衫，登時想起凌大哥和松鶴、康箏二老那年在西湖山中遇見山鬼的事情，脫口道：「妳是山兒？」

那少女中了蜈蚣索上的毒，已是半昏半醒，趙觀伸手扶起她，餵她吃下蜈蚣索的解藥，將她揹在身後，覓路回去，心中老大疑惑：「她怎麼從杭州跑來這兒？是凌大哥帶她來的麼？她爲何要殺龍幫的人？我該怎麼處置她？」

趙觀走出十幾步，忽聽身後枯葉響動，回頭看去，卻見一隻通體漆黑的豹子亦步亦趨地跟在自己身後。趙觀一驚，強自鎮定，向著豹子惡狠狠地道：「你若敢從後面咬我一口，我可不會對你客氣的！」那豹子聽他聲音凶狠，退後了幾步。

所幸這一路上黑豹都沒敢騷擾他，趙觀揹著山兒在山林間穿梭，直到半夜才找到百花門人的營地。眾人見他揹回一個身穿獸皮的少女，都是一呆。

趙觀沒有多說，只道：「林中好似剛有一場打鬥，我也不清楚發生了什麼事。這姑娘應當知道很多，就看她會不會說出了。」

小菊道：「門主，包在我身上。將她交給我，我定能讓她說出一切實情！」

趙觀苦笑道：「妳對她用什麼苦刑迷藥都沒用的，這少女恐怕根本不會說人話。讓她好好睡一夜，明日再說吧。」

第二天清晨，果然傳出了大事；有人說看到凌昊天揹著一個屍體離開虛空谷，找棺材替他收斂，趕車東去。趙觀忙問死者是誰，才知正是凌比翼。他驚得呆了，心想：「凌大哥怎會就此死去？誰殺得了他？」隨即又想：「這事定然跟那道姑和凌二哥有關！我得去找他們。」當下令小菊和舒堇率領百花門人追上去保護凌昊天，自己打算回入谷中追尋那道姑。

小菊一聽到凌比翼出事的消息，便跑去叫醒山兒盤問，但山兒確實不懂人語，什麼都說不出來。小菊性子素來急躁，但見了山兒失魂落魄、骯髒潦倒的模樣，也不由得心生憐惜，得趙觀之令去保護凌昊天時，便請示可否帶了山兒同去。趙觀道：「我沒功夫照顧她，妳幫我照看著她也好。她那隻黑豹同伴別忘了一起帶去。」

小菊便領命上路，一路護送淩昊天扶棺回到虎山。幸而她帶上了山兒和黑豹，這一人一豹敏銳警醒之極，老遠便能覺察出敵人的蹤跡，小菊總能不動聲色地暗中打發一批批意欲對淩昊天不利的人。淩昊天當時扶著大哥的棺木回山，渾渾噩噩，若不是有幾十名百花門人和山兒等在暗中保護，他這段路也無法走得如此安穩。

趙觀留在虛空谷中搜尋數日，找到幾處滿是血跡的打鬥之所，甚至找到了山兒當時替淩昊天治傷的山洞和淩比翼斷氣的小溪邊，但除此外什麼別的線索也沒有，那道姑和淩雙飛也不見影蹤。他心想：「他二人多半已回龍宮去了。雲幫主的傷勢不知如何？我該去龍宮看看情況。」

第一百零三章　重返龍宮

趙觀言念及此，便出谷向南，往龍宮趕去。龍宮所在的五盤山便在陝南的秦嶺之中，離虛空谷不過十多日的路程。他趕到五盤山腳下，棄馬上山，來到龍宮之外。但見處處白旛飄動，紙錢飛舞，連龍宮前雄偉的金色盤龍巨柱都罩上了黑布，一片愁雲慘霧、悲哀淒涼。趙觀心中一震：「雲大叔已經死了？」

他十五歲時獨自逃離龍宮，多年未曾回來，豈知一回來便遇上雲幫主之喪，一股強烈的哀慟湧上心頭，快步奔過龍宮前的青石板地，搶到大門口外。但見門內大堂之中便是靈堂，白燭高燒，白花縈繞，輓聯四垂，前來祭拜的弔客肅穆而立，家屬弟子哀哭不絕。他隱約記得當年跟隨成達上山之時，雲幫主便是站在這大門之外迎接，他那時向自己關切凝望的眼神彷彿猶在目前，而今自己竟再也見他不到了。趙觀想到此處，不禁悲從中來，伏在門檻上痛哭起來。

忽聽一人尖聲道：「小雜種，你……你還有臉回來？」

趙觀抬起頭，卻見發話的是跪在靈堂之旁，雲幫主的遺孀雲夫人。雲非凡跪在母親身邊，雙眼哭得紅腫，狠狠地瞪著自己，顯然也對自己充滿了敵意。

他微微一怔：「她們為何如此恨我？」念頭還未轉完，雲夫人已衝上前來，拿起招魂棒子便向他夾頭夾腦地亂打，口中喝罵：「給我滾出雲家大門，給我滾出雲家大門！」

趙觀退後幾步避開了，叫道：「雲夫人！」

雲夫人卻紅了眼，發瘋似的追上亂打，趙觀只得連連後退，直退到大門之外。

雲非凡上前來拉住了母親，說道：「娘，您何必跟這種人一般見識？自己氣壞了身子，可有多不值！」

雲夫人伏在女兒肩頭大哭大鬧起來，口裡撒潑叫道：「我當家的命苦啊！收養了一個不忠不孝的孽子，直到當家的你閉眼了才肯回來看你，才知道回來爭奪你的遺產幫業啊！

當家的你睜眼瞧瞧啊，你當初收留他、教養他，他不但不知感激，竟然一聲不響地走了，一去幾年不歸，半點音訊也無！直到現在看到有利可圖、有機可乘了，才大搖大擺地回來！當家的你睜眼瞧瞧啊！」

靈堂中眾人聽她這麼哭叫，都向趙觀投去奇異的眼光，有的好奇，有的責備，有的鄙夷，有的不齒。

趙觀心中恍然；這母女對自己如此仇視，乃是因爲她們認定他是爲了爭奪幫主之位才回來的。他搖了搖頭，心道：「我趙觀是什麼人，青幫幫主之位我都不要，還來跟你們女子小人爭奪龍幫幫主？」

趙觀眼見雲夫人鬧得不像話，其餘幫眾看來也無意讓自己進入靈堂，便在門外跪下，恭恭敬敬地磕了三個頭，起身離去。但聽身後雲夫人仍舊哭鬧叫罵不絕，趙觀臨行前回頭一望，只見雲非凡並不去扶母親，只站在一旁，神色甚是奇特，臉上的恐懼不安似乎更多過悲傷，更夾雜著幾分患得患失之情。

趙觀忍不住開口問道：「非凡姊，凌二哥回來了麼？」

雲非凡別開頭去，冷冷地道：「凌大哥出事，飛哥回虎山去了。多問什麼？這裡不歡迎你，你快快下山去吧！」

趙觀低聲道：「非凡姊，請節哀。」

雲非凡輕哼一聲，轉身走回靈堂之前，自始至終對他正眼也不瞧一下。

趙觀離開龍宮，走到山腰時停步回頭，遙望龍宮的飛檐，想起自己少年時曾在這龍宮中度過很不愉快的一年，沒想到這次回來的景況只有更加的不快。他原想探問雲幫主的死因，但看樣子雲夫人和龍幫眾人都不會對自己多說什麼，便打消了這個念頭。他再往山下走去，想起當年急於逃離龍宮的心情，又想起成達將自己留在山上獨自離去之時，向自己揮手道別的情景，心頭頓感一陣惆悵。他自幼沒有父親，自十三歲上遇見了成達和雲龍英，對他二人雖有尊敬之心、依戀之情，卻並不懂得珍惜；此時年紀稍長，又遇見了慈和關懷、正氣凜然的清召，內心才逐漸感到對父親的重視和需要。他知道這三位父親都是一代英雄豪傑，成達堅忍卓絕，英勇豪邁，名震天下；雲龍英憑著武勇才能，主掌龍幫數十年，稱雄一方；清召則是少林派數一數二的高僧，眾所仰望。自己不論是誰的兒子，都實在擔當不起，無法克紹箕裘，直追父名。

他不由得想：「這些年來，我受幾位父親的照顧庇佑著實不小，如今是該償還報答的時候了。雲幫主竟這麼去了，雲夫人視我為仇，我便想略盡一點孝心也不可得。但我定要找出殺死他的仇人，替他報仇。青幫要我當他們的幫主繼承人，不管是不是看在成大叔的面上，我都不該再接受更多的恩情。清召大師託我保護小三兒，我打死都要替他辦到！」

他黯然離開五盤山，當時已是寒冬，大雪封路，他無法東歸，獨自一人在西安附近徘徊不去，遙思邵十三老描述成達當年在小荒村中成長、拜師學刀的種種，心中感慨無已，不知為何極想再見成達一面，但他行蹤飄忽，當時離別似乎容易，再會面卻已難了。

他想起成達母親自刎救子的往事，心想：「或許成大叔會去成老夫人墳上祭告也說不定。」便向當地青幫幫眾打聽，來到成達之母自殺之處。那是在陝北黃土地的中心，氣候乾燥嚴酷，時而黃沙捲地，時而風雪交加。趙觀冒著狂風大雪來到黃土高原之上，卻見該地立了一座矮小石碑，上面寫著九個潦草的大字：「成夫人葉氏英烈之塚」。

他心想：「成夫人教子有方，獨自拉拔起成大叔這樣一位英雄豪傑，爲了讓兒子沒有顧忌，在敵人圍攻之下毅然自刎，果然當得上英烈二字！」下馬在塚前跪下，恭恭敬敬地磕了三個頭。

他在塚前憑弔良久，愈來愈覺得自己沒有資格當什麼青幫繼承人，心想：「趙幫主他們眞是糊塗了。成大叔這等英雄人物，才有資格作青幫之主。我哪裡及得上他？我這一輩子作過什麼了不起的大事了？別說作大事了，連無愧於天地都不見得作得到。我算什麼東西？」

趙觀在成老夫人的塚前盤桓終日，成達自然沒有出現。他甚是失望，便回向西安。到了城中，便聽百花門人傳訊來，告知凌昊天已安然回到虎山。他鬆了口氣，心想凌昊天回到虎山後，便不會有人敢去動他了。豈知第二日又收到傳訊，凌昊天竟被冤枉爲殺死大哥的凶手，在虎山待了不到半日便離開了，再度成爲正派、黑道、官府群起追殺的對象。

趙觀驚詫無已，忽然間全身冷汗淋漓，一幅圖畫在他腦中愈來愈清楚——小三絕不會對大哥下手，是誰蓄意誣陷他？這一切都是有人在幕後精心策劃的，那是誰？當時凌雙飛和龍幫眾人也在谷中，難道大哥之死跟他們的關聯竟比自己懷疑的還要密切？凌雙飛當時為什麼驚慌痛哭？那個道姑究竟是誰？

他愈想愈不對，覺得應該再上龍宮一趟，便匆匆離開西安，策馬回上龍宮。他從後山爬上五盤山，卻見山後多了一個墳地，原來事隔一個月餘，龍幫已替雲龍英出殯下葬，起了一座新墳。趙觀在墳前跪倒磕頭，心想：「雲大叔究竟是怎麼死的，我始終沒有弄清楚。當時田大哥說聽說是中了暗算，不知龍幫找到凶手了沒有？」正想時，忽聽腳步聲響，兩人向著墳墓走來。

趙觀不願被人見到，連忙躲到一株大樹之後。

但見兩個人從樹林中走出，那是一男一女，女的身形嬌小，一身縞素，走在前面，男的跟在其後，相隔十多步。那女子來到墳墓之前，緩緩將手中捧著的一束白花放在墓碑之上，低頭望著墓碑，默然靜立，動也不動。趙觀只看她的背影，已能覺出她心中強烈的哀傷沉鬱。

他正覺她的背影好眼熟，便聽那男子道：「寶安，今日的事，我等著妳給我一個解釋！」語音雖平和，卻隱然透著三分氣惱和三分不耐。

趙觀心中一跳，那似乎便是凌大哥的聲音，小心探頭望去，卻見那人俊眉朗目，器宇軒昂，這才醒悟那是凌雙飛。

鄭寶安雙手合十，在雲幫主墳前閉目禮拜三次，才轉過身來，說道：「二哥，你要我解釋什麼？」

趙觀見她臉頰較往日消瘦了不少，在寒風中顯得更加的蒼白嬌弱，想起凌大哥在成婚前夕遇難，不由得爲她的境遇感到心酸。

凌雙飛凝望著她，說道：「寶安，妳非要逼我說出來，我就將話說清楚了。妳二嫂和幫中大老推舉我繼任幫主，妳爲何定要從中作梗，執意反對？」

鄭寶安歎了口氣，說道：「二哥，師父的吩咐，你我都是親耳聽見的。她老人家說龍幫幫主之位不可草率決定，當務之急乃是查出害死雲幫主的凶手，爲雲幫主報仇。我在會中主張以報仇爲先，立幫主爲後，不過是轉達師父的意思罷了。你若不以爲然，在咱們離家前就該向師父請示才是。」

凌雙飛哼了一聲，說道：「開口師父，閉口師父！我問妳，葉叔叔說害死雲幫主的可能是小三兒，妳爲何氣急敗壞地偏袒回護，一口咬定不是？雲幫主被重手震斷筋脈而死，天下能有這等掌力的沒有幾人，小三兒顯然是其中之一。他這陣子倒行逆施，濫下殺手，大家對他心生懷疑也是在情理之中。妳也不想想自己的地位，竟公然回護於他，幫他說話，這算什麼？妳不要自己的臉面，也要顧及爹媽的臉面！」

鄭寶安臉色雪白，眼光卻十分堅定，抬頭緩緩說道：「二哥，天下的罪惡若能一古腦全推到一個人的身上，這也未免太容易了。我早先曾派龍幫兄弟出去探查，雲幫主出事之時是九月二十八日，少林清聖大師圓寂於十月一日。清聖大師出事前的二十多天，小三都留在少林寺中，若說他千里迢迢跑去陝西龍宮暗算雲幫主，又在三天內趕回少林殺死方丈，時間上絕不可能。我指出這點，只不過想讓大家知道，要找出殺害雲幫主的眞凶，就不用浪費心思去懷疑小三兒。」

凌雙飛凝望著她，說道：「寶安，妳心裡究竟在轉什麼念頭？妳不好好留在大哥墓前服喪，卻一定要跟我來龍宮，到底是何居心？」

鄭寶安道：「我沒有什麼居心，是師父令我來的。再說，我和大哥並未成親，名分上他也只是我的兄長。我若需要爲大哥戴孝守喪，難道你便不需要麼？」

凌雙飛聽她如此回答，微微一呆，隨即豎起雙眉，說道：「妳擅自動用龍幫人手追查小三兒的去處，曾經得到誰的許可？這忤逆小子鬧得天怒人怨，神鬼共棄，早已不値得我們回護關心。妳自己說吧，妳對他究竟懷有什麼不可告人的私心？妳原本將與大哥成親，但我看妳心裡對小三兒卻始終念念不忘，舊情未斷！」

鄭寶安轉過頭去，身子微微顫抖，低聲道：「二哥，但盼你還記得，小三兒永遠都是師父的親生骨肉，你的手足兄弟。他再有千般不是，萬般罪惡，師父和義父都不會願意見到他橫死異鄉。大哥在九泉之下，也必盼望小三兒能痛改前非，重新作人。我若不能體念師父、義父和大哥的心意，又怎敢離開虎山，離開大哥的墳前？」

凌雙飛靜默一陣，才噓出一口長氣，放柔了聲音，說道：「寶安，妳已不是孩子了。我是關心妳才跟妳說這些話，只怕妳一時糊塗，走上錯路。妳二嫂和雲夫人爲了繼位和報仇之事心急如焚，妳是親眼見到的。我只恨不能早日將事情理個清楚，作個了斷。如今幫中紛亂不定，人心各異，如何能同心協力，找出殺死雲幫主的眞凶？我主張先立幫主，原是意在穩定龍幫，事情才能順利辦成。妳若當我有私心，有一絲一毫是爲了自己的名位利益，那妳就錯了。我和妳不同，我知道妳心裡仍舊不信是小三兒殺死了大哥。只因我當時親眼看到，小三兒他……唉，他就像變了個人一般，我見他沉淪至此，難道能不心痛？我是恨他練了一身武功，卻自甘墮落，走入邪途，讓爹媽傷透了心！他若不是我的同胞兄弟，我又怎會如此愛之深、責之切？我關愛他的心，和妳是毫無分別的。我只盼妳能體諒二哥的處境和難處，不要讓我也須爲妳操心。」

鄭寶安默然而聽，待他說完，輕歎道：「二哥，你的辛苦和難處，我都明白。家裡的事情如今只剩你一個來承擔，這副擔子該有多麼沉重。師父要我跟你同來龍宮，無非是讓我替你分憂，一同主理龍幫的亂局。我自當盡力助你找出害死雲幫主的罪魁禍首，爲他報仇。到時誰會坐上龍幫幫主之位，想來也不會出大家的意料之外。」

凌雙飛點了點頭，再次靜默，一會兒後才道：「天晚了，我們回去吧。」二人不再說話，一前一後離開了雲幫主的墳前。

趙觀在一旁偷聽他師兄妹的對話，不知爲何，手心直捏了一把冷汗。他聽鄭寶安口氣溫軟柔和，卻句句得理，在凌雙飛面前足有分庭亢禮之勢，心中暗自驚佩：「寶安妹妹果然已不是個孩子了。我一向當她是個可喜可愛的小姑娘，卻不知她更是個頭腦清楚，有膽有識的人物！」

他心中對淩雙飛頗有疑忌，便決意暗中去找鄭寶安。當天晚上他喬妝改扮成雲家的僕人阿福，悄悄潛入阿福的臥室，點了他的昏睡穴，便大搖大擺地在龍宮裡走動。他對龍宮的路徑原本熟悉，四下走了一圈，知道雲夫人和雲非凡仍住在原先的屋子，鄭寶安住在客房，自己少年時住的那間屋子則空置已久。

第一百零四章　寶安託付

趙觀等到夜深人靜，去廚下打了一盆熱水，悄悄來到寶安房外，但見房中隱隱透出火光。他正想上前敲門，卻聽腳步聲響，一個女子快步走來，在鄭寶安門外停下，卻不上前敲門，只在門外冷笑一聲。

趙觀忙往黑暗的角落一躲，但見那女子身形苗條，月光下一張臉花容玉貌，高貴矜雅，正是雲非凡。他心中奇怪：「非凡姊半夜來找寶安作什麼？」

卻聽房中傳來幽幽的一聲歎息，一人低聲道：「非凡姊，沒想到妳仍如此惱我。」正是鄭寶安的聲音。

雲非凡哼了一聲，冷笑道：「我爲什麼要惱妳？當初若不是妳厚顏無恥、橫刀奪愛，今日作寡婦的就是我啦！我還該感謝妳呢，正因妳迷住了他的心，才讓我嫁得如意郎君，婚姻幸福，圓滿無憾，轉眼就要從龍幫大小姐升爲幫主夫人了。哈哈！妳當初從我手中搶走了他，想必十二分的得意自滿，可料想不到會有今日吧？哈哈哈哈！」語氣尖酸刻薄已極。

鄭寶安喃喃地道：「婚姻幸福，圓滿無憾，若眞是如此，妳也不會在半夜來我房外說這些話了。」

雲非凡笑聲頓止，尖聲道：「妳說什麼？妳胡說什麼！姓鄭的臭丫頭，妳給我出來！」

鄭寶安歎了口氣，說道：「妳心裡不痛快，其實我老早看出來了。我總想找機會跟妳談談二哥的事，但妳對我忌恨如此，怕是半句也聽不進去。」

雲非凡笑道：「談飛哥什麼？我們好得很，彼此尊敬體惜，世上再沒有更加恩愛的夫妻了。妳自己形單影隻，才來嫉妒我們。死了個大哥，還有誰來陪妳？小三麼？妳們這輩子永遠也不能在一起啦。小三兒這小賊雙手沾滿血腥，成爲武林第一罪人，人人欲殺之而後快。正派武林組成『殺天聯盟』的事，我已跟妳說過了吧？哈哈哈。妳再關心小三兒也沒用，他遲早會死於非命的。若不是被少林派捉回少室山就地正法，就是在江湖上被人亂刀分屍。到那時候，妳要替他收屍都難！」

趙觀只聽得又是驚詫，又是憤怒，他從不知雲非凡這麼一個絕世美女的口中竟能說出如此惡毒醜陋的話。但聽鄭寶安在房中靜了好一陣，才低聲道：「非凡姊，妳當初想要什麼，我都明白。妳現在想要什麼，我也很清楚。但我當初和現在想要的，妳卻半點也不知道。」

趙觀正細細玩味她這幾句話的意思，雲非凡卻似乎完全沒有將她的話聽進去，尖聲道：「我要的不過是我擁有的東西，別人憑什麼奪走？不，是我的便是我的，別人怎樣都奪不走的！鄭寶安，妳給我聽好，妳膽子夠大，臉皮夠厚，到了今日這地步，竟還敢大搖大擺地上我龍宮來，蓄意阻礙搗鬼，眞是無恥到了極點！我告訴妳，妳若敢再跟飛哥作對，我即刻要人將妳轟下山去！」

鄭寶安輕歎一聲，說道：「我從來也沒有跟二哥作對。非凡姊，妳說得是，是妳的便該是妳的。妳若眞心相信，便不用來此威脅我。二哥能不能作上龍幫幫主，全在他能不能找出殺死令先君的凶手。我來此地別無他意，只想助二哥早日找出凶手罷了。非凡姊，妳在龍宮住了這許多年了，龍幫上下誰不尊稱妳一聲大小姐，何等恭敬，難道妳就這麼在乎那一聲幫主夫人的稱號麼？」

雲非凡嘿了一聲，說道：「我在龍幫的地位如何，妳知道就好！妳敢在我龍宮中放肆，瞧我會不會放過妳！飛哥總看在婆婆面上讓妳三分，妳可不要得寸進尺，忘了自己是什麼出身，有幾多斤兩，妄想跟我們作對！」說完又留下一串冷笑，才轉身去了。

門內門外靜了一陣，趙觀悄聲走出角落，往門內望去，但見鄭寶安始終沒有熄燈，一直坐在桌前沒有移動。他放重腳步，走到門前，說道：「鄭姑娘，是我阿福，給您送熱洗腳水來了。」

鄭寶安啊了一聲，似乎從沉思中驚醒，忙過來開門，伸手接過水盆，微笑道：「阿福伯伯，這可多謝你了，我怎麼敢當？」

趙觀心中一暖，他記憶中的寶安永遠都是眼前這個溫柔親善的少女，今日見到她周旋於凌雙飛和雲非凡夫婦之間，言語針鋒相對，神態沉著自信，宛然是個成熟明智的姑娘；此時看到她臉上的微笑，他心裡才感到舒坦熟悉，忍不住低聲笑道：「寶安妹妹，我難得有機會替妳送洗腳水，就怕妳嫌水已冷啦。」

鄭寶安睜大了眼睛，仔細望向面前這老人家，隨即伸手將他拉進屋中，關上了房門，臉上神色又是驚訝，又是不可置信，說道：「趙家哥哥，是你！」

趙觀認識的女子著實不少，但喚他「趙家哥哥」的，卻只有寶安一個。他抹去了臉上裝扮，微笑著望向她，問道：「妳好麼？」

鄭寶安先點了點頭，接著又搖了搖頭，眼中泛起一絲淚光。趙觀在燈光下望向她的臉龐，見她消瘦了許多，面容甚是憔悴，卻更顯楚楚動人，心中不禁一酸，低聲道：「凌大哥和小三兒的事情，我都知道啦。妳……妳不要太傷心了。」

鄭寶安眼中含淚，低下頭道：「趙家哥哥，我知道你一路保護小三，多次出手解救，又派人……派人相助護送大哥回家。我真不知該如何感謝你才是。」

趙觀搖手道：「妳還跟我客氣什麼？我今夜來找妳，是有要緊事跟妳談。雲家的人恨我入骨，我不想讓他們知道我回龍宮來了。妳跟我去後山一趟吧。」

鄭寶安點頭道：「趙家哥哥，你來得正好。我也正有許多事情要跟你說。」

二人便悄悄推門而出，往龍宮之後的深山密林行去。當夜夜色濃郁，無月無風，直逼得讓人感到透不過氣。趙觀領著鄭寶安來到他少年時常去的一座小山岡上，其處地勢高寒空曠，四下一片沉鬱寂靜。

趙觀深深地吸了一口氣，轉過身望向鄭寶安，卻見她臉色蒼白，神情卻極為沉著堅定。他記憶中的寶安本是個活潑愛笑的少女，直到為李畫眉治傷同赴泰山時，他才見到她思慮憂愁的神情，但仍不失本性中的輕快自在。而自泰山頂上一別，此番重見，眼前的寶安少了幾分少女的天眞，卻多了幾分成熟的智慧。

二人在小山崗上坐下，趙觀便向寶安說出他在皇宮中偷聽到修羅王要對付凌家兄弟的陰謀，又說了他在虛空谷外見到凌雙飛和那道姑的情景。鄭寶安默然而聽，雙眉微蹙，等趙觀說完，她抿嘴不語，過了好一陣，才道：「我原本就這麼猜想，聽了你的敘述，事情似乎更加清楚了。」

趙觀凝望著她，說道：「妳快說。」

鄭寶安抬頭望向他，緩緩說道：「我以為這一切都是那道姑的詭計。她蓄意安排讓他失手殺死大哥，再逼迫他推罪於小三兒。」

趙觀心中已知道她口中的「他」是指誰，便點了點頭，說道：「我只不懂他……他為什麼會……」卻說不下去。

鄭寶安低下頭，歎道：「不外是一時糊塗，受人誘惑誤導。那道姑道號玉修，在龍宮已有一陣子了，虛空谷出事後她並沒有跟著回來。她對我似乎有些忌憚，一直避不見面，我只聽人說起過她的事。她一年多前開始在龍宮出入，雲幫主一家都對她十分信任尊重，說她有種種神通，能卜夢和預知未來，甚至能煉丹治病、起死回生等等。」她側頭凝思，又道：「依我猜想，她或許就是修羅王。」

趙觀身子一震，說道：「有此可能！我兩次都沒有看清楚她的面孔，但她們確實可能是同一個人。她到底爲了什麼要如此處心積慮地對付凌家？」

鄭寶安搖頭道：「我也不知道。她手段陰險，又能指揮這許多高手，如今大哥身死，二哥落入她的掌握，凌家只剩下小三一人了。小三今日能保住一條命，已是萬幸，但處境岌岌可危，生死一線。」趙觀道：「這女人心計深沉，手段毒辣，實在可怖。她似乎已能控制龍宮中人，妳在此地豈不危險非常？」鄭寶安道：「我早就知道這兒危險，所以更要留在這兒，看看他們的下一步棋是什麼。」

趙觀極爲擔心，說道：「但妳孤身在此，未免太過危險。今日妳和凌二哥在雲大叔墓前的對話，還有剛才非凡姊在門外說的話，我都聽到了，他們簡直視妳爲仇寇，隨時能對妳下手。妳孤身一人，如何能自保？」

鄭寶安抬起頭，說道：「不入虎穴，焉得虎子？我一定得留下，才能讓幕後賊人有所忌憚，我也才有機會查出眞相。他們清楚知道我師父在龍幫和武林中的地位，不會敢輕易對我下手的。唯有查出眞相，才能救得小三性命，洗清他的冤枉。石斑和一里馬絕對不是小三下的手，大哥和清聖大師更加不可能是他殺的。」

趙觀聽她語氣堅定，不禁感佩她的決心勇氣，說道：「寶安，近日江湖上將小三殺人的事傳得沸沸揚揚，妳卻始終相信他，從來沒有懷疑過他半分。他能有妳這樣的朋友，也算是不枉了。」

鄭寶安歎了口氣，說道：「只可惜今日江湖之上，相信他的人似乎只剩下你我二人啦。趙家哥哥，我好擔心他。現在修羅會、薩迦派喇嘛、少林、丐幫大家都在追殺他，他又硬氣，不肯為自己爭辯。他一個人，如何抵得過奸險賊人的蓄意陷害，這許多人的緊逼追殺？我自己……唉，我自己又偏偏不能去幫他。趙家哥哥，我想求你一件事。」

趙觀道：「妳儘管說，我一定盡力替妳辦到。」

鄭寶安吸了一口氣，說道：「我想請你去找小三兒，帶他離開中原一陣子。」

趙觀毫不遲疑，說道：「沒問題。你要我們離開多久？三年？五年？」

鄭寶安道：「不用那麼久，兩年應足夠了。但盼到了那時，我已查出眞相，洗清了他的冤枉。」趙觀道：「好！寶安妹妹，我這就去找他。妳自己在這裡，可要千萬小心保重。一察覺危險先兆，就應立即迴避，盡快回虎山去，不要逞強跟他們硬來。」

鄭寶安點頭道：「我理會得。趙家哥哥，我知道師父雖然表面上以為是小三殺了大哥，但她心底並不完全相信二哥的話。她讓我來此，自是有她的用意的。她和義父雖然沒有留小三在虎山，但他們絕不會對自己的兒子如此絕情，見死不救。我知道師父已暗中派了許多手下去保護小三，義父也託了不少曾受過他恩惠的武林人物代爲回護，點蒼許師叔也遣了弟子前來護衛。這幾個月內，小三的安全應不是問題。他若肯乖乖聽話，到華山絕頂常老爺爺那兒去短住一陣，那自是平安大吉。但依他的性子，他一定不肯躲著不出的。師父和義父退隱山林已久，不願也不能公然出面與正派武林作對，要長期這麼暗中保護小三在江湖上闖蕩，那是誰也作不到的。因此你若能盡快找到小三，將他帶離這是非之地，才是上策。」

趙觀點了點頭，說道：「包在我身上。至於我們猜想的事情，我該跟他說多少？」鄭寶安道：「小三此刻不是修羅王的對手，依我說，還是盡量不要讓他知道爲是，免得他意氣用事，陷入更大的危難。至於我在龍宮的事，還有我請你帶他離開中原的事，你也別跟他說，好麼？」趙觀點頭道：「我什麼都不說便是。」

鄭寶安忽然站起身，向趙觀跪下拜倒，哽聲道：「趙家哥哥，我永遠不會忘記你的恩情。請受寶安一拜！」

趙觀大驚，連忙扶她起來，說道：「寶安妹妹，妳這是作什麼？妳要我作的不過是我原本就要作之事，我老早打定主意要保護小三到底，我還應該謝謝妳指點我該怎麼作。妳……妳何須如此？」

鄭寶安抹去眼淚，說道：「小三他……唉，請你好好照顧他。跟他說他爹媽都很掛念他，要他好好保重。要他別擔心我，我會照顧自己的。」

趙觀點頭應承，忍不住問道：「寶安，妳心裡對小三，到底……到底怎麼想？」

鄭寶安靜默良久，才道：「趙家哥哥，有些話我此刻不能說出，也不知何時才能說出。我不知你能否體會，更不知他能否接受。小三是師父和義父的愛子，也是跟我一起長大，最親近知心的夥伴。我只盼他一世快快活活的，遠離一切的傷心痛苦。除此以外，我別無他求。」

趙觀聽著她的言語，咀嚼其中深意，一時竟似癡了。

次日清晨，天還未亮，趙觀便起程離開龍宮。他想起昨夜寶安對他說的話，心中又是悲傷，又是感慨：「寶安和小三本是一對青梅竹馬，怎料大哥也對寶安鍾情，向她求婚，引出這許多事來。唉，聽人說小三對她念念不忘，不意她對小三也是這般情深意重。但願老天作美，讓他二人終究可以聚首！」

第一百零五章　故人重逢

他心中已有計較，立即傳令百花門人，讓十個弟子易容裝扮成凌昊天的模樣，分別從虎山出發向東南西北行去，將正派和丐幫的人物一一引開，自己好護送凌昊天離開中原。這一著果然有用，凌昊天離開虎山後一路平安，直到呂梁山附近才被死神瘟神等人追上，全因爲有百花門人的故布疑陣，引開追兵。

趙觀自己則跟在凌昊天身後，同時注意修羅王等人的行動。他見死神等似乎已跟上眞的凌昊天，心中焦急，修羅會耳目眾多，音訊極靈，他數次設計將眾人引上錯路，都未成功。將近呂梁山時，他知道一場大戰多半不免，便想先找到凌昊天，帶他潛逃避開。不料清顯和死神等人行動極快，趙觀找到凌昊天後，未及現身與他見面相談，死神等已來到柴屋之外。

趙觀略作布置，便硬著頭皮挺身而出，以眞面目示人。當死神等人破柴門而入之時，他悠然坐在桌旁喝茶，意示閒雅，其實腦中念頭急轉，籌思如何才能趨退這些強敵。

當時洪泰平、死神、瘟神、大喜等看到他，並不認識，聽他自稱百花門主趙觀，都相顧愕然，只有金吾大叫起來：「使毒的臭小子，是你！」

趙觀微笑道：「乖乖金吾鬼波切，還不快向法王磕頭？」

死神嘿了一聲，說道：「百花門主，原來就是你這黃毛小子！」

趙觀笑道：「不錯，就是你老子。你們到現在都還沒覺悟麼？若不是百花門的易容仙術，怎會有這麼多個凌昊天出現在江湖上，把你們這群賊子騙得團團轉？」

洪泰平道：「百花門手段的確高明，但如何耍得了我們？快快將凌昊天交出來！不然連你也一起殺了！」

趙觀仰頭將茶喝盡，拍了拍手，笑道：「我不是說過麼？誰敢動我百花門主趙觀的朋友，誰就是不要命啦。你們既然執意要跟我過不去，在下逼不得已，只好奉陪。你們是大家一起上呢，還是一個一個來？」

洪泰平冷笑道：「你想拖延時間，讓凌昊天得以逃脫，也未免太天眞了。我們既找到了眞的凌昊天，又怎會獨享甜頭？少林派的人早已收到風聲，這會兒已然圍住了這座山頭，凌昊天這次是插翅也難飛了。」

趙觀道：「少林要來，那是最好。他們若知道臥底叛徒清顯在此，又知道殺死清聖方丈的凶手大喜法王在此，想必高興得很。」

大喜怒道：「胡說八道！」大步衝上前來，揮掌印向趙觀胸口。趙觀手一推，將整張桌子翻起，直向大喜飛去，桌上茶水盡數濺在大喜胸口。但聽大喜大叫一聲，慌忙伸手去抹身上茶水，驚叫：「茶裡有毒！茶裡有毒！」

趙觀已向後躍出，靠壁而立，微笑道：「百花門主周身是毒，難道你不知道麼？」

大喜退出屋外，盤膝在雪地中坐倒，憑著內力深厚，勉力鎭壓住毒性，一張臉已轉爲紫黑色。金吾大驚，忙奔過去相助師父。

瘟神跨步走進柴屋，望著趙觀，說道：「百花門主，我老早想會會你的高招。」

趙觀道：「我卻不屑與你這等濫用仙術的敗類過招。」

瘟神平淡的臉上不動聲色，有如全未聽到他的話，站在當地，好似一尊木雕石像一般，動也不動。趙觀仍舊靠牆而立，凝視著瘟神，也是一言不發。

洪泰平和死神知道這當世兩大毒王將以毒術對決，都退到門外，死神隔門靜觀待變，洪泰平帶著兩個手下繞到屋後，探尋凌昊天的去處。但見雪地中並無足跡，猜想凌昊天仍留在柴屋中未去，便分守在柴屋兩側。

柴屋中靜了一陣，只聽得外頭飛雪飄落的細微聲響。趙觀和瘟神乃是當代數一數二毒術大家，二人都未料到會在此時此地一決死戰，彼此打量測度，都不敢輕易出手。

趙觀忽然一笑，說道：「你想使毒粉，又怕制我不住，被我看出底細。射毒鏢呢，又怕我會趁隙出毒鞭反擊。毒霧在這天候難以使動，毒蟲麼，此時也凍僵了。那該怎麼辦呢？讓我教你一個乖。你若燃燒起死人香，我就無處可逃了。你敢不敢？」

瘟神不禁吃驚，他心裡確實想過毒粉、毒鏢、毒霧、毒蟲等手法，幾經思量，正決意要使出死人香，不料對手竟將自己心中想法全盤說出，一點也不差。他隨即鎮定下來：「在冷天使毒原有許多禁忌，他心中一定也想過同樣的利弊可否，是以才說得這麼準確。我使毒香不使？」更不多想，便在袖中燃起了一枝死人香。

但聽趙觀笑道：「好聽話！」伸腿踢起一段灶中將熄未熄的柴枝，向瘟神飛去。瘟神一驚：「我竟沒注意到灶下仍有火！奸詐小子已在柴火中下了毒！」他反應極快，從袖中翻出一塊藍色的手帕，接住了柴枝。

趙觀哼了一聲，知道他已擋住了自己在柴火中下的「天誅地滅煙」，那藍色手帕想是以孔雀膽、孔雀翎羽製成的解毒布，同時含有劇毒，一遇熱氣便化成蒸汽散出。趙觀及時閉氣，揮手射出三枚銀鏢。那鏢將近瘟神身前，忽然炸開，化成幾百個銀點向他攻去。瘟神即時在身前揮出一道網幕，將銀點盡數擋去。

趙觀看清了，那是一張以人髮、金銀絲、蜘蛛絲混成的半透明布幕，堅韌柔軟，的是神物。他心中一凜，從腰間撤下蜈蚣索向對手攻去。瘟神並不閃避，揮動手中布幕擋在身前，趙觀的蜈蚣索一時竟無法攻入他身周三尺之內。

趙觀一轉念間，已有計較，擲出一枚掌心小紅蓮，在瘟神頭上炸開，點點星火沾上布幕，登時發出奇臭焦味。瘟神怒罵一聲，揮手將布幕向趙觀扔去，從懷中取出一條鐵蛇，揮出向趙觀當頭砸下。

趙觀側身避開了燃燒的布幕，但見那鐵蛇全身黝黑，彎曲靈動，身上不知有多少關節，蛇頭伸出一段分叉蛇信，發出血紅的光芒，顯然餵了劇毒。他善使長索長鞭，向來喜歡遠戰，尤其與使毒的對手對決，那是近一分便多一分危險。但柴屋中狹窄，他不得不跟瘟神近身而博，只能拔出單刀擋開鐵蛇，左手揮出蠍尾鞭夾攻。

瘟神的鐵蛇狠猛靈活，蛇信吞吐，幾次險些刺到趙觀身上。趙觀的蠍尾鞭也非易與之物，鞭尾的毒鉤數次劃過瘟神的衣袖，卻始終未能傷敵。他使動單刀擋住鐵蛇的攻勢，心中好生後悔：「我刀上向來不餵毒，現在不免落了下風。但他並不知道刀上無毒，我得假裝刀上餵有劇毒才是。」當下每刀並不盡力砍去，只求在對手身上劃出淺淺傷口。瘟神果然中計，雖看不出他刀上有何古怪，卻不敢冒險，盡力避開他的刀鋒，不敢輕進。

二人互以劇毒和奇門武器相攻，一時相持不下。死神在門外看得親切，心想：「多拖一分，便多一分風險。」當下看準了二人的身形，倏然躍入柴屋，揮掌打向趙觀的背心。趙觀感到背後一陣強大勁風襲來，想避開已然不及。

便在此時，一個人影陡然從樑上落下，接過了死神的一掌。死神不防有人出現接掌，砰的一聲，被打得退出幾步，直退出了柴門之外。趙觀回過頭，看清出手的正是凌昊天，笑道：「你畢竟不肯走。好！我們一起走也好。」凌昊天笑道：「如此精采的毒術對決，我怎能錯過？」

死神和洪泰平等見到凌昊天現身，大喝一聲，一起搶入門內。凌昊天與趙觀背對背，一個擋住想從門外闖入的敵人，一個專心對付門內的瘟神。凌昊天出掌威猛，死神和洪泰平一時竟無法闖進。趙觀和瘟神原本不相上下，現在多出了個凌昊天，情勢又自不同；瘟神處心積慮想在凌昊天身上下毒，趙觀卻知凌昊天身周內力充斥，不會被小毒所侵，只在瘟神下猛毒時出手保護凌昊天。

趙觀見凌昊天一人對付二大強敵，內力渾厚，武功出奇，心中不禁佩服：「小三兒的武功，竟已精妙如斯！」凌昊天也暗暗佩服：「百花門主趙觀，使毒的手段和奇門兵刃出神入化，果然名不虛傳。」

如此激鬥一陣，凌昊天自知無法在死神和洪泰平兩大高手手下撐上太久，這二人若闖入屋來，他和趙觀便難以抵敵。趙觀自也看出情勢，低聲道：「小三，差不多了吧？」凌昊天會意，說道：「你尋路，我斷後。」

趙觀微微點頭，忽然放聲大笑，叫道：「瘟神，這可要你的命了吧！」忽然轉身，向門口的洪泰平射出一排銀鏢。洪泰平怕他鏢上有毒，忙閃到門外避開。凌昊天也已轉到瘟神面前，喝道：「我早想找你報仇了！」雙掌推出，直向瘟神擊去。瘟神不敢接他的掌力，連忙鑽到屋角，向凌昊天撒出一把毒粉。此時趙觀和凌昊天背脊相對，又轉將回來，趙觀揮手撒出一把多情催淚粉，擋住了瘟神的毒粉，同時凌昊天也已接住了洪泰平攻出的一掌。

兩人默契極好，聯手應敵，竟將門內外三大高手的凌厲攻招輕易接下。趙觀此時已瞧出機會，向瘟神虛攻兩招，閃身衝向側牆，伸腿踢去，登時將土牆的窗戶踢破一個大洞。他躍出柴屋之外，揮蜈蚣索護住身周，凌昊天也跟著鑽了出來，兩人頭也不回地往山上急奔。

死神、瘟神和洪泰平等怎能讓他們就此走去，一齊尾隨追上。凌趙二人輕功都佳，在雪地中放足快奔，與後面追兵相隔十多丈。趙觀見敵人窮追不捨，叫道：「跟我來！」引凌昊天往西首奔去，來到一片松林之中。

凌昊天正要循著一條小徑奔入，趙觀卻拉住了他，說道：「你跟著我的腳步。」說著小心翼翼地踏上一堆枯葉，又踏向下一堆。凌昊天看出這小徑上已布下了陷阱，當即跟著趙觀的腳步而去。趙觀見他跟上，便放快腳步奔過小徑。兩人這一緩，後面追兵已然跟上，洪泰平極爲謹慎，也看出這地方有古怪，說道：「逢林莫入，需小心在意。我帶手下守在林外，請司空先生和沙先生小心追上。」

死神嘿了一聲，大步跨上小徑，瘟神跟在其後。二人奔出一陣，死神忽覺腳下軟綿綿地，不知踩上了什麼。他低頭一看，不由得大驚失色，卻見落葉下竟然布滿了寸許粗的毒蛇，五顏六色，爭相纏上自己的足踝。瘟神在後見了，忙撒出一片雄黃粉，將蛇群驅散，但蛇群爲數甚多，一時難以驅盡，幾條蛇猛然竄起，張口向瘟神咬去。

凌昊天和趙觀已在小徑另一頭站定了觀看。趙觀笑道：「要闖過我的千蛇陣，只怕沒那麼容易！」凌昊天奇道：「這些蛇是你帶來的麼？」趙觀道：「不是，牠們是這山裡的地頭蛇。我昨夜在這小徑上放滿了吸引蛇的藥物，將山上正在冬眠的蛇全數喚醒了，讓牠們集中在此幫我布陣。瘟神怎也想不到冬天還能有蛇類出沒，身上雄黃想必帶得不多，這蛇陣應能困住他們。」

凌昊天不禁驚歎，笑道：「原來如此。百花門主手段果然高明！」正說話間，死神已被一條蟒蛇纏住腳踝，摔倒在蛇群中。他驚慌之下，揮三尖刀斬向身邊群蛇，斬死了好幾條，自己卻也被咬了好幾口。瘟神此時已被遠遠隔開，他只顧得保住自己性命，奮力回頭逃出，哪裡有暇來救死神？

趙觀道：「這人該死至極，讓我去解決了他！」躍上前去，揮出蠍尾鞭往死神頭上砸去。便在此時，一柄單刀陡然伸將過來，將鞭頭蕩開了去。

趙觀一驚抬頭，卻見出手的正是清顯身邊的一名侍衛。那侍衛一言不發，一揮手，撒出一片藥粉，登時將四周的毒蛇驅散。他俯身抱起死神，回頭便奔。

趙觀揮出長索點向那人後心，卻見那人一扭腰，往旁避了開去，好似背後生了眼睛一般。趙觀心中一震：「這人的武功好眼熟！他是誰？怎會這麼熟悉我長索的攻勢？又怎能如此輕易便驅退毒蛇？」不及細想，快奔追上，來到小徑的盡頭。另一個侍衛揮刀攻上前來，趙觀以快刀擋住了，那人膂力極大，趙觀不得不使動拙火內功抵擋。數招過後，他無心耗費時間跟那人比刀，便向他灑出一把毒霧，那侍衛如何受得了，登時仰天摔倒在地。

趙觀舉步向先前那侍衛和死神追去，心中疑團愈來愈重：「這人我一定認識，並且非常熟悉。那會是誰？什麼人會扮成侍衛，跟死神洪泰平這些人作一道？」

他追到樹林邊緣，心中一凜：「清顯等一定還在外面，我打他們不過，還是不追得好。此刻救小三要緊，那侍衛是誰，以後自能慢慢查出。」當下回身奔去，向凌昊天道：「賊人退去了，我們走吧！」

第一百零六章 殺天聯盟

二人在雪後的樹林中行出一陣，卻見前面樹林盡頭外好大一片空地，黑壓壓的竟然全是人，總有五六百之數。趙觀不由得倒抽一口涼氣，放眼望去，但見人群除了正教各大門派，還有不少黑道上的人物，各自成堆，守在山口。

凌昊天見此情勢，站定了腳步，歎道：「趙兄，到此地步，我可不能再連累你了。」趙觀卻面不改色，哈哈一笑，說道：「什麼連累不連累？要活一起活，要死一起死！」

兩人對望一眼，都感到熱血上湧，相視而笑，一齊邁步走出松林。

林外眾人見到凌昊天，群情湧動，紛紛呼喝叫罵起來，聲震天地，爲首的正是少林清法，高聲叫道：「凌昊天，快快納命來，『殺天聯盟』今日絕不讓你活著離開！」

凌昊天輕歎一聲，心想：「這清法遠非我的敵手，現在仗著人多勢眾，想一擁而上麼？」

又見一個青年道士喝道：「凌昊天謀害少林方丈，我正派武林人士如何能坐視？我等興師問罪，師出有名，今日定要討還這血債！」凌昊天認出他是武當掌門李乘風的大弟子吳鐵心，心想：「他師父不願出面，只派了弟子出來。武當和少林交好，不出頭作個樣子怎麼行？」

但見另一個中年和尚不甘示弱，也大聲道：「我峨嵋派身為正派武林的領袖之一，如何能置身事外？凌昊天，你識相的就快快出來領死，我等也還敬重你是條敢作敢當的漢子。」凌昊天知道他是峨嵋掌門正印的師弟一品和尚，心中忽然好笑起來：「正派武林竟會因對我同仇敵愾而團結起來，一條心來殺我，清召大師當初也料想不到吧？團結正派武林，說來還是我小三兒的功勞！」

天龍城主石昭然踏上一步，高聲說道：「我獨生愛子石斑當這小賊是至交好友，對他信任有加，盡力保護，豈知……豈知竟慘死在他手下！這小子狼心狗肺，根本就不是人！我當初聽說他為了一個女子而手刃同胞兄長，心裡還不信，要斑兒出面保護他，直到他背信忘義，下手毒死我的愛兒，我才知道何謂人面獸心！斑兒，原來竟是爹爹看錯了人，爹對不起你！」說到後來，語音哽咽，涕淚縱橫，再也說不下去了。其餘正派領袖聽了石昭然的指控，俱都義憤填膺，一齊大聲叫罵起來。

趙觀再也聽不下去，哈哈大笑，大聲道：「狗屁！都是狗屁！小三兒誰也沒殺。清聖方丈、凌大哥、石斑，全都不是他殺的！這事情清楚得和太陽從東邊升起一樣，偏偏有人壞了腦子，看不出這是別人故意陷害嫁禍於他。小三，你放心，天下人都不信你，我趙觀偏偏信你！天下人都要殺你，我趙觀就是要保你！」

凌昊天這些時日以來遭受太多冤枉，心中鬱悶不平，忽然有個好朋友站出來在眾人面前坦言相信自己，不由得深受感動，幾乎掉下淚來。二人自少年時在蘇州相遇、胡鬧對飲後，這是首次重遇，但二人間的熟悉默契似乎比相處了幾十年的兄弟還要深厚，不用多說一句，彼此便已交託性命，義無反顧。凌昊天胸中熱血升起，大聲道：「趙兄，小三兒有你這個朋友，死也不枉了！」

正派眾人都不識得趙觀，哪裡將這個文秀俊美的青年放在眼中，少林清法怒罵道：「哪裡來的小鬼，在此胡言亂語？快快滾開了！不然連你也一起殺了！」

趙觀望向清法，眼光又望向正派其餘領袖，從吳鐵心、一品、石昭然，直到華山掌門鞏千帆，冷然道：「算你們運氣好，我今天不想殺太多人。」

一品和尚仰天笑道：「小子口氣好大！讓我先將這小子趕走再說！」大步上前，來到趙觀面前。

趙觀側目向他瞪視，一品和尚忽覺呼吸困難，忍不住退後一步，接著又退後一步。旁觀眾人都不知他在弄什麼玄虛，直到一品退回峨嵋弟子陣營之中，坐倒在地，眾人這才恍然大悟：他是中了趙觀的毒術。但趙觀站在當地，手也沒有抬一下，實在看不出他是用了什麼手法，竟能將一品和尚就此逼退。

吳鐵心叫道：「小子使妖術！」趙觀轉頭望向他，冷然道：「我已手下留情了。誰不想要命的，上來便是。」

一品和尚見趙觀目光從自己身上移開，全身便舒坦許多，心中又驚又懼：「這是什麼邪術？」掙扎著站起身來，喝道：「小子是什麼人？」

趙觀微微一笑，說道：「百花盛開，春神永在。」

這八個字一出口，周圍數百人無不臉色大變，誰也沒有料想得到百花門主竟是如此一個年輕俊秀的男子，並會在此時此地出現。百花門主的名頭太過懾人，少林派不久前才吃過紫薑等的苦頭，此番見到百花門主親自出馬，個個神色緊張，嚴神戒備。

趙觀向眾人掃視一周，淡淡地道：「百花門從不濫殺無辜。今日你們這麼一大群人氣勢洶洶，打著什麼伸張正義、爲民除害的旗幟，卻來爲難一個年輕豪傑，這算什麼？」

清法道：「阿彌陀佛。凌昊天背信忘義，謀害親人恩人，天神共憤，正是死有餘辜。」

趙觀道：「河北一霸蕭全殺、陝甘大盜劉染血、嶺南屠夫華老大、修羅會河間雙煞，都是武林中作惡多端的惡徒，手下沾染的無辜血腥絕對比凌昊天多得多。怎地從不見你們正派中人大義凜然，大舉前去追殺？」

清法道：「天下惡徒，如何能殺之得盡？這人欺負到我少林頭上，我等卻不能坐視。」吳鐵心道：「凌昊天之惡，在他身爲正派武林中人，行事卻不按規章，心中全無義理，爲所欲爲，狂妄濫爲，大損我正派俠士名聲。這種人若不除去，今後正派武林又如何有臉面對人？」一品和尚則叫道：「他結交像你這樣的奸人匪徒，手段陰毒，自甘下流，我正派武林如何能容？」

趙觀愈聽愈覺荒唐，放聲哈哈大笑，說道：「一派狗屁，臭之極矣！好、好，我明白了。欲加之罪，何患無辭？你們不肯講理，那也不妨，我趙觀今日便也不跟你們講理。出手吧！」

武當吳鐵心最先搶上，他可不敢跟周身是毒的百花門主過招，拔出長劍，對凌昊天叫陣道：「凌三俠，武當弟子吳鐵心，向你討教！」

凌昊天心中激憤，早想大打一場，便走上前，說道：「趙兄，這人今日若不跟我動手，只怕一世也不痛快。我便遂了他的心願吧！」

趙觀笑道：「你沒有劍，不公平。」陡然甩出蜈蚣索，向五丈外一個武當弟子的面門點去。那弟子從未見過這般靈動的武器，倏忽之間索尖已來到眼前，連忙低頭避讓。趙觀手腕一抖，索尖已捲上那武當弟子的腰間佩劍，扯將回來，長劍橫過長空，正落在凌昊天手中。他這一手長鞭鞭法如肩使臂、如臂使指，控制自如，旁觀眾人都不由得噫然一聲，暗自驚佩。

凌昊天接住了長劍，說道：「多謝！」走上一步，對吳鐵心道：「出手吧。」

吳鐵心踏上兩步，橫擺長劍，使出武當四象劍法的起手式，是一招「剛柔並濟」，卻不敢急進。

凌昊天轉頭望向站在一旁躍躍欲試的一品和尚，說道：「你也一起上。」一品和尚和吳鐵心對望一眼，雖都不願聯手對敵一個年紀比自己輕的青年，但二人早聽聞凌昊天武功出神入化，不敢輕忽，一品和尚便踏上一步，說道：「今日我峨嵋武當聯手對你，可是你自找的，待會落敗了，可別怪我以多欺少！」

豈知淩昊天更不去看他，轉頭望向清法，說道：「他們兩個不夠，你也一起上！」

清法臉色微變，他曾在嵩山絕頂見識過淩昊天的武功，自知不敵，但要他與武當峨嵋聯手對敵，這個臉又如何放得下去？但見一品和尚和吳鐵心都望著自己，似乎盼自己也能下場一戰，當下說道：「阿彌陀佛，淩施主既然如此大言不慚，看來我等今日眞是容你不得了。」說著緩步上前，三人分三個方位圍住了他。

淩昊天手中長劍一抖，說道：「出手吧。」

清法當先跨上，一掌少林金剛神掌向淩昊天擊去，掌力渾厚，夾帶著風聲襲去，想是要藉以先聲奪人。淩昊天揮左掌與他相對，右手持劍擋住了吳鐵心的柔綿劍招和一品和尚的剛猛重劍，但聽噹噹之聲亂響，三人長劍霎時不知相交了多少次，淩昊天和清法也已對了十多掌。旁觀眾人全都看得呆了，但見淩昊天左右開弓，一手成掌，一手使劍，掌力雄厚，劍招奇妙，在這武林三大派一流的弟子之間應付自如，絲毫不落下風。

如此過了數十招，淩昊天展開身法，在三人之間遊走，三人竟再也圍他不住，圈子越分越散，到後來完全是各打各的，根本談不上聯手應敵。淩昊天身形奇快，以一對三，遇一品和尚時使出剛猛的虎蹤劍招，遇吳鐵心時使動輕靈快捷的七星劍法，遇清法時又捨劍不用，全以掌力相對。

旁觀眾人便想不出聲叫好也難，武功高手他們自都見過不少，但要像淩昊天打得這般精采、招式千變萬化而又威力無窮，有若遊戲，卻是武林中極少得見的奇觀。

趙觀在旁看著，心中也不由得佩服無已：「這些人號稱什麼名門弟子，若非小三兒存心相讓，他們一個個都已死了十幾次了。」

又過了十多招，大家都已看出這三人不是凌昊天的敵手，少林群僧在清海指揮下，結成陣勢圍將上來，武當門人也各自拔出長劍，準備組成劍陣。峨嵋派不以陣法見長，眾和尚便分散在圈外，緊緊守住。

趙觀看在眼中，搖頭道：「你們道理講不通，打也打不過，現在打算如何？群起而上，圍攻殲滅麼？聽好了！你們若敢群起圍攻，我可不會手下留情。」說著舉起手中長索在空中一揮，風聲颯然，眾人心中都是一凜，知他毒術驚人，不敢貿然上前，只結成陣勢躍躍欲試，互相使眼色，卻不敢衝上前去。

少林清海口宣佛號，說道：「外教邪徒，人人得而誅之！」率領少林僧眾當先衝上，揮戒刀向趙觀攻去。趙觀揮出長索，口中叫道：「鞭上有毒，你們自己警醒些吧！」當先的幾個少林和尚身上被蜈蚣索帶過，登時火辣辣地疼痛，滾倒在地，哀叫不絕，旁邊少林、武當、峨嵋眾人都臉上變色，大聲呼喝，搶上前來。趙觀身形晃動，手中長索揮處，將眾人逼在數丈之外。

便在此時，凌昊天大喝一聲，飛身而起，雙腿踢出，將一品和尚和吳鐵心的長劍踢飛了出去，兩人向後連退六七步，跌倒在地，清法也被他的掌風逼得向後退出，胸中氣血翻湧，一時說不出話來。

三人才剛退去，一個白影陡然縱上前來，揮劍斬向凌昊天肩頭，劍勢凌厲，卻是天龍城主石昭然。他天龍劍派謹然有度，一招快似一招，著著緊逼，劍招之奇，方位之巧，與武當峨嵋劍法相比竟毫不遜色。

凌昊天叫道：「好劍！」揮舞長劍抵擋，連退五步，隨即跨步上前，手中劍法已全是七星劍法中的招術，比天龍劍更快更準，如流星火花，如迅雷驟雨，攻得石昭然連連後退。石昭然額上冒汗，硬撐了七八招，再也抵擋不住，一膝跪倒，長劍舉在頭頂，擋住了凌昊天的當頭斬下的最後一劍。

石昭然臉色蒼白，眼中露出恐懼之色，脫口道：「凌昊天，你當念我父子相護之恩！我知道，我知道斑兒不是你殺的，我再也不敢來找你報仇了，你放過我吧！」

凌昊天望著他，冷冷地道：「你不如你的兒子！」撤劍後退，想起石斑之死，心頭一陣悲痛，回身走開。

石昭然見他轉過身去，忽然大叫一聲，衝上前來，挺劍向凌昊天背心刺去。

趙觀正忙於嚇阻身周不斷伺機衝上前來的少林、武當、峨嵋弟子，瞥見石昭然出手偷襲，叫道：「留心身後！」

凌昊天已然察覺，倏然回身出手，抓住了石昭然的手腕，奪下他手中長劍，喝道：「你到底為何執意要我的命？」

石昭然一驚之下，昂首朗聲道：「我是要為正派武林伸張正義，除去大害！」

凌昊天怒道：「冤枉我殺了石珽，就是伸張正義麼？」手上用力，石昭然手腕劇痛，咬緊牙根，生怕他就此捏斷自己的手腕，這一生的武功不免付諸東流，自己是要在正派武林同道面前爭一口氣呢，還是要留下三十年的功力？他心中交戰，權衡輕重，終於決定，眼下唯有求饒一途，當下壓低了聲音，斷斷續續地道：「我不要你的命，我……我只不過想得到你的劍術，你的武功。你……求你放過我……」

凌昊天心中不齒，放鬆了他的手腕，說道：「石珽有情有義，為我而死，我對不起他。你去吧。」

石昭然喘了幾口氣，捧著自己的手腕，快步退開，回到天龍派陣營中，眼見自己在門人圍繞下安全無虞，又抬頭挺胸，高聲喝道：「別讓小賊逃跑了！凌昊天，石昭然是好漢子一條，我不要你饒命！你有種便過來殺了我，眾目睽睽，讓大家都看得清楚，是誰忘恩負義、強暴蠻橫！」

凌昊天歎了口氣，知道這人毫無羞恥，永遠也不會死心，自己今日饒他不殺，改日他仍會處心積慮來傷害自己。天下惡人之多，殺也殺不盡，何苦勞心費神？他轉頭見趙觀仍揮動長索逼退試圖結成陣勢的少林、武當眾人，忍不住開口道：「算了吧！這些人打也打不完，多傷人又有何用？」

趙觀原本無意殺傷正派人物，徒然為百花門樹敵，但這些人如潮水般湧上前來，打倒一個是一個，不然如何才能脫身？他聽凌昊天這麼說，便收回長鞭，苦笑道：「我若眞想傷人，這些人老早死光啦。」

凌昊天眼望身周情勢，心中也自清楚，單打獨鬥二人自是不懼，但這許多人若一起圍將上來，兩人必得重下殺手，自己也難全身而退。他和趙觀對望一眼，心中都想：「大拚一場，硬闖出去，若是不成，死在這裡也就是了。」

正派眾人正準備一起衝上前圍攻，忽聽一人朗聲道：「慢著！凌昊天，我華山派尚未領教你的高招！」一人躍出人叢，卻是華山掌門鞏千帆。他與正派眾人同來，卻始終未發一言，在此時站出，也不知是想討便宜呢，還是想出風頭？

鞏千帆也不等凌昊天回答，清嘯一聲，飛身上前，拔劍向凌昊天攻去。凌昊天舉劍抵擋，但覺他劍招虛弱，竟然毫無殺意，心中奇怪：「堂堂華山掌門，武功怎能如此不濟？」卻見鞏千帆深深地望了自己一眼，又過數招，忽然腳下一躓，跪倒在地。凌昊天左手伸出，點了他身上穴道，鞏千帆未能避開，悶哼一聲，摔在地下。

旁觀眾人都是大驚失色，紛紛搶上前解救，趙觀早已揮刀架在鞏千帆頸中，喝道：「誰敢上前一步，我要他血賤當場！」

吳鐵心喝罵道：「卑鄙、無恥！」

趙觀笑道：「彼此，彼此！」揮出長鞭捲住兩匹馬的韁繩，將馬拉近前來，押著鞏千帆躍上一匹馬，凌昊天跳上了另一匹。

趙觀回頭大聲道：「誰敢追上來，我一刀殺了他！」掉轉馬頭，與凌昊天並轡騎去。其餘各人雖想追上，但華山掌門在武林中地位何等重要，不幸落入這兩個小魔頭的手掌之中，實是吉凶難料，各人若硬追上去，致使鞏千帆喪命，華山派決不會善罷甘休，只能站在當地，咬牙切齒地目送三人遠去。

第一百零七章 離世遠遁

凌昊天見正派中人束手無策的模樣，甚感快意，笑道：「總算眼不見爲淨，不用再跟那批小人糾纏啦。趙兄，咱們現在該如何？」趙觀道：「我們贏來了一張護身符，帶著他走便是。」

凌昊天望向鞏千帆，搖頭道：「莫爲難他。他是故意被我們抓住的。」趙觀嘿了一聲，說道：「如此說來，這人心地還不錯，我便不在常清風老爺爺面前告他的狀，要常老爺爺廢去他的掌門之位了。」

鞏千帆聽他提到本門師祖，忍不住向他望了一眼。趙觀笑道：「你不相信？我不但見過常老爺子，還去過他在泰山頂上閉關修練的住處呢。他老人家對我青眼有加，好生讚賞信任。他兩位姓江的弟子武功不賴，都是我趙觀的好朋友。你別瞪著我看，我可不是兩位江師兄的同好。」

聳千帆輕哼一聲，心知就算這姓趙的是信口胡說，凌昊天自幼受華山祖師爺寵愛卻是華山上下眾所皆知之事，不然祖師爺又怎會密令自己出頭保護他呢？聳千帆素來心高氣傲，此番爲了救凌昊天在大家面前故意失手，丟盡臉面，已是滿肚子怨氣，雖不能發作，對凌趙二人自也沒有好臉色。

趙觀眼睛一轉，已有計較，向凌昊天打個手勢，向北方騎出，口中說道：「以前有人跟我說過：『家有一老，如有一寶』。我一直都不明白這是什麼意思，現在可懂啦。想你們華山派若不是因爲有常老爺爺這位高手耆宿，又怎能有此先見之明，高瞻遠矚，令你華山派的威名持久不衰？聳掌門，我告訴你，你今日相助凌小三，日後定有莫大的好處。一旦凌小三的冤枉洗清了，眞相大白了，人人想起今日之事，都不免說一聲：『華山掌門有遠見！當時若不是聳掌門是非分明，出力阻止，我等就要鑄下大錯，誤殺無辜，後悔莫及了。』華山此後廣受武林尊重，全靠了你今日的馬失前蹄，羊失後蹄，豬失左蹄，牛失右蹄……」

聳千帆聽得心煩，緊緊閉上眼睛，只覺耳畔風聲如刀，趙觀的語聲時響時弱，漸漸變得模糊不清。

過了不知多少時候，聳千帆忽然驚醒過來，發覺自己坐在一塊大石頭之上，抬頭四望，身周全是白皚皚的冰天雪地，哪裡還有凌昊天和趙觀的影蹤？聳千帆這才明白，早先趙觀一路隨口胡說，便是意在分散自己的心思，又對自己下了不知何種迷藥，讓自己全然記不得三人行走的時間長短、所行方位。此時他孤身站在荒野之中，放眼望去，平原上白雪覆蓋，連東南西北都分辨不出，哪裡看得出他二人的去處？

卻說凌昊天和趙觀將鞏千帆留在雪地中後，便並轡來到附近的一個小鎮。趙觀轉過頭，向凌昊天上下打量，笑道：「小三兒，你幾時長得這麼高大啦？」

凌昊天笑道：「趙兄，你倒是愈發生得一表人才了。」

趙觀道：「老子是金玉其外，敗絮其中。」

凌昊天見他外表便是個翩翩佳公子，骨子裡卻仍不脫一股市井流氣，忍不住笑了，說道：「堂堂百花門主、青幫壇主，何須這般自謙？」

趙觀哈哈一笑，攬住他的肩頭，說道：「什麼謙不謙的？好朋友見了面，該當如何？」凌昊天笑道：「喝個痛快！」

兩人相對大笑，來到一間小酒家，叫了兩罈高粱酒，你一碗我一碗地大喝起來，彷彿又回到了少年時在蘇州盡興對飲的光景。

凌昊天喝了半罈酒，忽然望著酒碗，默然不語。趙觀見他神色有異，問道：「怎麼？」凌昊天搖了搖頭，又喝了一碗酒。

趙觀伸手取過酒壺，替自己倒滿一碗酒，轉頭望向窗外，淡淡地道：「在那木屋之外，你從洪泰平身上奪來的那封信，可是淩二哥所寫的？」

淩昊天全身一震，手中的酒灑出了半碗。

趙觀望向他，溫言道：「大哥出事的那晚，我也在虛空谷中。下手是不是二哥我並未親眼見到，但我看到他在森林中痛哭失聲，神色慌張，心裡就有點懷疑。後來聽他一力作證說大哥是你殺的，就猜想他是賊喊捉賊，故意嫁禍於你。」

淩昊天呆然坐著，良久說不出一句話。

趙觀望著他，說道：「現下你已瞧見證據，下手的確實是二哥，你打算如何？」淩昊天搖了搖頭，低聲道：「我不知道。我不明白。我不明白事情為何會如此？」

趙觀歎道：「我也不知道。小三，我心裡有個想法，不知你聽不聽得進去。」淩昊天心中煩亂已極，雙手抱頭，說道：「我一點主意也沒有。你說吧。」

趙觀道：「我聽說大哥遭遇不幸，便一心替大哥報仇。待我發現眞相之後，卻又不能夠下手了。你更是如此，難道你能去殺死二哥替大哥報仇麼？你爹娘會作何感想？大哥身死，他二位已經夠傷痛了，又怎能承受再一次兄弟相殘，再失去一個兒子？他們原本誤信下手的是你，現在換成了二哥，他們心裡難道會好過些麼？」

淩昊天呆呆地聽著，過了良久，才道：「趙兄，你說得對。我不能去找二哥，也不能替大哥報仇。但是……但是我卻該如何？」

趙觀道：「你身上的冤枉，少林清聖是一件，我已知道設計冤枉你的是大喜法王那幫人，現在少林有清召大師作主，事情遲早會水落石出的。石斑之死，我推想下手的定是黑寡婦那賤人，只有她才會使這等毒蛛，你已殺了她爲石斑報仇，石昭然糊裡糊塗要找你算帳，那也由得他。至於一里馬受傷，想陷害你的人也未免太過粗心，你當時根本不在湖北，怎麼可能在百里之外打傷他？這幾件冤案都清楚得很，與你毫無關係，但武林中人好事善忌，硬要將罪惡加在你頭上，你百口莫辯，孤身一人，難道能和天下所有愚蠢之徒應對麼？」

凌昊天低頭不語。趙觀又道：「我替你想想，你爲何會受到這許多陷害，正派武林又怎會一窩蜂跟著起鬨？原因很簡單，只因你樹大招風，人高招忌。你們凌家在武林名聲響亮，地位崇高，人所難及，日子久了，後一輩的武林人物早忘了令尊令堂對中原武林的貢獻和恩德，反而暗中生妒。你不久前又在嵩山大出風頭，壓倒正派眾人，這批心胸狹窄的傢伙如何能容得你？正所謂淺灘容不了蛟龍，矮岡藏不得猛虎，兄弟勸你還是不要跟他們一般見識才好。何不置身事外，暫離煩惱之地？不然你若有了個三長兩短，令尊令堂只剩下二哥一個子息，你可沒面目去見凌家的祖宗了。」

凌昊天默想一陣，才抬頭道：「趙兄，你說得不錯。我任性妄爲，在武林中胡闖亂來，得罪了不少人。我本想去找修羅王質問，去跟薩迦派大打一場，若不是兄弟提醒指點，我只怕又要闖出大禍了。」

趙觀連連點頭，舉碗道：「你既然想通了，那是最好。我敬你一碗！」他用盡心思說出這番話，目的自是要將凌昊天帶離中原。他見凌昊天已然聽進去，心中一鬆，暗想：「說要離開，也未必那麼容易便能離開。不論如何，我拚死保護小三便是。我可不能讓凌莊主、凌夫人和寶安妹妹再傷心一次了。」

二人喝完了兩罈酒，便又騎馬上路。趙觀知道後面的追兵雖一時三刻找他們不到，但要追上也是遲早的事，便向北快馳，沿著黃河北去，當天傍晚來到河邊上的一個蒙古營地。當地已是沙漠氣候，聚集了不少由北方南下避寒的蒙古牧人，搭起大大小小的蒙古包，在河邊宿營。凌昊天和趙觀借了一個帳篷住下，夜間在帳篷中擁火而坐，喝著暖暖的馬奶酒，但聽帳外狂風呼嘯，寒意凜冽，都不由感到一陣悵惘蒼涼。凌昊天想起寶安的一顰一笑，酒氣上沖，忍不住又要流下淚來。

趙觀喝多了幾杯，出帳去解手，在帳外罵道：「賊老天，刮這麼大的風作什麼？好玩麼？我可不覺得好玩。你再不停下，我可要開罵了。」

凌昊天聽得好笑，也走出帳外，放眼望向暮色中蒼茫空曠的天地，胸中不禁感觸良多，迎著狂風唱道：「大風起兮雲飛揚，威加海內兮歸故鄉，安得猛士兮守四方！」

趙觀搖頭道：「我罵風，你卻讚風，是你醉了，還是我醉了？」

凌昊天笑道：「怕是咱兩人都醉了。」放聲唱道：「對酒當歌，人生幾何？譬如朝露，去日苦多。慨當以慷，憂思難忘。何以解憂？唯有杜康。」卻是曹操的名作〈短歌行〉，講述人生的憂患歡樂交替不絕，辭意平實卻深藏哀怨，氣度恢弘而不失赤子之心。

趙觀笑道：「何以解憂？唯有杜康。說得好！讓我也來吟一首。嗯，有了：『敕勒川，陰山下。天似穹廬，籠蓋四野。天蒼蒼，野茫茫，風吹草低見牛羊。』」

凌昊天胸中激蕩，也跟著吟道：「天似穹廬，籠蓋四野。天蒼蒼，野茫茫，風吹草低見牛羊。」他內力深厚，聲音在狂風中遠遠地傳了出去，彷彿這辭句正應和了天地間的豪氣。

兩人迎風高吟，心中都甚感暢快。凌昊天道：「陰山便在河套北邊，我們該去瞧瞧陰山之下的壯闊景象，此生才算不枉了。」趙觀笑道：「可不是？我倒想看看那些牛羊如何禁受得起這等大風。牠們不被風刮得滿天亂飛，卻仍好端端站在那兒吃草，這是什麼道理？莫不是吃多了草，蹄下也生起根來了？」

凌昊天聽了大笑不止，攬著趙觀的肩頭，兩人坐在帳外，迎著風大口喝酒，你唱一句，我說一段，好不快活。

那天晚上，凌昊天喝得醉醺醺地，倒在帳中呼呼大睡。趙觀不似他酒入愁腸愁更愁，只喝了七八分醉便止了。帳中火光漸暗，趙觀坐在凌昊天身旁，側頭望著凌昊天的臉，忽然想起了大哥凌比翼，和他護送自己南下的那段時日。自己當時受凌大哥盡心照顧提攜，從他身上學得了俠客之風，處世之道，實是受益無窮。他想起此時與凌大哥卻已人鬼永隔，心中不禁一陣傷痛，暗想：「小三跟大哥是至親兄弟，他的哀慟怎會在我之下？唉，加上二哥和寶安的事，他若不借酒澆愁，只怕就要發瘋了。」

他望著小三熟睡的臉，想起黑白兩道和官府中人都在追殺他，心中激動，下定決心：「這小子難得可以好好睡一覺，我定要保護他周全！」

火光之下，趙觀注意到小三兒的面容和兩位哥哥頗為不同；凌比翼和凌雙飛面貌英挺，俊朗瀟灑，凌小三沒有哥哥的俊逸，容貌相形之下甚是平凡，眉目間卻多了一股近乎狂傲的豪氣。

趙觀呆呆地望著他的臉，想起清召跟自己說過關於凌家兄弟的身世，心中一震：「凌二哥為何會受那修羅王誘惑控制，難道便是因為那賤人告訴了他眞正的身世？唉，人的出身難道便如此重要？我趙觀至今不知生父是誰，還不是照樣活著？難道我爹是和尚，我就得出家，我爹是幫派人物，我就得加入幫派？凌大哥和凌二哥自幼被凌莊主撫養長大，又怎能因為他們的生父是個惡人，便背叛養父去作惡事？」

又想：「唉，別人家裡的事，我又怎能管得了這許多？二哥的事寶安自會處理，凌莊主和凌夫人也不會袖手旁觀。我得要看顧好小三，保護他平安，才對得起凌家和寶安妹妹。」他抱膝坐在火旁，心中思潮起伏，難以入眠。

次日趙觀和凌昊天起程續向北行，中午在一個市集中打尖。凌昊天心情鬱結，愁眉不展，吃到一半便放下麵碗，長長地歎了一口氣，說道：「我們這般急急趕路，究竟要到何時何地方止？」

趙觀知他向來豪爽高傲，受不了這等躲躲藏藏追追逃逃的日子，當下哈哈一笑，說道：「龍擱淺灘遭蝦戲，虎落平陽被犬欺。大丈夫能屈能伸，你不過是一時不得志罷了，天涯海角，自有我們落腳之處。一切隨緣便是，何必擔心？」

凌昊天點了點頭，卻又不禁歎了口氣，說道：「趙兄，回想當年跟你在蘇州喝酒的光景，那時無憂無慮，簡直不知世間有愁苦二字。誰曉得以往那般的心境，於今竟已無法再得？」

趙觀也歎了口氣，說道：「我又何嘗不是如此？年紀愈大，責任負擔愈重，苦痛煩惱愈多，逼得我老想躲得遠遠地，圖個清靜。我以前看人出家，只道他們偷懶，不想好好盡責任過生活，現在才知道出家有出家的超脫，避世有避世的可貴。」

凌昊天眼睛一亮，說道：「出家我是不成的，避世倒可以試試。」

二人同時靜了下來，但聽隔壁桌的兩個馬販子高談闊論：「今年塞外的馬體壯毛鮮，到得明春，可以多買幾匹種馬回來，就怕價錢貴了。」「價錢肯定會貴的。養馬生意從沒有好過去年，來年看來也將不錯。」「可不是？我打算去玉門關外進一批馬來，聽說有人從阿剌伯進了大宛名種，就是不好馴伏。我那兒的馬師年老的年老，受傷的受傷，正缺了好的馴馬人。你可知道什麼馬師可以介紹麼？」「我那兒的馬師也馴不了大宛馬，摔傷了好幾個。老兄若要進大宛馬，還是該早早尋訪高明馬師爲妙。」

凌昊天和趙觀對望一眼，相視而笑，一起站起身，向那兩個馬販子走去。

第九部

大漠風光

第一百零八章　神馬非馬

塞北的春季來得遲，直到四五月間，結冰的河流池塘才開始融化。白雪覆蓋下的枯黃草地終於露出了面孔，嫩綠的春草掙扎著鑽出大地，在溫煦的陽光下舒展莖芽，處處透出生機。

便在過去幾個月間，凌昊天和趙觀已成爲塞外數一數二的馴馬師。不管多麼烈性暴躁的馬匹，到他兩人胯下就都乖乖順順地，半點不敢發飆。當年二人在呂梁山重遇之後，一拍即合，並轡出塞，將江湖中的煩惱塵事全數拋在身後，成了塞北大漠上一對矯健過人的馴馬漢子。二人有時依著大馬場而居，有時其他馬場慕名來請二人，二人便橫跨草原前去馴馬，四處借居，換取酬金，日子倒也過得悠游自在。

凌昊天始終難以忘卻心底的悲痛憂愁，鬱鬱寡歡。趙觀知道他心情暗悶，總拉著他到處遊玩，喝酒談心，逗他發笑，幾個月下來，凌昊天才漸漸將傷心煩惱事置諸腦後，拾起昔日的爽朗開懷。

至於趙觀，他好似對什麼事情都不大著緊，總是一副漠不在乎的模樣，只有在追求姑娘時會下十二分的心力。但也沒有幾個姑娘能讓他認眞；他原本瀟灑俊美，油嘴滑舌，二人在大漠上遇到的姑娘十個中有八個第一眼看到他就對他傾心，也不用他去勾搭攀談，自已就蜂擁著來找他了，直讓他應接不暇，不知蕩漾了多少顆芳心，打翻了多少罐醋罈子，招惹了多少蒙古小夥子的咒罵嫉恨。

他在中原時身為百花門主、青幫壇主，雖風流好色而不得不略有節制；此刻來到一片新的天地，他得以肆無忌憚，為所欲為，盡興風流，可說是遂了生平宿願。

平靜的生活就這麼一日日地過去，中原武林人士雖也曾來到塞外搜索，但如何也沒想到凌趙二人竟會在大漠上另闢天地，馴起馬來。半年多來雖有不少武林人士經過他們借住的馬場，但凌昊天甚少露面，趙觀又留起鬍子，略一喬妝改扮，說起一口半生不熟的蒙古話，人人都只道他是個久居塞外的漢人，更未留心。

春去夏來，一個仲夏日的午後，凌昊天正在河套以北的一個馬場中馴馬，忽見趙觀興沖沖地縱馬奔來，口中大叫：「小三、小三，快來看，外邊來了匹神馬！」

凌昊天心中好奇，便跟著趙觀馳去，來到馬場之外十多里處的草原上。卻見百來名蒙古男女圍觀之中，一匹全身雪白的馬放蹄奔馳，鋒棱骨瘦，馬鬃飄揚，四蹄翻飛，好似更沾不著地一般，的是神物。

凌昊天問道：「這馬是哪裡來的？」趙觀道：「是隔壁馬場的人發現的。這馬衝撞性野，已經傷了五個馬師了。」

凌昊天見那馬神駿非凡，不由得手癢，說道：「待我去馴伏牠。」趙觀道：「小心！我替你打外圍。」

凌昊天點了點頭，便翻身下馬，大步向圈中走去。趙觀縱馬跟在後面，手中持著長鞭，遠遠繞著白馬奔馳，若見凌昊天陷入危險，便能出手相助。

旁觀眾蒙古人見凌昊天和趙觀要出手馴馬，一齊高聲喝采，拍手大呼，幾個蒙古姑娘看到趙觀，都紅著臉格格地笑了起來。

凌昊天盯上白馬奔馳的腳步，施展輕功直追上去，幾個起落，已來到白馬身旁，縱身一躍，坐上了馬背。不料那馬極爲聰明，不等他坐穩，已然一扭脖子，向旁奔開。凌昊天跌下馬來，著地一滾，重又追上試圖躍上馬背，直到第三次才穩穩坐上馬背，伸手抱住了馬脖子，旁觀眾人見他成功上馬，都大聲歡呼。

凌昊天卻知這馬不但性烈，更是極爲聰明的神物，坐上去還只是第一步，離馴伏牠還差著老遠。果然那馬奔騰縱躍，時而人立，時而劇烈蹦跳，使勁氣力想將背上的人甩將下來。凌昊天夾緊馬肚子，雙手緊緊抓著馬頸上的鬃毛，硬攀著不被牠甩下。眾人看得驚險萬分，大呼小叫，趙觀也看得提心吊膽，叫道：「小三，這是匹瘋馬，你小心了！」

凌昊天叫道：「我理會得。」雙臂使勁勒住白馬的脖子，白馬吃痛，更加瘋了似的狂奔亂跳，每一跳都離地一丈有餘，旁觀眾蒙古人很多都是養了一輩子馬的漢子，卻也從未見過這般暴烈激狂的馬，只看得兩眼發直，嘖嘖稱奇。

凌昊天被那馬顛簸甩動一陣，也不禁感到頭暈眼花，心想：「這麼暴躁烈性的馬，可眞讓人吃不消。嘿，這馬不是跟我一樣麼？狂妄任性，任誰都吃不消。」又想：「再狂暴的馬也有被馴伏的時候，我又何必心急？」當下耐心騎在馬上，以不變應萬變，如爬藤一般牢牢攀附在馬背之上。白馬又狂奔跳躍了許久，才終於緩了下來，但好似不甘心就此屈服，仍不時顛上一兩下，但牠體力已然衰歇，再也無法將凌昊天甩下背去了。

凌昊天伸手輕拍馬頸，說道：「乖馬兒，任性夠啦，該休息一下了！」那馬嘶鳴一聲，低下頭去，這才眞正馴伏了。趙觀縱馬靠近，扔過韁繩馬套，凌昊天接住了，套在馬嘴上，一夾馬肚，緩緩向人群騎去。

眾人見凌昊天降服了白馬，采聲雷動。凌昊天跳下馬，一個蒙古老人走上前來，伸手去摸白馬的背脊，那馬鼻中噴氣，轉過頭去，竟是不許別人隨意摸牠。那老人滿臉豔羨之色，說道：「好小子，眞是匹神馬！這馬定是來自萬馬之谷了！」

趙觀聽了，奇道：「萬馬之谷？那是什麼地方？」老人道：「傳說在大戈壁之中有個巨大的山谷，裡頭全是世間最神駿的馬匹，誰能找到萬馬之谷，那可是發大財了！」另一個蒙古人道：「不用找到萬馬之谷，只要找到一匹萬馬之谷出來的馬，就已經發大財啦。小三兄弟，你這馬準備開多少價錢？」旁邊其他馬場主人聽了，也都湊上前來，探問凌昊天願不願意賣馬。

凌昊天搖頭道：「不用問了，我不賣。」眾蒙古人聽了，都甚是失望，那老人道：「這神馬是神物，須有福德之人才能擁有。你兩個小夥子好好想想吧！」

趙觀笑道：「有福德才能擁有？依我說，須有過人的勇氣功夫才能擁有。除了小三兒，還有誰能降服得了這匹烈馬？不管賣了給誰，都沒法制得住牠的。」

果如趙觀所言，白馬雖被降服，仍舊十分暴躁任性，只讓凌昊天騎牠，對趙觀還算客氣，對其他人就噴鼻頓腳，伸腿亂踢，旁人都不敢隨意接近牠。凌昊天對牠極為疼愛，喚牠為「非馬」，取自公孫龍「白馬非馬」的名言。

神馬出現的消息很快就傳遍了大草原，從各地馬場前來一睹為快的馴馬師、牧人、漢地商旅絡繹不絕，個個都爭著出高價欲收買非馬。凌昊天和趙觀不勝其煩，當地馬場主人是個名叫高滿的漢人，卻興高采烈，趁機大作生意，吹噓說哪一匹小馬正是這神馬的種，藉以哄抬價錢。

如此一月過去，凌昊天和趙觀都起了離去的心，便商量該去何處落腳。

趙觀道：「我有個主意，不知你覺得如何。」凌昊天道：「你說吧，咱們身上錢夠，哪裡都去得。」趙觀道：「我想去找萬馬之谷。」

凌昊天眼睛一亮，拍手笑道：「妙極，我正有此意！」二人當下留了封信給馬場主人，只帶了非馬、趙觀慣騎的流星和幾個包袱，趁夜離去。

二人卻不知，這一走可給高滿帶來了莫大麻煩。就在二人離開後的第二日，韃靼族的達延可汗袞弼里克便派人來取神馬，待聽神馬已不知去向，袞弼里克勃然大怒，抓了高滿去痛打一頓，並將他的馬場沒收充公。這袞弼里克乃是現任的達延可汗，素居河套，是內蒙古鄂爾多斯之祖。他的父親巴爾巴甚有雄略，在世時平定諸部，統一了大漠南北，成為塞外勢力最大的氏族之一。袞彌里克繼位為可汗後，在塞外呼風喚雨，這回想取一匹神馬竟不可得，難免大發雷霆，遷怒於人。

凌昊天和趙觀自然不知道高滿的遭遇，仍舊興致勃勃地向北行去，探聽該如何進入戈壁。二人在戈壁邊上的一個小市鎮停留數日，準備糧食清水等必需之物。趙觀和當地一個走過幾次戈壁的蒙古人談妥了，請他作嚮導，講定去戈壁中行走三個月，直到初冬下雪方歸。

那蒙古人名叫多坦多，見二人出手豪闊，自是滿口答應，拍胸脯說一定能帶他們找到萬馬之谷：「萬馬之谷，那不就是在阿爾泰山裡面麼？阿爾泰山就在眼前，誰會找不到？」

凌昊天和趙觀雖不怎麼相信他的話，但有個嚮導總是聊勝於無，便也不多說。多坦多便帶了兩個小夥子幫忙搬運清水食物，又要自己的女兒紅綢跟著上路，照顧眾人的飲食衣物。

一行人出發進入戈壁時，已是夏末，天氣乾旱炎熱無比，饒是凌昊天和趙觀體力過人，也無法在日頭高照下行路超過一個時辰。眾人便只在清晨和傍晚時行路，日正當中時便躲在車中休息。

多坦多的女兒紅綢不過十六七歲，雙頰黑裡透紅，兩根油光光的大辮子垂在胸前，不大會說漢語，見了人就笑，健美爽朗，毫不害羞。才上路沒有幾日，這位蒙古姑娘便為趙觀意亂情迷，一雙眼睛從早到晚都離不開趙觀身上，平時總背著她爹爹跟趙觀眉目傳情，偶爾還會偷偷跑來找趙觀，跟他打情罵俏一番。淩昊天看在眼中，忍不住提醒趙觀勿要胡來，免得惹惱了她爹爹，哪日提著刀子來找他拚命，大家全出不了這大戈壁。趙觀笑道：「我理會得。我趙觀號稱護花使者、風流浪子，還需要你教麼？」

第一百零九章　大鷹啄眼

這夜一行人來到阿爾泰山腳下，就地搭了帳篷歇息，準備之後數日便在這附近的山區尋找萬馬之谷。當天晚上淩昊天和趙觀坐在帳外沙地上聊天，紅綢姑娘端來兩碗奶茶，在趙觀身邊坐下，手裡玩著自己的辮子，大眼睛不斷向趙觀望去，臉上滿是傾慕的神色。

趙觀望著她微笑，拿起她的另一條辮子在手中玩弄，用生疏的蒙古話道：「好美麗的小姑娘。」

淩昊天在旁瞧著，也不由得爲趙觀臉紅，低聲道：「別調戲人家小姑娘啦。」

趙觀一笑，對紅綢道：「好乖的小妹妹，快回去睡覺啦，明天要早起呢。」紅綢道：「是了，你們早上喜歡喝什麼茶，我一早便替你們煮來。」趙觀道：「什麼都好，只要是妳煮的，我都愛喝，喝的時候心裡想著妳，全身上下都覺得暖和，心頭甜酥酥的，一整天精神都好。」紅綢臉上一紅，格格嬌笑，站起身跑開去了。

凌昊天見了這般光景，忍不住微笑道：「趙老兄，我眞是不懂，這世上到底有沒有能夠讓你掛心的姑娘？」

趙觀一笑，仰身躺在冰涼的細沙之上，將手臂枕在腦後，望著滿天繁星，說道：「老實說，讓我動過心的姑娘很多，但我從來不會記掛著一個女子沒法放下。好像紅綢吧，她天眞可愛，我也很喜歡逗她開心，但你若問我離開戈壁後還會不會想起她，那就難說得很了。」

凌昊天搖頭道：「那是因爲你還未遇上眞正鍾情的姑娘。一旦遇上了，你心裡就會知道的。」

趙觀笑道：「我在中原邂逅的幾位姑娘，個個聰明美貌，對我一往情深，有情有義，我若不中意她們，世上只怕沒有人能讓我中意啦。你倒說說看，怎樣叫作心裡會知道？」

凌昊天閉上眼睛，說道：「我原本也不明白。還是我離開虎山以後，才慢慢開始懂得。你會對她日思夜想，片刻都難以忘懷，一日不見到她，就覺得渾身不對勁。每想起她的一言一笑，就覺得心頭一片溫暖，嘴角泛起微笑。你知道自己這一輩子都將竭盡心力讓她過得開心安樂。爲她死也好，爲她辛苦受難也好，你都心甘情願，只恨自己不能爲她作更多的事。」

趙觀聽得出神，不由得想起寶安在龍宮時向自己說的話：「我只盼他一世快快活活的，遠離一切的傷心痛苦。除此以外，我別無他求。」心想：「寶安寧可自己冒險犯難，也要求得他的平安。這不是眞情是什麼？」

他老早知道淩昊天心裡無時無刻不記掛著寶安，但橫隔在二人之間的鴻溝實在太深太廣，連他這等生性隨便的人都看得出，寶安既已和大哥訂婚，小三就絕不會容許自己再去接近她；此時大哥不幸身死，小三更加不能對不起死去的大哥，更要遠遠地避開她。但他心裡又無法放下她，這等苦苦思念和折磨實非人所能承受的。

趙觀不知該從何勸起，歎了口氣，說道：「小三，我讀書不多，但記得這麼一句：『天涯何處無芳草』。」

淩昊天喃喃地道：「我這一生一世，永遠都忘不了她。」

趙觀歎道：「我勸不動你，還是少說幾句得好。但盼我自己永遠也別遇上個會讓我日思夜想的姑娘。那不是跟生了病一樣麼？這病更且是一輩子都不會好的，多麼嚇人。哪天我趙觀也生起這樣的病，你可要來救我一救，讓我懸崖勒馬，迷途知返，破孽障，斬情絲，大澈大悟，回頭是岸，阿彌陀佛！」

淩昊天不禁笑了，說道：「哪天你眞生了這病，我定要放串鞭炮替你慶祝，並且火上加油，錦上添花，讓你病入膏肓，痛入骨髓，一生一世不得解脫。怕只怕你沒福氣生這病哩！」

二人說笑一陣，夜色漸深，才回帳篷睡了。

次日清晨，淩昊天和趙觀跟著多坦多向阿爾泰山行去，爬了大半日山路，才來到山腰之上。此後數日，多坦多帶著二人滿山尋訪，晚間便在山裡紮營。山谷是找到了幾個，卻沒有一個山谷有馬。多坦多口中叨念：「應該就在這附近了，就在這附近了。我明明記得的，那山谷怎會自己躲起來了？」

這日三人來到一個懸崖之下，但聽空中幾聲尖鳴，卻是三隻大鳥在空中飛舞盤旋，凌昊天抬頭望去，用手遮住熾烈的日光，看出那三隻鳥竟在互相廝殺搏鬥。趙觀見那鳥大得出奇，忍不住問道：「多坦多老兄，那是什麼鳥？」

多坦多卻似已司空見慣，隨口道：「兩隻白的是大雕，黑的是老鷹。大鳥打架，沒什麼好看的，咱們走吧。」趙觀卻看得興起，說道：「兩隻打一隻，雕又比鷹大，想必會贏。」話聲未落，一隻大雕已啄上了老鷹的翅膀，那老鷹尖鳴一聲，從天空墜落，好似紙鳶斷了線一般，摔入山谷。

多坦多這時也看出了興頭，抬頭仰望，說道：「你瞧，那老鷹的巢便在懸崖之上，難怪這老鷹要拚死保護了。洞裡似乎還有小鷹，媽媽死去，多半也活不成了。」正說時，那兩隻大雕已展翅衝向鷹巢，伸嘴去啄，一個飛出時口中叼著一隻小鷹，將牠摔入山谷。

凌昊天心中不忍，撿起兩枚石子向天擲出，正打在兩隻大雕的尖喙之上，大雕高聲鳴叫，振翅遠遠飛去了。他接著手腳並用，沿著山壁攀援而上，轉眼間已來到百來丈高的老鷹巢旁。

多坦多直看得咋舌不下，指著凌昊天道：「他……他是人麼？趙爺，你這朋友是人麼？他怎能這麼快就爬上山去？」趙觀笑道：「有時我也懷疑他是不是人。多坦多，我這朋友脾氣不大好，尤其討厭別人欺騙他。他要是發現有人欺騙他，那可會火冒三丈，大發雷霆，連我都勸他不動。你我最好都小心一點。」

多坦多聽了，身子一哆嗦，說道：「我怎敢騙他！你說是不是？趙爺，我怎敢騙他！」趙觀笑笑不答，抬頭仰望，過了好一陣，凌昊天才從崖上攀爬下來，趙觀見他懷中多了一團淺灰色的事物，上前仔細一看，竟是一隻雛鷹，問道：「是那老鷹的幼兒麼？」

凌昊天道：「窩裡只剩得這一隻了，我就將牠帶在身邊吧。多坦多，你懂得怎樣照顧小鷹麼？」

多坦多此時對凌昊天已是敬畏非常，即使不懂也只有說懂，結結巴巴地說出一串養育小鷹的祕訣。凌昊天不知他爲何驚嚇成這樣，見趙觀對自己微笑眨眼，猜想定是他在搞鬼，便一笑置之。

此後數日，三人繼續在山間行走，多坦多戰戰兢兢地尋找萬馬之谷，生怕凌昊天發現他當初乃是說大話，現在尋之不得，算是欺騙了他，豈有不大大發怒之理？

凌昊天的心思卻全在那幼鷹身上，每日找些小蛇蜥蜴之類餵牠吃下，那小鷹竟也活了下來。三人帶的乾糧吃完了以後，便回到山腳下的營地，一行人沿著阿爾泰山脈再向西北行去，走出十多日後便又依著山腳紮營，攜帶乾糧入山探訪。

如此一個月過去，幼鷹漸漸長大，翅膀硬了，已能飛翔，卻總繞著凌昊天不肯離去。

凌昊天對牠極爲愛惜，取名爲「啄眼」。這日下午，凌昊天和趙觀、紅綢一起坐在沙漠上看天上變幻萬端的流雲，地上無邊無際的黃沙。凌昊天望著啄眼在空中展翅翱翔，突發奇想，跳起身跑進帳幕，取過一塊乾肉，綁在繩子的一端，來到帳外，高聲叫道：「啄眼，來！」拿著長繩盤旋甩動，啄眼遠遠便瞧見了，俯衝下來，有如流星墜落，轉瞬已來到凌昊天身前。凌昊天忽然收回繩索，啄眼便沒有咬到肉。牠拍動翅膀，又沖天飛起，直入雲端，不多時又重新撲下，如此三五次，最後一次牠忽然在空中轉折，凌昊天一個不留心，終於被牠咬到了肉。啄眼立時將肉啣到一旁地上去吃，爲怕別的鳥類看到，伸出兩隻翅膀將肉遮住。

趙觀看得有趣，笑道：「你馴馬不夠，還要馴鷹麼？」

凌昊天笑道：「鷹可比馬聰明多了。」待啄眼吃完，又綁上一塊肉，揮舞繩索讓牠來奪。須知飛鷹乃是鳥禽中最精準凶猛的獵食者，目力奇佳，幾十里外的細小事物都能看得一清二楚，一旦盯上了獵物，從雲端落到地面只要幾霎眼的時間，彈指間利爪便已抓上在田野間奔跑的野兔鼠類。有些較大的鷹類甚至能捕食豬羊，牠們往往從空中撲下，將整隻羊抓起，摔到地上，如此幾次將獵物摔死了，才落下吃食。

在凌昊天的訓練下，啄眼行動愈發敏捷，總能在三次內咬到肉。啄眼此時已完全長成，展開翅膀時比凌昊天雙臂伸開還寬，羽毛黑棕夾雜，豐潔齊整。牠對凌昊天的指令極爲聽從，甚至能依從指令去攻擊遠處的獵物，並將獵物叼回。

凌昊天和趙觀眼見遍尋不得萬馬之谷，倒也不在意，有時爬到山頂看看大漠壯闊的景觀，有時騎馬在戈壁上盡興快馳一陣，便也自得其樂。

卻說紅綢仍舊對趙觀一往情深，每日一有空閒便跟在他身邊不去，款款深情，倒也令趙觀甚為感動。多坦多此時已看出凌趙二人武功高強，絕非常人，雖擔心女兒跟趙觀交往，卻不敢公然阻止，只能背地裡教訓女兒幾句，內心暗暗盼望初雪趕快落下，自己好領大家回頭離開戈壁，送走凌昊天和趙觀這兩個莫測高深的漢人。

這日多坦多帶著凌昊天和趙觀入山行走，仍舊沒有找到什麼有馬的山谷。趙觀見天候漸涼，說道：「咱們離大營不遠，今夜乾脆多走點路，回去大營休息吧。」

凌昊天也表贊成，三人便回頭找下山的路。將近山腳時，卻聽啄眼在頭上高鳴，聲音淒厲，凌昊天暗覺不祥，快步奔去，遠遠便見營地冒出火光，多坦多皺眉道：「紅綢不懂事，生起這般大火作什麼？」

趙觀卻看出不對，凝目望去，說道：「不好，是咱們的帳篷燒起來了！」三人連忙趕下山去，卻見幾個帳篷都正熊熊燃燒，車上的糧食清水也被一劫而空。多坦多大驚失色，叫道：「是強盜！紅綢、紅綢，妳在哪裡？」

趙觀搶入火燒的帳篷探視，但見一個小夥子滿面血污，死在地上，紅綢和另一個叫阿泰的小夥子卻不見影蹤。趙觀臉色一變，說道：「強盜劫走了人！」

多坦多坐倒在地，捶地嘶聲哭道：「紅綢、紅綢，是爹不好，怎能放妳一個在這裡？

天殺的強盜，狗娘養的強盜，幹麼跑到戈壁上來撒野？」

凌昊天和趙觀都是又驚又怒。凌昊天道：「火還在燒，人未能走遠。」趙觀道：「馬被搶走了，如何才能追上？」忽聽遠處蹄聲響起，凌昊天放眼望去，卻見非馬放蹄奔回，身上韁繩散落，想是被強盜捕捉去又逃了出來。

凌昊天大喜，吹哨讓非馬來到身前，說道：「非馬知道他們的去處，我們快追！」翻身上馬，趙觀一躍坐在凌昊天身後，二人縱馬疾馳而去，只留下多坦多跪在當地，猶自痛哭不止。

第一百一十章 盜賊之窟

凌昊天輕拍非馬的頸子，說道：「乖馬，快帶我們去找壞人！」非馬極有靈性，沿著自己奔回的路途奔去，載著凌趙二人在星光下放蹄快馳，在幽冷的月光下如一道銀箭般劃過藍色的沙漠。

二人奔出一陣，遠遠的天邊似乎見到許多乘馬，凌昊天放慢速度，低聲道：「前面約有百來人。現在去救人恐怕不易，最好能等到他們回到巢穴之後，再暗中闖入。」趙觀心中擔憂，說道：「但盼紅綢沒事才好。」此時群盜的蹄跡已十分清楚，二人騎馬在後緩緩跟上，將近夜半，遠遠見到群盜忽然消失在沙漠之上，似乎鑽進了一旁的山崖。

趙觀和凌昊天跳下馬來，凌昊天拍拍非馬，讓牠自己奔開，便和趙觀施展輕功向那山崖奔去。二人來到近處，卻見那山崖高高聳立，卻全無出入口，連個狹小的山洞都沒有。

趙觀皺眉道：「馬蹄痕跡確實止在此處，他們莫非鑽入了地底？」凌昊天道：「他們定已進入了山崖，我們只是不知道祕密入口而已。」

趙觀走到崖壁旁，伸手輕敲，聽來甚是厚實。凌昊天退開數十步，抬頭仰望，說道：「他們的巢穴若在這山壁裡面，定須有通風口。我們爬上山崖看看。」二人便向山崖上爬去。那崖壁極爲滑溜，毫無著力之處，二人在黑暗中摸索著爬上，凌昊天使出在天風堡學得的輕功，縱身躍上一段，再將趙觀拉上；趙觀便揮出蜈蚣索纏上高處突出的岩塊，借力再爬上一段。如此艱辛地爬了半個時辰，才來到一塊可以落足的平臺上。

趙觀坐倒休息，凌昊天靠著崖壁傾聽，忽道：「你聽，有聲音！」趙觀跳起身來，湊耳去聽，果聽得不知從何傳來隱隱的笑聲和胡樂之聲。趙觀打起火摺，在平臺上搜索一陣，喜道：「有啦，通風口在這兒！」二人湊過去看，果見左手邊有個深陷的洞口，聲音果然便是從洞口傳出來的。

凌昊天道：「不知能不能鑽進去？」

趙觀道：「咱們已千辛萬苦爬到這兒來了，不鑽也不行了。」說著摸索著鑽入那洞口。凌昊天跟在他身後，那洞口雖窄，要勉強爬過去卻也使得，趙觀身形高瘦，毫不費力便來到了另一端，悄悄鑽出，在洞外找到了落腳處，讓淩昊天也鑽出來。

二人低頭望去，卻見下面好大一個山洞，總有七八十來丈深，地面上點起三圈火把，一百多個漢子正圍坐宴飲，笑鬧喧譁之聲不絕於耳，圈外坐了一群樂師模樣的人，彈奏著形狀古怪的樂器。最吸引人目光的，卻是火把中心空地上的兩個漢子，二人赤著上身，手中各持大刀，互相凝視，忽然同聲大吼，衝上前攻擊對方，雙刀相交，發出噹的一聲巨響，一刀過後，兩人交叉奔開，又相向持刀對峙。

淩昊天低聲道：「這兩人刀法很特別。」趙觀微微點頭，凝目望去，卻見上首放了張高大的椅子，椅上坐了一個高鼻深目的大漢，頭髮卷曲，膚色黝黑，顯非中土人氏。他箕踞斜倚，狀甚悠閒，眼光卻直直望著場中對決的二人，目光寒冷如刀。高椅旁有塊鮮豔的織錦地毯，上面躺了一人，身上只剩得一件小衣，赤裸的肌膚在火光下發出光亮，正是紅綃。但見她雙目緊閉，不知死活，趙觀心中一緊，暗想：「我定要救她出來。」轉過頭，卻見阿泰被綁在一根大柱子上，全身是血，似乎遭到了嚴厲的拷打。

淩昊天的眼光卻始終沒有離開對敵的兩人，微微皺眉，說道：「這兩人不知是不是此處武功特別高的人。武功與他們相當的人若超過十個，我們便難以硬闖救人。」趙觀道：「坐在高椅上的大個子看來也不簡單。」

正說時，場中兩個漢子已分出勝負，一人腿上被砍了一道口子，摔倒在地。另一人是個留著鬍子的漢子，洋洋得意，舉起雙手，旁觀眾人齊聲歡呼，叫囂聲響成一片。勝者大步來到高椅之前，向椅上大漢行禮。那大漢說了一句什麼，指了指身邊的紅綢。勝者哈哈大笑，走上前將紅綢連人帶毯抱了起來，扛在肩上。

趙觀恍然道：「原來如此，他們以比武決定誰能得到俘虜。」凌昊天道：「該動手了。我們分頭辦事，一個明的挑戰，一個暗地救人。」趙觀道：「好，我去挑戰，你去救人。」凌昊天點點頭，當下看準落下的途徑，輕手輕腳地往下爬去，打算伺機救出紅綢和阿泰。

趙觀吸了一口氣，揮出蜈蚣索，捲上對面山壁的石塊，一躍蕩下，在空中又揮索捲上低一點的石塊，如此飛躍數次，已落下地面，站在那圈火把的中心，正面對著椅上的大漢。

眾盜匪見一個漢人青年忽然從空而降，都驚詫失色，樂聲頓止，洞中一片寂靜。坐在椅上的大漢卻面色自若，抬眼望向趙觀，懶洋洋地拍了三下手，掌聲在洞中傳來陣陣回音，大漢低沉著聲音道：「好！好身手！」聲音中帶著三分揶揄，三分自負，三分漠不關心。

趙觀望向他，微微欠身，說道：「有蒙盛讚，愧不敢當。」

大漢向他打量一陣，問道：「你想要什麼？」

趙觀微笑道：「我看這位姑娘長得美，也想要她。」說著向大漢肩上的紅綢指去。

椅上大漢淡淡地道：「這裡的規矩，想要就去搶。動手吧。」

趙觀拔出單刀，指向那鬍子大漢，說道：「喂，大鬍子！想帶走美人，還得過我這一關！」

鬍子大漢重重地哼了一聲，將紅綢往旁邊地上一放，束緊腰帶，大步走上前來。火光下但見他身上筋肉虯結，高大精壯，兩隻手臂足有海碗粗細。趙觀心想：「從上面看，看不出這傢伙竟壯成這等模樣。」心中打定主意：「最不濟，總能毒倒了他。」當下揮刀指向他，說道：「來吧！」

鬍子漢子面目猙獰，眼中滿是凶光，惡狠狠地瞪著趙觀，微露牙齒，便似一頭餓極了的凶狼，正準備撲上來咬死撕裂獵物一般。趙觀心想：「齜牙咧嘴的作什麼？你當我是小孩子，這樣便怕了你麼？」隨即明白：「這些作盜匪的，第一便是要能讓人感到害怕。若不能讓人心生恐懼，便無法輕易屈服被劫對象。看來他們的武功中也不乏這等唬人的花招。」

想到此處，他收回單刀，緩緩踏上前去，直向鬍子漢子走去，好似面前根本沒有對手一般，眼光卻落在椅上大漢身上。鬍子漢子臉上露出困惑之色，不明白趙觀在作什麼，但見他筆直向自己走來，卻更不望向自己，好似全不將他放在眼中，不由得又驚又怒，大吼一聲，衝上兩步，揮刀向趙觀當頭砍去，風聲勁急。

趙觀早已料準他會在急怒中向自己出招，左手伸出，倏然點上他手臂穴道，右手單刀跟上，架在對手頸中。這兩招出其不意，後發制人，眨眼間便制住了對手，旁觀眾盜一齊霍然站起身，跨上一步。

趙觀眼光望向大漢，說道：「他不是我的對手。你才是我的對手。」說著將鬍子漢子向旁一推。鬍子漢子踉蹌退開，只驚得臉色蒼白，忙伸雙手握著自己的頸子，確定咽喉沒被那快捷無倫的一刀砍斷。

眾盜匪齊聲吼叫，一擁而上，圍繞在趙觀身旁。趙觀向眾人環視，但見眾匪個個身高體壯，如狼似虎，心想：「小三說得不錯，這些人中若有超過十個高手，我們便很難救人逃走。」

他望向椅上大漢，微笑道：「我向你挑戰，你便派一群手下上來圍攻，這算什麼？」一個會說漢語的盜匪喝道：「你知道自己在跟誰說話麼？這是沙漠大盜之王，你放尊重些！」趙觀回頭望了開口的漢子一眼，微笑道：「大盜之王麼？沒聽見過。」大盜王臉色自若，坐直了身子，笑了笑，說道：「沙漠大盜之王胡里阿，橫行大漠三十年，劫案上百，殺人逾千，千里內無有敵手。你是誰？」

趙觀搖頭道：「沙漠上荒涼偏僻，原本就沒有幾個人，來往的都是些綿羊般的商旅，你當然未曾遇上敵手了。是英雄好漢的，怎不放膽到中原去闖闖？只怕你還未走入中原半里，就被鄉下練刀使劍的村漢殺個措手不及，逃之夭夭了。至於我麼，說出我如雷貫耳的大名來，只怕你孤陋寡聞，更沒聽見過。」

胡里阿聽趙觀言語如此不客氣，霍然站起身來。但見他身形巨大，上身穿著一件血紅色的對襟背心，下身是一條寬鬆長褲，腳踝處用金繩紮起，頭上戴著直筒圓帽，卻是倭圖曼突厥人打扮；腰間掛著一柄彎刀，在火光下閃著寒光。趙觀對彎刀這兵器甚是敏感，見他佩帶彎刀，先就皺起了眉頭，說道：「盜亦有道，我一般不輕易殺死盜匪。今日你惹到我頭上來，搶我貨物，劫我女人，我可不能跟你干休。」

胡里阿緩步上前，拔出彎刀，冷然向趙觀凝視，眼神中閃著殘酷寒冷的光芒。趙觀望著他的臉，腦中忽然閃過年幼時曾經作過的一個噩夢：那是他第一次殺人的晚上，他夢到了一個全身流血的魔鬼，惡狠狠地向他瞪視，一步步向他走來，雙手直伸，想要將他掐死，他嚇得驚叫醒來。後來殺人多了，夢中那魔鬼的身影就愈來愈模糊了。他忍不住暗想：「他媽的，這傢伙怎麼長得這麼像那個魔鬼？」心底升起一股莫名的強烈恐懼，握刀的手竟有些不穩。

胡里阿仍舊一步一步慢慢走上前來，離開趙觀三丈，並不止步，卻向旁跨出，繞著趙觀行走，寒冷如刀的眼光在他身上盤桓不去。趙觀感到背後發涼，忽想：「世上最愛殺人的，莫過於死神。這大盜王顯然是跟死神一流的人物，嗜血好殺，冷酷無情，全身上下滿布殺氣，讓人不寒而慄，打從心底感到害怕。他媽的，我爲什麼要怕他？我會過的高手沒有五十，也有一百，怕這傢伙個鳥？」但一時就是無法提起勇氣，一瞥眼間，看到凌昊天隱身在岩壁之上，凝目望著自己。趙觀忽然想起凌昊天在呂梁山上面對數百敵人圍攻的情景，即使已置身死地，他始終神色自若，毫無懼容，豪氣萬丈，心想：「小三有這等勇氣，我難道便沒有？」

想到此處，忽然仰天大笑，笑聲在石洞中震蕩迴響，將眾人的耳鼓都震得嗡嗡作響。大盜王臉色不改，便似沒有聽到一般，仍舊繞著趙觀行走，手中彎刀時而左右揮劃，充滿了威脅。

趙觀卻已定下心神，轉頭向大盜王看去，笑道：「你嚇不倒我的。接招！」一躍上前，揮刀斬向大盜王的腰間。大盜王揮刀擋架，隨即上步進攻，刀勢極爲迅捷。趙觀側身避開，臉上被刀鋒略略帶過，便覺肌膚生疼，那彎刀竟是世間少見的寶刀。他心中一凜：「二刀相交，我的刀只怕要斷。」當下施展輕功跟對手游鬥，伺機進攻，盡量避免雙刀相觸。大盜王身形高大，行動竟敏捷已極，絲毫不在趙觀之下，趙觀仗著披風刀法，一招招搶著往對手攻去，似乎只見刀光，不見刀身。數十招過去後，兩人同時向後躍開，暫時停手，相對凝望，趙觀知道自己無法在一百招之內制住他，心中急思對策。

大盜王眼見趙觀刀法精奇，心中也暗自驚訝，眼中凶光益盛，大吼一聲，衝上前來，揮刀橫斬，勢不可當。趙觀也跨步上前，舉刀相迎，但聽噹的一聲，趙觀手中單刀從中斷絕，大盜王見機不可失，彎刀直向趙觀頭頂劃下。卻不知趙觀是故行險招，蓄意讓他砍斷自己的單刀，看他彎刀砍來，早已有備，就地一滾，將剩下的半截單刀刺入大盜王腿上，登時鮮血迸流。大盜王大叫一聲，跪倒在地。他危急中猛揮彎刀，將趙觀逼退，旁觀眾盜見首領失利，一齊衝上前來，揮刀往趙觀斬去。

趙觀手上單刀已斷，只能扯下腰間蜈蚣索橫掃出去，毒死近前兩個盜匪，但眾盜悍狠已極，全不懼怕，仍舊蜂擁上前，非要殺死他才甘心。趙觀心想：「不能糾纏，脫身要緊。」揮動蜈蚣索護身，直往門口闖去。

大盜王見他要逃走，叫道：「守好那女子！」回頭一望，卻見紅綢已不在當地，原本被綁在柱子上的阿泰也消失無蹤，卻是凌昊天趁他二人決鬥時出手救走了。大盜王抬頭四望，正見到凌昊天一手抱著一個人，站在十多丈高的一個平臺上，正想法接趙觀上來。

大盜王大怒喝道：「殺了這兩個小子！」群盜從未見過首領如此暴怒，忙一擁而上攻向趙觀，另一夥盜匪則爭著爬上山壁去抓凌昊天。

凌昊天見趙觀受人圍攻，難以脫身，心中焦急，當即抱著阿泰和紅綢一躍而下，揮掌震退幾個盜匪，來到趙觀身邊。二人聚在一起，士氣一振，但此時眾盜匪漸漸逼近，二人須得保護紅綢和阿泰，難以放手大戰，情勢甚是不利。

凌昊天道：「闖不出去，只能往裡面暫避。」

趙觀點頭道：「只能如此了！」揮鞭攻向近前的一排盜匪，將眾人趨退，凌昊天也揮掌逼退從旁攻上的數人，叫道：「走！」拉著阿泰，順手抓過一支火把，轉身便向身後一個黑暗的甬道奔去。趙觀抱起紅綢跟上，也消失在甬道之中。眾盜見他們不往外逃，竟往內闖，都是一呆，隨即大聲吶喊，緊追而上。

凌昊天手持火把在前快奔，但見那甬道彎彎曲曲，每過一段就有一個三分叉口，他不暇多想，只選中間的通道奔入，奔過後不忘回頭記憶來路。趙觀斷後，在路上撒下各種毒粉毒藥，阻擋追上來的敵人。

二人此時已然看出，這地洞並非天生，乃是人工開鑿而成。如此奔出六七十丈，身後的叫囂聲仍隱隱可聞，各人不敢放慢腳步，但覺地勢愈來愈高，到後來便是一道直往上去的階梯。阿泰雖年輕力壯，但身上才受了拷打，哪裡禁得起如此長久快奔，直喘得上氣不接下氣。凌昊天伸手托住他的後腰，托著他往階梯上奔去，趙觀揹著紅綢跟在後面。

第一百一十一章　亡靈之寢

四人來到階梯的盡頭，迎面出現了一扇雕刻精緻的銅門，門上以紅漆寫著彎彎曲曲的突厥文字。趙觀皺眉道：「他媽的，看不懂。」凌昊天更不去看，伸腿便將銅門踢開，面前陡然閃過一道耀目的銀光，凌昊天連忙向後一縱，伸手將趙觀也扯倒在地。趙觀倒地前已瞥見門後情景；但見三柄利刃從門後急速飛出，交叉砍落，若不是凌昊天後退得快，這利刃早將來人的頭斬將下來了。

凌昊天心中怦怦亂跳，定了定神，說道：「這地方看來藏有不少機關，讓我先進去。」從門坎上拔下一柄利刃，拿在手上，另一手執持火把，緩緩跨入。卻見裡面是好大一間石室，上面黑黝黝地看不見頂，四周也寬廣不見邊際，只看得見腳下地板以各色彩石鑲成交叉盤疊的花紋，極為精緻華美，遠處牆上隱約能見到金色銀色的飾品，卻看不眞切。近處的牆腳放了一排黑木箱子，箱中散散地放置了無數晶亮耀眼的珍珠寶石，也不知是眞是假。凌昊天無暇多看，深深地吸了一口氣，又跨出一步。

趙觀聽得階梯之下隱隱傳來群盜的腳步聲，向阿泰和紅綢道：「不要作聲。來人不多，我能解決。」悄聲跨下幾層階梯，手中握著一把餵毒銀針，凝神傾聽，一邊注意下面來人的腳步聲，一邊留神凌昊天在上面室中的情況。

凌昊天走入室之中兩步，便聽四處響起細微的格格之聲，似乎有許多機括在運作。他心生警惕，揮手將火把扔出，落在身前兩丈之處，左手反手從門邊拔下另一柄利刃，雙手持刀分禦左右。才剛站定，便聽前後左右呼呼風響，攻擊竟從四面八方同時發出，凌昊天藉著火光看清楚了，卻是無數用鐵鍊懸掛的斧頭從空中飛下，直往自己身上斬來。他眼明手快，左右手分別揮刀將斧頭蕩開，轉瞬間擋去了二十四把斧頭的攻擊。他知道斧頭飛去後又會蕩將回來，凝神注意斧頭的去勢，蕩回來時便有準備，不用轉頭去看，只聽風聲就知道斧頭從何處飛回、力道多強，反手揮刀去擋。

趙觀聽得室中兵器相交聲大作，心中一驚，連忙奔到室口探視，微弱的火光之下但見凌昊天站在石室中央，獨自抵對二十四把飛斧的飛舞攻勢，竟自揮灑自如，斧頭始終未能攻入他身周一尺。趙觀只看得手心捏著一把冷汗，想進去相助，卻怕自己忙未幫到，反而擾亂了他的心神，心想：「我早知小三的武功出神入化，卻不知竟已高明到此地步！若換作是我，只怕一兩下也擋不了。」

但聽腳步聲響，階梯之下眾盜匪也已聽到頭上傳來兵刃聲響，紛紛循聲追上。趙觀退下守在梯口，待敵人奔近，便射出一把毒針，當先七八人盡皆中針，全身痲痹，沿著階梯滾下，直撞在後面的人身上。眾盜見毒針厲害，不敢硬闖，只牢牢守在梯口，不讓趙觀等逃出。趙觀知道大盜王很快便會到來，他一到自會指揮眾盜攻上，自己在暗中雖可使毒，但要趨退這上百名大盜卻不容易。

正心急時，但聽頭上金鐵相交之聲漸緩，凌昊天叫道：「我已破關，快跟我來！」趙觀當即奔上階梯，拉著阿泰紅綢快步進入那石室。群盜見他跑去，登時隨後追上，奔到門口時卻霍然止步，竟似不敢進入。

凌昊天已奔到石室對面，拿著火把尋找出路，趙觀回頭望向站在門口叫囂卻不敢進來的群盜，心中生起一股不祥之感，說道：「小三，咱們好像來到不該來的地方了。」

卻聽一個漢人盜匪叫道：「你們已進入死亡之靈的寢室了！等著吧，死亡之靈定要教你粉身碎骨，死無葬身之地！」

趙觀聽他說得凶狠，不禁頭皮發麻，背上一涼，口中罵道：「什麼死亡之靈的寢室？老子天不怕，地不怕，皇帝老子、公主娘娘，誰的寢室都敢去！」

凌昊天此時已拉下對面牆上一幅巨大的織錦畫毯，毯後露出一扇金色大門。他伸手去推，那門順勢而開，裡面又是一間房室。凌昊天道：「這邊有出口。咱們去是不去？」趙觀道：「看這情勢，我們自是不能回頭了，還是上前吧。」

四人便來到金色大門門口，但見門後是另一間房室。凌昊天生怕這室中也有刀斧之類的機關，說道：「我先進去探探。」

這房室比先前那間小上許多，牆上掛滿了人像圖畫，畫得似乎都是倭圖曼突厥帝王的肖像。趙觀舉起火把觀看，注意到地板上畫著一個張牙舞爪的怪物，身上蓋滿了紫色的鱗片，長著蝙蝠般的翅膀，口中吐火。他不知那是西方傳說中的火龍，甚覺古怪。忽然那龍似乎動了一下，趙觀一呆，還道自己眼花，蹲下去看，卻聽凌昊天驚叫道：「快出去！」

此時卻已不及，四人但覺腳下不穩，整塊地板竟倏然傾斜過來，垂直向下，四人全無借力之處，身不由主地滑了下去，跌下十餘丈，才碰到一片硬地。

凌趙二人安然落地，落地後忙接住了阿泰和紅綢，幸而都未受傷，但眼前漆黑一片，不知身在何處。

趙觀罵道：「他媽的，好個陷阱！」

凌昊天四處摸索，覺出身在一條長長的甬道之中，地面傾斜，隱隱傳來流水的聲音。趙觀取出火摺，好不容易才打著了，抬頭四望，說道：「咱們往上走，還是往下走？」

凌昊天忽然跳起身，叫道：「往下，有東西來了，快逃！」果聽身後隆隆聲響，趙觀回頭看去，遠遠但見一塊巨大的圓石沿著甬道急滾而來，這甬道甚窄，大石滾來更無處可避，凌昊天急叫：「走！」

二人一個揹起阿泰，一個抱著紅綢，頭也不回地向前急奔，但覺甬道愈來愈向下傾斜，身後大石愈滾愈快，聲音愈來愈近，若是被它碾過，那可是鐵定要成爲一灘肉泥了。紅綢嚇得尖叫不斷，阿泰滿面蒼白，凌昊天和趙觀只能施展輕功，加快腳步拚命狂奔。但見前面透出光線，似乎是個出口，兩人急奔來到洞口，趙觀急忙停步，低頭一望，罵道：「他媽的，是個深谷！」

凌昊天抬頭望去，叫道：「抓住我的腰！」趙觀無暇多想，伸手便抱住了凌昊天的腰，凌昊天挺身向上一躍，高起數丈，正搆著了洞口之上一塊突出的岩石，他手臂用力，將自己和另三人硬拉扯了上去，紅綢尖叫聲中，那巨大圓石已從洞口滾出，龐然落下，跌入深谷。眾人都忍不住低頭望向那大石，耳中似乎仍嗡嗡地響著大石在身後急追的隆隆之聲。

趙觀罵道：「他媽的大石頭，摔死你好！」正要往下跳回洞口，凌昊天叫道：「慢著！還有！」

趙觀一呆，卻聽洞中果然傳出隆隆聲響，又是一塊大石從洞口滾出，跌入谷裡。

趙觀吐吐舌頭，說道：「這鬼地方是什麼人布置的，老子一萬個佩服，甘願向他磕頭！」凌昊天道：「他要定了你的命，你幹麼還向他磕頭？」趙觀道：「我平生最佩服聰明智巧之人，就算眞丟了命，這頭還是要磕的。」凌昊天笑道：「剛才在那銅門門口，咱們的頭都差點被切下來了，你作了鬼怕也找不到頭來磕。再說，弄兩塊大石頭滾出山洞，哪裡算得聰明智巧？你在龍宮住過，難道沒見識過龍宮裡的種種機關？那才教厲害呢。」

趙觀搖頭道：「不然、不然。龍宮中的布置是個大迷陣，需要有人在後操縱，才能困住或擊傷敵人。這地方的機關就算沒人操縱，也能揮刀斷頭，大石壓身，非把敵人弄得粉身碎骨、屍骨無存不可。設計者即使死了幾百年了，還是可以殺人於百年之後，洩恨於千里之外。」

凌昊天道：「非也、非也。這大石頭滾完就沒了，以後就殺不了人了。」趙觀道：「難道那些盜匪不會再弄些大石頭來裝進去麼？」凌昊天道：「你看這些盜匪的模樣，能有這等耐性腦筋麼？」趙觀道：「說得也是。小三，你手臂累壞了沒有？虧你興致忒好，喜歡吊在這懸崖峭壁上練功夫。」凌昊天道：「我平日就愛這麼練功，今兒正好溫習一下。你抱人腰圍的功夫也當眞不錯，緊抓不放，我腰上怕已被你抓出幾塊瘀青啦，想是平時多有練習。」

紅綢和阿泰眼見四人懸掛在半空之中，全靠凌昊天雙手抓著一塊岩石，大風吹來，四個人左右搖蕩，情勢當眞不能更加驚險了，而凌趙二人兀自鬥嘴說笑，恍若無事，只能死命抓著二人的肩膀，全身冷汗濕透，胃中緊縮翻騰，嚇得連發抖都不會了。

趙觀笑道：「我趙觀抱人腰圍的本領自然是一流的，但若是平時，打死我也不抱男人。現今咱們活命要緊，才出此下策。喂，你耳音好，快聽聽這山洞裡還有沒有大石頭娃娃要迸出來？」

凌昊天將耳朵貼在石壁上，說道：「石頭沒有了，但有十多個人從甬道奔出，大概想看看我們死了沒有。」趙觀道：「他們想在地上找到四個被壓扁的人，可惜要讓他們失望了。」說著雙手一鬆，落在石洞洞口，抓住了紅綢的手，說道：「妳好好抓著我，不要鬆手。」紅綢顫抖著答應了。

凌昊天也已跳下，落在洞口，抬頭望去，但見那甬道坡度傾斜向上，不易站立，敵人若從甬道內攻來，眾人極易被逼得後退，一不小心便會跌入深谷。

趙觀道：「你說該如何？」凌昊天道：「區區十多個人，就讓百花門主解決吧。」趙觀笑道：「好吧，那我就不客氣了。」

凌昊天拉著阿泰退到趙觀身後，站穩腳步，作爲他的後盾。趙觀靠著山壁而立，但聽腳步聲漸漸接近，來到身前時，陡然揮出蠍尾鞭，打在當先三人身上，那三人哼也沒哼便軟倒在地，有一個支持得久些，向前走了兩步，無法控制，直向洞口滾出去。凌昊天伸手抓住了他，將他向甬道內扔去，撞倒了兩個人。後面七八人不知發生了什麼事，大呼小叫，不知該進還是退，趙觀已縱身上前，蠍尾鞭揮處，將眾人全數毒倒。

趙觀收起蠍尾鞭，說道：「走吧。」

四人便向甬道內爬去，紅綢和阿泰手腳發軟，竟無法走動，趙觀和凌昊天只好一人一個，揹起二人向內行去。行出一陣，來到最初跌落之處，趙觀道：「那些追兵自然不是摔下來的了。這裡定有其他入口。」凌昊天在四周石壁敲打一陣，喜道：「在這裡了。」揮掌擊去，那石壁後果然是空的，他這一掌力道強勁，那石壁被他打穿了一個洞。他揹著阿泰，當先鑽了進去。

卻見石壁後又是一條甬道，跟先前那條平行，卻黑暗得多。趙觀悄聲道：「我若是設計機關的人，就在這兒再多放置兩顆大石球，不同的是前面沒有出路，來者必死無疑。」話聲才落，便聽隆隆聲響，竟眞有一塊大石從甬道的一端滾來。凌昊天叫道：「退回去！」四人忙從洞口鑽回去，但聽轟隆一聲，那大石直撞上來，煙霧瀰漫，良久方散。但見大石正好擋在凌昊天剛剛打出的洞口，四人要是遲出一步，不免血肉橫飛了。

凌昊天笑道：「論陰毒機謀，你跟設計這機關的人可說不相上下。」趙觀罵道：「他媽的，我雖使毒，可及不上這傢伙毒辣的萬分之一。非要讓人死得慘不堪言，他才高興。」

凌昊天上前推了一下大石，那石頭文風不動。他皺眉道：「這石頭是專爲擋住出路的。我們得看看這甬道有沒有別的出路。」他又在甬道四周摸索，忽然覺得頭上吹來一陣微風，他抬頭望去，卻見甬道頂上似乎有個洞口，便沿著石壁攀爬上去，鑽入那個洞口。卻見上面是個不小的石洞，凌昊天打起火摺子，不由得一驚，卻見洞中端端正正地坐了一幅枯骨，身上的袍子似乎是以金銀絲線織成，極爲華麗，在火下閃閃發光，死人灰白色的頭髮仍披散在肩頭，頭顱正對著入洞來的人，盤膝而坐，雙手放在膝上，手中捧著一塊巨大的金剛鑽，在火光下發出耀目的七彩光芒。

趙觀也爬了上來，見到那死人，奇道：「這人怎麼死了還坐得這麼直？」凌昊天搖頭道：「他身後或許靠著什麼。」趙觀往前一步，便聽頭上微響，三枝鐵叉當頭落下，直戳入地上。趙觀連忙後退避開，罵道：「好個死人，連接近你的屍骨都不准麼？」隨即醒悟，說道：「這人想必便是設計這石洞機關的人了！」

凌昊天道：「他爲自己選了這個墓穴，倒是別出心裁得很。」抬頭四望，卻見牆上刻了不少字，都是橫寫的突厥文字，色作鮮紅，看來怵目驚心。最靠邊的幾行字卻是漢文，橫寫著「盜墓者死」四個大字，其下寫著數行小字：「天潢帝裔落他鄉，武功蓋世闖天涯。橫行沙漠六十載，殺人無算骨如山。珍寶奇貨滿山窟，無人可奪盡隨我。誰敢入我亡靈墓，粉身碎骨冤魂出。一錙一銖若敢取，亡靈親手誅殺爾！」最後署名是「死亡之靈」。

趙觀咂舌道：「這人當眞小氣得緊，死了還要牢牢守住自己的財寶，誰敢偷盜，他便坐在這兒親眼看著他死。」凌昊天歎道：「這人聰明絕頂，當年定是一世梟雄。他單獨死在這兒，晚年似乎悲涼得很。」

二人對這死亡之靈設計機關的才智甚是佩服，一同在死亡之靈的遺骸前恭敬行禮，才退出墓穴。

第一百一十二章 萬馬之谷

二人出得墓穴，心中都不禁擔憂，這人若決意要殺死入墓的人，看來這裡是不會有別的出口了。

凌昊天道：「這甬道若是沒有別的出路，我們只能爬下山崖了。」

趙觀在甬道山壁四周摸索了一圈，終於不得不放棄，歎道：「別無他法，只能鋌而走險了。」二人來到洞口，向下望去，洞口離地至少有七八百丈，山壁垂直而下，顯然極難攀爬。

趙觀搖頭道：「咱們早先爬上通風口那一段好生累人，我道今生份量的山都已爬足數了，沒想到還有得爬。」凌昊天笑道：「爬上難，爬下容易。別抱怨了，走吧。」

二人當下解下衣帶，將阿泰和紅綢分別綁在身上，互相又以繩索牽連住，危急時可以互相救助。一切準備停當，凌昊天蹲下身低頭望去，吸了一口氣，說道：「從右邊下去似乎比較容易，若能落入那山谷裡，至少可以避開盜匪的追殺。」

趙觀道：「不錯，我跟著你便是。」二人便先後落下。

二人打殺奔逃半夜，體力並不甚足，若是慢慢爬下，大約到半路就要累得爬不動了，反而危險，只能冒險快落，各自看準五六丈下的落腳處，一起跳下，抓緊山石，穩住腳步後，便再次跳落。如此在陡峭的山壁上縱躍而下，非輕功極高者不可辦；凌昊天模仿在銀瓶山莊遇見的空飛和飛天的身法，總能設法在微微凸出的山壁石塊或樹根上借力，只要能有一分可借力之處，就能減緩速度，不致失去控制。

趙觀輕功不及，只能借助於凌昊天的穩穩下落來減緩自己下落的速度，有時落下太快或腳下滑了，就拉住和凌昊天相連的繩索穩住身子。

這一路下山驚險已極，凌昊天心中一片空明，不去想自己已爬了多久，或還須爬多久，只一心一意地向下落去，身法沉凝穩重。趙觀也早收起笑謔散漫，神色嚴肅，全神貫注地向下攀落。

過了半個多時辰，天色漸漸亮起。遠處天空泛起一片淺紫色的朝霞，接著慢慢轉為粉紅色、淡黃色、金黃色，忽然之間，只見一輪耀眼的朝日從東方冉冉升起，廣大的天空倏然變成清新的亮藍色，陰冷淒寒的沙漠之夜轉眼便成了烈日當空、燦爛光明的白晝，放目望去，只見一片碧藍晴空覆蓋著無邊無際的金黃大地，煞是壯麗。

這大約是凌昊天和趙觀這一輩子中所能看到最美麗的日出了，二人身懸山崖之上，性命便在呼吸之間，卻同時停下手腳，怔然望著這奇瑰無邊的日出美景，為其所震懾，衷心讚歎。

良久，凌昊天才噓了一口長氣，說道：「走吧！」

又攀爬了不知多久，凌昊天的雙腳才終於踏上實地，好似剛作了一場很長的噩夢一般，他猛然甩了甩頭，想看看自己是否眞醒過來了。

趙觀隨後爬下，一落下地便一跤坐倒，叫道：「死山崖，長那麼高，存心要我的命麼？」又急著解開紅綢的綁縛，看她怎樣了，紅綢卻早因驚嚇過度，昏了過去。倒是阿泰還一直清醒著，解開綁縛後，呆了好一陣，才忽然向著凌昊天跪下，磕頭叫道：「你是神人，是菩薩，救了我的小命，阿泰一生粉身難報！」

凌昊天早已累得沒了力氣，伸手拉他起來，笑道：「傻小子，咱們還沒逃出生天呢，你別高興得太早了。」

阿泰臉色一變，顫聲說道：「還……還沒逃……逃出？」

趙觀歎了口氣，說道：「可恨天亮得快，我們剛才從山下爬下，盜匪多半早已看到了。他們找到這裡只是遲早的事。小三，你說我們該怎辦？」

凌昊天道：「要打，我現在是打不動了。要逃麼，也不一定逃得動。」

趙觀道：「不如叫你的非馬來。」凌昊天拍手道：「是，我怎麼忘了牠？我們快出谷去找非馬。若能讓阿泰和紅綢先騎非馬離去，我們自能設法逃走。」

三人當下往谷口行去，翻過一座小山丘，來到先前找不到入口的山崖之旁。卻見崖前站了三十多個勁裝盜匪，手持武器守護洞口，另有二十人一夥的漢子到處巡邏搜索。

凌昊天放眼望去，卻見遠處一隊漢子繞著什麼在追逐，圈中一匹白馬瘋了般地跳躍奔馳，不斷躲開眾漢子扔去的套馬索，在陽光下顯得異常耀眼，正是非馬。

凌昊天和趙觀對望一眼，趙觀道：「你出聲喚馬吧，引來盜匪也不妨，非馬應能帶著紅綢和阿泰甩脫追兵。」

凌昊天點頭道：「不錯。」當下提氣叫道：「非馬！」

非馬聽到主人的呼喚，長嘶一聲，如風般奔近前來。凌昊天將阿泰扔上馬背，趙觀也抱起紅綢讓她坐在阿泰身前。凌昊天輕拍馬臀，說道：「乖乖非馬，快帶他們逃走！」

非馬轉頭望向凌昊天，低鳴數聲，似乎十分不捨。凌昊天笑道：「傻馬，我不會那麼容易就死的。快去！」非馬長嘶一聲，放蹄快奔，霎時捲起大片黃沙，遠遠地去了。

其餘盜匪早已望見二人，紛紛跳上馬背追來。凌昊天和趙觀連忙轉身奔入山谷，眾盜匪顧不得去追非馬，高聲大喊，策馬隨後追入山谷。

二人花了大半夜的時間攀落山崖，體力早已不支，這時奮力逃跑，不禁腳步蹣跚，氣喘吁吁，甚感狼狽。趙觀邊跑邊笑道：「小三，我每次救美人都得冒險賣命，這回可連累到你啦。」凌昊天笑道：「怕什麼？我難得可以爬爬山，跑跑路，練練功，有什麼不好？」

二人逕往崎嶇多樹的山林奔去，讓身後群盜的馬匹難以追上。他們知道阿泰和紅綢多半已脫離危險，心中都覺無比輕鬆，渾不將身後的窮凶極惡的盜匪群放在心上。

如此奔出半日，日頭漸烈，二人口乾舌燥，便在一條小溪旁停下喝水，休息一陣，又向山裡行去，到了夜晚，便在小溪旁睡了一夜。次日起來，二人都是精神一振。此時盜匪已被他們遠遠甩在身後，但二人入谷已深，奔跑之時不辨方向，卻已迷失了路徑。二人只能沿著河流走去，至少有水可喝，但要找到多坦多和營地，只怕是難如登天了。二人想回頭去找盜匪，想法奪來幾匹馬，眾盜匪卻不知怎地消失無蹤，一個也找不到了。

趙觀歎道：「我們昨日死命逃避那些盜匪，現在想找他們卻又影蹤不見，老天眞是會開我們的玩笑。」凌昊天道：「我們跑來這鳥不生蛋的大沙漠裡，本是自己跟自己開玩笑，怎能怪到老天頭上？」趙觀辯道：「若不是老天窮極無聊，又怎會造出這片乾燥熱極的大沙漠？」凌昊天笑道：「你歪理特別多，好吧，算你對便是。」

二人雖知眼前景況很不樂觀，一路談談說說，倒也不覺絕望頹喪。兩人離開溪水前用牛皮袋子裝了滿滿一大袋水，打算走一日是一日。

如此在山中走了數日，又回到了戈壁之上，眼前半點人煙也不見，就是一片一望無際的黃沙。傍晚時凌昊天用彈弓打了一隻大雕，生火煮來吃了，晚上二人便在沙裡挖了兩個坑睡下。

次日清晨，趙觀抬頭遠望，指著遠處一座山峰道：「那座山看來很眼熟，多坦多他們應當便在山的那一側。」凌昊天搖頭道：「我們那晚騎著非馬跑了半夜才來到盜窟，離營地總有幾百里遠，阿爾泰山區連綿廣大，要憑著山勢找回去，只怕沒那麼容易。」趙觀道：「不管如何，都得翻過這座山。」

二人商量之下，別無他法，便向山上行去。那山異常陡峭，比兩人前幾個月爬過的山路都陡峭得多，山上怪石嶙峋，色作深黑，像是火山爆發後形成的岩石。

這日兩人爬到一個嶺上，一面是猙獰的矮樹，另三面視野空闊，放眼望去，但見黃澄澄地盡是一望無際的沙漠，哪裡分辨得出東西南北？

趙觀望了一陣，也不由得倒抽一口涼氣，苦笑道：「眞沒想到我們會被困在這見鬼的大戈壁裡，再也出不去啦。」

卻聽凌昊天一聲不響，並未接口。趙觀微覺奇怪，轉頭問道：「怎麼了？」

但見凌昊天雙目直視，竟自看得呆了。趙觀順著他的目光望去，也不由得吸了一口長氣，卻見矮樹叢後竟是一個極大極深的山谷，谷中一片澄清的湖水，如明鏡般反映著碧藍色的天空，湖的周圍滿是嫩綠青草，草原上遍布黑點白點，竟是無數匹野馬正悠閒地吃著水草。

趙觀低聲道：「萬馬之谷！」凌昊天喃喃地道：「就是這裡了！」二人對望一眼，雙手互握，相對大笑。二人又向著谷中癡望了一陣，才翻過山嶺，向谷中攀下。這一帶山勢險峻，兩人直花了一個多時辰才進入谷中。但見那谷極大，地勢險峻，四壁高峰入雲，二人若不是一路來到這高峰峻嶺之上，也絕不會發現這個山谷。

原來這山谷在不知多少年前曾是個火山山口，火山爆發多年以後，山頂崩潰，因而在這山頂之上形成了一個凹陷的平坦谷地。只因地勢低落，氣候溫和，加上谷底積存的湖水，才形成這個水草豐饒的福地。不知何年何月，谷中來了幾匹野馬，從此便在谷中繁殖，因環境得天獨厚，竟長成爲世間少見、健壯駿美的神駒。

凌昊天放眼望向草原上的野馬，有的在湖邊喝水，有的低頭吃草，有的彼此奔馳追逐，一匹匹都駿美已極，自己的非馬果然是從這個山谷出來的，心中歡喜，說道：「這兒的馬駿美如此，留在這谷中豈不太過可惜？」

趙觀道：「你打算如何？」凌昊天道：「咱們既然來到這裡，自該多帶幾匹馬出谷去。」趙觀道：「好！就帶一百匹走，我們各挑五十匹，怎樣？」

凌昊天笑道：「馴伏一匹非馬就費了我不少功夫，你要馴伏五十匹，想在這兒住上一年半載麼？」趙觀笑道：「咱們能馴伏多少便帶走多少。就算馴伏不了，也可以先趕回去了，再慢慢馴伏。」凌昊天道：「好，就是如此！」

二人當下各自馴馬趕馬，所幸這谷中眾馬性情都比非馬溫和許多，兩人在谷中待了十多日，已馴伏了五十多匹野馬，用樹皮搓成繩子栓上了。谷中多奇鳥野鹿，湖中多肥魚蚌類，兩人獵鹿捕魚果腹，竟都是少見的美味。晚間二人生起營火，躺在大湖邊上，眼望滿天繁星，傾聽湖水輕擊岸邊，有一搭沒一搭地閒聊，都感到從所未有的平和安逸，恬靜自在。凌昊天只恨沒有美酒共揮，趙觀只憾沒有美女作伴。

一個月後，凌昊天衷心愛上了這奇異的萬馬之谷，簡直不想離開了。還是趙觀忍受不了荒山野地的生活，更加忍受不了沒有女人的日子，頻頻催促凌昊天出谷離去。

二人於是將百來匹馬趕到一處，找到出谷的路，將馬匹成群帶出山谷。凌昊天臨走前回頭望向這寬廣瑰麗的山谷，留戀不已，說道：「這輩子不知還有無機緣重回此地？」

趙觀拍拍他的肩頭，笑道：「不如這樣，我跟你約定，咱倆四十歲那年，再一同回到此地，再帶個一百匹馬出谷。你說如何？」

凌昊天哈哈大笑，心知未來的事情難以逆料，然而只要有與好友趙觀的這麼一個約定，就算此生再也無緣回來此地，也足以慰懷了。

二人沿著阿爾泰山脈而去，不數日，但見迎面一匹白馬如旋風般快奔而來，正是非馬。原來非馬記掛著主人，將阿泰和紅綢帶到多坦多的營地之後，就回頭來尋，獨自在戈壁上奔馳了幾日，早已疲勞困頓至極。幸而啄眼跟著牠飛來，能幫牠找到水源，一馬一鷹為了找主人，竟在這大沙漠上互助合作起來。

非馬見到凌昊天，高聲長嘶，極為興奮。凌昊天看牠身上骯髒，瘦骨嶙峋，心中疼惜，忙拿出水來餵牠。啄眼落在凌昊天肩頭，伸喙在凌昊天臉上摩挲，狀極親熱。

趙觀笑道：「以前聽人家說：犬馬來生報。這馬和鷹搞不好眞是前世受了你的恩惠，這世來報恩啦。」凌昊天見到這對鷹馬對自己的忠心，也不由得感動。

非馬喝飽了以後，精神奕奕，見到其餘熟識的馬，歡喜如狂，與幾匹認識的馬摩鼻擦頸，甚是親熱。牠想在主人面前一顯身手，放蹄與群馬較勁，總能在馬群中一馬當先，遠遠勝出，牠為此昂首闊步，得意非凡。

第一百一十三章　天觀馬場

凌昊天和趙觀在非馬的帶領下，很快便與多坦多和紅綢、阿泰遇上了。多坦多見二人竟趕了上百匹的駿馬回來，只看得雙眼發直，驚喜交集，連忙幫著趕馬。一行人離開戈壁，迤邐回到漠南。

阿泰感謝凌趙二人的相救之恩，決定留下來替二人看管馬場，多坦多卻只想對這兩個神通廣大的漢人敬而遠之，回到漠南不久後，便向二人告辭。趙觀給了他豐厚的酬金作爲謝禮，多坦多大喜過望，帶著女兒前來道謝告別。紅綢見到趙觀，原本紅通通的臉頰顯得十分蒼白，竟不敢抬頭望他，道了聲再見就匆匆去了。

趙觀見到她臉上的恐懼之色，心中明白：「她是怕了我。這也難怪她，一個小姑娘受了這般的驚嚇，跟著我和小三出生入死，冒險犯難，怎能不害怕？嘿，敢於愛我趙觀的姑娘，還需要膽子大些的才行。」想著紅綢天眞可喜的神情，此後多半再也見不到了，心中也不禁有些悵惘。

卻說凌昊天和趙觀帶著大批神馬歸來的壯舉，登時轟動了河套地區。許多馬場主人聽聞此事，都一窩蜂爭相來買，凌昊天和趙觀卻不肯輕易出賣，在陰山腳下選了一塊水草豐美之地開闢馬場，細心照料這批神馬，直到遇上識貨的愛馬之人，才賣出一兩匹。但慕名而來的馬場主人、蒙古豪富日漸增多，馬場聲名日噪，那年冬天過後，凌趙二人的馬場已成爲漠南漠北十大馬場之一，號稱「天觀馬場」。

趙觀在杭州江家莊時便擺過富家子弟的派頭，現在自己賺了大錢，更是得意非凡，恢復起當年大少爺的神氣，整日游手好閒，一有空就拉著凌昊天上附近大城包頭的酒樓飲酒作樂，只恨這地方太過偏遠，沒有一家像樣的妓院。

凌昊天喝酒還是喜歡的，對上酒樓妓院卻沒什麼興趣，寧願待在馬場自斟自飲，但禁不起趙觀死拉活扯，只得偶爾跟他一塊上酒樓買醉。每當二人找好座頭後，趙觀便施施然游目四顧，一看到漂亮姑娘，臉上就像開了一朵花似的，盯著姑娘望個不停，直到姑娘離去爲止。有時姑娘看到他生得英俊，也跟他眉目傳情起來。趙觀只要能跟姑娘調情就開心了，有時被姑娘罵一聲輕薄下流，他不但不惱怒羞慚，反而引以爲樂。

凌昊天見得多了，也已習慣了，這日他看趙觀眼光飛得厲害，忍不住道：「我說趙兄，閣下該有點節制了吧！」

趙觀笑道：「有點節制？兄弟，我告訴你，這『知止』二字，正是箇中祕訣。」凌昊天奇道：「什麼箇中祕訣？」趙觀道：「你聽我說來。大學開章明義說了：『知止而后有定，定而后能靜，靜而后能安，安而后能慮，慮而后能得。』這幾句話乃是聖人傳下，君子追求淑女的祕訣，等閒還領悟不到的。」

凌昊天失笑道：「什麼君子追求淑女的祕訣，你這回胡謅也未免謅得離譜了些。」

趙觀搖手道：「我就說你不懂其中妙理。我得先知道節制，知道什麼時候該停下，才能定下心細細考慮我的策略，這就是『知止而後有定』。這麼一定心，就自然顯現出文靜的樣子，這就是『定而後能靜』。姑娘家都欣賞文靜的男子，大聲嚷嚷的粗魯漢子，姑娘是看不上眼的。我作出文靜的樣子，姑娘家就安心了，這就是『靜而後能安』。什麼是『安而後能慮』呢？姑娘既然安心了，兩方就能好好考慮考慮，看對方是否適合。這麼一考慮，就『慮而後能得』，美人自然就得手了。」

凌昊天哈哈大笑，罵道：「你這小子眞是他媽的色鬼一個，我若有妹子，打死也不讓她嫁給你。」

趙觀笑道：「你這小子又是什麼好東西了？一副聖人模樣，難道眞能坐懷不亂？」

凌昊天笑道：「你不是我，又怎知道我不能？」

趙觀肅然起敬，坐直了身，凝望著凌昊天，搖頭道：「說得是，說得是。我不是你，確實不能了解你怎能有這般了不起的定力。武林三大美女之二的蕭柔和文綽約兩位都對咱們凌三哥傾心不已，凌三哥卻絲毫不爲所動，一律棄如敝屣，拒美女於千里之外。唉，好狠的心，好堅定的性情，好了不起的柳下惠！」

凌昊天只被他逗得大笑不止，說道：「別胡說八道啦。喝酒，喝酒！」

這日二人又去酒樓飲酒，隔壁桌來了一群十多個維吾爾族人，趙觀的目光立時落在其中的一對姊妹身上，再難移開。凌昊天順著他的目光看去，但見姊妹倆都生得極為清麗，秀眉大眼，鼻挺口小，膚色白皙，與蒙古姑娘的棕膚扁鼻大不相同。趙觀見那群維吾爾人作商賈打扮，大約是來蒙地作貿易的。他又向那對姊妹望了一陣，終於忍不住走上前去，拱手問道：「各位老兄，請問你們想買馬麼？」

凌昊天見他臉皮竟厚到這等地步，直便想上前將他拉將回來。卻聽一個維吾爾老漢說道：「不了，多謝。我們是來看明天的馬賽的。」其餘人齊聲附和，一桌子轟然談起賽馬的事情，好不熱鬧。

此時正是夏末，正值草長馬肥的季節，自古大草原在這時節依例要舉行賽馬大會。這群維吾爾人來漠南辦貨，有意湊上這場馬會，因此特別多留幾日，來看個熱鬧。趙觀聽說他們第二日要去馬會，登時興高采烈，說道：「我兄弟有匹出奇的神馬，明兒定要奪得頭彩，你們明兒要去，正好可以看到我兄弟大顯身手。」說著回頭向凌昊天一攤手。

凌昊天想都沒想過要出賽，聽趙觀硬將自己扯上，不甘受此陷害，當下走上前笑道：「我這位兄弟太過抬舉啦。說句老實話，大家都說今年最有希望奪得頭彩的，便是咱這位趙兄弟。我們自己兄弟不必相爭，再說我騎術也不如你，今年馬賽就看你的了！」說著在趙觀肩頭重重一拍。

趙觀只好苦笑，正不知該如何下臺，忽聽隔壁桌的蒙古人開口道：「今年誰都別想得勝啦！七王子決定要參賽，誰敢勝過他？」眾維吾爾人忙問究竟，整個酒樓登時七嘴八舌，幾張桌子的客人一起開口，高談闊論明日的大賽馬會，猜測誰會脫穎勝出。

凌昊天向趙觀笑道：「老兄，你明兒真要去比賽？」趙觀道：「我這輩子從沒賽過馬，不試試怎知不行？若是能贏得美人青睞，那是最好。」凌昊天笑道：「就怕你落敗歸來，美人兒就棄你不顧啦。」趙觀自知馬術尋常，聽他這麼說，皺起眉頭，當眞擔起了心來。

二人身爲大馬場的主人，遇上這等賽馬盛會，循例自要派出幾位馬師出賽。凌昊天早先已讓五六個有心一試身手的年輕馬師準備出賽，曾跟他們同去戈壁的小夥子阿泰也在其中。當日下午二人回到馬場，便去看馬師們練習。趙觀是南方人，對馬匹總不自覺地有幾分排斥，覺得牠們又臭又髒，不願親近，因此雖已當了一年多的馴馬師，對馬匹卻始終沒有什麼熱情。他考慮再三，終於打消了出賽的念頭，轉而慫恿凌昊天騎著非馬去跑一趟，技壓全場。凌昊天知他一意想藉此親近那兩個維吾爾姑娘，便不爲所動。

趙觀無奈，好在他臉皮甚厚，追求姑娘的忝顏無賴無人能及，次日便假裝跌傷了腿，撐著枴杖去參加馬會。凌昊天看了，也不由得搖頭，笑罵道：「你這小子，你是寧願假裝傷腿，也不願丟人現眼。」

趙觀笑道：「兩位姑娘見我受傷，說不定會心生同情，對我好些。」

日頭剛出，凌昊天和趙觀便帶著手下馬師一同來到大草原的跑馬場上，卻見當地已聚集了數千男女老少，即將上場的騎士們在起跑處整鞍備蹬，打點精神，個個神情緊張，有的大口喝酒壯膽，有的高聲談笑，有的默不作聲。

凌昊天替天觀馬場幾個馬師打點好了，說了些鼓勵的話，便和趙觀騎馬來到一百里外馬賽的終點處。但見該處早已搭好了大小帳篷，幾個蒙古高官坐在帳中喝著暖茶，顯然是這場馬賽的主持人。一旁小帳篷中放滿了布疋、馬具、茶葉、乾肉、奶酪等物，是要贈送給拔得頭籌的騎士的各色獎品。

第一百一十四章 賽馬盛會

凌昊天和趙觀在人叢中穿梭，找了個地方坐下喝茶，但聽四周眾人交頭接耳，紛紛猜測誰會勝出。有人道：「天觀馬場的馬出自萬馬之谷，哪有不贏的道理？」另一人道：「話雖如此，但他們派出來的馬師都是年輕新手，經驗不足，贏不過跑馬多年的老手。我倒以爲大兀吉馬場的多勇傑會贏。」又一人道：「七王子此番定會出賽。他的馬是龍變成的，怎會不贏？再說，七王子一出場，其他人又怎敢勝過了他？」

眾人一聽見七王子要出賽的話題，登時交頭接耳起來，有人言之鑿鑿，說七王子一定會來；有的說他是王公貴族，如何會來參加這等民間跑馬。有人說七王子的馬鞍是銀子打造的，馬蹬是金子打造的，許多人因此翹首而望，想一睹七王子出場的儀仗風采。

然而到了比賽開始之前，這七王子始終沒有出現。許多人大失所望，又紛紛認定天觀馬場或大兀吉馬場的馬師會贏。不多久，遠處號角響動，眾人都屏息而待，待號角長長地響過三次之後，一百里外的上百匹駿馬同時放蹄奔出，霎時之間如悶雷連響，大地震動，群眾紛紛高叫歡呼，爲自己看中或認識的馬師打氣。

凌昊天和趙觀遠遠望去，但見三乘馬在前領頭，當先的正是阿泰，大兀吉馬場的多勇傑與他齊頭並進，另有一匹黑馬緊隨在二人之後，但見黑馬上的乘客穿著一身黑色布衣，身形壯健，頭上包了塊粗布，隱約看得出是個濃眉大眼的漢子，卻不認識。凌昊天看了一陣，說道：「這人緊隨在後，養精蓄銳，多半會贏。你識得他麼？」趙觀搖頭道：「不識得。」

正說話間，當先三匹馬已將近終點，黑馬騎士忽然大喝一聲，夾緊馬肚，弓身而立，黑馬放蹄快奔，竟搶到阿泰和多勇傑之前，一馬當先。旁觀眾人大聲喝采，黑馬後勁十足，將阿泰和多勇傑拋在身後五六丈外，距離愈拉愈遠，最先到達終點。

看好阿泰和多勇傑的群眾都驚訝已極，互相詢問這黑衣騎士是誰，卻無人認得。眾人紛紛猜測他是何來頭，但見黑衣騎士放慢了馬蹄，一躍下馬，大步向著主帳走去。帳中幾個官員見到他，全驚得呆了，一齊搶出帳去，跪下叫道：「七王子殿下！」

此言一出，旁觀眾人都大驚失色，紛紛呼喊：「是七王子！眞是七王子！」

趙觀笑道：「原來這七王子畢竟來了。他出場比賽，卻不擺排場架子，故意不透露身份，倒是個人物。」凌昊天道：「他騎術極佳，這匹馬更是千中挑萬中選的良駒，他能在賽馬中勝出，絕非偶然。」

此時主帳之前已是喧鬧成一片，眾官員早將七王子迎入大帳，請他上坐。外面群眾都高聲歡呼：「七王子拔得頭籌！七王子拔得頭籌！頒獎，頒獎！」眾官員眼見小帳中的獎品都是粗劣之物，如何能夠送給一位皇室貴族？不由得手足失措，躊躇再三，不知該如何處理。一個官員恭恭敬敬地道：「七王子多爾特殿下，我們實在不知您要來參賽，不然定會派人特意保護，準備上好的獎品贈送。一切準備不周，還請您大人大量，勿要怪罪。」

七王子卻十分豪爽，笑道：「我出來跑跑馬，好玩而已，哪裡要人保護？至於這些獎品，就送給第二第三的兩位騎士吧！」官員們立即叫了阿泰和多勇傑進來，說道：「七王子慷慨厚賜，將獎品送給你們，還不快磕頭謝恩？」

便在此時，卻聽帳外一陣喧鬧，許多人齊聲喝道：「讓路，讓路！四王子駕到，還不快滾開？」

卻見十多個侍衛簇擁之下，一個三十來歲、衣飾華貴的男子乘著一匹高頭大馬橫衝直撞來到帳前，翻身下馬，大笑著走進帳篷，說道：「七弟，我來遲了，沒看到你大出風頭，真正可惜！」他身後的侍衛向著阿泰和多勇傑喝道：「兩個低賤平民，還呆在這裡作什麼？快滾出去！」說著便將二人轟了出去，又將在帳前看熱鬧的群眾全趨散了。

那七王子臉色一沉，說道：「四哥，你來觀賽也無不可，但幹麼要掃我的興致？」那四王子朗聲笑道：「我是特地來增你的興致，怎會掃你的興？少年英雄七王子多爾特要在賽馬會上大顯身手，作哥哥的怎能不來大大捧場？七弟，我沒有什麼賀禮可以送你，剛剛在外面看到幾個姿色不錯的女人，特別帶了來，就算是我送你的禮物吧。」拍了拍手，身後侍衛便拉上來十多個女子，個個嚇得臉色蒼白，跪在地上不敢抬頭。

多爾特嘿了一聲，臉色更加難看，說道：「四哥，這禮物我收受不起。」四王子笑道：「你不收也罷，我自己要了便是。來人，上酒菜來，我要跟七王子好好把酒談話，讓這幾個姑娘上來侍酒！」

趙觀和凌昊天等其他觀賽眾人見這四王子囂張跋扈，都皺起眉頭，紛紛離去。二人將要離開草原時，忽聽一人高聲叫道：「還我的女兒來！」趙觀回頭望去，卻見昨日遇見的十多個維吾爾人快步奔來，直往大帳闖去，卻被四王子的侍衛持刀擋住了。

趙觀見那對姊妹不在其中，心中一驚，忙上前探問，才知剛才一些士兵在人叢中穿梭，看到有姿色的姑娘就強拉了去，說要作爲獻給七王子的賀禮，那對姊妹正是被他們抓走了。

趙觀聽了勃然大怒，罵道：「他媽的，我還以爲他是個人物，原來也是個強抓民女、不知羞恥的渾蛋！」當下將枴杖一摔，撥開人群，直往大帳闖去。

凌昊天知他想去搶救那對姊妹，當即隨後跟上。帳外眾蒙古侍衛呼喝著上來阻擋，凌昊天和趙觀隨抓隨摔，這些蒙古侍衛如何是他們的對手，盡數被他們遠遠摔了出去。二人大步踏入大帳之中，趙觀喝道：「無恥畜生，竟敢在光天化日下擒擄女子？」

那四王子見兩個漢人打退門口侍衛，闖進帳來，大怒喝道：「什麼人？快快押出去殺了！」帳中幾名侍衛持刀衝上前，卻哪裡是淩趙二人的對手，轉眼都被踢倒在地。

趙觀大步上前，指著兩個王子罵道：「兩個渾蛋，贏了馬賽，就能任意擄去女子麼？」

四王子眼見這二人身手出奇，自己的侍衛都是千挑萬選的蒙古好漢，怎知在他二人手下竟是不堪一擊，只嚇得臉色霎白，心生惡念，陡然伸手抓住坐在自己身邊的一個維吾爾姑娘，持刀架在她頸中，叫道：「不要過來！不然我立刻殺了她！」

七王子多爾特卻站起身，望向二人，說道：「你們是什麼人？」

趙觀道：「我們是好管閒事、打抱不平的人。你要強搶民女，我偏偏不讓你們爲所欲爲，橫行霸道！」

四王子大聲道：「我是蒙古王子，每日都抓三五個姑娘回去服侍，這算得什麼？你們再不滾出去，我要父王來將你們兩個抓去亂刀砍死！」

趙觀嘿了一聲，忽然閃身欺向四王子，揮拳便向他的臉上打去。他出拳極快，四王子如何躲得開，啊喲一聲，登時被打得鼻孔流血，仰天摔倒在地。

趙觀上前扶起那個維吾爾姑娘，柔聲道：「別怕，沒事啦。」那維吾爾姑娘正是曾在酒樓見過姊妹中的姊姊，只嚇得臉色蒼白，靠在趙觀身上不斷發抖。

多爾特上前扶起四王子，皺眉道：「四哥，你快走吧。」

四王子抱著鼻子爬起身來，怒吼道：「老七，你快上去打他！這人膽大妄爲，該死之極！你怎不去打他？」多爾特道：「這兒我來處理，來人！快扶四王子出去，送他回去。」幾個侍衛抱傷上前，扶起四王子，急急出帳去了。

多爾特轉頭望向凌趙二人，臉露笑容，抱拳道：「多謝兩位替我將他趕走了。他擄掠這些姑娘來此，本非我意，兩位來得正好，我立時便送這些姑娘回去。」

趙觀一呆，說道：「就這麼容易？」

多爾特笑道：「我單獨來此參賽，本沒打算洩漏身分，沒想到我四哥多闊哈強橫多事，竟然跑來搗亂。來來來，我多爾特生平最敬佩英雄豪傑，兩位請坐下跟我一起喝一杯。」

凌昊天和趙觀見他誠懇平實，都心生好感。多爾特轉頭向旁邊的官員道：「快送這幾位姑娘出去，向她們的家人說，七王子十分抱歉，還請諸位大量原宥。你們幾個負責幫我看著，四王子若敢再派人爲難這些姑娘，立刻來通報我！」

那幾個官員原本縮在帳角不敢出聲，聽得七王子吩咐，連忙應聲將眾姑娘送了出去。

趙觀自不肯放過這個機會，親自扶著兩位維吾爾姑娘出帳去，送還給維吾爾族人。眾維吾爾人又驚又喜，向趙觀道謝不迭。那對維吾爾姊妹凝望著他，臉上都露出感激欽佩之色，那妹妹忽然跑上前來，在他臉上親了一下，隨即滿面緋紅，飛奔而去。姊姊沒有這般大膽，只低頭褪下手腕上的玉鐲子，上前交給趙觀，向他點頭示意，才回身離去。

趙觀心中滿是溫柔滋味，暗歎：「這兩位姑娘熱情如此，可歎那些蒙子侍衛太過膿包，被我一打就倒。我寧願爲她們多挨上幾拳幾腳，她們看在眼中定要爲我心疼，說不定會對我更好一些。」

他回過頭去，但見多爾特已來到帳外，向來看馬賽的群眾道：「大家別走！我已讓人運送美酒烤羊來此，大家不要客氣，盡情享用，不醉不歸！」

眾蒙民聽了都歡呼出聲。一場馬會原該如此熱鬧，眾人都同聲稱讚七王子豪爽好客，名不虛傳，又都慶幸四王子被人趕走了去，不用再擔心懼怕他的淫威。

多爾特對凌趙二人的身手極爲佩服，邀請二人入帳坐下同飲，說道：「我是達延可汗的七子，名叫多爾特。今日見到兩位豪傑身手不凡，有心結交，還盼兩位瞧得起我，不要嫌棄才好。」

凌趙二人都喜歡他的爽朗氣度，三人各自乾了三碗酒，多爾特又請了阿泰和多勇傑進來同飲，阿泰受寵若驚，恭恭敬敬地喝了酒，說道：「七王子殿下，你見過我們馬場的兩位主人了？」

多爾特一呆，轉頭望向凌趙二人，說道：「你們便是天觀馬場的主人？」凌昊天和趙觀點頭稱是。多爾特臉色一變，倏然站起身，說道：「不好了，大事不好了！我父親今晨說了，下午要去你們馬場，唉，事不宜遲，走、走，我跟你們一塊回去，盼能來得及阻止他才好！」

趙觀奇道：「怎麼，莫非你爹想來為難我們馬場？」

多爾特急道：「你不知道麼？我父親便是達延可汗袞弼里克。他幾次派人來向你們討馬，你們都不肯給，他為此十分惱怒，這回打算帶了軍隊親自去奪馬，定要將馬場全踏平了才甘心。你們還不快回去？」

凌昊天和趙觀對望一眼，都不由得皺起眉頭。二人知道袞弼里克乃是韃靼人的大領袖之一，勢力遍布河套南北，坐擁五萬大軍，十幾個兒子和麾下大將個個囂張跋扈，不可一世，唯有駐紮在陰山附近、他的叔叔俺答可以與之抗衡。這麼一位稱霸一方的塞外雄主，凌昊天和趙觀卻從來不賣他的帳，甚至連一匹馬也不肯賣給他，袞弼里克惱羞成怒之下，想必會前來找麻煩，只沒想到他竟來得這麼快。

多爾特比他二人還著急，攤著二人上路，向馬場趕去。三人匆匆離開了賽馬草原，馳出數十里，便遇上一隊全副武裝的士兵。多爾特向眾人探問，士兵答道：「今晨俺答王爺來訪，可汗便同王爺一塊往陰山下的天觀馬場去了。王爺半路上說有興致打獵，可汗便差我們回大營取來他的獵鷹和金弓銀箭。」

多爾特點了點頭，說道：「他們還沒到馬場就好。他們在哪裡打獵？」士兵道：「就在前面。」

三人縱馬上前，不多時，果見前面黑壓壓的好大一群人，為數過千，個個全副戎裝，皮帽輕裘，精神飽滿，手持弓箭，人聲馬聲混雜成一片。

多爾特低聲道：「我去找父王，說你們是我的朋友。最好他看在我面上，不去爲難你們的馬場。」凌昊天和趙觀看到這等陣帳兵容，也不由得吃驚，心想：「這麼一大群士兵，要來踏平我們的馬場，可是輕而易舉，不費吹灰之力。」

第一百一十五章 塞外霸主

多爾特正要策馬上前，忽聽頭上一聲長唳，一隻大鷹展翅劃過天際。圍獵眾人齊聲高呼，當中一個衣著華貴的老者拍馬追上，仰天拉弓，一箭直向大鷹射去。那鷹極爲靈活，微微一側身，便避了開去。老者哼了一聲，又抽出一枝箭，仰天射去。

凌昊天此時已看出，那大鷹正是自己的啄眼。他怎能容人射擊他的老鷹，從身上掏出幾枚銅錢，向老者發出的箭擲去。他暗器功夫已臻一流，加上內力深厚，銅錢劃空而過，在空中將老者的箭打成兩截，落下地來。老者一呆，隨即又舉弓射箭，咻咻咻連出五箭，卻全被凌昊天打折了落下。

眾人見此情況，都是又驚又怒，一齊轉頭望向凌昊天。一個身穿花色狐裘，貴官模樣的中年胖子縱馬而出，指著凌昊天喝道：「哪裡來的蠻子，竟敢打擾我等打獵？給我殺了！」

多爾特忙策馬上前叫道：「父王！這兩位是我的朋友。」

中年人望向多爾特，臉色稍緩，仍不悅道：「老七，要你朋友走一邊去！你二爺爺在射鷹，誰敢打擾，誰就死！」原來這胖子便是達延可汗袞弼里克。

凌昊天向袞弼里克打量去，卻見他一張大圓臉上留著稀稀落落的焦黃鬍鬚，下巴翻成三疊，體型肥胖臃腫已極，騎在馬上活像是一團大肉球，也不知那馬怎麼支撐得住。凌昊天又向方才射鷹的老者望去，心想：「原來這人便是俺答。」他知道俺答是前達延可汗的次子，現任達延可汗袞弼里克的叔叔。但見他年紀雖老，卻腰挺背直，精神矍鑠，一張瘦臉掩埋在灰白的鬍鬚之下，露出一雙銅鈴般的眼睛，炯炯有神。

多爾特見父親不快，忙向凌昊天和趙觀道：「兩位兄弟，我們到一邊去吧。」

凌昊天還未開口，俺答已然發話，望著凌昊天道：「小子，你會射箭麼？」凌昊天搖頭道：「不會。」俺答凝望著他，說道：「你來，把那隻鷹射了下來！」凌昊天仍舊搖頭，說道：「我不射。那是我的鷹，誰都不准射牠。」

袞弼里克揮鞭怒道：「狂妄小子，竟然敢不聽命令？來人，把他抓起來鞭打一百！」便有二十多個士兵衝上前，圍繞在凌昊天身邊。

趙觀笑道：「啊喲，打不到天上的鷹，只好來打地上的人了。只怕你連人也打不到。」

便在此時，啄眼看到主人，歡鳴一聲，從高空落下，凌昊天從馬鞍旁取過牛皮套子，搭在左臂上，一聲呼哨，啄眼便伸出巨爪，落在他的左臂之上，收翅昂首，顧盼生威。眾人但見凌昊天跨白馬，攜獵鷹，人是雄健的好漢，馬是高駿的神駒，鷹是昂揚的巨鷹，好一幅豪壯景象！即使是在大漠上耀武揚威了一世的武官大將，都不禁爲他的氣度折服。

俺答卻哼了一聲，彎弓搭箭，平向啄眼連珠射出七箭。箭聲咻然劃過，來勢勁急，凌昊天側過身，將啄眼置於身後，右手急出，將俺答的七枝箭一一抓在手中。

他露出這手空中抓箭的高明功夫，旁觀眾蒙古士兵都是前所未見，大開眼界，忍不住出聲喝采，但見俺答臉色陰沉，才趕緊閉口噤聲。

袞弼里克側眼向叔叔望去，心中暗暗高興。他和俺答各擁重兵，叔姪素來不和，常在暗中一爭長短，他眼見俺答射箭失利，當下哈哈一笑，說道：「叔叔，人人都說你是大漠上第一神箭手，誰知英雄出少年，比起今日的年輕人來，卻還是要遜色一籌了，哈哈，哈哈！」

俺答臉色難看已極，忽然舉起手來，喝道：「瞄準！」他身後三十名近衛精兵一齊舉起弓箭，對準了凌昊天。草原之上，上千對眼睛集中在俺答的手臂，都知道他這手臂一落，數十枝箭便會向凌昊天射去，任他武功再高，也無法保得全身而退。多爾特見狀，也不禁嚇得臉色發白。

凌昊天右手輕撫啄眼的羽毛，側目向俺答瞪視，臉上毫無懼色。趙觀騎馬在他身邊，臉上笑嘻嘻地，好似全未將眼前的危險放在心上。

四周靜了一陣，才聽俺答冷冷地道：「將這鷹交給我，饒你一死。」

凌昊天望著他，說道：「不給。你敢放箭，我要讓你此後再也無法射箭。」

俺答雙眉豎起，口唇微張，一句「放箭」正要出口，凌昊天忽然一振左臂，啄眼高鳴一聲，沖天飛起，轉眼衝過眾人頭頂，遠遠地直入雲霄。眾人一驚之下，俺答已然下令，「放箭」嚴令之下，三十枝箭一齊向著凌趙二人飛去。

便在此時，一條黑色長索橫空飛出，打落了二十多枝箭，正是趙觀的蜈蚣索。剩下的七八枝箭在凌昊天的掌風之下紛紛偏了準頭，插入土中。眾近衛尚未來得及搭起下一枝箭，凌昊天已從馬上躍起，直向俺答撲去。

俺答大驚失色，但他畢竟是身經百戰的沙場老將，臨危不亂，拉滿弓弦，一枝羽箭直向凌昊天面門射去。凌昊天側頭避過了，左手急出，已扣在俺答右腕之上，將他扯下馬來，右臂勒住了他的頭頸。俺答驚呼出聲，凌昊天手指微微用力，俺答只覺右手腕劇痛難當，額頭冒出汗珠，只能強忍著不叫出聲來。

這一下變起倉促，眾人原本只道凌趙二人就將屍橫就地，豈知二人不但無事，凌昊天更快捷無倫地制住了俺答。俺答的近衛官兵盡數臉色煞白，知道自己此番護衛無力，必然遭到極嚴厲的懲罰，難逃一死，現在就算想冒死搶救主子也已不易，眾人眼睜睜地望著凌昊天，不知是希望他就此殺死俺答多些，還是希望他忽發慈悲放過俺答多些。

袞彌里克眼見俺答在大家面前出此大醜，心中大為快意，出聲喝道：「小兄弟，莫要傷了王爺，快快住手！王爺不過是跟你們玩兒的，豈會眞傷了你們？」多爾特也叫道：

「凌兄，勿要傷我二爺爺！」

凌昊天哼了一聲，鬆手退後，更不向俺答再看上一眼，拍拍身上灰塵，大步走回。俺答哪裡見識過這般出奇如神的身手，竟呆在當地，良久說不出話來。

俺答愈是失魂落魄，袞弼里克心裡便愈是得意，笑道：「老七，你這兩個朋友當眞不簡單！好、好！這等英雄壯士，本王豈能不敬重？來來來，我們今晚在大營舉行宴會，帶你這兩個朋友一起來參加，到時我還重重有賞！」

多爾特眼見父親剛才還要手下殺死凌趙二人，轉眼卻又對二人讚賞有加，眞是喜出望外，連忙抓緊機會，上前說道：「父王，這兩位便是天觀馬場的主人，凌兄弟和趙兄弟。我和兩位飲酒結交，是好朋友。」

袞弼里克聽了，微微一呆，隨即笑道：「那眞巧了，我正想去拜訪你們的馬場，現在你們在這兒，不如便領我去貴馬場挑選幾匹上好的馬回來。」

趙觀笑道：「上好的馬是有，但要能配得上閣下的地位，又能支撐得了閣下身材的，恐怕一匹也沒有。」多爾特微微皺眉，心想：「趙兄怎地如此不識大局，半點面子也不給人？爹爹要是惱將起來，他二人還有命麼？」

袞弼里克卻並未聽明白趙觀的取笑之辭，說道：「今日天色已晚，不如改日再去吧。老七，誓師之宴日落後就要開始了，你請兩位英雄同去赴宴。叔叔，咱們一塊走吧。」

俺答重重地哼了一聲，一言不發，舉手下令，整隊逕往袞弼里克的營地去了。

多爾特噓了一口氣，縱馬來到凌趙二人身旁，說道：「父王難得這般和顏悅色，想來真是對兩位萬分敬重佩服了。今夜大營有宴會，兩位請一定要賞面。」

哀弼里克也親自縱馬過來，臉帶微笑，向二人道：「兩位英雄，我韃靼人最欣賞豪傑，請你們務必來我大營，待我親自向兩位敬酒。還請兩位不要拒卻才好。」

凌趙二人對望一眼，便答應了，當下與多爾特一起回向哀弼里克的大營。

來到營地之外十數里處，遠遠便見一堆極大的火堆，周圍搭起各色各樣的華麗帳幕，其外是整整齊齊成排成列的士兵，不知有幾萬人，個個持矛肅立，等候哀弼里克回營。

哀弼里克馳馬來到眾士兵之前，肅然巡視一周，才道：「宴會開始，卸甲！」眾士兵登時放下兵甲，成行退去，秩序井然。哀弼里克轉頭望向勒馬立在一旁的俺答，臉上露出得色。俺答臉上不動聲色，只微微點頭，說道：「看來你已有必勝的把握。」哀弼里克笑道：「我這些兵士也可說是訓練有素了，再加上叔叔手下驍勇無匹的戰士相助，怎能不大勝而歸？」說罷哈哈大笑。

主帳之前已有二十多個官員王子等候著，恭迎哀弼里克和俺答入座。哀弼里克讓多爾特和凌趙二人也坐在主帳之中，羊肉烈酒如流水般送上來，一旁的樂師奏起胡茄、琵琶、羌笛和皮鼓，甚是熱鬧。火堆前眾士兵和姑娘紛紛起舞，吃喝宴樂，放眼望去便是一片喧鬧昇華氣象。酒酣耳熱之際，二十多個少女出來跳舞，眾女頭戴珠簾小帽，身穿鮮豔夾襖，雙手各持一把木筷，跳起蒙古筷子舞，各筷時而互相敲擊，時而敲在肩上、腰上，發出沙沙聲響。眾女郎窈窕多姿，活潑健朗。

凌昊天和趙觀從未見過這般盛大的蒙古慶典，甚覺新奇，正和多爾特指點談論時，袞弼里克忽然站起身，舉起手來，樂聲登時停止。袞弼里克環視四周，朗聲道：「七王子多爾特聽命！」

多爾特趕忙走出，在父王面前一膝跪地。袞弼里克笑道：「你今日拔得賽馬大會的頭籌，很為我王族子弟爭氣。本王特賜給你駿馬十匹、美女十名、珍珠百粒。」多爾特臉露喜色，向父王跪下謝賞。

袞弼里克又道：「另有一件重任，便在此託付於你。下個月我軍將與俺答軍隊聯手征服河套十七鎮，便以你為前鋒！」多爾特叩首領命。眾士兵將官聞言，盡皆高聲歡呼，士氣高昂。

凌昊天和趙觀都是一呆，對望一眼，從對方眼神中看到了憂慮恐懼。二人早曾聽說袞弼里克雄心勃勃，有意進犯中原，此時見了他的兵力，當眞精銳剽悍，如狼似虎，大明鎮邊軍隊軍備鬆弛，將兵怠惰，如何是他的對手？

待多爾特回來坐位，趙觀便歎了口氣，握著他的手道：「兄弟，我原本想與你長久交往，現在聽說你只有一個月的壽命，心中當眞好生惋惜。」

多爾特一呆，說道：「趙兄，你說什麼？」

袞弼里克也聽到了趙觀的話，轉過頭來望向他，冷冷地道：「多爾特，你這位朋友知不知道自己在說什麼？」

凌昊天站起身，指著站在火圈之外手持刀戟弓箭的戰士，朗聲道：「你想憑著這些士兵侵略中原，如何能不大敗而歸？我們中原好漢以一抵百，輕易便將你的士兵打得落花流水。」他話聲極響，在廣場上遠遠傳了出去，眾人登時安靜了下來。誰也料想不到這漢人青年會如此大膽，當面潑哀彌里克的冷水。哀彌里克素來暴躁倨傲，如何能忍受這等無禮之舉？場中人人提心吊膽地望著哀彌里克，看他要如何發作。俺答坐在一旁自顧喝酒，好似全未注意，顯然想置身事外，靜觀哀彌里克如何反應。

但見哀彌里克放下酒杯，轉頭望向趙觀和凌昊天，臉色甚是難看，卻勉強哈哈一笑，說道：「漢人體質羸弱，膽小如鼠，怎能抵擋我的精兵？老七，你這兩位朋友喝醉了，快帶他們下去。」

趙觀接口道：「只怕喝醉的是你。我兄弟的話說得清楚得很，你是聽不懂呢？還是不相信？」哀彌里克臉色一變，正要答話，凌昊天已站起身，說道：「你若不信，不妨試試看。你讓一百個士兵上來圍攻我，看我能不能抵擋得住。」

哀彌里克眼見這二人出言不遜，狂妄大膽，心中惱怒益盛，暗動殺機，叫道：「好，我就試試！來一百名精兵衛隊，去將這人殺了！」他手下百名精兵轟然答應，披甲持刀，衝到主帳之前。

凌昊天緩步走到場心，環目四望，但見這些精兵個個雄壯勇武，形貌凶猛，但各自分散而立，不成陣勢，顯然並無聯手合攻一人的經驗。他轉頭向袞弼里克道：「刀劍不生眼睛，我若傷了你的手下，莫要怪罪。」袞弼里克冷笑道：「我怎會怪罪死人？」

趙觀也已來到場邊，他知凌昊天身上向來不帶兵器，便拔出腰間單刀擲了過去，叫道：「小三，接刀！鐵甲兵行動不快，但不易擊傷，小心了。」

凌昊天伸手接住，說道：「我理會得。」束緊腰帶，向旁邊一個軍官道：「借你的長槍一用。」那人一呆，還未回答，但覺手上一鬆，一柄長槍已被凌昊天無聲無息地抽了去。凌昊天揮刀斬斷槍頭，成了一根長棍，他一手持刀，一手持棍，來到場中，大喝一聲：「出手吧！」

趙觀退開一步，解下腰間蜈蚣索，以防凌昊天一時疏忽失手，便能出手相助。他素知凌昊天武功極高，氣勢過人，但獨自對敵一百名蒙古士兵畢竟是極為凶險之舉，手心也不禁為他捏了一把冷汗。

但見眾士兵紛紛呼喝，揮刀舞槍向凌昊天衝上。凌昊天並未站著等候眾人攻來，施展輕功直衝入士兵群中，左手持刀擋住士兵刀槍攻擊，右手長棍直劈橫掃，中棍之人不是穴道被點，便是手腳骨折，紛紛摔倒在地。眾士兵見他威不可當，都不由得心生驚懼，紛紛呼喝壯膽，隨後追上，揮武器向他攻去。凌昊天身法快極，士兵無法追趕得上，眼望凌昊天總在自己身前三丈之處，卻如何也刺不到他，而前面圍在他身邊的士兵則一一驚呼倒地。

凌昊天早知自己以一對多，要訣便是不能停留一地，須讓敵人捉摸不定，以快攻取勝，因此不斷在士兵之中穿梭移動，雙手刀棍齊施，勢如破竹，這一百人竟始終無法將他圍住而攻，秩序大亂，互相追逐踐踏之下，已是潰不成軍。但這些都是千中挑萬中選的蒙古好漢，勇悍過人，仍舊緊逼不捨，奮力猛攻。凌昊天見人數漸少，出手便愈來愈輕，木棍揮處，點上六七人的穴道，單刀翻處，將靠近身邊的數名士兵手中兵器打飛，伸腿將眾人踢飛出去。轉眼之間，一百人已折損了六十多名，餘人雖仍叫喊衝上，卻已氣勢大減。

衮弼里克的親兵隊長眼見情勢不對，衮弼里克臉色愈來愈難看，連忙找了豢獸師來，下令道：「放豹子！」

這時凌昊天已操勝券，他身邊三十多人大多已負傷，就算沒有負傷也心驚膽戰，不敢衝上前去挨打，但在可汗面前不敢怠慢，仍舊大聲呼喝，伺機攻上。凌昊天將單刀遠遠向趙觀扔出，丟下長棍，空手對敵餘下士兵，大喝一聲，叫道：「通通躺下！」揮掌向四方打去，掌風強勁，發出呼呼聲響，近前的士兵被他掌風襲擊，不由自主向後跌出，閉氣暈去。凌昊天十掌打過，眾士兵紛紛倒地，再也爬不起身。

第一百一十六章　十箭十年

蒙古人最重英雄，眼見凌昊天武勇出奇，都看得驚奇動容，忍不住高聲喝采。便在喝采聲中，忽聽數聲豹吼，四條黑影從帳邊搶上，張牙舞爪地向凌昊天撲去。

趙觀搶將上前，怒道：「打不過便放豹子咬人，好不要臉！」揮蜈蚣索纏上一隻豹子的頭頸，那豹子大吼一聲，被毒翻在地。趙觀抬頭向凌昊天望去，卻見他不但毫無懼色，臉上竟露出笑容，顯然有十足把握對付群豹，心下也不由得驚奇：「這小子當眞膽大包天，連這等猛獸都不怕。」

卻不知凌昊天從小便在虎山中與老虎山豹打玩著長大，對付豹子正是得心應手。豹子素以行動快捷著稱，凌昊天卻比牠們更快，一人三豹在廣場中追逐來去，旁觀眾人幾乎看不清他們的影子。主帳中袞弼里克和諸王公大臣都看得驚訝已極，不知世上竟能有此等人物，能與猛獸空手搏鬥。但見凌昊天又奔躍了一陣，倏然停下，伸腿踢出，正中一隻豹子的耳際。那豹子吃痛，跳了開去。凌昊天一躍上前，雙手急出，按住了餘下兩隻豹子的頭。那兩隻豹子被他按捺在地，竟自不能動彈，嗚嗚而叫。凌昊天笑道：「這些豹子訓練得還算可以，放你們去吧！」雙手一鬆，負手站在當地，那三隻豹子已被他嚇得狠了，紛紛夾著尾巴逃去，鑽入了獸籠。

凌昊天大步走到袞彌里克身前，說道：「現在你信了麼？」

袞彌里克握緊拳頭，怒不可遏，忽然側頭瞥見俺答坐在一旁，好整以暇，嘴角露出微笑，心中一動：「我在俺答面前不可失態。這兩個小子不是平凡人物，何不將之收羅旗下，爲我效力？諒俺答旗下絕網羅不到這樣的人物！」當下哈哈大笑，走出帳中，捋鬚大笑，說道：「好，好，好！兩位武功過人，果然是英雄豪傑，不同凡響！袞彌里克衷心拜服，來人！我要親自爲兩位倒酒，以示敬意！」

此言一出，旁觀眾蒙古士兵都轟然喝采。眾人都爲凌昊天的身手目眩神馳，敬佩無已，加上他出手自制，雖打退了一百名士兵，卻未殺死或重傷一人，旁觀眾人都知他存心手下留情，對他只有更加敬服。

袞彌里克從手下手中接過酒來，果然親自爲凌昊天和趙觀倒酒，雙手遞上，三人同時仰頭喝盡。根據蒙古習俗，一同喝酒便表示將對方當成了自己人，此後不能再互相傷害或背叛。多爾特眼見父王在眾目睽睽下行此大禮，對二人禮敬有加，吊著的一顆心終於放了下來，剛才驚得蒼白的臉上也多了幾分血色。

卻聽俺答冷笑一聲，說道：「袞彌里克，聽你口氣，莫非下個月便不出兵了麼？」袞彌里克回頭望向他，微笑道：「我見到漢人中有這樣的勇士，哪裡還敢出兵？叔叔便請自己去吧，我恕不奉陪了。」

俺答仰天大笑，說道：「達延可汗的子孫中，豈有似你這般膽小如鼠的人物？竟被這兩個小子的幾下花招嚇得不敢動彈！」

袞弼里克冷笑道：「叔叔，你知道什麼是天命麼？我是巴爾巴可汗的長子，繼承達延可汗之位，這便是天命。今日我們出師在即，老天卻派了兩個漢人來警告我們，讓我們心生警惕，不可輕舉妄動，這也是天意。你若不信天意，何不派你的手下去試試殺死他們？只怕你違背天意，殺戮英雄，反要遭到天譴！」

俺答微一遲疑，他這次帶來的人馬雖只有三百多人，但都是戰士中的菁英，自己若下令圍攻凌趙二人，多半有殺死他們的實力，但袞弼里克又怎會坐視？他定會借機指責自己殺害豪傑，引起公憤。此地是袞弼里克的大營，俺答不願輕舉妄動，但要就此離去，又心有不甘，忽然起身出帳，向著趙觀道：「小子！你敢不敢空手接我十箭？」

趙觀早先在獵場上曾見過俺答向啄眼和凌昊天射箭，知他膂力過人，箭術精妙，自己功力不到，無法如小三那般空手接箭，若不用兵器，能否躲開他的十箭倒也難說。趙觀心中念頭急轉，微微一笑，說道：「有什麼不敢？我知道你不敢向我兄弟挑戰，才轉而指名找我。若非他當時手下留情，你現在還能射箭麼？」

俺答臉色陰沉，冷冷地道：「少說廢話，出來！」

趙觀回頭向凌昊天望了一眼，凌昊天道：「看他的眼神。」

趙觀微微點頭，走到場中，離俺答十五六丈距離站定，說道：「我若接得了你十箭，你就得承諾放棄出兵。大丈夫說話算話，我要你給一句承諾！」俺答冷然道：「好，就是如此！我若十箭射不中你，下個月便不去侵略河套。」

趙觀笑道：「你說話倒懂得留下餘地。下個月不去侵略河套？我可不會這麼容易便上當。我出來冒險受你十箭，難道只能保得河套一個月的平安？你道我是傻子麼？不如這樣，你射一箭，就算一年；十箭射不到我，就十年都不得去侵略中土。如何？」

俺答是個野心勃勃的雄主，但聽趙觀的條件愈開愈大，哪裡能就此答應？喝道：「莫再胡說八道，討價還價。你接得住我的箭再說！」

趙觀道：「好，我接得住，就由我開條件、定規矩，這可是你說的。」

俺答不再答話，緩緩舉起弓箭，彎弓瞄準。趙觀收起笑臉，凝神望向俺答的眼睛，一瞬也不敢瞬，果見他眼睛往左微偏，知道他將射向自己左側，更不思索，便向右方跨出一步。但聽咻的一聲，俺答的羽箭已從身側飛過，當眞是如流星火光，迅捷無比。趙觀心中怦怦亂跳，繼續凝望俺答的眼神，但見他的眼睛微微一動，便預先避開，俺答連珠發了七箭，都被他巧妙躲開。

俺答心中焦躁急怒，不知對手的反應如何能快到此地步，似乎自己箭還未發就已料知箭的去向，忽然心中一動，瞇起眼睛，將最後三箭連續發出。趙觀看不出他眼珠的動態，心中一慌，轉眼三枝箭已來到眼前，一射頭面，一射胸口，一射小腹，讓他無可迴避。

圍觀眾人驚叫聲中，但見趙觀一側頭，第一箭險險從他鬢邊擦過；他接著向後仰倒，第二箭便從他面前飛過；第三箭已跟著飛到，直向他小腹射去，卻是如何也來不及避開了。但聽趙觀低呼一聲，彎腰捧腹，雙手握住了箭柄，那最後一枝羽箭似乎已射入他腹中。

凌昊天大驚叫道：「兄弟！」飛身上前，但見趙觀緩緩站直身子，嘴角露出笑容，左手握箭高高舉起，叫道：「一箭一年，十年無兵！」眾人見他竟沒被射死，都不禁又是吃驚，又是訝異。凌昊天見他並未受傷，才噓了口氣，一瞥眼間，但見他腰帶上露出半截鐵鑄金剛杵，已被箭頭打得凹了，想來他剛才彎腰時抓住金剛杵擋住來箭，才逃過一劫，也不禁佩服他的急智反應。

俺答只看得呆在當地，方才明明見到這箭射入他腹中，他怎麼可能還活著？箭上又怎會連血跡也沒有？但聽趙觀逼問起十年不犯邊的誓約，那是他如何也不肯認帳的，大喝道：「小子作弊，不算！」

趙觀笑道：「大家有目共睹，我空手接了你十箭，如何不算數？你身爲一族之首，竟然說話不算話，如何讓部將信服？如何建立軍紀？如何樹立軍威？如何指揮士兵？你若違反諾言出兵犯邊，必然軍心渙散，大敗而歸，落荒而逃，片甲不留！你記著我的話！」

俺答面色發青，大聲道：「無恥漢人，只知胡言亂語！我們走！」率領三百名手下一起離席，頭也不回地去了。

哀弼里克從未曾見到俺答如此惱怒狼狽，當眞是心花怒放，對凌趙二人只有更加看重賞識，親自拉著二人的手回到帳中，敬酒賜宴，以貴賓之禮相待，榮寵尊重，無以復加。

此後數日，袞弼里克仍對凌趙二人禮敬萬分，亟意攏絡，日日美酒美食招待，絲毫不苟，又在眾軍官士兵前加意稱讚二人的武功勇氣，命令眾人效法學習。

凌昊天和趙觀本想早早離去，但看在袞弼里克誠心禮敬的分上，又喜歡和多爾特結交，便留了下來。

趙觀一如既往，決不肯辜負了風流浪子之名，早早便看中了大營中最美的一位姑娘，著意親近。這少女便是袞弼里克的小女兒，多爾特的小妹子阿緹公主，年紀雖幼，姿色已冠絕當地，號稱蒙古第一美女。阿緹公主當時也在那誓師會上，親眼見到凌昊天和趙觀二人的勇氣豪氣，心中生起無限嚮往。她少女情懷，對英雄人物不免充滿幻想，便常特意來到七哥的帳幕盤桓，藉以親近凌趙二人。

趙觀對小姑娘的魅力似乎比他的毒術還高上一籌，幾日下來，阿緹公主已對趙觀傾倒不能自已，一有空便跑來七哥住處與趙觀幽會，情不自禁。蒙古年輕小夥子得知美人阿緹公主對這小白臉漢人青眼有加，都心生不忿，許多便揚言要找趙觀拚命，卻都被袞弼里克和多爾特的手下侍衛攔阻住了。

如此半個月過去，這日晚間袞弼里克又宴請二人，讓身邊眾王公大臣相陪。他在席間再次大加讚賞凌趙二人的武功出神入化，勇氣過人，眾王公大臣也齊聲附和，讚譽巴結、吹捧拍馬之聲此起彼落，良久不絕。

凌昊天聽得氣悶，正想告知自己想要離去，袞弼里克忽道：「兩位在我這兒住留日久，想必已覺得閒居無事，怪本王未能重用好漢。我今日便宣告一個好消息與你們知道。凌昊天聽令：茲令你擔任大營軍隊的總軍教師，專責訓練士兵作戰殺敵之技。趙觀聽令：茲令你擔任本王近衛精兵總管，專責調教近衛精兵的武功和臨事反應。兩位是人中豪傑，想必不會讓我失望。」說著哈哈大笑。

凌趙二人對望一眼，一齊起身道：「多謝可汗封賞，但我二人不能擔當，還請收回成命。」

袞弼里克一呆，說道：「怎麼，難道這些日子來，我對兩位的招待還不夠周到麼？」凌昊天道：「招待周到已極，只是我們絲毫不懂得帶兵打仗，不堪勝任，不願見可汗所託非人。」

袞弼里克望向趙觀，說道：「趙英雄，你也是此意麼？」趙觀笑道：「我除了吃飯喝酒、拉撒睡覺，其他什麼也不會，你讓我訓練你的近身士兵，不怕我把他們教成一群酒囊飯袋麼？」

袞弼里克臉色微沉，哼了一聲，說道：「也罷，好！你們不願意幹也罷。」轉向其餘部下，大聲道：「大家呆著作什麼？快喝酒啊！」會中眾人見袞弼里克惱羞成怒，忙低頭默默吃喝，以免袞弼里克將一口怒氣出在自己頭上。一場筵席草草收場，不歡而散。多爾特極爲擔心父王會對凌趙二人痛下毒手，但知他們絕不會接受父王的任命，便也不去相勸，只命手下留心父王的行動，若見他有意找淩趙二人的麻煩，便能預先通知二人走避。

豈知袞弼里克並未再強逼二人，仍是每日令手下殷勤招待，唯一不同的是加強了對二人的監視看守，扣留住二人的馬匹，顯然有意不讓他們離去。淩昊天和趙觀見此情勢，知道要硬闖出去不免大戰一場，便靜觀待變，若無其事地繼續住下，對監視看守自己的衛兵視而不見，仍舊每日與多爾特騎馬打獵，飲酒談笑，似乎還過得更加開心。

如此過了半月，袞弼里克又派人請二人來自己的主帳。淩昊天和趙觀不知他又有何計謀，相偕來到主帳。卻見袞弼里克坐在帳中，滿臉堆歡，說道：「兩位英雄請坐。今日是眞有喜事要跟兩位說了。我的女兒阿緹剛滿十六歲，正是出嫁的年齡。趙英雄，我想將她許配給你。哈哈，不要跟我推辭客氣，我知道你十分中意她。婚禮便在下個月舉行，以後咱們就是一家人了，啊？」說著哈哈大笑。

淩昊天和趙觀聽了都是一呆，沒想到袞弼里克還會來這一手，唱一齣欽點駙馬。淩昊天心想：「這蕃王拉攏人心的手段著實厲害，正抓住了趙觀的弱點要害。不知趙觀娶是不娶？」但見趙觀唯唯諾諾，臉帶微笑，也看不出他心裡究竟在想什麼。

二人告退出來，回到自己的帳篷，淩昊天笑道：「駙馬爺，怎麼，不是受寵若驚，說不出話來了吧？」

趙觀笑道：「你道我孤陋寡聞，沒親近過公主麼？我早跟你說過，朝鮮國長公主和我是生死之交，情分非比尋常。這位蒙古公主雖也不錯，但跟朝鮮公主的花容玉貌、外柔內剛相比，卻不免遜色了。」

凌昊天笑道：「你吹噓自誇的本領是眾所皆知的了，不必再炫耀啦。老提朝鮮公主幹麼？你又娶不到她。袞彌里克要你娶他的女兒，你娶是不娶？」

趙觀歎道：「我小時候給人看相，巷口那位瞎子命師老早拍案定論，我這輩子沒有作駙馬的命。這位蒙古公主與我八字不合，萬萬娶之不得。再說，我若作了袞彌里克女婿，不就得心甘情願留下替他賣命了麼？我可沒蠢到這等地步。」

凌昊天搖頭笑罵道：「你這渾帳小子，我只道你和阿緹好得很，原來對她半點情意也沒有。」

趙觀也搖頭道：「話可不能這麼說。我趙觀對天下美女全都好得很，總不能全數娶回來吧？無論如何，我趙觀堂堂中華男兒，決不作外族蕃王的女婿。」

凌昊天拍手道：「說得爽快！那麼咱們這就跟袞彌里克翻臉了？」

趙觀道：「咱們待在這大營裡已有一個多月，也該回去了。」

二人計議已定，便去向多爾特告別。

多爾特大驚，說道：「我父王絕不會放過你們的！他爲了你們而放棄侵略明土，已算給了你們天大的面子，現在又要將蒙古第一美人阿緹妹子許給趙兄，你們若這麼走了，爹爹定要大發雷霆，下令追殺，你們的馬場也逃不過一劫。趙兄，不如你先答應了他，再作計較。」

趙觀道：「你爹爹的盛情抬舉，我們都心領了。但我二人只懂得馴馬養馬，你爹要我們幫他訓練軍隊、領兵作戰，以後還要我們幫他侵略中土，這種叛國不義之事，如何作得？還是早早離去，免得日後大家臉上都不好看。」

第一百一十七章　風流雲散

多爾特與二人相交甚篤，自然早已明瞭二人的心思，當下歎道：「這我又何嘗不知？爹爹一廂情願想拉攏你們，我早知道你們不會爲其所動。人各有志，豈能勉強？但是趙兄，我小妹子對你一片癡心，你若這麼走了，她定會傷心欲絕的。你不如帶了她一道去吧。」

趙觀沉吟一陣，終於狠下心來，搖頭道：「我這輩子只能辜負她了。我若帶了她走，便永遠欠了你爹爹的情。再說，她貴爲公主，如何能背叛父親，跟著我流離奔波、四處逃難？請你轉告她，就說我在中土另有正妻，不好遺棄，因此不能娶她，請她原諒，快快將我忘記吧。」

多爾特聽他這麼說，知道已無可挽回，歎了口氣，說道：「阿緹年紀還小，但盼她能快快將這事忘了。你們打算何時走？我想法護送你們出去。」凌昊天道：「就是今夜吧。」

多爾特道：「好，天黑之後，我替你們將兩匹馬牽出營去，在東營門外一里處的大樹下等你。」

凌昊天和趙觀向他道謝，多爾特便匆匆去了。

趙觀問道：「你瞧多爾特眞會幫我們逃走麼？」凌昊天道：「大可放心。多爾特率眞樸實，說話算話，決不會欺瞞陷害我們。」趙觀道：「那就好。唉，只沒想到我和阿緹便要從此永別了，但盼她別太傷心才好！」說著也不由得黯然神傷。

兩人收拾起諸般事物，準備離開。天色全黑之後，二人悄悄出帳，點了守衛的穴道，施展輕功，快步往營口奔去。剛到營口，卻見火光通明，袞弼里克竟似已料知二人會想逃走，預先在營口布下了大隊人馬。

趙觀微微搖頭，說道：「要逃出去而不被人看到，除非我們是兩隻鬼。」凌昊天道：「無論如何，我們都得去找多爾特。他此時定已牽了馬在等我們，我們若能趁黑上馬快奔，或許能衝出重圍。」趙觀道：「這也難說。他們若是放箭，我們只怕難在亂箭之下全身而退。」

二人對望一眼，心中都想：「今夜不逃，明夜不逃，還要等到何時？不如就在此刻衝出去吧！」想到此處，互相握了握手，一齊從暗中躍出，向營外衝去。

二人身法極快，幾個士兵看到兩個影子閃出，還眞道是遇上了鬼，放聲大叫，驚動了守營的將領，連忙出來查問。守在營門口的將領正是袞弼里克的親信，聽那士兵說得如神如鬼，心中懷疑，便派人去查看凌趙二人住的帳篷，發現二人不在帳中，登時心叫不好，忙吹號角召集人馬，通告凌趙二人擅自離營，令士兵四出搜索，務必抓回二人。

凌昊天和趙觀此時已奔到營外十里處的大樹之下，果見多爾特已在當地等候。他見到凌昊天和趙觀，大喜道：「你們來得正好！快走、快走，往東邊去！」當下交過兩匹馬的馬韁，正是二人的坐騎。凌昊天和趙觀更不延遲，一躍上馬，但聽營中騷動，似乎已發現二人逃脫，數十人打著火把縱馬衝出來追尋。

多爾特道：「兩位快走！我去引開他們。」凌昊天拱手道：「多謝相助！」與趙觀牽馬躲在樹後，靜觀形勢。

多爾特當即率領手下奔回，揚聲叫道：「我見他們往西跑去了，大家快追！」營中士兵見七王子在此，都跟著他向西馳去，縱然有少數士兵懷疑七王子可能蓄意放走二人，卻哪敢宣之於口，只能乖乖跟著多爾特往西追趕。

凌昊天和趙觀隱身在黑暗的草叢之中，待眾士兵奔遠了，才策馬向東快奔。此時營中又有大隊人馬出來搜索，但聽身後馬蹄叫囂之聲亂成一片，所幸當夜烏雲滿天，無星無月，草原上一片黑暗，二人放蹄奔馳，漸漸的後面人聲轉弱，終於消失不可聞。夜空下的草原萬籟俱寂，天地間竟只剩下了他們二人。

趙觀噓出一口長氣，笑道：「咱們這可逃出來啦。多虧多爾特相助，他畢竟是講義氣的好朋友。」凌昊天道：「但盼他父王不要因此為難他。」

二人當下辨明方向，縱馬往天觀馬場奔去，商討下一步該如何。趙觀道：「袞鄙里克絕不會放過我們的。我們得盡快趕回馬場，預先安置眾人。」凌昊天道：「正是。我們手頭上還有些錢，再變賣一些馬，湊足數拿去給馬師馬伕大夥，讓他們各尋出路。至於馬場中剩餘的馬，就送給防邊的將領吧。」趙觀道：「甚好，就這麼辦！」

二人當下分頭辦事，趙觀去找相熟的馬場主人，賣了五十多匹馬，拿錢回去馬場分發給眾馬師馬伕，讓眾人連夜離開馬場，避得愈遠愈好。眾人原本見二人一去月餘不歸，都極爲擔心，猜想定是被袞鄙里克扣留住了，但聽二人和袞鄙里克鬧翻，馬場就將大難臨頭，都是又驚又悲。趙觀催眾人連夜上路逃難，眾人才依依不捨地拜謝告別，收拾雜物，離開馬場。阿泰和另三個馬師與凌昊天特別親近，堅持要跟他同去送馬。凌昊天便帶了四人將餘下百來匹駿馬趁夜趕到邊城之外，在城外高喊，說要將馬送給大明守邊軍隊。

當時正是天明時分，陝西總督名叫曾銑，他聽聞有大批駿馬向城牆奔來，大驚失色，還道韃靼人來犯，連忙披掛出視，但見來人只有五個，竟是來贈馬的，不由得愕然。這曾銑於嘉靖二十二年被任命爲三邊總督，當時韃靼人屢次侵略河套，兵強馬壯，勢不可當，曾銑萬分憂心，曾上疏請復河套及加強北邊防務，是個有心振作武功的邊將。這時他眼見群馬奔來，領頭的是個身形魁偉的漢人青年，連忙迎了出去，朗聲道：「何方英雄，爲何無故贈馬？」

凌昊天向曾銑拱手道：「曾大人守邊有功，名揚四方，在下素來敬仰。我是塞外天觀馬場的主人，得知袞徲里克有心侵略河套，特意來贈馬給大人，但盼大人增強防禦兵力，抵抗外敵。」

曾銑甚是感動，忙請凌昊天入城坐談。凌昊天道：「實不相瞞，我兄弟得罪了袞徲里克，不得不解散馬場，往北方逃難避禍，時機緊迫，不能多留。曾大人請放心，我們不會爲你帶來麻煩的。」說罷便與眾馬師策馬離去。

曾銑想追上去請問姓名，凌昊天等卻早已去得遠了。數日之後，曾銑才從塞外漢民口中得知天觀馬場的傳奇及凌昊天和趙觀的事跡，心中驚佩感激已極，爲不負二人贈馬之德，更加緊練兵，增強防衛，邊城守兵一時士氣大振。

卻不知當時千里之外的京城朝廷之上，眾大臣學士正爲了河套之復與不復大起爭議，引起一場翻天覆地的政爭傾軋。當時世宗皇帝已有九年未曾上朝，嚴嵩雖獨得皇帝寵信，卻尚未能掌握朝政，在一片指責嚴嵩專權跋扈的呼聲中，大學士夏言被召回擔任首輔，銳意改革，受到嚴嵩的深切忌憚。嚴嵩最終便是藉著河套之爭，打倒了主張加強邊務的夏言，夏言被殺棄市，陝西總督曾銑也入罪斬首。嚴嵩於是再次當上首輔，其子嚴世蕃也升遷爲工部左侍郎，父子倆權傾朝野，極力排斥異己，大肆斂財。明朝邊防積弱不振，河套居民飽受韃靼侵犯掠奪之苦，由此而更加無可挽救了。

凌昊天和趙觀離開馬場之後，便向漠北逃去，離開了袞徲里克的勢力範圍。二人在一年半之間，從寄人籬下的馴馬師成爲塞外數一數二大馬場的主人，轉眼之間馬場風流雲散，又變回一無所有，眞可謂大起大落，旁人花上一輩子也難以得到的成就和失去，他們轉眼便都經歷過了。他二人原是胸襟拓達的豪傑，灑脫爽快，自不在乎這些成敗得失，只留下足夠的錢弄了兩頂帳篷，留下幾匹駿馬，在大漠上四處遊居，閒時就跑跑馬，帶著大鷹啄眼出去打獵，過了一段悠游自在的日子。

當時袞彌里克得知二人逃脫，大發雷霆，一意要抓回二人處死，出一口惡氣，但在多爾特和身邊眾大臣等的勸解下，才漸漸息怒，此後絕口不提這兩個漢人的事。凌昊天和趙觀得知袞彌里克不再追殺自己，便又移居回漠南，在陰山南北的草原上遊居。

這日趙觀閒著無聊，坐在帳篷外練習鞭法，將蜈蚣索遠遠甩出，捲回草尖上的小黃花，在身前擺成一圈。他正爲自己的鞭法未曾生疏感到安慰，忽見遠處一乘馬快奔近前，馬上乘客似乎是個女子。

趙觀只要見到女子，精神就來了，連忙站起身翹首望去。但見那馬逐漸奔近，馬上女子一身淡紅衣裙，風塵僕僕，臉上笑容卻燦爛得出奇。趙觀看得呆了，伸手揉眼，這才看清楚了，那女子竟是朝鮮公主李彤禧！

李彤禧在他面前勒馬而止，翻身下馬，向他走來，微笑道：「趙公子，你好啊。」趙觀還道自己在發夢，呆了一陣，才衝上前握住了她的雙手，驚喜未定，說道：「公主殿下，妳……妳怎會來到這裡？」

李彤禧下頦微揚，說道：「你說呢？」趙觀喜道：「妳果然是來找我的。我的好公主，妳怎麼獨自跑來這大漠之上？路上可辛苦？快進帳來歇息歇息。」

李彤禧卻不動，搖頭說道：「趙公子，以後不要再叫我公主殿下了。我已不是公主了。」趙觀一呆，說道：「怎麼不是公主了？莫非小王子……王上安好麼？」

李彤禧搖頭道：「王弟一切平安。他登基之後，母后掌政，國內平定，我就自己離開了。」趙觀大奇道：「妳爲什麼要離開？」

李彤禧凝望著他，揚眉道：「因爲我要證明給你看，我所作的一切並不是爲了我自己。我才不貪圖什麼榮華富貴，什麼公主尊銜。你不相信，我便放下公主的名位，讓你看看我李彤禧到底是怎樣的人！」

趙觀望著面前這個堅強的少女，她柔美的外表和剛毅的性子竟是如此強烈的對比，心中感動已極，伸臂將她擁入懷中，說道：「是我錯怪了妳。彤禧，請妳原諒我。我眞歡喜！」李彤禧小嘴一撇，說道：「你歡喜什麼？」趙觀道：「我歡喜自己畢竟沒有看錯了人。妳畢竟是個世間少見的好姊姊，天下無雙的好姑娘！」

李彤禧這才笑了，投入他的懷中，心中又是甜蜜，又是欣慰，想起這一路的風波辛苦，不都是爲了這一刻麼？心頭一酸，伏在他懷中哭了出來。

趙觀見李彤禧竟然放下一切來找自己，又是驚喜，又是感動，又有幾分得意。那天晚上，李彤禧睡了以後，凌昊天和趙觀坐在帳篷中暖酒對飲。凌昊天看他臉上笑容不歇，忍不住打趣他道：「看來我眞是低估了咱們的大情聖啦。」趙觀赧然一笑，說道：「她會找來這裡，我可眞是料想不到。」

凌昊天笑道：「來找我的都是仇家，來找你的都是冤家。」

趙觀哈哈大笑，說道：「說得妙！說眞的，大約我這兩年太過寂寞，又忍心放棄了一位美貌的蒙古公主，老天才如此眷顧，送我一位如花似玉的朝鮮公主來相伴。」

凌昊天笑罵道：「什麼太過寂寞？我替你算算，兩年來你一共結識了多少位姑娘？紅綢、桑兒、阿若雅、多瑪、天觀馬場的托倫姊妹，再加上蒙古公主阿緹，還有許多我都記不得名字了。這樣還不夠，你可眞是太不甘寂寞了。」

趙觀臉色嚴肅，搖手道：「你這樣說可大大錯了。我好比是花匠，這些姑娘都是我無心發現的奇花異草，我怎能不去親近欣賞，細心呵護，盡力疼愛？但身爲花匠，對花朵雖有情，卻不必對哪一朵花從一而終，生死不渝吧？因此我可以稱爲『泛愛眾，而親仁』，接近聖人之道了。聖人都是寂寞的，也難免我時時感到寂寞了。」

凌昊天聽他胡說八道，只笑得前俯後仰，說道：「老天生下你這樣的人，眞是跟天下女子開玩笑，不知是天下女子的幸還是不幸！」

趙觀道：「自然是幸了。我對每位姑娘都是十足眞心誠意，沒有半絲半毫的虛假。世上像我這麼專情的人有多少？能有一個兩個，就是世間女子的福氣啦。」

凌昊天笑道：「浪子趙觀也可稱得上『專情』二字，眞是天曉得。我敬你一杯！」

陪他喝酒。

二人對乾一杯，趙觀心情極好，口中胡言亂語不斷，凌昊天知道他心裡高興，只笑著

趙觀果然說話算話，對李彤禧百般呵護照顧，萬分珍愛疼惜，整日出雙入對，不是陪她騎馬出遊，就是與她攜手在草原上漫步，情話綿綿。趙觀不願冷落了凌昊天，總邀他一塊去，李彤禧爽朗大方，毫不介意，凌昊天有時便跟著他們同去打獵遊玩。他知道情人間總有許多體己話要說，便時而找藉口不去，讓他們得以獨處，盡興暢遊。晚上三人總聚在帳篷中吃喝談笑，直到夜深，日子過得溫馨而熱鬧。

第一百一十八章　多情之惱

如此一月過去，秋季又到，這日趙觀和李彤禧結伴出遊，凌昊天獨自留在營地洗刷非馬。將近午時，從前在天觀馬場上幫他們買辦日用品的蒙古人多比勒趕著貨車經過，見到凌昊天，便停下攀談，問起近況。二人聊了一陣，多比勒道：「趙爺出去了麼？今兒有市集，三爺若有空，不如咱們一塊去市上喝一杯。」凌昊天閒著無事，便答應了。

二人來到市集，找了家酒棚子坐下喝酒，叫了烤羊肉和幾樣小菜。正吃肉喝酒，忽聽那酒棚的蒙古老闆說道：「你要找漢人，這裡不就有一個麼？三爺，你看這小孩兒是不是

找你的？」

凌昊天轉過頭去，卻見棚外站了一個漢人裝束的小男孩，不過八九歲年紀，眉清目秀，眼珠漆黑，看來十分機伶的模樣。他向凌昊天望望，又拿起手中的一張紙看看，似乎在比較長相。凌昊天歪頭向他作了個鬼臉。

那小孩兒皺了皺鼻子，嘟了嘟嘴，似乎有些不快，接著搖了搖頭，將那紙摺疊好，珍而重之地收了起來。

凌昊天被勾起了好奇心，問道：「小兄弟，你在找人麼？」

那小孩兒道：「不錯。但我要找的不是你。」

凌昊天道：「你讓我看看紙上畫的人是什麼模樣，我好幫你留心。」

小孩兒伸手抓緊了衣襟，搖頭道：「這是我的寶貝，誰都不能亂碰。」

凌昊天道：「好吧，那麼你在找的人姓什麼，叫什麼名字？」小孩兒道：「這也不能說。」

凌昊天笑道：「樣子不能給人看，姓名也不能說，你就這麼一個人一個人看去，拿著紙慢慢比對麼？」

小孩兒瞪眼道：「我就是要這麼慢慢比對，你管得著麼？」說完轉身便走。

凌昊天看這孩子人小鬼大，說起話來老氣橫秋，不知是什麼來頭，心中正自納悶，多比勒已伸手攔住了那小孩兒，笑道：「小孩子，神祕兮兮的，拿出那張紙來看看，有什麼不行的？」酒棚中的漢子大多是多比勒的朋友，也識得凌昊天，便圍上來起鬨，一定要小孩拿出紙來讓大家看看。

那小孩兒被大家圍著索紙，並不驚慌，嘿了一聲，好整以暇地從袖中掏出那張紙，冷笑道：「你們想看，就給你們開開眼界。只怕你們沒人看得懂！」

多比勒接過了，將紙打開攤在桌上，咦的一聲，似乎甚是驚訝。凌昊天低頭看去，卻見紙上既沒有畫像，也沒有姓名，只寫著幾行字：「廣大中土之地，東南花柳之城，生於金豬年的獨子，徜徉於江湖山野之間。左臂白花燦爛，白刃與花粉同飛，出身於蓮池污泥，長成如雪中奇葩，重現於城牆關口之中。」

凌昊天看了這幾行詩不像詩、辭不像辭的字句，全然摸不著頭腦。其餘蒙古人大多不識漢字，更加不明所以。小孩兒鼻中哼了一聲，說道：「我說你們不懂，可沒說錯吧。快還給我了！」伸手取過白紙，細心折好了，收入懷中，轉身走開。

凌昊天看這孩子舉止頗不尋常，便追了上去，問道：「小兄弟，你爹娘呢？是誰帶你來的？」小孩兒道：「關你什麼事？」凌昊天道：「我只奇怪你一個小孩子，怎麼單獨在這大漠上行走？你晚上有地方住麼？」

便在此時，一個身形高瘦、管家模樣的中年漢子走上前來，但見他年紀大約四十上下，臉上卻已布滿皺紋，一副歷盡滄桑、飽受風霜的模樣。那漢子彎下腰，恭恭敬敬地對小孩兒道：「小少爺，幾家客店都住滿啦。這幾天有市集，都說很忙……我也沒辦法。」

小孩兒皺起眉頭，狠狠地瞪了那漢子一眼，似乎頗責怪他辦事不力。那漢子有些手足無措，抬頭望向凌昊天，拱手道：「這位大哥，你也是漢人吧？我家小公子今晚住宿沒有著落，不知你老有沒有地方讓我們借住一夜，小人感激不盡，感激不盡！」

凌昊天道：「我就住在幾里以外，空的帳篷是有一個，清理一下便能住人了。你們來過夜就是，不必客氣。」那漢子千恩萬謝，小孩兒似乎有些不情願，眼見天色將黑，別無他法，二人便跟著凌昊天去了。

凌昊天眼見那漢子手腳粗大，似乎是練武之人，那小孩兒年紀雖幼，也已有些武功根柢，這主僕二人像是從中原什麼武林世家出來的，但這年幼小孩兒怎會獨自帶個僕人遠來大漠找人，卻也著實讓人猜不透。凌昊天帶了二人回家，將二人安頓在原本為公主準備的牛皮帳篷裡。李彤禧初來之時，凌昊天和趙觀替她搭起了個帳篷供她居住，她起初還住著，後來慢慢便搬到趙觀的帳篷裡去了，這牛皮帳篷便空在那兒。

傍晚以後，趙觀和李彤禧才相偕歸來，輕笑低語，親熱旖旎。凌昊天正在大帳篷裡烤著羊肉，趙觀和李彤禧聞香進來，看到香噴噴的烤羊，都是又驚又喜，饞涎欲滴。

凌昊天笑道：「牛羊到天黑了都知回家，你二位是肚子餓了才知回家。」

趙觀笑道：「牛羊低頭就能吃草，當然不會肚餓啦。彤彤，小三的烤羊肉大有進步，妳快試試。」

凌昊天呸道：「什麼大有進步，難道我以前烤得不好麼？」趙觀笑道：「你道我記性這麼差？你第一次烤的那羊，有的地方半生不熟，有的地方卻像焦炭一般，簡直難以下嚥。」凌昊天笑道：「臭小子，那羊是我們一起烤的，倒被你說成全是我的錯啦。如今我會烤羊，你卻仍舊不會。是誰高明些？」趙觀道：「自然是我高明。不用自己動手，就有鮮美羊肉可吃。」

三人都笑了，圍坐在大帳篷中分吃羊肉。李彤禧見到一旁的牛皮帳篷裡透出燈光，問道：「昊天，你有客人麼？」

凌昊天便向二人說了在市集遇見那小孩兒的事情。他記性極好，又念出了小孩兒紙上的詩句。

趙觀聽完了凌昊天念出的詩句，卻直跳起來，驚道：「他們來找我啦！」

凌昊天和李彤禧都大覺奇怪，凌昊天奇道：「誰來找你？你幹麼嚇成這樣？」

趙觀愁眉苦臉，在帳篷中連轉了好幾圈，才道：「唉，你不知道的。是那些喇嘛來找我了，他們說我是什麼法王轉世，還幫我剃度，要我守幾百個戒。唉，我好不容易逃走了，沒想到他們法力高強，又找到了我，這回定要押我回去作寧瑪派法王，坐鎮西康甘敏寺了！」

凌昊天更加摸不著頭腦，笑道：「你說什麼轉世喇嘛，寧瑪法王？拿著這紙來找你的是個不到十歲的漢人小孩兒，看來像是什麼大戶人家的少爺，橫看豎看，怎麼都跟喇嘛沾不著邊。」

趙觀定了定神，將自己當年被金吾仁波切捉去，卻被老貢加喇嘛認證為甘敏珠樂法王轉世的事情說了。他沉吟道：「小孩兒？喇嘛們難道另找了一個轉世，準備廢掉我了？那敢情好，就讓這小孩兒去作法王吧。我趙觀敬謝不敏，再見大吉。」

凌昊天道：「也別這麼急。這小孩兒處處透著古怪，拿著這紙來找人，卻又不肯說出要找的人的姓名，神神祕祕的，不知是什麼來頭。你還是去見見他，問個清楚吧。」

趙觀心中也甚是好奇，便走出帳篷，探頭向牛皮帳篷裡望去。卻見帳篷中坐著一個衣衫光潔的小男孩，翹著二郎腿，身後站了一個高瘦漢子，垂手而立，神態甚是恭敬，不知是這男孩的家僕還是什麼。

趙觀心中甚覺奇怪，便走了進去，還未說話，小男孩已回過頭來望向他，便在那一霎間，趙觀只覺他的眼神極為熟悉，但又記不起何時曾見過這個小男孩。他呆了一下，才問道：「請問小公子貴姓大名，來自何處？」

小男孩兒卻只盯著他看，目光甚是奇特，趙觀被他看得心驚肉跳，暗想：「難道他是我前輩子認識的人，這輩子投胎轉世，又來找我了？」

過了好一陣，小男孩才終於開口了，說道：「趙大哥，你好。」這麼輕鬆平常的五個字，從這小男孩口中說出來，卻足足教趙觀大吃一驚，他定了定神，才道：「你也好。小公子，你怎麼識得我？」

小男孩道：「莫愁前路無知己，天下誰人不識君！來，趙大哥，我知道你最愛喝酒，特別帶了幾罈好酒請你品嘗。」轉頭見凌昊天站在帳篷外，招手道：「凌三哥，你也來吧。天下能跟趙大哥對飲的人，除了你還有誰？」

凌昊天和趙觀對望一眼，這小孩兒說話著實出人意料之外，口氣中似乎對兩人瞭若指掌，看來又不像有敵意。二人便進帳篷坐下了，小男孩讓身後那漢子取碗出來，自己倒了三碗酒，舉碗道：「請啊，請啊。」

凌趙二人仰頭喝乾了，卻是自釀的汾酒，芬芳醇厚，酒味甚烈，小男孩只喝了一口，便咳嗽起來，卻是被酒嗆到了。

趙觀讚道：「小公子，這酒很好，是你自家裡釀的吧？多謝你千里迢迢給我送酒來。請問你貴姓大名？」

小男孩咳嗽了一陣，才緩過氣來，抬頭微微一笑，說道：「我姓陳，行三。」凌昊天和趙觀頓時恍然大悟，撫掌大笑。凌昊天笑道：「原來你是阿生！我第一次見到你的時候，你還在襁褓裡呢。你這小娃子也長得這樣大了，怎麼鬼鬼祟祟的，明明認得我，起先卻要假裝不識？」

這小孩果然便是陳近雲的幼子陳浮生。他笑道：「我若在襁褓裡就能記得別人的長相，那可稱爲神嬰啦。我原先也沒認出凌三哥，是見到趙大哥之後才想到的。」

趙觀這才明白他怎會有自己被認證爲法王的詩句，那自是陳如眞告訴她小弟的。他想起陳如眞，心頭一暖，忙向陳浮生問起他二姊。

陳浮生歎了口氣，說道：「不好，很不好。我二姊得了很重的病。她成日茶不思飯不想，整個人像是沒了魂似的，我爹媽都擔心得不得了。我問大姊二姊是怎麼回事，大姊說，這是一種治不好的病，叫作相思病。」

趙觀聽到這裡，心頭一跳，果然聽陳浮生續道：「我問大姊世上有沒有能治好這病的藥，她就給了我這張紙，要我出來找一位姓趙名觀的人，說世上只有這人能治好二姊的病。」

陳浮生年紀幼小，說起話來稚氣未脫，對男女感情更是一知半解，這番話卻說得再明白不過。凌昊天望向趙觀，趙觀臉上微紅，想起陳如眞對自己的一番眞摯情意，心中激動，嘴角不禁露出微笑。

便在此時，李彤禧探頭進來，笑道：「原來都是認識的人麼？這兒太擠，一塊到大帳篷裡去坐吧，羊肉還多著呢。」走上前來，攬住趙觀的手臂，見他臉色有異，低聲問道：「你怎麼啦？失魂落魄的。」

陳浮生抬頭向李彤禧上下打量，開口說道：「這位姊姊，妳跟我姊夫男女有別，授受不親，怎麼一點規矩禮數都不懂？」

李彤禧一呆，沒想到這小孩兒竟敢直言訓斥自己，她是公主之尊，哪裡受過這般無禮對待？她臉一沉，說道：「這小孩子是誰，說話怎地如此無禮？」

陳浮生道：「我是關中陳家的三少爺，名叫浮生。我專程來此找我二姊夫，妳又是誰了？是妳先不守禮節，舉止輕浮，又怎能怪我言語無禮？」

趙觀聽陳浮生出言不遜，急得忙向他使眼色。李彤禧卻已動了火，秀眉豎起，側頭向趙觀瞪了一眼，說道：「你好啊！」回身出帳而去。

趙觀急道：「彤彤，妳聽我說……」李彤禧卻頭也不回地去了。趙觀怎願令李彤禧不快，卻又不願在陳浮生面前傷了他二姊的心，正左右為難時，凌昊天已追了出去，自是要去幫朋友挽回這位惱怒的情人了。

李彤禧翻身上馬，在曠野中奔出良久，才停下馬來，坐倒在草地上，伸手拔起一把把的草向空中扔去。

凌昊天一直騎馬跟在她身後，見她停下，便也下馬，在她身旁坐下，靜默了一陣，才開口道：「公主，妳後悔了麼？」

李彤禧咬著嘴唇，又扔出一把斷草，沒有回答。

凌昊天歎了口氣，說道：「妳原本就知道他是個輕薄多情的人。但他對妳確實是眞心的。」李彤禧搖頭道：「對我眞心，對陳二姑娘也眞心？」凌昊天道：「我不知道。」

李彤禧轉過頭來望著他，說道：「我若是對他眞心，對你也眞心，你說，這可能麼？你會相信麼？」凌昊天歎了口氣不答。

李彤禧抬頭望向天際，過了良久，才道：「昊天，你跟他不同，你心裡始終只能有一個人。我知道他多情心軟，不忍心傷害別人。但我就是不知道，他對我到底有多少是出自心軟，多少是出自眞心！」

凌昊天輕歎一聲，他知道李彤禧是個敢愛敢恨的女人，一個能夠爲了愛情而放棄公主高位，離開故國，千里跋涉前來相隨的女人，實是世間少見。他道：「李姑娘，趙觀是我最好的朋友，我只知道他是個可以信任的人。我們在大漠上住了將近兩年，他雖喜歡拈花惹草，卻從來不曾負心薄倖，對不起哪一位姑娘。他結下的情緣雖多，但我知道他從不會虛情假意，欺騙別人的感情。當年他盡力幫助妳，本也是眞心誠意，不求回報。妳若信不過他，又怎有勇氣離開朝鮮，來到這裡？」

李彤禧微微點頭，說道：「昊天，你說的我都知道，我也不是不相信他。那時我們陷入一個冰窖，瀕臨絕境，他將很多過去的事情都跟我說了，因此對於他之前結識的女子，他多情的性子，我原本就心裡有數。但我就是沒法寬解，沒法不生氣。」她歎了口氣，又道：「昊天，多謝你追來勸解。」凌昊天道：「不須謝我，我只盼妳心裡好過些。」

第一百一十九章 無情之苦

李彤禧靜了一陣，忽道：「昊天，有件事，我一直不知該不該告訴你。」凌昊天問道：「什麼事？」

李彤禧轉過頭望著他，說道：「我當時能在大漠上找到你們，全靠一位姑娘的帶領。她本是來見你的，卻要我不要讓你知道她來過。我想我還是該跟你說。」

凌昊天甚感驚訝，問道：「一位姑娘？那是誰？」

李彤禧道：「她長得很美，穿著一身白衣，好像仙女一樣，我站在她身邊時眞覺自慚形穢。她說話很快很爽利……嗯，你知道她是誰了。她打聽出你在這裡，特地前來看你一眼，卻不想讓你見到。她說她明白你永遠忘不了你心底的那個人，就像她永遠也忘不了你一樣。她明白，因此不會再來跟你糾纏。」

凌昊天眼前浮起一張絕美的臉龐：武林三大美女之一，雪族中人人寵愛稱羨的新秀，舉止爽朗不羈、性情大膽豪爽，內心卻十分怕醜害羞的文綽約。他想起自己與她一起逃避瘟神追殺、創招練劍對付大劍客程無垠的往事，那彷彿已是好多好多年前的事了，記憶雖清楚，卻感到有些朦朧。她竟還記掛著自己麼？爲她癡情而又爲自己而死的石珽，屍骨也已寒冷了吧？她說得對，她沒有忘了自己，自己卻也沒有忘了另一個人。

他呆了一陣，才問道：「她……她還在這兒麼？」

李彤禧道：「她帶我來之後，就自己騎馬走了。她說會在這附近待一陣子才走，我卻也不知道她現在何處，離開了大漠沒有。」

凌昊天心下甚覺惆悵，歎了一口氣。

李彤禧抬頭望向滿天繁星，悠悠地道：「有時我會想，或許我是比文姑娘幸運一些。她永遠永遠也無法得到你一絲半點的情意，但是我呢，即使他不是全心對我，至少也有個幾兩幾分的眞情吧。就看在這幾兩幾分的情意上，我已不會後悔了。」

兩人在草原上坐了一陣，各自想著心事。夜色漸深，凌昊天道：「李姑娘，我們回去吧。」

李彤禧道：「我不想見到那姓陳的小孩兒，再等一下吧。」凌昊天道：「我怕趙觀擔心。」李彤禧笑道：「有你在這兒，他有什麼好擔心的？我不過想坐坐，理理心事罷了。」

凌昊天知她心情仍煩亂，便不再催她，站起身來，在草原上打起自幼練習的逍遙掌。這逍遙掌共有十二招，是爲盡興遊、任意行、隨心欲、快意仇、御風行、乘雲去、凌九霄、越滄海、思華年、夢蝴蝶、性自然、本渾沌，招招渾然瀟脫，翩然自如。常清風創下這套掌法時正當盛年，感於道家無生無死、崇尚自然、隨任本性的超脫思想，乃創出這套無拘無束的掌法，正合了凌昊天的性子，因此他雖跟父母學過多種掌法，卻始終最喜歡這一套。他練完了逍遙掌，又練起七星洞中學得的威猛快掌，六十四招一掌重過一掌，四周草地受他掌風震動，紛紛偃低，好似大風吹過一般。

李彤禧不會武功，只覺他打得極好看，拍手道：「趙觀總說你武功了得，果眞不錯。」凌昊天一笑，說道：「要像趙觀那樣精通刀、鞭、索多種兵器，又善用毒術，那才不容易呢。」

將近中夜，李彤禧氣也消了，站起身道：「昊天，我們回去吧。」

二人騎馬返回，因不想吵醒眾人，離帳篷幾十丈外便下馬步行。卻見趙觀正站在帳外翹首盼望，見二人回來，大喜迎上，說道：「彤彤，妳可把我急死啦。」李彤禧白了他一眼。趙觀拉起她的手，低聲道歉勸解，李彤禧雖仍蹙著眉頭，但顯然已消氣了。趙觀摟著她走入帳篷，回頭向凌昊天眨了眨眼，意示感謝。

凌昊天轉頭見牛皮篷內的燈光已然暗下，陳浮生和那僕人似乎已睡了。他回到自己的帳篷，見羊肉仍在火上烤著，心中忽然一動：「綽約姑娘怎會知道我在這兒？是誰告訴她的？我們離開中原後未曾跟什麼人保持聯絡，馬場散後更加不易尋得我們。她是向誰打聽到的？」

他躺下睡了，心裡想著文綽約，竟良久無法入眠，心想：「我當時取笑趙觀，說來找他的都是冤家，怎知我也沒比他好上多少。」他想起文綽約，不由得又想起銀瓶山莊大小姐蕭柔，心中暗暗爲她擔憂：「她的身子不知如何了？風中四奇若想找我，我在這偏遠的大漠上，也不易找到。但盼她心裡不致太過孤獨難受。我答應了要去陪她，算來時間也差不多了。或許我該回中原一趟。」又想：「我答應過吳老幫主要扶持賴孤九繼任丐幫幫主。我就算不願，也得履行諾言。但我弄到現今這個地步，自身不保，不得不避世遠遁，什麼也管不了，吳老幫主當初可未曾料想得到吧？」

天明之前，凌昊天正欲睡未睡，忽聽遠處蹄聲急響，似是向著帳篷奔來，共有五六人。凌昊天起身出帳，但見當先一人穿著銀色狐裘，卻是七王子多爾特。他滿面焦急之色，不及下馬，口裡就嚷道：「凌兄，快、快跟我走！」

凌昊天奇道：「發生了什麼事？是可汗讓你來的麼？」

多爾特道：「不關我爹的事。快快，再不去就怕來不及了，見不到人啦。」凌昊天知道多爾特率直爽朗，曾在袞緲里克面前多方回護自己和趙觀，是信得過的朋友，當下更不多問，便去備馬。

趙觀已聞聲出來，見到多爾特，不禁一呆，問道：「老兄，你要帶他去見誰？」多爾特道：「還有誰會躺在病榻上念念不忘地想要見他？當然是文綽約姑娘了！」

凌昊天和趙觀聽了，都是一怔，同聲問道：「她怎地病了？她怎會在你那兒？」

多爾特道：「我花了一整夜快奔來這裡找人，凌兄，快跟我走吧，我一路上跟你說。」

趙觀望向凌昊天，問道：「要我一塊去麼？」兩人都知袞緲里克對他二人甚是忌憚，若再落入他的手中，只怕沒那麼容易就能走脫。凌昊天搖頭道：「我快去快回，不會有事的，你放心吧。」趙觀道：「帶了啄眼去，有事可讓牠回來傳訊。見到文姑娘，代我向她道謝護送李姑娘這一段路，要她快快好起來，改日我再請她喝酒答謝。」

凌昊天點頭應諾，呼哨一聲，啄眼展翅從樹梢飛下，在他頭上盤旋。凌昊天道：「走吧！」便騎著非馬與多爾特上路。

李彤禧甚是擔憂，說道：「不知文姑娘怎會病了？嚴不嚴重？」趙觀道：「大約是心病吧？你瞧，小三對文姑娘還不是很有心的？三更半夜跑去探望她。到處留情、拈花惹草的可不只我一個。」李彤禧嗔道：「你還有臉說別人？」伸手打他。

趙觀笑道：「哎喲，才說不惱了，又開始惱了？」二人打鬧嘻笑起來。但聽牛皮帳篷中隱隱透出人聲，趙觀生怕吵醒了陳浮生，忙摟著李彤禧鑽回帳篷裡去了。

凌昊天騎在馬上，問多爾特道：「文姑娘怎地病了？」多爾特歎道：「她是受了傷。我當時跟幾個兄弟出去打獵，走得遠了，不巧遇上一群出巡的漢人官兵，總有百來人，將我們攔下，說要抓回去邀功。文姑娘剛好經過，看不過他們以多欺少，就喝令要他們放人。官兵不肯，喝問她好好一個漢人，怎地去幫蒙古人的忙？她道：『我本就不是漢人，想幫誰就幫誰！』出手便打，將幾十個官兵都打下馬去，救了我們逃走。漢人人多，不敢追上來，只放箭射我們。文姑娘護著我們逃走，一個不留心，背上中了一箭。若不是她仗義相救，我們一群人怕都無法活著回來了。」

凌昊天歎道：「綽約豪爽俠義的性子一點也沒變。她傷得如何？」多爾特道：「我已請最好的大夫看過，說沒有生命危險，只須好好休養便能恢復。但她偏生不肯好好休養，又要喝酒，又要出去亂跑。我只好陪她喝酒，說著說著便提起了你和趙觀。她一聽到你的名字，兩行眼淚就這麼流了下來，不再說話，獨自坐在帳篷裡，誰也不理。我慢慢問出她原來是來找你的，心想她這麼下去，傷勢一定很難好轉，因此連夜趕來，請你去與她相見。」

凌昊天道：「原來如此。」

多爾特忍不住問道：「文姑娘她……她是你的情人麼？」凌昊天搖頭道：「不，我們是自幼相識的好朋友。」

多爾特道：「我本想，像她這麼豪爽的女俠，正與你這等英雄豪傑相配。原來你們並不是情人麼？」凌昊天輕歎一聲，沒有回答。多爾特見他神色傷感，猜不透他和文綽約之間究竟有何淵源，便不再問。

一行人快馳一陣，天已亮起，眾人又奔馳一日，到了傍晚才來到多爾特的營地。他位屬親王，自有一群官員、隨從、士兵圍繞，所駐營地離衮弼里克的大營遙遙相望。多爾特引凌昊天來到他主帳旁一個十分精美的帳篷，問帳外的侍女道：「文姑娘如何？」

那侍女道：「她一直吵著要酒喝，我們不敢給她，她就發脾氣，賭氣不肯吃飯，現在正睡著呢。」

多爾特微微皺眉，掀開帳門，請凌昊天進去。卻見一個女子橫臥在毛氈上，一身白衣，正是文綽約。

凌昊天來到她身旁，低聲喚道：「綽約姑娘。」文綽約清醒過來，睜大了眼睛，呆了一陣，才道：「小三？」

凌昊天道：「是我。妳傷得如何？」文綽約微微皺眉，說道：「我沒事。是誰要你來的？你怎會來這裡？」

多爾特上前道：「文姑娘，是我請他來的。」文綽約向他瞪視，發怒道：「哼，我救了你的命，你竟敢不聽我的話，這算什麼？多爾特，算我看錯了你！」

多爾特滿面通紅，答不出話來。他是可汗愛子，素來人人尊重敬讓，但在這性情潑辣、心直口快的姑娘面前，竟是半句也不敢爭辯。

凌昊天道：「綽約姑娘，多爾特也是爲了妳好。他知道我善長醫術，特爲奔馳兩日夜，找我來替妳瞧瞧傷勢。」文綽約哼了一聲，低聲道：「你就會幫別人說好話。明兒不定又要我嫁給他呢。」轉向多爾特道：「好啦，你出去吧。」

多爾特如釋重負，說道：「文姑娘，妳好好休養。若想吃什麼喝什麼，拉一拉鈴就行了。」忙回身出帳去了。

凌昊天對文綽約道：「讓我瞧瞧妳的傷口。」文綽約臉上仍帶著幾分怒意，雙頰卻已紅了起來，說道：「你還是別看吧。」

凌昊天道：「妳曾救過我的命，難道讓我替妳看看傷口都不行？」文綽約不再說話，凌昊天便扶她坐起，檢查她背後的箭傷，說道：「所幸傷口不大深，休養一個多月，便會好的。」替她重新敷藥包紮，扶她臥倒。

文綽約臉上紅潮未退，睜著一雙大眼睛望向凌昊天，忽然眼眶一紅，低聲道：「小三，我眞沒想到能再見到你。」

凌昊天坐在她身邊，不知該說什麼，輕歎一聲，說道：「我也沒想到自己會跑來這麼偏遠的地方，一住就是兩年。妳這些日子都好麼？我聽一位來找趙觀的李姑娘說妳護送她來了大漠，怎地一直沒來找我們？」

文綽約輕哼一聲，說道：「這世界是怎麼回事，不管誰受了我的幫忙，一個個都不聽我的話！要他們為我守個祕密，有那麼難麼？」

凌昊天歎道：「她也是一番好意。」文綽約微怒道：「好意，哼，誰不是好意？好吧，我也不怪她了，怪她又有什麼用？你都找來這兒了。她見到了趙觀，可開心了麼？」

凌昊天微笑道：「只怕趙觀要比她還更加開心些。」

文綽約聽了，不禁笑了出來，說道：「那可便宜了他。我那時見李姑娘一個不會武功的美貌姑娘，獨自長途跋涉，實在太過危險，又發現她要找的人我正好認識，才決定護送她一程。趙觀那小子，哼，艷福倒是不淺哪。那時我見他跟陳家二姑娘眉來眼去，溫柔親密，現在又有一位李姑娘千里迢迢跑來找他，也不知他好在哪裡！」

凌昊天想起陳浮生也為他的二姊來尋趙觀之事，不想多談趙觀的艷福深淺，說道：「是了，趙觀要我代他向妳道謝，有勞妳護送李姑娘這一段路，他感激不盡，改日定要請妳喝酒作為答謝。」

文綽約笑道：「那小子說的話，每句都要打個八折。」靜了一陣，又道：「小三，你既然來了，我就把心裡話跟你說明白了。我就是這個性子，就算快死了，也不會拖泥帶水，扭扭捏捏，作出可憐兮兮的樣子，博人同情。我知道你心裡對我沒意思，那也不要緊，我原本就知道的。我不要你因爲可憐我受傷，故意說些假話來安慰我。現在我問你一句，當時在嵩山山腳的客店裡，我問你心裡是不是還記掛著另一位姑娘，始終沒有我，你沒有回答就走了。現在……現在還是如此麼？」

凌昊天轉過頭去，沒有回答。帳篷中靜了好一陣，文綽約的心漸漸下沉，終於沉到最底，眼淚湧上眼眶。她咬著牙，將淚水擦去，勉強一笑，說道：「小三，幸好你不像趙觀那油嘴滑舌的風流鬼，會說些好聽的話哄人。我明白啦。我的傷不要緊，你快去吧，我知道你跟多爾特的爸爸有些不對，還是別在此地多留得好。」

凌昊天長歎一聲，說道：「多爾特定會好好照顧妳的。他是個爽朗樸直的好漢子，跟我和趙觀是好朋友。妳若需要什麼，請他讓人傳話來便是。」

文綽約撇嘴道：「是了，天下好人很多，我遲早會遇上的！」

凌昊天聽她語氣中帶著幾分怨意，心中著實不忍，說道：「我再陪妳一會。下次見面，也不知是什麼時候了。」文綽約嘿了一聲，笑道：「沒想到你比我還拖泥帶水。快走吧，我們總會再見面的。哪天我心情不好，又想起你時，自然會再找上你的。」

凌昊天笑了，心中卻愈發難受，說道：「綽約姑娘，妳好好保重。我去了。」起身走向帳門，忽然想起一事，回頭問道：「對了，是誰告訴妳我在這兒的？」

文綽約望著他，說道：「你眞想知道？」

凌昊天道：「我只是好奇，誰會知道我在此地？」

文綽約咬著嘴唇，過了半晌，才道：「是寶安。」

凌昊天全身一震，脫口道：「她……她怎會知道？」

文綽約歎了口氣，說道：「她一向都知道的。不是你告訴她的，就是趙觀那小子了。」

第一百二十章 何謂至交

凌昊天離開文綽約，策馬回向營地，將近自己的帳篷時，已是次日下午了。他心情甚是混亂，不知自己是否該回中原一趟，去見爹媽和寶安，也遲疑是否該告訴趙觀自己思歸的心情。他知道趙觀聽了之後，定會毅然陪自己回去，兩人離開時僥倖逃過死神瘟神和正派眾人的追殺，現在若再回去，不免自投羅網，危險萬分。他心想：「趙觀現在不是孤身一人，有李姑娘在他身邊，我不能再令他陪我涉險。但我若不告而別，又怎麼對得起朋友？」

他思前想後，內心對父母的牽掛和對寶安的情思愈益深重，離帳篷還有幾十里時，啄眼忽然在空中高鳴一聲，展翅盤旋，鳴叫不斷，似乎看到了什麼異物。凌昊天生怕趙觀和李彤禧出事，忙縱馬奔近，遠遠但見一條白色長龍蜿蜒在草原和藍天的邊際，竟是一群全身白衣的人，在草原上排成整整齊齊的兩列，緩步前進。他心中大奇：「大漠之上，怎會有這許多穿白衣的人？」

他騎著非馬奔近前去，卻見眾人身穿麻衣，頭包白布，顯然是身戴重孝。凌昊天心中一動：「看這排場，定是中原什麼大幫派的幫主去世了。他們老遠來到大漠上作什麼？」卻見那群人蜿蜒而進，竟是向著自己和趙觀的帳篷而去。

凌昊天心中驚奇，遙目望去，卻見一人呆立在帳外，神色凝重，正是趙觀。他身前站了八個漢子，有的頭髮全白，有的頭髮半灰，看來都是幫派中的重要人物。

凌昊天望著那排人龍，和人龍盡頭的趙觀，心中登時醒悟：「原來這些是青幫中人。看這陣帳，定是青幫趙老幫主去世了。他們來找趙觀，便是要告知老幫主過世的消息麼？若只是前來通知，又何用這等排場？莫非……莫非他們要迎趙觀回去接任幫主之位？」

他猜得果然沒錯。青幫所有重要頭目此刻都已來到大漠之上，迎立趙觀爲青幫新任幫主。邵十三老、李四標、年大偉、田忠、馬賓龍、祁奉本，還有廣州、泉州分壇的壇主都已到齊，眾人大擺排場，齊赴塞外行最隆重的迎立幫主大禮，自是要讓趙觀再也推辭不得，順眾意坐上幫主之位。

趙觀一時見到這許多青幫大老，不禁呆了，心知定是老幫主過身，眾人才會戴此重孝；八位大老率領數百幫眾來此見自己，用意自是再明白不過。他連忙請八人進帳坐下，詢問趙老幫主過世的前後，得知趙老幫主壽終正寢，得年九十二歲，可稱爲喜喪，心中又是安慰，又是悲戚，又是混亂，說道：「老幫主年高德劭，安享終年，也是他老人家的福報深厚。幫主對我恩深義重，用心提拔，只恨我遠在異域，未能見著他老人家最後一面！」當下遙對幫主靈位跪下磕頭，流下眼淚。

青幫大老盡皆陪著他下跪，他站起身時，眾大老卻都不起身，趙觀一呆，卻聽李四標高聲道：「屬下參見新任幫主！」

趙觀連連搖手，說道：「你們怎能如此？我如何擔當得起？我不是早說過我不能勝任麼？各位請快快起來！」

邵十三老老淚縱橫，說道：「老幫主命趙壇主接任幫主大位的遺令猶在耳際，幫主一日不肯應承，我等便一日不起身！」其餘眾人齊聲附和，在帳篷中跪了一地。

趙觀深深地吸了一口氣，知道自己已無推辭的餘地，當下跪倒在地，朗聲道：「趙觀年輕識淺，枉蒙先幫主眷顧青眼，將幫主大位相傳與我。趙觀無才無德，自知難當大任，但不敢有負先幫主的託付，必當竭盡心力，以青幫數十萬兄弟的生計福利爲心，不敢有負先幫主的期許。眾位都是我的好前輩、好兄弟，趙觀以後還要仰仗各位同心爲青幫出力，快快起身，不然眞要折煞我了！」

眾人聽他終於應承，這番說話極有誠意擔當，才都放下心中的一塊大石，當下圍繞著他坐下，商談老幫主喪禮籌措、新幫主就位儀式及幫中大事，直至三更。

趙觀忙了一日，直到深夜才得獨處。李彤禧知他身心勞累，端了熱茶進帳來，說道：「趙大哥，你辛苦了一日，快喝杯熱茶，早早歇息吧。」

趙觀連忙起身去接，說道：「彤彤，妳怎地跟我這般客氣起來？」

李彤禧見他新任江湖第一大幫幫主，卻毫無驕傲自得之色，更未擺起半點架子，心中甚覺安慰，微笑道：「你現在可是一幫之主啦，今兒他們這麼多人來迎接你的場面，倒讓我想起仁宗駕崩之時，眾朝鮮官員趕去那小漁村中朝見我時的情景。」

趙觀一笑，拉著她的手，說道：「妳是一國公主，王上的長姊，跟我這等江湖幫派的頭目相比乃是一個天上，一個地下，怎能相提並論？」

李彤禧道：「我生來就是公主，那也沒有什麼。你這幫主之位卻是經由自己努力得來的，那可不同。」趙觀搖頭道：「那也不盡然。這其中還有許多往事因由，我年紀輕輕便當此大任，哪能全靠自己的本事？大半是靠了教我刀法的成大叔的庇蔭，還有青幫眾大老的照顧。」李彤禧笑道：「大幫主謙遜了。無論如何，你自己也是有本事的。你既然已答應了他們，那是準備回中原去了麼？打算何時上路？」

趙觀道：「就是明天。彤彤，妳收拾一下，跟我一塊上路，好麼？」李彤禧道：「這個自然。那昊天呢？」趙觀點頭道：「我正想找他談談。他回來了麼？」李彤禧道：「傍晚時回來了，看你忙著，就留在自己的帳篷裡。」

趙觀站起身來，在李彤禧臉上親了一下，柔聲道：「咱們明天一早上路，妳早些休息吧。我去跟小三談談，一會就回。」

趙觀來到凌昊天的帳篷，見他坐在火旁凝望著火焰，不知在想什麼，出聲喚道：「小三。」

凌昊天抬頭望向他，微笑道：「兄弟，恭喜你了。」

趙觀搖頭道：「自己兄弟，還恭喜個什麼？小三，我明日就得回中原了。事情來得太快，我不及跟你商量。你打算如何？」

凌昊天道：「我原本就想回中原一趟，正考慮要不要拉著你一道。現在這樣也好，我們各自上路便是。」

趙觀在火旁坐下，低頭望著自己互握的手，沉默了良久，才道：「小三，我這兩年一直有事瞞著你，你要狠狠罵我一場，打我一頓，都隨便你。但現在是時候了，我該將實情告訴你了。」

凌昊天一呆，問道：「什麼實情？」

趙觀道：「你看這個。」將一封信遞了過去，卻見那信封面寫著「呈青幫幫主趙大鑒」，下款寫著「龍幫鄭緘」。

凌昊天一愕，忙打開信看了，卻是一封短函，告知龍幫幫主凌雙飛爲了專心鑽研武學，決意遠離塵世，入山修練，將龍幫一切事務交由雲非凡和鄭寶安掌理云云。

凌昊天極爲驚詫，抬頭道：「這是怎麼回事？二哥怎會……寶安怎會……？」

趙觀歎了口氣，說道：「大哥出事的那日，我在虛空谷中偷看到凌二哥和一個叫玉修的道姑在一起，凌二哥痛哭失聲，玉修在旁安慰，勸他不要責怪自己，說只要他聽她的話，就能得到一切，又說什麼他們兄弟命中就不該同時出生等等鬼話。我當時就心生懷疑，這玉修究竟是什麼人，二哥為何如此聽信她的話？想來是她蓄意安排，讓二哥失手殺死了大哥，又藉此控制他。我懷疑二哥，又不敢確定，就上了龍宮一趟，卻遇見了寶安。」

凌昊天大驚，問道：「她怎會在龍宮？」

趙觀道：「寶安那時見二哥一口咬定是你殺了大哥，心裡便有些懷疑，因此決意跟著二哥上龍宮去，伺機查明真相。我與她長談之下，都以為下手的必是二哥，而幕後主使便是這玉修道姑。我們並猜想玉修便是修羅會的頭子修羅王，卻沒有證據。看這封信，寶安應已查明了大哥喪命的眞相，二哥剛任龍幫幫主沒有多久便忽然出走，自是因為這件事就將被揭穿，他已待不下去了。」

凌昊天豁然站起身，臉色蒼白，身子微顫，說道：「修羅王陰險狠毒，寶安獨自在龍宮與敵周旋，可有多危險！你怎能不告訴我？怎能讓她獨自冒險？」

趙觀搖頭道：「是她要我守口如瓶的。她一心要為你洗清冤枉，冒什麼險都是心甘情願。她那時萬分擔心你，說最好你能遠走高飛，離開一段時間，她才能專心追查實情，替你洗清冤枉。她因此託我陪你離開中原兩年，保你平安無事。不然大家忙著保護你的安全，只會自亂手腳，讓敵人有機可趁。」

凌昊天恍然大悟，說道：「原來你當時勸我離開中原，便是受她所託？趙觀、趙觀，你怎能不跟我說？青幫的人想必老早想立你爲幫主繼承人，百花門更有許多事情等著你去作，你竟就這麼陪我在塞外虛耗兩年時光？」

趙觀笑道：「什麼虛耗時光？我在這兒開心得很。青幫幫主我本就想推辭不幹，誰知道他們死纏爛打，終究不肯放過我。百花門有幾位長老主理，也不需要我天天看著。再說，若不是來到塞外，我怎有機緣見識到蒙古姑娘的熱情和維吾爾姑娘的溫柔？又怎能發現彤彤對我的眞情？」

凌昊天聽他口裡說得輕鬆，心中卻明白趙觀當初能夠放下一切，遠走大漠相隨保護自己，乃需要多大的決心和勇氣，顯露了多麼深厚的友情義氣？他心中熱血翻湧，感激無已，一時說不出話來。

趙觀伸手拍上他的肩頭，說道：「小三，說眞格的，跟你相處的這段時日眞是快活得很，我一輩子也不會忘記。你是個不折不扣的英雄，世間少見的豪傑。我能跟你結爲至交，此生也算不枉了。」

凌昊天緊緊握住他的手，熱淚盈眶，說道：「我也是一般。」

趙觀一笑，又道：「寶安另有信來，告知你母親親自上少林，與新任方丈清召大師合力追查清聖方丈被謀害的冤案，查出下手的乃是薩迦派中人，公告天下，替你洗清了冤枉。你爹爹也已出面廣傳江湖，說你大哥之死與你無關。至於石斑和一里馬，你爹媽去拜會了石昭然和丐幫吳幫主，他二人都已出面澄清誤會。這幾件案子都昭雪了，你現在便孤身回中原去，也是無妨。若非如此，我也不會答應青幫中人，明日便跟他們起程回武漢。」

凌昊天聽得呆了，心中感動已極：「爹媽為了我，竟然不惜重出江湖，親自為我洗脫冤嫌！」忽然想起一事，問道：「趙觀，寶安她……她一直知道我在這兒麼？」

趙觀道：「這個自然。她託我陪你離開，我自得讓她知道我將你帶去了哪裡，好教她放心。」凌昊天點點頭，心想文綽約能找到自己，果然是受了寶安的指點。他在心底喃喃念道：「她一直都知道我在這兒。」一時感到極為迷惘。

趙觀靜了半晌，才又道：「小三，我為什麼要告訴你這些，是想讓你知道寶安對你的用心有多麼深厚。我知道你們是一起長大的知心朋友，但她為你作的只怕更勝過友情了。你對她的情意我更是知之甚深，你這番回去，無論如何都該去找她，向她說出你的心意。」

凌昊天心中一陣酸楚，搖頭道：「我不能，你知道我不能的。她從來只當我是個好友伴、好兄弟，但她心裡愛的卻是大哥，不然她怎會答應大哥的求婚？趙觀，多謝你告訴我這些。我定會去找她，向她誠心誠意地道謝。但要我對她說出我的心意，卻是萬萬不能。」

趙觀望著凌昊天，一時無法將眼前這個怯於面對心愛女人的男子，和自己所熟識、在大漠上叱吒風雲、天不怕地不怕的豪傑連在一起。他歎了口氣，勸道：「小三，你不試試，又怎知道不行？寶安並沒有眞嫁給大哥，也從不是你的大嫂。你要自己苦自己也就罷了，但也要爲她想想。她一個年輕姑娘，難道要就此寂寞一生？」

凌昊天不知該如何回答，只能沉默不語。

趙觀搖頭道：「小三，你和寶安妹妹都是我的好友，我只盼你們倆快快活活的。我在感情這事上頭亂七八糟，一場糊塗，本不該多說什麼，但實在忍不住要勸你幾句。小三，你自己好好想想吧。但盼你早日想通，好自爲之。」

凌昊天點了點頭，想起明日便要與趙觀分別，心中極爲不捨，說道：「兄弟，下回咱倆一起喝酒，也不知是何年何月了？」

趙觀一笑，說道：「也不用等那麼久，就現在吧？」二人相對大笑，拿出酒壺酒碗，各盡八碗，知道明日便將分別，萬水千山，這段在大漠上相依爲命、馳騁逍遙的日子就將告一段落，心中都是無限惆悵。

次日清晨天還未亮，青幫眾人便恭請趙觀上路。凌昊天目送青幫大隊人馬簇擁著趙觀離去，想起在自己最失意落魄的時候，便是他挺身相助保護，更陪伴自己在這偏僻苦寒的大漠上一住兩年，這等友情義氣，豈是人間尋常得見？他心中感念，暗暗禱祝：「但盼趙觀此去事事順遂，主持青幫，得嬌妻美妾相伴，一世快活。」

他放眼望去，晴朗碧空之下，茫茫草原隱約透出淡黃之色，一陣秋風吹過，已帶著幾分寒意。他吸了一口長氣，收起帳篷，打理行李，騎上非馬，招喚啄眼，啓程往中原行去。

（天觀雙俠・卷四　待續）

國家圖書館出版品預行編目資料

天觀雙俠・卷三／鄭丰（陳宇慧）作 - 初版
- 台北市：奇幻基地，城邦文化出版；家
庭傳媒城邦分公司發行；2007（民96）
面：公分. -（境外之城）

ISBN 978-986-7131-92-8（卷3：平裝）

857.9　　96012742

ISBN 978-986-7131-92-8
EAN 471-770-290-437-1

Printed in Taiwan.

奇幻基地官網及臉書粉絲團
http://www.ffoundation.com.tw/
http://www.facebook.com/ffoundation

鄭丰臉書專頁
http://www.facebook.com/zhengfengwuxia

天觀雙俠・卷三（俠意縱橫書衣版）

作　　者／鄭丰
企劃選書人／王雪莉
責任編輯／王雪莉

版權行政暨數位業務專員／陳玉鈴
資深版權專員／許儀盈
資深行銷企劃／周丹蘋
業務主任／范光杰
行銷業務經理／李振東
副總編輯／王雪莉
發　行　人／何飛鵬
法律顧問／台英國際商務法律事務所　羅明通律師
出版／奇幻基地出版
城邦文化事業股份有限公司
台北市 104 民生東路二段 141 號 8 樓
電話：(02)25007008　傳真：(02)25027676
網址：www.ffoundation.com.tw
e-mail：ffoundation@cite.com.tw
發行／英屬蓋曼群島商家庭傳媒股份有限公司城邦分公司
台北市 104 民生東路二段 141 號 11 樓
書虫客服服務專線：(02)25007718・(02)25007719
24 小時傳真服務：(02)25170999・(02)25001991
服務時間：週一至週五09:30-12:00・13:30-17:00
郵撥帳號：19863813　戶名：書虫股份有限公司
讀者服務信箱 e-mail：service@readingclub.com.tw
歡迎光臨城邦讀書花園　網址：www.cite.com.tw
香港發行所／城邦（香港）出版集團有限公司
香港灣仔駱克道 193 號東超商業中心 1 樓
電話：(852) 2508-6231　傳真：(852) 2578-9337
e-mail : hkcite@biznetvigator.com
馬新發行所／城邦（馬新）出版集團
【Cite(M)Sdn. Bhd.】
41, Jalan Radin Anum, Bandar Baru Sri Petaling,
57000 Kuala Lumpur, Malaysia.
電話：603-90578822　傳真：603-90576622
e-mail：cite@cite.com.my

封面設計／黃聖文
排　版／浩瀚電腦排版股份有限公司
印　刷／高典印刷有限公司
■2007 年（民 96）7 月 16 日初版一刷
■2022 年（民 111）12月 7 日二版3刷

售價／300元

廣　告　回　函
北區郵政管理登記證
台北廣字第000791號
郵資已付，免貼郵票

104台北市民生東路二段141號11樓

英屬蓋曼群島商家庭傳媒股份有限公司城邦分公司 收

請沿虛線對摺，謝謝

奇幻基地

每個人都有一本奇幻文學的啓蒙書

奇幻基地官網：http://www.ffoundation.com.tw
奇幻基地粉絲團：http://www.facebook.com/ffoundation

書號：1HO005Z　　書名：天觀雙俠．卷三（俠意縱橫書衣版）

請於此處用膠水黏貼

奇幻基地

讀者回函卡

謝謝您購買我們出版的書籍！請費心填寫此回函卡，我們將不定期寄上城邦集團最新的出版訊息。

姓名：________________　性別：□男　□女

生日：西元________年________月________日

地址：________________

聯絡電話：________________傳真：________________

E-mail：________________

學歷：□1.小學　□2.國中　□3.高中　□4.大專　□5.研究所以上

職業：□1.學生　□2.軍公教　□3.服務　□4.金融　□5.製造　□6.資訊

□7.傳播　□8.自由業　□9.農漁牧　□10.家管　□11.退休

□12.其他________________

您從何種方式得知本書消息？

□1.書店　□2.網路　□3.報紙　□4.雜誌　□5.廣播　□6.電視

□7.親友推薦　□8.其他________________

您通常以何種方式購書？

□1.書店　□2.網路　□3.傳真訂購　□4.郵局劃撥　□5.其他

您購買本書的原因是（單選）

□1.封面吸引人　□2.內容豐富　□3.價格合理

您喜歡以下哪一種類型的書籍？（可複選）

□1.科幻　□2.魔法奇幻　□3.恐怖　□4.偵探推理

□5.實用類型工具書籍

您是否為奇幻基地網站會員？

□1.是□2.否（若您非奇幻基地會員，歡迎您上網免費加入，可享有奇幻基地網站線上購書75折，以及不定時優惠活動：http://www.ffoundation.com.tw/）

對我們的建議：________________

____

____

請於此處用膠水黏貼